# 농토 · 첫 전투 · 먼지

이태준 전집 4

**지은이**

**이태준**(李泰俊, Lee Tae-jun) 호는 상허(尙虛). 1904년 강원도 철원에서 태어났다. 1909년 부친 사망, 1912년 모친 사망으로 친척집에서 성장하였다. 1921년 휘문고등보통학교에 입학하였으나 동맹 휴교의 주모자로 지목되어 퇴학하였다. 일본으로 건너가 고학하면서 쓴 「오몽녀」로 1925년 등단하였다. 도쿄 조치대학 예과에 입학하여 수학하다가 1927년 귀국하였다. 개벽사, 『중외일보』, 『조선중앙일보』 기자, 『조선중앙일보』 학예부장을 지냈고, 이화여자전문학교, 경성보육학교 등에서 작문을 가르쳤다. 1933년 정지용, 김기림, 박태원, 이상 등과 구인회활동을 하였고, 1939년 『문장』지를 주재하였다. 해방 이후 조선문학가동맹에서 활동하다가 1946년 월북하였다. 북조선문학예술총동맹 부위원장을 지내기도 하였으나, 구인회 활동과 사상성을 이유로 숙청되었다. 소설가, 수필가, 문장가로서 한국 문학의 발전에 기여하였다.

**엮은이**(가나다 순)

**강진호**(姜珍浩, Kang Jin-ho) 성신여자대학교 교수
**김준현**(金埈顯, Kim Jun-hyun) 고려대학교 강사
**문혜윤**(文惠允, Moon Hye-yoon) 고려대학교 강사
**박진숙**(朴眞淑, Park Jin-sook) 충북대학교 교수
**배개화**(裵開花, Bae Gae-hwa) 단국대학교 교수
**안미영**(安美永, Ahn Mi-young) 건국대학교 교수
**유임하**(柳壬夏, Yoo Im-ha) 한국체육대학교 교수
**정종현**(鄭鍾賢, Jeong Jong-hyun) 인하대학교 HK교수
**조윤정**(趙胤姃, Jo Yun-jeong) 서울대학교 강사

농토 · 첫 전투 · 먼지—이태준 전집 4

**초판 인쇄** 2015년 6월 1일 **초판 발행** 2015년 6월 10일
**지은이** 이태준 **엮은이** 강진호 · 김준현 · 문혜윤 · 박진숙 · 배개화 · 안미영 · 유임하 · 정종현 · 조윤정
**펴낸이** 박성모 **펴낸곳** 소명출판 **출판등록** 제13-522호
**주소** 서울시 서초구 서초중앙로6길 15, 1층
**전화** 02-585-7840 **팩스** 02-585-7848 **전자우편** somyong@korea.com **홈페이지** www.somyong.co.kr

ISBN 979-11-86356-22-7 04810
979-11-86356-18-0 (세트)

값 13,500원 

이태준 전집

4

FARMLAND, FIRST BATTLE, AND DUST

# 농토 첫 전투 먼지

상허학회 편

소명출판

# 『이태준 전집』을 내며

상허(尙虛) 이태준(李泰俊)은 20세기 한국 문학의 상징적 지표이다. 이태준은, 1930년대에 순수 문학단체이자 모더니즘 운동의 중심지로 평가받는 구인회(九人會)를 결성하여 활약한 소설가로서, '시의 정지용, 소설의 이태준'이라는 평가를 받으며 한국 근대문학의 형태적 완성을 이끈 인물이다. 그가 창작한 빼어난 작품들은 한국의 소설을 한 단계 발전시켰을 뿐만 아니라 대중의 폭넓은 지지를 얻었다. 이태준이 가지고 있던 단편과 장편에 대한, 그리고 소설 창작에 대한 장르적 인식은 1930년대 후반 『문장(文章)』지의 편집자로서 신인작가들을 등단시키는 데 큰 영향력을 행사하였다.

이태준이 소설을 발표하던 당시부터 그의 소설에 대해 언급하는 논자들은 공통적으로 그가 어휘 선택이나 문장 쓰기에 예민한 감각을 소유하고 있다는 점을 인정하였고, 소설은 물론 수필에서도 단정하면서 현란한 수사를 구사하는 '스타일리스트'로 평가하였다.

그런데 이태준의 작가적 행보를 따라가다 보면 그가 제기했던 문학에 대한 인식에 모순되는 문제들과 마주치게 된다. 근대적인 언어관·문학관과 상충되는 의고주의(擬古主意)라든지, 문학의 순수성에 대한 발언과 어긋난, 사회 참여적인 작품 창작과 해방과 분단 이후로까지 이어지는 행적(조선문학가동맹 부위원장, 월북, 숙청) 등은, 이태준의 문학 경향을 일관성 있게 해명하는 데 여러 가지 난점을 제공한다. 이태준의 처음과 중간과 끝의 작가적 행보를 확인하는 일은 한국 소설, 나아가 한국 문학이 성립·유지되었던 근거를 탐색하는 일이라 할 수 있다.

1988년 해금 이후 이태준에 대한 연구가 활발하게 집적되었고 이태준 관련 서적들의 출판도 왕성하였다. 이태준 전집이 발간된 지도 20년이 지났다. 상허학회가 결성된 1992년 이후 전집 간행의 필요성이 본격적으로 제기되면서 총 17권의 전집이 기획되었고, 1994년부터 순차적으로 전집이 간행되기 시작하였다. 그렇지만 여러 요인들로 인해 전집은 완간을 보지 못한 채 현재 절판과 유실 등으로 작품을 구하기 힘든 상황에 이르렀다. 이런 현실에서 상허학회는 우선 상허의 문학적 특성을 잘 보여주는 작품들만이라도 묶어서 간행할 필요를 절감하였다. 작가의 생명력은 독자를 통해서 유지되기에 전집의 간행은 더 이상 지체할 수 없는 일이었다.

상허학회는 이런 문제의식을 바탕으로, 기간(旣刊) 『이태준 전집』(깊은샘)을 전면적으로 재검토하고 체제와 내용을 새롭게 구성하였다. 원본 검토와 여러 판본의 대조를 통해서 기간 전집의 문제점을 최소화하고자 했고, 또 새로 발굴된 작품들을 추가하여 한층 온전한 형태의 전집을 만들고자 하였다. 총 7권으로 기획된 『이태준 전집』은 이태준의 모든 단편소설, 중편소설, 수필, 기행, 문장론을 대상으로 삼았다. 『이태준 전집』 1권과 2권은 이태준의 첫 번째, 두 번째 단편집인 『달밤』과 『가마귀』 및 그 시기 전후 발표한 모든 단편소설을 모았고, 3권과 4권은 해방 전후 발표한 「사상의 월야」, 「농토」 등 중편소설을 모았다. 5권과 6권은 『무서록』을 비롯한 수필과 소련기행 · 중국기행 등의 기행문을 묶었고, 마지막 7권은 『문장강화』와 여타 문장론들을 모두 실었다. 이 전집은 한국 문학을 연구하는 전문 연구자들뿐만 아니라 문학을 사랑하는 일반 독자들에게도 유용하고 의미 있는 텍스트가 될 것이다.

어려운 여건에도 불구하고 전집 간행에 뜻을 같이 해 준 상허학회 여러 선생님들께 감사의 말씀을 전한다. 특히 물심양면으로 도움을 주신 이태준 선생의 외종질 김명렬 선생님과 상허학회 안남연 이사께 감사의 말씀을 드린다. 그리고 작지 않은 규모의 전집 간행을 흔쾌히 수락해 준 소명출판 박성모 사장님과 전집 간행을 위해 정성을 쏟은 편집부 한사랑 님의 수고도 잊을 수 없다. 이분들의 정성과 노고가 헛되지 않도록 이 전집이 일반 독자들과 연구자들에게 널리 사랑 받기를 소망한다.

2015년 6월

『이태준 전집』 편집위원 일동

## 차례

# 일러두기

1. 『이태준 전집』은 이태준의 단편소설(1~2권), 중편소설(3~4권), 수필 및 기행(5~6권), 문장론(7권)으로 구성되어 있다. 새롭게 발굴된 이태준의 작품을 모두 수록하였다. 일문소설은 번역문을 실었다.

2. 이태준의 해방 전 최초 단행본을 원본으로 삼았고, 단행본에 수록되지 않은 작품은 잡지나 신문에 게재된 텍스트를 원본으로 하였다. 단행본에 수록되었음에도 검열 등의 이유로 삭제・수정되어 원본의 훼손이 심한 경우 잡지나 신문의 판본을 확인하여 각주에 표시하였다. 단행본에 수록되었던 작품은 단행본의 순서를 따랐고, 단행본에 게재되지 않았던 작품은 발표순으로 배열하였다. 작품마다 끝부분에 본 전집이 정본으로 삼은 판본의 출전을 밝혔다.

3. 띄어쓰기는 현대 표기법에 따라 교정하였다.

4. 맞춤법은 원문을 따르되, 원문의 의미가 훼손되지 않는 경우 현대 표기법으로 교정하였다. 그러나 대화에서는 당시의 말투를 최대한 전달하기 위해 원문을 따르는 것을 원칙으로 하였다. 북한식으로 두음법칙이 적용되지 않은 경우(「먼지」)는 우리 표기법에 따라 교정하였다.

5. 한자어・사투리・토속어・외래어의 경우도 원문을 따르되, 오늘날 잘 쓰이지 않아 이해가 어려운 경우에는 각주로 설명을 붙였다. 일본어와 중국어 인명・지명의 경우 당시의 일반적인 상용어라는 점을 감안하여 원문의 표기를 따르되, 필요한 경우 현대의 표기 및 의미를 각주로 표시하였다.

6. 작가가 의도적으로 채택했다고 판단되는 사투리는 원문에 따르되, 오늘날 일반적으로 통용되는 낱말의 사투리 및 토속어는 현대 표기법에 따랐다.

   • 원문에 따른 경우 : 싸라기 → 싸래기 / 데려 → 다려 / 발가락 → 발고락 / 치다꺼리 → 치닥거리 / 발바닥 → 발바당 / 피마자 → 피마주 / 디딤전 → 드퉁전 / 꺼리는 → 끄리는 / 읏박는다 → 욱박는다 / 견디다 → 견듸다 / 인제 → 인전 / 달이다 → 대리다 / 빰 → 뺌 / 달리아 → 따리아 / 베개 → 벼개 / 콩짜개 → 콩짝 / 계집아이 → 기지배 / 다래끼 → 다래키 / 넌지시 → 넌즈시 / 짚신 → 짚세기 / 수줍다 → 수집다 / 거위 → 게사니 / 담배설대 → 대설대 / 닭똥 → 닭이떵이 / 움킬 → 웅킬 / 김장 → 짐장 / 눈깔 → 누깔 / 시큰거리며 → 시끈거리며 / 정강이 → 정갱이 / 꺽었으나 → 분질렀으나 / 산등성이 → 뒷등 / 손마디 → 손매듭 / 한결 → 행결 / 기직(왕골껍질이나 부들 잎으로 짚을 싸서 엮은 돗자리) → 지직 / 귀지 → 귀이지 / 두루마기 → 두루매기 / 대님 → 다님 / 가녘 → 가녁 / 무더기 → 무데기 / 잡아당기는 → 잡아댕기는 / 그다지 → 그닥 / 경기 → 게이끼(けいき) / 다이아진 → 따이야찡 / 페니실린 → 페니시링 / 밀가루 수제비 → 밀뜨데기 / 재봉틀 → 자봉침 / 페인트 → 뻬끼 / 줄행랑 → 줄짜 / 디디었던 → 드디었던 / 댕기는 → 다리는 / 마디 → 매디 / 뫼초리 → 메추리 / 판가리 → 판갈음 / 두릅 → 드릅 / 자루 → 마다리 / 믿브게 → 미쁘게 / 성냥개비 → 성냥까치 / 다복솔 → 다박솔 / 줄이어 → 줄쿠어 / 포플러 → 뽀뿌라 / 한낮 → 한겻 / 붙박이 → 붓배기 / 일으키지 → 일쿠지 / 논둑 → 논뚝 / 덩어리 → 뭉어리 / 새우 → 징게 / 무더기 → 무데기 /

엎드려라 → 엎데라 / 넓적다리 → 넙적다리 / 석유 → 까솔린 / 뻐드렁니 → 벋은니 / 뢴트겐 → 렌도겡

- 현대 표기법에 따른 경우 : 어름 → 얼음 / 밖앝 → 바깥 / 버러진 → 벌어진 / ~이였다 → ~이었다 / 가치 → 같이 / 게집 → 계집 / 매낀한 → 매끈한 / 죽엄 → 죽음 / ~처름 → ~처럼 / 말슴 → 말씀 / 것잡을 → 걷잡을 / 질르기나 → 지르기나 / 갑재기 → 갑자기 / 벌서 → 벌써 / 아모리 → 아무리 / 나리다의 활용형 → 내리다의 활용형(예 : 나리었을 → 내리었을 / 나리는 → 내리는) / 조을고 → 졸고 / 훨신 → 훨씬 / 느러진 → 늘어진 / 아모 → 아무 / 같었고 → 같았고 / 비어야 → 베어야 / 모주리 → 모조리 / 그여히 → 기여히 / 너머 → 너무 / 우슴 → 웃음 / 안해 → 아내 / 마조 → 마주 / 하로 → 하루 / 길뫆 → 길목 / 목아지 → 모가지 / 니빨 → 이빨 / 핫지 → 하지 / 딴스 → 땐스 / 길역 → 길녘 / 삐프데끼 → 비프스테이크 / 힌목 → 흰목

7. 한글 표기를 원칙으로 하여 원본의 한자는 모두 한글로 고쳤다. 필요한 경우에는 ( ) 안에 넣어 표기하였다. 본문에는 없으나 뜻이 통하지 않는 부분에 글자를 부기한 경우 [ ] 안에 넣었다.
8. 책 · 잡지 부호는 『 』, 책 속 작품명은 「 」, 희곡, 영화명은 〈 〉, 대화 · 인용은 " ", 생각 · 강조는 ' '으로 표시하였다.

# 농토

# 농토

## 1

여러 날째 강다지로 춥더니 오늘은 해 질 무렵부터 싸락눈이나마 뿌린다.

들여다 보는 얼굴까지 뜨겁던 억쇠 어미의 몸도 오늘은 한결 식었다. 숨소리도 편안해졌다. 어떠면 한고비 넘기었으니 이쯤으로 돌리나 싶어 억쇠 아비는 안경알만한 유리쪽에 붙어 앉어 밖을 내다볼 경황도 생기었다.

광대뼈가 한편이 더 불거지어 이마까지 그편으로 찡기는[1] 것이 제격인 억쇠 아비는 성긴 이마를 문에 대고 적은 눈을 치떠 내다보니 함박눈은 되지 않고 그저 싸래기[2]로 그것도 시원치 않게 뿌린다. 함박눈으로만 펑펑 쏟아져 준다면 억쇠 어미는 내일 아침쯤 툭툭 털고 일어날 것 같다. 그리고 안에서도 초산(初産)이라고 모두 걱정 중인 새아씨가 힘들이지 않고 순산할 것 같다.

역시 남의 집 하인의 자식이던 팔월이와 성례(成禮)나 쌔나 귀밑머리만 풀어 올려 다려[3] 오던 날이 함박눈이 탐스럽게 쏟아지던 날이었다.

---

1 팽팽하게 켕기지 못하고 구겨서 쭈글쭈글하게 되는.

2 싸라기. 쌀의 부스러기란 뜻이다. 문맥상 쌀의 부스러기처럼 작은 눈이라는 뜻.

그래 그런지 함박눈이 쏟아지는 것을 보면 늘 기뻤고 무슨 수가 생길상 싶었다. 억쇠 어미도 몸이 불덩이 같던 그제 어제 이틀 동안은 가슴을 쥐어뜯으며 헛소리처럼 눈, 눈, 하고 눈을 찾았다. 어느 산꼭대기에라도 눈이 있기만 하다면 억쇠를 시켜 한 함지 담어다 그 물켜질 것처럼 골매지[4] 낀 눈에 시원히 보여라도 주고 싶었으나 송악산 위에도 아직 눈은 덮이지 않었다. 냉수나 얼음을 찾지 않고 눈을 찾는 것이 그도 스물 열아홉[5] 해 전 그 함박눈 쏟아지던 날을 잊지 않고 속 깊이 품어온 듯하여 어서 일어나고 함박눈이나 쏟아지던 이런 것도 옛 이야기처럼 하리라 마음먹었다.

바깥은 어느새 어두워 싸락눈 뿌리는 소리만 들린다.

"아버지?"

어미의 이불자락 밑에 손을 넣었던 억쇠가 눈이 둥그레졌다. 어미는 손만 아니라 이불 속에 있는 발까지 싸늘하게 식어 있었다.

"왜 이러케 차졌수?"

"차다니?"

아비도 와 만져 보고는 다시 이마가 찌푸려진다.

'이건 또 무슨 증센구?'

그동안이 잠간 새 같았는데 바깥 날이 꼴깍 저문 것처럼 병인의 손발도 딴판이 되어있었다.

"여봐? 정신 좀 채리라구?"

---

3 데려.

4 골마지. 간장, 된장, 술, 초, 김치 따위 물기 많은 음식물 겉면에 생기는 흰 곰팡이 같은 물질.

5 원문은 '스물열아듭'. 19~20.

몇 번 흔들어보나 반 넘어 감긴 눈이나 반 넘어 벌어진 입도 아무 대꾸가 없이 숨소리만 도로 가빠지며 있었다. 억쇠더러 나가 방도 달굴 겸 물을 데워 오래서 병인의 발을 더운 물에 담궈 놓고 주물러본다. 발은 뒤축이 보름 지난 설떡 갈라지듯 했다. 겨울에는 이렇게 뒤축이 터지어 절름거리고 여름이면 발고락[6] 새가 짓물러 절름거리던, 평생을 편안한 걸음이 없던 발이었다.

"애비 게 있니?"

문밖에서 노마님의 목소리가 난다. 억쇠 아비는 후닥닥 일어서기부터 한다. 앉어서 대답이란 평생 해본 적이 없는 버릇이다.

"네."

"문 여지 말구."

그러나 병인의 머리맡에 외풍 풍기는 것쯤 가려 노마님 앞에 방속에서 말대꾸를 할 수는 없다.

"문 열면 안 된대두. 이 미욱스런 녀석아, 내 그런 꼴 보겠다니?"

하마트면 내어밀 뻔한 문고리를 섬찍 놓으며 그제야 억쇠 아비는 노마님의 문 열지 말라는 뜻을 알었다. 노마님의 말씀대로 역시 저는 미욱한 놈이었다.

"뭘 좀 입에 퍼 넣 보았니?"

"넣는 대루 토하는 걸입쇼."

"몸은 그저 끓구?"

"손발은 써ㅡ늘하게 식었사와요."

---

6 '발가락'의 방언(강원, 경기, 경남, 전라, 충청).

"써—늘해?"

"네. 그래 물을 덥혀다 발을 좀 씻겨보드랬습죠."

"엥이, 배라먹을 년 같으니……."

억쇠 아비는 억쇠 어미가 무슨 트집으로나 앓는 것처럼 노마님의 꾸지람이 지당한 듯 들려 고개가 절로 숙으려진다.

"딴 무슨 증센 없구?"

"아까 점심때 못 돼선뎁쇼."

하는데 억쇠 녀석이 아비를 꾹 찌른다. 그러나 아비는 주인 앞에 손톱만한 것이라도 기어서는[7] 못 쓰는 줄 안다.

"아까 뭐란 말이냐?"

"한참 몸이 닳었을 땐뎁쇼, 코구멍으로 회가 한 마리 나왔사와요."

"회충이?"

"네. 크진 안사와요."

"배라먹을 년, 가진 부정 다 떠는구나! 엥이…… 그래 그 게구 싸구했다는 것서껀 어떻했느냐?"

"마냄 말슴대루 그냥 꿍처[8] 이 구석에 뒷사와요."

"내가 내다 빨어두 괜찮다구 헐 때까지 방문 밖에 내놔선 안 된다."

"네."

"온 집안이 목욕 재개허구 기다려야 헐 경사에 이게 도무지 무슨 부정이란 말이냐!"

"다시 이를 말슴이와요!"

---

7 기이다. 속이기 위해 어떤 사실을 숨기고 바른대로 말하지 않다.

8 꿍치다. 뜻은 조금 세게 동이거나 묶다.

"아무리 병이기루 고렇게 얌체 없는 년은……."

억쇠 아비는 이마를 찡기며 손이 절로 뒤통수로 올라갔다.

"게 억쇠 녀석두 있지?"

"있사와요."

"밤에 말이다, 밤으루 무슨 일이 있어두 말이다?"

"네."

"알어 들었니? 무슨 변이 생기드라두 말이야?"

"네".

"우름소리[9] 아예 내선 안되구."

"……."

"안으로 덥석 뛔들지 말구 부엌 뒤루 와서 애비가 날 넌즛이 찾어라."

"설마 무슨 일이 있을갑쇼. 횟 밴가본뎁쇼."

"예끼 미욱헌 녀석…… 엥이 방자스러운 넌……."

노마님은 혀를 몇 번이나 차면서 안으로 들어가는 모양이었다.

억쇠 아비도 횟배 아닌 것쯤은 모르지 않으나 마님들께서나 나리님께서 걱정하는 것이면 어찌 되었든 덜어 드리려는 버릇에서였다.

아비는 다시 병인의 발치가리로 왔으나 억쇠는 일어섰던 자리에 그냥 삐죽 서있었다. 노마님의 말을 듣고 보니, 어미의 손발 식는 것이 심상치 않은 것 같았고 죽더라도 울음소리 한마디 내어서는 안 된다는 말에 한대 얻어 박힌 것처럼 콧등이 찌르르 해진 것이다.

그까짓 어미, 한두 번 아니게 남부끄러운 어미였었다. 이름도 사람

---

9 울음소리.

같지 않게 팔월에 낳았다고 '팔월이', 누가 보는 데서나 안에서 '팔월아' 소리만 나면 그것이 어른이 부르든, 아이가 부르든, '네에' 소리를 길게 빼면서 신 뒤축도 밟지 못하고 달려 들어가는 꼴, 같이 놀던 아이들이 저게 너희 엄마냐? 물으면 말문이 막히어 동무들이 찾아오는 것도 겁이 나던 어미, 얼른 죽어 없어지든지, 제가 어서 커서 어디로고 달아나 버리기를 얼마나 바라왔던가, 그런 어미 열 번 없어지기로 눈물은커녕, 헛소리로라도 곡(哭)을 하고 상제노릇을 하랄까 보아 걱정일 것인데 정작, 제 어미, 제 계집이 죽더라도 울음 한마디 내어서는 안 된다는 분부엔, 어린 속에도 다른 때 열 번 꾸지람이나 열 번 얻어맞던 것보다 더 야속하게 저리었다.

"저 새낀 앉어 에미 손이나 좀 못 주물러 준담?"

"손발이나 주물른다구 낫는답듸까?"

"어떻거냐 그럼!"

아비는 그 흔한 약 한 첩 못 써주는 것에나, 계집이 죽더라도 곡성 한마디 내어선 안 된다는 분부에 아무런 불평도 노염도 없는 듯하였다.

택호(宅號)만은 그전대로 '윤 판서댁'으로 불리는 이들의 주인은 조선이 망한 후, 세도는 없어지고 씀씀이만 과해가는 서울 살림에 쪼들리기만 하다가 대감마님 돌아가 삼년상을 치르고는 이 집의 전장(田庄)이 아직 반은 남아 있는 황해도로 낙향한지 이미 사오 년 된다. 낙향이라야 황해도로는 나리님(돌아간 윤 판서의 아들)만이 소실을 데리고 가서 감농을 하고 있을 뿐, 도련님(나리님의 아들)의 학교공부를 위해 정작 본 살림은 중간 개성에다 차린 것이었다.

이 주인댁 개성살림 덕에 억쇠는 서울서처럼 잔 심부름이 고되거나,

아주 농토 옆에 있는 것처럼 거친 일에 부대끼지는 않는다. 도련님의 더운 점심 나르노라고 여러 해 학교마당에 드나들어, 어깨 너머 글로 언문과 일본 '가나'는 제법이요 한문글자도 웬만한 편지 봉투쯤은 뜯어 보게 눈이 트였고 일이라야 앞뒤 뜰 안 쓰레질뿐, 잔심부름 한 가지도 없는 날도 있다. 도련님은 종일 학교에 가있고, 저이 아비는 추수 때면 한두 달씩 '가재울'이라는 황해도 시골댁에 가 있을 뿐 아니라 다른 때도 노상 개성과 가재울 사이에서 있게 된다. 개성 집에는 낮에는 억쇠 하나가 사내일 경우가 많어, 주인댁에서는 억쇠를 개나 한 마리 기르는 것처럼 번둥번둥 놀리고 먹이는 것이며 억쇠는 일은 없고 심심해서도 도련님이 보다 버린 것이면 책이든 신문이든 주어다 읽기도 한다. 일 년 삼백육십 일 하루 같이 '배라먹을 넌', '미욱한 녀석' 소리를 듣다가도, 단 한번을 "그래두 내 밥 먹구 자란 저것들을 믿지, 남을 어떻게 믿구 집안에 두구 부려" 한마디가 당상에서 떨어지면 개처럼 꼬리가 없어 흔들지 못하는 것만 한이 될 뿐, 이 주인댁을 위해서는 뼈라도 갈어 바치고 싶어 하는, 제 자신의 벌이라고는 한 토막 없이 자랐고 굳어 버린 팔월이와 억쇠 아비 천돌이었다.

더욱 저이 자식 억쇠가 시골 웬만한 도련님 자리보다 더 매끈한 손길로 책장이나 넘기며 자라는 것이 누구에게나 입이 마려워 안 꺼내고는 못 배기는 자랑거리요, 한편으로는 그것이 주인댁에 견딜 수 없이 송구스러웠다.

병이란 돌림이란 것이니 사노라면 어쩌다 한번 차례에 올 법하고 걸린다고 다 죽는 것도 아니며 또 약을 쓴다 해서 다 사는 것도 아니다. 의원을 부른다, 화제(和劑)를 낸다, 모두가 있는 사람들 치레거리[10]지 무슨 소용인가? 약 쓰는 사람들은 더 잘 앓고 더 잘 죽드라, 다 타고난 명수대로 살다가는 것을 약 못 쓴다고 탓해 무엇하랴, 다만 억쇠 어미가 하필 방정맞게 주인댁에 산경(産慶)이 있을 무렵에 눕게 된 것만, 암만해도 저이 내외가 주인댁에 정성이 부족한 표만 같어 얼굴을 들 염치가 없다. 산경이라도 이만 저만이 아닐 삼대독자 도련님이 작년 가을에 장가 드신 그 새아씨의 첫 산경(産慶)[11]이었다. 태기 있어 그 달부터 태점을 치신다, 절에 수명장수를 빈다, 행여 무슨 동티라도 날까 보아 이 댁 식구들은 초상집에나 제삿집 같은 데는 발그림자도 얼씬하지 않은지 오래다. 이런 서슬에 오늘일가 내일일가 해서 산파와 의사가 조석으로 드나드는 판인데 억쇠 어미가 누운 것이다.

"엥이, 방정마진 거! 어느 때 못 앓어서……."

더운물을 다시 떠다 아무리 담궈 보고 발바당[12]을 문대보아도 발은 작고 식어만 간다. 숨도 인전 명치 끝에서만 발락거릴[13] 뿐, 헤벌룽해진 콧구멍에선 숨끼도 제대로 나오지 못한다.

"이거, 일 나지 않었나 이거, 정신 좀 못 채려?"

병인은 벌써 귀부터 이 세상 것이 아닌 듯했다.

"제－길헐! 하필 날이나 받었단 말인가!"

억쇠 아비는 죽는 사람 불쌍한 것이나 저 홀아비 될 걱정보다도 주

---

10 치레로 삼는 거리(북한어). 치레는 ① 잘 손질하여 모양 냄, ② 무슨 일에 실속 이상으로 꾸미어 드러냄.

11 황해도 개성 풍습에 자녀를 낳으면 금줄과 함께 대문에 "男兒出産 産慶忌不精" 혹은 "女兒出産 有産忌不精"라고 붙인다. 산경(産慶)은 경사스러운 출산이라는 뜻으로 아들을 기대하고 있음을 암시한다.

12 발바닥.

13 발랑거릴. 아주 가볍고도 재빠르게 자꾸 움직인다는 뜻.

인댁 귀한 며느님 몸 푸시는데 행여 무슨 부정이나 끼쳐드릴가 보아 그것부터 겁이 난다.

그러나 사십 평생 약이라고는 피마주[14] 기름 아니면 소금물 밖에 먹어보지 못하였고 이번에도 호렴[15] 녹인 물 두어 모금 마셔본 것만으로 병세 도지는 대로 몸을 맡겨버린 팔월이는 다만 '돌림'이거니 할뿐, 무슨 병인지 알어볼 필요 없이, 한 마리의 짐승이나 혹은 생사를 초월한 성인(聖人)처럼 묵묵히 죽음에 들고 말었다.

울음소리 내서는 안 된다는 노마님의 말씀이 천만 지당한줄 알면서도 억쇠 아비는 입이 걷잡을 수 없이 뒤틀렸다. 꺽꺽. 두어 마디 치받히는 올각질 같은 것을 억지로 삼키면서,

"이 새끼 잠작구 있어 괘니……."

하고 자식부터 돌아보았다. 억쇠는 울기는 고사하고 죽은 어미와 이런 꼴의 아비를 발길로 지르기나 할 것처럼 새파랗게 노려보는 눈이었다.

아비는 그저 뒤틀리는 턱주가리까지 눈물이 찔찔 흘렸다. 눈물을 아무리 문대고 들여다 보아도 억쇠 어미는 숨이 끊어진 것이 틀리지 않다. 이러고만 앉었을 수는 없다. 감기 든 코처럼 저리고 빽빽한 것을 손바닥으로 윽개 문대기면서 방을 나서는데 대문 밖에서 인력거 멎는 소리가 난다. 어제도 안에 다녀간 이 댁 단골 의사 박 의사였다. 억쇠 아비는 걸음을 멈추었다. 억쇠 어미 죽은 것을 안에 알리기 전에 박 의사가 들어서는 것은 박 의사가 억쇠 어미를 살려놓기 위해 나타난 것 같았다. 얼른 박 의사의 앞으로 내다르며 허리를 꾸뻑한다. 손만 후둘거

---

14 ① '피마자'의 강원 방언. ② '피마자'의 북한어.

15 胡鹽. ① 중국에서 나는 굵고 거친 소금, ② 알이 굵고 거친 천일염.

릴 뿐, 말이 나오지 않는다. 또 입이 뒤틀리며 울음부터 엄살처럼 쏟아진다.

"자네 웬 이러는가?"

"억쇠 어미요니까……."

"참 앓는다구 안에서들 걱정허시드니?"

"그게 그만 죽었사와요……."

"그래? 그거 안됐군!"

"좀 살려주세요니까……."

"거 안됐네그려!"

"한번만 봐주세요니까…… 무슨 짓을 해서라두 그 은혜는 갚죠니까……."

"아니 죽었다면서?"

"그래두 한번만 봐주세요니까……."

"죽은 것도 살리나? 비키게."

하고 박 의사는 억쇠네 방문 앞을 성큼성큼 지나 중문간으로 들어가고 말었다.

억쇠 아비는 우두커니 섰다가 비실비실 안채 부엌 뒤로 오고 말었다. 죽은 계집 초혼이나 부르듯, 끼르륵 소리 나는 목을 느려,

"노마냄?"

"노마냄?"

불렀다. 노마님은 세 마디 안에,

"알었다."

대답을 했다.

노마님은 죽은 팔월이를 위해서는 선선히 주머니 끈을 끌렀다.

"얼른 가 권 생원 오시래라. 그리구 그 길루 드팀전[16]에 가 문을 뚜드려서라두 베 한필 끊어 갖구 뛰어오너라. 배라먹을 년 여태 있다 하필 어느 날 못돼저서……."

권 생원이란, 이 댁 땅에 도지 없이 삼포(蔘圃)를 내고 이 댁 바깥 일은 도맡어 보아주는 체하면서 저는, 이 댁에서 이 집을 지을 때도 팔구천 원이나 돈을 대이고 매년 변리만 팔구백 원씩 또박또박 따가는 자다. 이 권 생원은 십 분 안에 나타났고 다시 삼십 분 안에 들것 들은 상두꾼들을 데리고 왔고 그래서 안에서 새아기 울음소리 떨어지기 전에 팔월이 시체를 담어내어 이 댁 주인들의 신망을 더 두터이[17] 하기에 성공하였다.

수철동 공동묘지는 멀지 않었고 땅도 아직 깊이 얼지는 않었다. 죽어서 드는 집도 살어서 드는 집과 마찬가지였다. 능원(陵園)은 고사하고 평인의 무덤이라도 제격대로 차리자면 칠일장이니, 구일장이니도 바쁘다는 것이지만 손 익은 상두꾼들이 관도 없는 들것 송장 하나쯤 한 짐 장작불이 다 타기 전에 묻어버리는 것이었다. 하늘도 팔월이에게는 박한 듯, 그의 마지막 시선 위에도 함박눈은 아끼었고 싸락눈마저 걷히면서 무심한 별들만 내려다보기 시작했다. 갑자기 묘표(墓標)할 것도 마련하지 못하여 불 붙던 장작 한 개피를 박어 표를 하고 들어왔다.

주인댁 솟을대문은 더구나 부정을 끄리는[18] 때라 굳게 닫혀 있었다.

---

16 '드팀전'의 오식. 예전에, 온갖 피륙을 팔던 가게.

17 원문은 '두태이'.

18 꺼리는.

앞을 섰던 아비는 주춤 물러나고 억쇠가 나서 두어 번 삐걱거려 본다. 애비는 그렇게 하는 것이 잠든 마님들의 어깨나 흔드는 것 같어,

"이 새끼야 가만 못 있어?"

하고 욱박는다.[19] 어미가 살었을 때 같으면 벌써 나와 열어주었을 것이었다. 가만있으니 발만 더 시리어 억쇠는 견듸다[20] 못해 다시 나서 덜컹 덜컹 흔들어댔다. 그제야 노마님의 기침 돋우는 소리가 나왔다.

"애비냐?"

"네."

"왜 요란스럽게 굴어, 이 미욱헌 것들아?"

"……."

"이것 받어라."

대문을 여는 것이 아니라 문틈으로 지전 한 장을 내어미는 것이었다.

"드러올 생각 말구 이 길루 가재울로 내려가거라."

"새아씨께서 몸 푸섯사와요?"

"부정한 주둥이 다물구 있지 못해?"

"……."

"내려가서 나리님께 손주님 보섯다구 순산이라구 여쭤라 그러구 같은 밤이라두 팔월이넌은 자정 전에 갔으니까 날자가 다르구, 시신두 자정 안으로 내갔으니 안심 허시라구. 그리구 너이 부자는 삼칠일 지나두룩 올러오지 말구 게 있거라."

"네."

---

19 '윽박다'의 북한어.

20 '견디다'의 옛말.

"냉큼 정거장으로 나가거라."

"네. 그럼 마냄 다녀옵죠."

밤은 길기도 했다. 정거장에 나와서도 차 시간은 멀었는데 춥기만 하다. 속 시원히 울 수가 있기는 날이 밝기나 주인댁에 들어가기보다 차라리 나었다. 애비가 꺽꺽거리고 울음을 터뜨리는 바람에 억쇠도 어미 묻을 때 보던 샛별들을 쳐다보며 시린 손등으로 눈물을 문대기군 했다.

## 2

차안은 훈훈했다. 몸이 풀리기가 바쁘게 억쇠는 모든 것이 꿈인가싶고 졸림부터 쏟아진다. 그러나 나릴 정거장이 고대[21]라 한다. 잠을 쫓노라고 두리번거리다가 억쇠는 건너편 자리에 순사가 앉었고 그 옆에는 손목에 맹꽁이 쇠를 차고 팔죽지는 포승줄에 묶인 죄인이 졸고 있는 것을 보았다.

'잡혀가면서도 잠이 오는 걸가?'

처음에는 그런 생각에서 유심히 보았으나 나중에는,

'무슨 죄를 진 사람일가?'

하고, 엄마 얼굴과 그 죄인의 얼굴이 한데 뒤섞여 돌아가다가 깜박 졸아버리군 하는 머리를 흔들어 다시금 죄인을 살펴본다.

깍은 지가 오래여 수염은 꺼시시하나 이마가 넓고 귀뿌리가 두툼해

21 고대는 ① 이제 막, ② 바로 곧이라는 의미의 부사, ③ 바로 가까운 곳이라는 의미의 명사(북한어). 여기서는 ③의 의미.

보이는 것이, 도련님이 다니는 송도중학의 어느 선생 비슷한 얼굴이요, 양복도 꾸기기는 하였으나 신사복이다. 아무리 보아도 도적질이나 노름꾼 같지는 않다.

'무얼허다 잡힌 사람일가?'

억쇠는 짐작이 서지 않는다. 어쩌다 안에서 보고 버리는 신문에서 황군(皇軍)이 태원(太原)을 점령했느니, 상해(上海)서 격전중이니 하는 작년(1937)부터의 지나사변(支那事變)에 관한 기사는 전쟁이라는 흥미에서 유심히 읽어보군 하였지만, 이삼 년 전부터 흥남노조적색사건(興南勞組赤色事件)이니, 명천농민반제투쟁(明川農民反帝鬪爭)이니, 작년까지도 꽤 큰 제목으로 나던 원산철도국노조적색사건(元山道局勞組赤色事件)과 공산주의자협의회사건(共産主義者協議會事件) 같은 것은 다른 기사들을 모조리 읽고 난 다음, 심심해지면 다시 집어다 읽어보는 때가 있기는 했으나 머리에 남길 만치 내용에 끌리었거나 흥미를 느낄 수는 없었다. 더구나 최근 이삼 년간에 조선서 일어난 소작쟁의(小作爭議)는 거의 만여 건(萬餘件)이나 되여 신문에 한두 제목씩 나지 않는 날이 별로 없기 때문에 '소작쟁이'라는 것은 천기예보와 마찬가지로 신문에는 으레 나는 것으로 여기었을 뿐, 이것에도 아무 관심이 없어 온 것이라, 이런, 도적도 노름꾼도 아닌 것 같은 죄인에서 억쇠는 그들에게 어울릴 다른 죄목을 연상할 수 없었다. 다만 잡혀가면서도 태평스럽게 졸고 있는 것만 이상스러웠다.

'잠이란 저다지 못 견듸는 걸가?

사람은 그렇게 잠작구 죽는 걸가?'

억쇠 부자가 이내 토성서 갈어 타고 배천온천서 내리었을 때는 늦은 조반[22] 때가 훨씬 지났다. 돈이라고 남은 것은 콩엿 한 반대기[23]를 사니 그만이었다. 이것을 우물거리며 늘어진 이십 리 길을 걷는데 억쇠는 생전 처음인 시골 길이 무섭지 않고 재미나기도 했다.

서울서 나 열 살까지 동대문 밖 한번 나가보지 못하고 행낭 뒷골목에서만 자란 억쇠는, 개성에 와서 비로소 쌀을 나무에서 따지 않는 것을 알았거니와, 여기는 개성보다도 맨 논이요 밭들이다. 그리고 서울서는 산 꿩이란 동물원에 가둔 것이나 보았는데 이 밭머리 저 산 기슭에서 임자 없이 날아다니는 것이 신기했다. 그러나 길녘[24]과 바로 사람 사는 집 뒤에도 널려있는 무덤들이, 지난 새벽에 엄마를 묻고 오는 억쇠의 눈에는 시골은 온통이 공동묘지처럼 역시 무서운 편이여서 정이 들 것 같지 않었다.

'저렇게 많은 논과 밭들이 다 임자가 있을가?

왜 사람들은 서울 가서 벌어먹지 이런 쓸쓸한 시굴서 농사나 짓구 사는 걸가?'

억쇠는 정거장에서 멀어지면 멀어질수록 투정이라도 부리고 싶게 산 밑으로만 들어가는 것이 서글펴졌다.

동네에 다달어 보니 서글픈 생각은 한층 더했다. 맨 오막살이뿐이요, 맨 살이 거칠고 헐벗은 사람뿐이다. 오직 한 채 기와집인 주인댁 뜰안에 들어서니 마루 끝에 나서는 나리님이 역시 비단옷이요 기름이 번지르르한 하이칼라머리였다. 절로 허리가 굽실 굽으러졌으나 나리님

22 아침 끼니로 먹는 밥.
23 가루를 반죽한 것이나 삶은 푸성귀 따위를 평평하고 둥글넓적하게 만든 조각.
24 원문은 '길역'. 길의 옆이나 부근.

께서는 배 고프겠구나 말 한마디는 고사하고 그 살이 올라 가늘어진 실눈 한번 아는 체 던져주지 않는다. 며느리가 아들을 순산하였다는 말에는 고이춤[25]에 꽂었던 손을 뽑으며 입이 히죽이 열리었으나,

"그런데 그만 저것 에미가 어쯔녁[26]에 죽었사와요."

소리에는 멍― 해서 한참 듣기만 하드니,

"망헐 년, 그게 무슨 요망스런 죽음이람! 그래 산고 있기 전에 내다 치웠단 말이지?"

하고 역시 그것부터 캐어 물었고, 눈초리 새포롬한 아씨짜리는 유리쪽으로 말끔히 내다볼 뿐, 억쇠 아비가 두 번씩이나 굽신거리어도 거들떠보지도 않었다. 큰댁 며느님의 아들 순산이란 기별도 이 아씨께서는 자기의 어느 멧소(작인에게 빌려주고 해마다 쌀로 세를 받는 소)가 새끼 낳었다는 기별만 못한 것 같았다.

머슴 있는 방, 웃방[27]이 억쇠 아비가 오면 드는 방이었다. 웃방이라 해도 방은 개성보다 설설 끓었다. 머슴이 조석으로 소 여물을 쑤기 때문에 억쇠는 저이 방 군불 걱정은 없었고 그 대신 저녁마다 안에서 켜는 남포에 기름 넣고 등피 닦는 것이 새 일이 되었다.

이 남포 때문에 억쇠는 생전 처음으로 칭찬도 들어보았다. 주인 나리님의 세 번째 소실인 여기 마님은 젊기도 했으려니와 성미가 꽤 까다로워 머슴꾼이나 부엌데기를 시켜 닦은 등피는 한 번도 마음에 든 적이 없는 듯했다.

---

25 '고이'는 '속곳'의 황해도 방언이며 '춤'은 '허리춤'이다. 따라서 고이 춤은 속곳 허리춤을 의미.

26 어제 저녁.

27 ① 윗방. ② (북한어) 예전의 집 구조에서, 부엌 아궁이가 달린 방을 기준으로 하여 그다음에 있는 방. ③ (북한어) 난방 구조에서, 기본 살림방을 기준으로 하여 그다음에 있는 방.

"난 여기 와서 처음으로 잘 닦은 등피에 불을 켜본다. 속이 다 시원허구나! 너 개성 가지 말구 여기 있으면서 등피나 닦어라."

이 젊은 마님은 차츰 억쇠가 좋아지는 다른 까닭도 있었다. 서울서 자란 하인의 자식이라 말씨가 공손해 시골 아이들보다 부릴 맛이 있는 것이었다. 더구나 억쇠 애비는 '마냄'으로 부르는데 억쇠는 '아씨'로 불러주는 것이 자기의 젊음을 나리님한테 일깨워주는 것 같어 속으로 더 탐탁했다. 그리고 나리님이나 이 아씨나 다 함께 술 생각이 난다든지, 고기 생각이 나드라도 인전[28] 장날 장꾼편이나 기다리고 있지 않어도 좋았다. 발이 잰 억쇠는 고기나 생선이나 술심부름을 배천읍에 내보내더라도, 아침에 보내면 점심참에는 대어 들어왔고, 점심 먹다 생각나 내어보내면 이날 저녁은 틀림없이 먹고 싶은 것을 차려 먹을 수가 있게 되었다.

장 심부름을 시켜 버릇하니 억쇠는 나리님이나 아씨방의 남폿불보다 그들의 식성을 돋우는데 더 요긴한 존재였고 더구나 무시로 대려[29] 가고 있는 보약 풍로도 아씨 자신이 지키고 있지 않어도 약을 넘길 걱정이 없어졌다.

이렇게 아씨는 자기에게 달가우니 광목으로 바지저고리 한 벌을 두툼히 해 입히었고 머슴이나 부엌사람도 저이들의 일이 덜리니 억쇠에게 고맙게 굴었다.

억쇠 자신도 이런 것 말고라도 시굴이 차츰 좋아졌다. 처음에는 동네 아이들에게 제가 먼저 쭈뼛거리였으나 차츰 눈치를 채고 보니 여기

---

28 '인제'의 경기 방언.

29 '달이다'의 방언(전남, 충청, 평안).

아이들은 도리어 저헌테 쭈뼛거리는 것이었다. 개울 밑에 집 점둥이도 저이 댁 땅으로 사는 집 아이였고, 동네 초입인 노마란 아이도 집터까지 저이 댁 땅이었다. 그들은 옷주제도 저만 못했고 저를 뉘집 하인의 자식으로 깔보려기는스레, 도리어 저를 저이들의 지주댁 마름이나처럼 위하려 들어, 장날 같은 날 읍에서 억쇠가 사 든 것이 많으면 그들은 다투어 서로 들어다 주는 것이었다.

아이들만도 아니었다. 어른들도 차츰 억쇠를 요긴하게 알었다. 경답(서울사람의 땅)이 후하다는 것도 옛말이요, 타작에 북데기[30] 떨이까지 한 몫 끼는 것이나, 장리쌀 이자에 사정없기나, 모두가 시골 지주들과 다를 것이 없는데다가, 서울 양반이랍시고 거드름만 부리어, 번쩍하면 말씨를 배[워]먹지 못했느니, 인사성이 없느니 하고 꾸지람만 내리는 통에, 작인들은 나리님이나 아씨 앞에 나서면 먼저 주눅부터 들어 한 말도 제대로 못하는 수가 많다. 그러나 장리쌀 한 말을 먹으려도 지줏댁이요, 장날 권 생원을 만날 때까지는 단돈 일 원을 돌릴 데도 이 지줏댁밖에, 없으니 동리사람들은 이 나리님과 아씨의 눈치를 살펴야 할 일이 자연 한두 번 아니다.

나리님이나 아씨로도 그러했다. 고단하면 점심때까지도 자리 속에 누었는데 눈치 없이 창밑까지 기어들어와 기웃거리며 찾는 데는 질색이다. 작인들이 입에 서투른 서울 말씨를 지어,

"나리님 게서와요?"

"마냄 게서와요?"

---

30 벼나 밀 따위의 낟알을 털 때 나오는 짚 부스러기. 깍지, 이삭 부스러기 같은 찌꺼기(북한어).

하드라도 나리님이나 아씨께서는 그들에게 대꾸하지 않고 먼 소리로 억쇠부터 불러, 억쇠 이외에는 근접을 시키지 않고 억쇠의 전갈을 듣기로 하는 것이다. 이래서 가재울 사람들은 나리님이나 아씨에게 청들 일이면 먼저 억쇠, 억쇠 하고 억쇠를 찾게 되었다. 억쇠는 가재울에 온지 며칠 안 되어 얼마 고갯짓을 해도 괜찮을 지체에 올라섰다. 더구나 상전 앞이라면 뼈대 없이 설설 기기만 하여 저까지 절로 그 뽄[31]을 뜨게 하는 애비와 떨어지는 것으로도 억쇠는 가재울이 개성보다 더 좋아졌다.

## 3

봄이 되니 시굴사람들은 서울사람들 몇 배 바빠하는 것 같았다. 억쇠가 알기로는 서울이나 개성서는 겨울동안 밀린 빨래 때문에나 바빴고, 장이나 담고, 조기를 들여다 젓이나 담고 굴비나 말리면 고작인데, 시골서는 그 넓은 땅들을 한번 마당 쓸듯 쓸기만 하려도 큰 일인 것을 모조리 갈어 헤쳐야 하는 것이요 돌을 추어내고[32] 덩어리 흙을 깨야 하는 것이요 거기다 거름을 저내고 씨를 뿌리고 물길을 에워내고[33] 개천 옆으로는 둑 막이를 하고 그중에도 못자리 같은 것은 아직 뼈가 저린 물에 들어서서 방바닥 고르듯 공을 들이는 것이다.

들판에서 사내들만 바쁜가 하면 그런 것도 아니다. 젊은 아낙네들은

31 본을.

32 들추어내고.

33 기본형은 에우다. 사방을 빙 둘러싸다는 뜻.

밭으로 논으로 더운 점심과 곁두리[34]를 지어 날러야 했고, 등 꼬부라진 할머니들까지 씨알 바가지를 들고 울밑과 밭 살피로 다니면서 여러 가지 씨를 묻었다.

버들가지를 틀어 헌다하게 피리를 만들어 부는 처녀들도 붓꽃 씨니 꽈리 씨니 조롱박 씨니 하면서 울밑과 장독대로 골독하게[35] 돌아다녔다. 모두들 흙이기만 하면 한 뼘[36] 땅도 그냥 두지 않었다. 온— 땅에 뿌리고 묻고 하는 씨앗으로 나가는 곡식만 해도 엄청난 것이었다.

'저렇게 아까운 것을 내버리듯 했다가 나지나 안는다면 어떻헐 건가?'

억쇠는 걱정스러워 보였으나 시골사람들은 사람끼리는 못 믿어도 땅에는 아끼지 않고 묻었다.

억쇠 자신도 이 해 봄에는 처음으로 흙에 손을 대어보게 되었다. 서울 창경원(昌慶苑)에 꽃구경 갔던 주인아씨가 화초 여러 가지를 사온 것이다. 안뜰 안에 둥그렇게 하나, 뒤뜰 안 장독대 곁으로 네모지게 하나, 화단을 묻는 것은 아씨가 총찰[37]하는 대로 억쇠가 사흘이나 걸려 만들었다. 감자처럼 생긴 따리아[38]는 움이 벌써 개구리눈처럼 불거진 것이지만 구근(球根)아닌 다른 꽃씨들은 베개에서 새어나온 모밀깍지처럼 아무 무게도 습기도 없는 것들이었다. 이런 것에서 싹이 트고 꽃이 피리라고는 믿어지지 않었다.

그러나 땅은 요술쟁이 같았다. 그런, 바람에도 날려버리던 빈 쭉정

---

34 곁두리. 농사꾼이나 일꾼들이 끼니 외에 참참이 먹는 음식.
35 골독(汨篤)하다. '골똘하다'의 원말.
36 '뼘'의 방언(강원, 경남, 평안).
37 總察. 모든 일을 맡아 총괄하여 살핌. 또는 그런 직무.
38 달리아(dahlia). 국화과의 여러해살이풀.

이 같던 씨앗들을 벌레처럼 움직여 놓은 것이었다. 묻은 지 열흘이 안 되어 덮힌 흙은 금이 나고 무엇이 갸웃하고 내다보듯, 군데군데 떠들렸다. 이 위에 하룻밤 가는 비가 뿌리더니 어떤 것은 새 주둥이처럼, 어떤 것은 콩짝[39]처럼 흙을 떨고 올려 솟았다. 꽃을 피울 것이나 열매를 맺을 것이나 싹이란 싹은 밭에서고 논에서고 울밑에서고 이쁜 주둥이들이 솟아 일제히 소곤거리는 것 같았다. 농군들은 그 투박한 손으로도 이 어린 싹들을 쓰다듬기나 하는 것처럼 아끼고 끔찍이 여겼다. 암탉은 어리[40] 속에서 병아리를 품고 있지만 함부로 나다니며 새싹을 쪼아버리는 수탉 그놈만 단속을 하면 싹트는 시골은 오직 소근거림과 귀여움뿐, 큰소리 한마디 날 리가 없을 것 같았다.

소근거림과 귀여움은 흙에서 솟는 푸새[41] 것만도 아니었다. 하루 억쇠는 나리님의 술안주로 물고기 사냥을 나섰다. 점둥이네 반두[42]를 얻어가지고 앞개울서부터 돌을 들추며 칙바위 골로 올라왔다.

물에는 송홧가루가 미숫가루 뜨듯했다. 가만히 반두를 대고 돌을 들치면 버들치와 날메리 아니면 가재 한두 마리라도 나온다. 아씨께서 봄 가재는 지지면, 자기 낭자[43]에 꽂힌 산호 뒤꽂이처럼 붉은 것이 곱거니와 국물이 달어 입맛이 난다 했다.

한참 돌만 들치고 물속만 들여다보노라면 아직 발도 시리고 허리도 아프다. 앉기 좋은 바위에서 허리를 펴고 발을 말리노라니,

---

39 콩짜개(두 쪽으로 갈라진 콩의 짜개)의 북한말.

40 병아리 따위를 가두어 기르는 물건. 싸리나 가는 나무로 채를 엮어 둥글게 만든다.

41 산과 들에 저절로 나서 자라는 풀을 통틀어 이르는 말.

42 양쪽 끝에 가늘고 긴 막대로 손잡이를 만든 그물. 주로 얕은 개울에서 물고기를 몰아 잡는다.

43 ① 여자의 예장에 쓰는 딴머리의 하나. 쪽진 머리 위에 덧대어 얹고 긴 비녀를 꽂는다. ② 쪽.

'시굴은 참 좋구나!'
생각이 절로 솟는다. 진달래는 한물 이울어 물에도 낙화가 떠내려오는데, 양지쪽 산기슭에 나무 끝마다에는, 솟는 것이 아니라 하늘에서 뿌리는 것처럼 빤짝이는 속잎들은 어찌 보면 잔잔한 물결도 같다. 새끼 친 멧새들이 쫑쫑거리고 그 연둣빛 파도를 잠겼다 떴다 하며 나른다.

동네에서 꽤 멀리 올라왔다. 점둥이 누이 을순이 또래들이 보았으면 눈이 빨개 덤빌, 물 잘 오르고 굵은 버들이 낫이 있다면 단으로라도 베게 있다. 억쇠는 한 가지 꺾어 비틀었다. 소리는 나나 여기 아이들처럼 가락을 넣어볼 수는 없다. 물에 던져버리고 건너편 산기슭만 바라보노라니 그 연둣빛 파도 밑으로는 사람도 하나 지나간다. 벌써 누구네인지 점심 고리를 이고 밭으로 가는 아낙네였다.

문득 죽은 엄마 생각이 난다. 엄마며 아버지며 아들이며 흙내 구수한 밭머리에 물러앉어 샘물을 바가지로 떠 나르며 먹는 점심은 천렵[44]처럼 즐거울 것 같았다.

'나도 나대로 살어보았으면! 점둥이네나 장근이네처럼 남의 땅이라도 얻고 오막사리라도 우리 집에서 내 농사를 짓고 살어보았으면!'

가만히 바위 밑을 내려다보니 배에 자개 빛이 번쩍하는 무당치리 한 마리가 늘름 나왔다 들어간다. 혼자서는 반두를 대고 한손으로 움직일 수 없이 큰 돌이다. 가슴이 뚝딱거리나 어쩌는 수 없어, 쿵 쿵 돌을 굴러만 보는데, 자지러지게 가락을 넣어 부는 피리소리가 물레방아 쪽에서 내려온다. 억쇠는 길로 뛰어 올라왔다. 무당치리보다 더 새까만 눈

44 川獵. 냇물에서 고기잡이 하는 일.

을 가진 기지배[45]다. 을순이보다는 크긴 하지만 벌써 내외를 하려는 것처럼 길을 한옆으로 빗새며[46] 달아나려 한다.

"얘?"

억쇠는 길을 막었다.

"너 저기 가 반두 한 번만 잡어다우?"

얼굴이 빨개지며 말끔히 쳐다만 본다.

"그게 뭐냐?"

억쇠는 그 애가 이고 가는 다래키[47] 속에 무엇이 들었나 궁금했다.

"이게 무슨 나물이냐?"

"송화두 모르구!"

붉어진 얼굴과는 딴판이게 야무진 목소리다. 입이 동그랗게 열리며 빰에 볼우물도 동그랗게 패는 아이다. 한 손에는 미나리를 줌이 벌게 뜯어 들었고 한손에는 그리 굵지 못한 피리 채를 꺾어 들었다.

"그까짓 거! 저긴 굵은 게 얼마든지 있는데!"

"굵기만 험 돼지 소리가 나는 것두!"

억쇠는 할 말이 막혀 길을 비키였으나 소녀는 넌지시 개울 아래를 내려다본다.

"반두 한 번만 잡어다우?"

"……."

"큰 무당치리 잡어 주께."

---

45 '계집아이'의 방언(충북).

46 '빗서며'가 표준어. '빗더서다'의 준말.

47 다래끼의 강원 방언.

소녀는 길 아래위를 둘러본다. 다시 동그란 눈으로 억쇠를 쳐다보더니 머리에서 다래키를 내려놓는다. 그리고 개울로 내려와 짚새기[48]를 벗고 물에 들어 서준다.

소녀는 반두를 대어주고 억쇠는 끙끙거리고 돌부리에 손을 넣어 한 머리를 번쩍 들었다 놓았다. 벌컥 내밀리는 흙탕물 속에서 들리는 반두 바닥에는 무당치리만 뛰는 것이 아니라 꺽지도 그만한 놈이 하나 뛰었다. 억쇠는 좋아서 반두를 받어 들고 보니, 소녀는 물탕[49]이 튄 치맛자락을 쥐어짜고 있었다.

"많이 젖었니?"

소녀는 대답 대신 얼굴을 저으며 분명히 웃어주었다. 억쇠가 도리어 우둔[50]이 들려 화끈하는 얼굴을 돌렸다. 그리고 버들가지를 꺾어 그 애 때문에 잡은 고기뿐 아니라 다른 것도 서너 마리 굵은 것으로 골라 끼어가지고 길로 올라서니 소녀는 벌써 다래키를 이고 소고삐 서너 기장[51]은 걸어 나갔다.

"얘?"

소녀는 돌아다본다.

"이거 주께."

소녀는 역시 입엔 웃음을 띄고 다래키를 인 채 동그란 얼굴을 두어 번 저었다.

그래도 억쇠가 달려오니까 소녀도 뛰어버린다. 멧새와 달리 쫓아가

---

48 '짚신'의 북한어.

49 '물장구'의 북한어.

50 '운둔거리다'의 어근. 가슴이 자꾸 세차게 뛰다.

51 ① 옷의 길이, ② '길이'의 방언(경기, 황해).

기만 하면 단숨에 붙들 것이나 억쇠는 그 애가 이쁘면 이쁠수록 수집어졌다.[52]

'저애가 누굴가?'

소녀는 멀찌감치 가 돌각담 모퉁이에서 돌아다본다. 확실히 생글거리는, 그리고 뱅글뱅글 돌아가는 것 같은 동그란 얼굴이다. 땅에서 솟는 꽃 순보다도, 멧새나 무당치리보다도 더 마음을 끄는 아이이다. 이런 소녀는 이내 돌아서 사라지더니, 그 꾀꼬리처럼 자지러지는 가락으로 피리 소리를 보내었다.

봄은 잠간새 여름이 되었다. 그 푸새 것들은 꽃이 많이 피고 열매도 많이 맺었다. 그 송화 다래키의 소녀는 그 뒤에 알고 보니 노마 누이 분이었다. 분이서껀 을순이 모두 물 방구리[53] 이고 가는 손을 보면 벌써 봉선화 물을 드리어 손톱들이 익은 가재 딱지처럼 새빨갛다. 오이 밭에서 풋 오이를 따고, 감자밭에 들어 두둑 한 북[54]을 헤치고 게사니[55] 알만큼씩 안은 감자를 캐는 재미란, 억쇠는 비록 그것들이 한물 지날 때까지는 제 밥상에는 오르지 못한다 하드라도 신기하고 탐스럽고 어디엔지 감사해야할 일 같았다.

더욱 논들은 물만 맞추어 대어주고 많어야 세벌 김이면 모낸 지 불과 달반에 한 벌판 그득, 땅은 그만 벼 멍석이 되어버리는 것이었다.

'땅! 이래서 땅, 땅 하는 거구나! 이래서 저이는 못 먹어도 씨암탉이며 꿀단지며 들고 와서 행여 땅이 떠러질세라, 지줏님 허는구나! 아, 인

---

52 '수줍다'의 북한어.

53 주로 물을 긷거나 술을 담는 데 쓰는 질그릇. 모양이 동이와 비슷하나 좀 작다.

54 식물의 뿌리를 싸고 있는 흙.

55 ①'거위'의 방언(강원, 경기), ②'거위'의 북한어.

제 마당질이 시작되면 촌에는 먹을게 얼마나 지천으루 버려질가!'

타작 날은 어느 집이나 닭을 잡고 절구에 미리 찧은 햅쌀에 밤밥을 하고 지주를 청한다. 그러나 지주댁 나리님이나 아씨는 그까짓 것쯤 시뜩하게 여기는지 거드름을 부리노라고 그러는지 여간해 가주지 않는다. 이 바람에, 타작 때는 내려와 있는 억쇠 애비가 곧잘 포식을 하는데 올[56]에는 억쇠도 한 밥 끼었다.

'세상에 농사처럼 좋은 건 없구나!'

그러나 억쇠는 마당질이 끝나 곡식 섬들이 임자를 찾는 자리에 이르러, 전혀 뜻하지 않었던 사실에 놀라지 않을 수 없었다. 이 동네서 첫 타작, 이 동네서 제일 바지런하다는 개천 건너 점둥이네 타작마당에서다. 점심을 자시러는 오지 않어도 마당질이 끝날 무렵에는 주인 나리님도 나타났다. 아흔엿 근씩이라고 달어 놓은 볏가마니가 열여덟이나 둥그러졌다.[57] 지줏댁 나리님은 북데기[58]까지 그 자리에서 까불러내게 하더니, 작년보다 가마판이 늘었다고 비료 대금은 떨어졌다고 좋아하나, 점둥이네 식구들은 도모지 좋아하는 기색이 없다. 점둥이 아버지는 잠자코 지게를 들고 나오더니 지줏댁 머슴과 억쇠 아버지와 함께 한 가마니씩 세 번을 날러 아홉 가마니를 지줏댁 뒷광으로 올려갔다. 남은 아홉 가마니가 점둥이네 차지였다.

그러나 수세(水稅)와 비료 대금이 지주와 반부담이었다. 논은 낮은 것일수록 남의 물로만 꾸리는 것이라 소출은 적고 수세는 비싼 법이다.

---

56 '올해'의 준말.

57 큰 몸짓이 넘어지면서 구르는 모양을 가리키는 동사.

58 (북한어) 벼나 밀 따위의 낟알을 털 때 나오는 짚 부스러기, 깍지, 이삭 부스러기 같은 찌꺼기.

세 마지기에 열여덟 가마니 소출인데 수세는 열 할이 넘는 두 가마니가 나간다. 그러므로 점둥이네가 한 가마니를 당하면 여덟 가마니가 남는 것인데 다시 비료 세 포대 값 반부담으로 십칠 원 각 수가 있고 거기다 호세까지 물자면 두 가마니 벼는 팔아야 한다. 그러고 나면 점둥이네가 먹을 것은 여섯 가마니뿐이다. 밭농사가 반 양식은 되는 것이니 여섯 가마니라도 굶지는 안는다. 그런데 언제 왔는지, 그 억쇠 어미 죽은 것 비호처럼 담어 내가던 권 생원이 와 있다가, 가마니 제일 성한 것으로 골라 둘을 가지런히 끌어다 놓고 그 위에 다시 한 가마니를 올려 놓더니 그것을 난닥 타고 앉어, 마당질에 지친 허리를 제대로 가누지도 못하면서 그 앞에 와 무슨 사정을 하는 점둥이 아버지에게 대설대[59]로 삿대질을 하고 있다.

권 생원은 그 모지랑 수염이 곤두서고 꼬리 샐룩 처진 눈에 불꽃이 일었다.

"다른 빚두 아니구 제 부모 상채(喪債)를 탈상하두룩 안 갚는 게 사람이야? 개가 부끄럽지 않어?"

하고 권 생원은 소리를 질러도 점둥이 아버지는 말이 막혀 쩔쩔매기만 한다. 삼 년 전에 점둥이 할아버지가 돌아갔을 때, 장례비용이 없어 권 생원의 돈 삼백 냥(삼십 원)을 쓰고 이백 냥은 그해로 갚고 그때 시세로 벼 한 가마니 값이 될락 말락 한 백 냥 하나 떨어진 것이 이자에 이자가 붙어 오늘 회계로 벼 세 가마니를 차지해도 권 생원 계산으로는 후하게 치는 것이라 한다. 관솔불이 시뻘겋게 비치는 점둥이 아버지의 얼굴은

59 '담배설대'의 방언(강원, 전북, 충남).

울상을 한다.

"빚진 죄인이라니 무슨 낯짝으로 권 생원 말씀을 노엽다구 하겠사와요? 그저……."

"듣기 싫소. 갖바치 내일 모레 허듯 또 내년?"

"어떻헙니까? 어린 자식들 먹여주시는 셈 치시구 한 가마만이라두 떨궈다 내년 가을에 가마판으로 해드릴게 받으시기요."

하고 사정하는 광경에, 억쇠는 점둥이와 친하다고만 아니라, 봄내 여름내 땀 흘려 일하는 것을 보았고 그래서 벼 열여덟 가마니를 떨어가지고 권 생원까지 제 욕심대로 세 가마니를 차지해버리면 겨우 먹을 것이라고는 단 세 가마니, 쌀로 한 가마 판밖에 안 되는 딱한 사정에 은근히 동정이 될 밖에 없어, 권 생원이 어떻게 끝장을 내가나, 씨름 구경이나처럼 마음이 조이는 판인데, 주인댁 부엌데기가 내려와 억쇠를 꾹 찔렀다. 아씨가 찾은 것이었다.

"너 점둥이네 마당으루 냉큼 뛔가서 벼 한 가마니 마저 드려오라구 일러라."

"아까 아홉 가마니 드려온 것 말굽쇼?"

"너 이 녀석 잊어버렸니? 점둥이 에미가 장리쌀 소두 서 말 갖다 처먹은 거 있지 않어?"

"그건 인제 쌀루 쪄서 가져올 것 아닌가요?"

"저런 멍청한 녀석 봐! 권 생원두 벼로 빚을 받으라는데 벼 몇알 남겠다구 쌀로 쩌다 갚길 바래? 다 먹은 담에 쥐뿔루 받어? 나리님께서 벼로 치면 이자꺼지 꼭 한 가마니 폭이 된다시니까 네가 점둥이 에미더러 말허구 한 가마니 냉큼 드려와야 헌다. 그때 이 녀석 네가 말해 준 것 아니냐?"

닭을 잡고 밤밥을 해놓고 청하여도 와먹지 않는 것이 거드름으로만 아닌 것을 억쇠는 비로소 깨달었다. 억쇠는 어쩔 수 없이 관솔 불도 그물그물 꺼져가는 점둥이네 마당으로 내려왔다. 권 생원은 저이 삼포직이 영감을 시켜 기어이 타고 앉었던 세 가마니를 모조리 나르고 있었고, 점둥이 어머니는 얼굴이 붉으락푸르락 해서 애꿎은 젖먹이만 때려주고 있었다.

진날 마른날 농사 뒤치개를 했고, 조석으로 양식 되박을 드는 아낙네들은 저이 마당 가운데 살진 도야지[60]처럼 나둥그러지는 곡식 섬들을 볼 때 이날처럼 흐뭇하고 즐거운 날은 없어야 한다. 그러나 천륜(天倫) 정해지듯 한, 지주에게 반을 주는 것도, 대범한 사내들 속과는 달러, 품속에 것을 헤집어 꺼내는 것처럼 아프거든, 반 남는 아홉 가마니에서 벌써 여섯 가마니가 날러가게 되니 탕개[61]가 풀리고 나중엔 악이 받칠 밖에 없다. 억쇠는 살인이라도 낼 것 같은 점둥이 어머니나 점둥이 아버지에게 말을 붙여볼 기운이 나지 않는다. 점둥이를 찾었으나 보이지 않는 것은, 보나 안 보나 홧김에 이 억울한 타작마당에서 피해버린 것이었다.

이렇다고 해서 억쇠는 그냥 섰을 수만은 없다. 쭈뼛거리며 점둥이 어머니 앞으로 왔다. 점둥이 어머니는 봉당에 펄석 주저 앉어 가슴을 풀어헤치고 젖먹이 입에 젖을 물리고 있었다. 억쇠는 여기서도 편뜻 죽은 제 어미 생각이 났다. 부엌에서 비치는 관솔 불에 점둥이 어머니는 남의 집 종은 아니었만, 그렇게 가슴이 앙상하고, 그렇게 얼굴이 겉

---

60 돼지.

61 물건의 동인 줄을 죄는 물건.

늙은 주름살에 생기라고는 조금도 없었다.

가까이 오기는 했으나 차마 말이 나오지 않어 머뭇거리는 순간이었다.

"아―니 그건 어듸루 가져가나?"

마당에서 날카로운 점둥이 아버지의 목소리가 난다. 다른 사람이 아니라 억쇠 저이 아버지였다. 지게를 지고 와 새로 한 가마니를 지고 일어서는 것이었다.

"억쇠가 뭐래지 않습듸까?"

"억쇠라니?"

"아, 장리쌀 먹은 거 있다면서요? 쌀루 쩌올 것 없이 아주 한 가마니 턱이라구 벼루 드려 오래십듸다. 먹은 거 갚을 생각은 안했드랫수?"

억쇠 애비는 낮에 점심을 그렇게 잘 얻어먹은 것은 잊은 사람처럼 점둥이 아버지의 대꾸도 들을 것 없이 지고 일어선 채 껍신껍신 가버리는 것이었다. 어느 댁 분부라고 점둥이 아버지나 어머니는 군소리 한마디 입 밖에 내지 못했다. 억쇠는 아까 권 생원이 미웠던 것처럼 주인댁 아씨나 나리님이 미워졌고 아까 권 생원의 볏가마니를 져 나르던 삼포직이 영감이 밉살머리스러웠듯이 이제 주인아씨의, 이자로 소두 한 말 쌀이 덧묻은 곡식 섬을 지고 가는 제 아비의, 말조차 인정머리 없이 쏘아 던지고 가는 꼴이 몹시 밉살머리스러웠다.

차츰 알고 보니, 이런 타작마당의 딱한 사정은 점둥이네만도 아니었다. 그래도 점둥이네는 아주 빈손은 아니나 손포가 적거나 땅이 토품이 낮은 것을 얻었거나 한 사람은 정말 키[62] 짝만 들고 물러설 뿐 아니

---

62 곡식 따위를 까불러 쭉정이나 티끌을 골라내는 도구.

라 세전부터 장리쌀로 목숨을 이어온 사람들은 빚 청장도 못다 하고 물러서는 집이 있다. 더욱 입도차압제(立稻差押制)라는 것이 생겨, 벼가 익기도 전에 채권자가 차압해서 경매해버리니까 볏짚 한 단 구경 못하는 사람도 있다. 개성(開城) 장꾼(貸金業者)들의 그 그악스러운 돈 놀이나 윤판서댁 장리쌀에 걸리지 않을 만치 겨우 부지하는 살림이란, 사십여 호 이 동리에 안 과부네 한 집밖에 없다. 무서운 줄 알면서도 권 생원의 돈 안 쓸 집이 없고, 보릿고개 당해 지줏댁 장리쌀을 안 먹고 견디어낼 질긴 창자를 가진 식구들은 어느 집에도 없다. 농구(農具)와 일먹이 때 주초(酒草)같은 것을 그저 대어주고 떨어지는 식량을 이자 없이 돌려준다 하여도 혼상 간(婚喪間) 큰돈 쓸 일은 정해놓고 빚이 될 수밖에 없는데, 이들의 주위에는 가을이면 한 번씩 마당추수가 있는 것을 저이들의 화수분으로 노리고 핑계가 닿으면 덤붙여 먹으려는 돈 놀이꾼들과 이자가 오푼 변 턱도 더 되는 장리쌀 임자만이 둘러싸고 있는 것이다.

'땅이란 농사꾼들이 그렇게 믿고 그렇게 힘 들여 가꾸고, 그렇게 소중히 아는데, 또 땅도 그런 농사꾼들에게 그들이 힘 들이는 만치는 보답이 있는 것인데, 확실히 그런 것인데, 이들이 먹을 것이 그 겨울 안으로 떨어지고, 천 한자 못 끊고, 병이 나도 약한 첩 못 쓰고, 권 생원의 변돈만 쓰고, 돈 변리보다 더 비싼 장리쌀을 또 먹고, 그래서 해마다 그 식이 장식인 이건 대체 어찌된 셈인가?'

억쇠는 땅이란, 땅에다 땀을 흘리는 점둥이네나 장근이네나 노마네에게 좋은 것이 아니라, 가만히 앉어서 남이 지어놓은 농사를 절반씩 들어가는, 그것도 한두 집에서가 아니라 수십 수백 집에서 걷어다가 저 혼자만 위장병이 생기도록 먹고, 저 혼자만 계집도 몇씩 거느리고 그리고도 기생이니, 유곽이니 병이 나도록 향락하고, 집도 서울집이니 시굴집이니, 정자니, 묘막이니 여러 채씩 두고 혼자 호강하는, 지금 이 주인나리님 같은, 그런 몇만 명이나, 몇십만 명 중에 하나나 될지 말지 한, 지주를 위해서만 '좋은 땅'인 것을 이내 깨달을 수 있었다.

그러나 억쇠는 점둥이나 점둥이 아버지나 어머니처럼 땅이나 법률이 이렇게 꼼작 못하게 마련된 것은 사람들이 악하고 사람들이 못난데서 생긴, 고쳐야 할 탈인 줄은 미처 생각지 못하는 것이요 또 생각하려 하지도 않는다. 땅과 법률의 이런 마련은 태초 요순 때부터 내려오는 천륜(天倫)같은 것이거니 앞으로 억만 년을 가더라도 변할 것이 아니려니, 오직 복종해야만 살며 복종해야만 사람의 도리려니, 그렇기 때문에 인간엔 자고로 부귀빈천의 등별이 있는 것이며 이승에서 빈천한 자는 어서 죽어서 팔자를 고쳐 타고 나는 수밖에 없거니……, 불평이든 의문이든 이들은 고작 이런 데서 어물거리다가 결을 새키고 마는 것이 예사였다.

억쇠도 그 이듬해부터는 장근이네나 점둥이네가 봄내 여름내 피땀을 흘리고 가을 마당질에 와서는 남 좋은 일만 하고 물러나는 꼴에도 그것을 처음 볼 때처럼 마음에 찔리지는 않았다. 찔리지 않을뿐더러, 나리님이나 아씨의 권리를 작인들 앞에 대신 써볼 때는 권리를 주는 주인에게는 아첨이 절로 늘었고, 그 권리에 복종해야 하는 작인들에게는 모르는 새 거드름이 늘어, 점둥이나 장근이네 마당에 가서는,

"별놈의 소리 다 듣겠네! 며칠 안 됏으니 이자를 더러라? 누가 장리 쌀 먹으래서 먹었어?"

하고 아이 어른 가릴 것 없이 곧잘 허튼소리가 나오게쯤 되었다. 전에

는 점둥이나 노마가 저를 업수이 여길까 보아 눈치가 갔으나, 지금은 그와 반대가 되었다. 허구헌 날 지줏댁 대청 밑에 가서, 장리쌀을 주십시오, 멧소를 한필 사 주십시오, 이자를 좀 탕감해 주십시오, 한 섬만이라두 내년 가을로 밀어주세야 살겠습니다, 귀밑에 흰털 박힌 것이 새파란 아씨자리한테 죽는 엄살을 써가며 때로는 억쇠의 입까지 빌어 비럭질을 하는, 문서에 오른 종보다 날 것이 없는 저이들의 신세를 억쇠가 깔보고, 너무 휘두를까 보아, 점둥이나 노마가 도리어 억쇠의 눈치를 보게 되는 것이며, 남들이 제 눈치를 보는 자리에서 억쇠는 또 저도 모르게 우쭐렁해지었다. 노마 누이동생 분이를 만나도 인전 부끄럽지만은 않어 물 방구리를 인 그와 마주치면 길을 막어 세워놓고 저부터 한 바가지 떠 마실 만큼 속도 제법 시큰둥해졌다.

## 4

그러나 억쇠의 이 시큰둥은 동네사람들 눈에 과히 두드러지기 전에 움츠러들지 않을 수 없게 되었다.

절박해가는 시국은 점점 변동이 심했다. 올에도 벌써 고노에 내각(近衛內閣)이 히라누마 내각(平沼內閣)으로, 그것이 다시 아베 내각(阿部內閣)으로 일본의 내각은 연거퍼 두 번씩 갈리었다. 전쟁이 벌어지면 쌀값이 오른다고, 쌀값만 오르면 은행 빚도 권 생원네 빚도 문제가 아니라 생각해 온 윤 판서댁 나리님의 예산과는 전혀 딴판으로 내각만 자주 갈리더니 쌀에도 공정가격, 땅에도 공정가격, 시세에 반도 안 되는 법정가격이 생기였고, 게다가 이쪽에서 사 써야할 일용품은 '야미'[63] 값이 붙기 시작하는 것이었다. 나리님의 예산이 틀려나가기는 이번이 처음도 아니다.

개성[에]다 집을 지을 그전까지는 몇 해째 곡식 시세가 좋았다. 조선 쌀은 있는 대로 일본으로 먹히는 것 같았는데 수리조합의 번창으로 조선 쌀이 늘기도 했거니와 일본도 해마다 풍년이 들었다. 일본 정부는 조선 쌀을 퉁기기 시작했고 조선총독부는 이미 기공했던 수리조합도 사방에서 중지하게 되었다. 일본은 이 무렵에 조선 쌀을 똥값으로 살 수 있는 경험을 가지어, 일본이 웬만한 흉년쯤으로는 다시 조선 쌀값을 올려주지 않었다. 나리님은 권 생원에게 집 지은 빚의 본전을 꺼 나가기는커녕 어떤 해는 이자를 못다 물어, 본전에 가산되었고, 쓰던 솜씨라 그래도 먹을 것은 먹고, 입을 것은 입어야함으로 해마다 돈 천 원씩 빚은 늘기만 했다.

'그래두 어떻게 되겠지!'

전쟁이 나서 다시 산미증산운동(産米增産運動)이 일어나는 것은 이 윤판서댁 나리님뿐 아니라 경제력의 바탕이 오직 땅뿐이었던 조선의 재산가들은 죄다 칠년대한에 검은 구름을 보는 것 같았다. 그랬는데 쌀에도, 땅에도 이내 공정가격이 생겨버린 것이다.

나리님은 생각하면 조선 망한 것이 인제 와서 설군[64] 하였다. 백성은 누가 다스리며 누구 손에 어떻게 되든, 적어도 그때 시세로, 저이 생전 놀고먹을 만치 땅만 가진 자면 나라 망하는 아픔이 장차 저이들 창자 속

---

63 일본어 やみ(闇)의 음차로서 뒷거래라는 뜻.

64 섧곤.

에까지 미칠 줄은 깨닫지 못했던 것이다. 대문만 닫고 행세만 안 하면 그만일 뿐, 내 땅에서 나는 밥이야 어디 가랴 싶었다. 따져 보면 누가 난봉을 부리었거나 과용을 한 살림도 아니었다. 팥비누[65]면 그만이던 것이 왜비누[66]를 사 써야 했고, 미투리나 갓신이면 그만이던 것이 구두다, 양복이다 해서 벼 한 섬이면 되던 일이 벼 열 섬 스무 섬이라야 되게 되었고, 자기부터도 공부도 제대로 못 하고 나왔지만 동경 가 있는 삼 년 동안 천안 땅 오백 석 지기가 달아났다. 일본 자본의 시장으로 생활은 갑자기 새것들과 편리한 것들로 문명이 되는 것 같았으나, 나리님의 생산이란 오직 땅에서 나는 것뿐이요, 그것이 모자라면 그 땅을 파는 것뿐이었다. 전차 한번 타는 것쯤 아무것도 아닌 것 같으나 오직 땅을 팔아 쓰는 사람에게는 종로서 남대문 나가는 데도 밭 한 평이 달아나는 것이었고, 서울서 인천을 한번 다녀와도 논 두 평이 달아나는 사정이었다. 전에 큰사랑에 득실거리던 문객들에게 대이면 아무것도 아니나 시골서 일가들이 공진회니 '요사구라'[67]니 하고 올라와 며칠씩 묵는 것도 큰 짐이 되었다. 그렇다고 체면으로 보나 버릇으로 보나 잡히어도 돈이 되고 팔어도 돈이 되는 땅이 있는 날까지는 남한테 궁한 티 보이기는 싫었고, 정드는 계집이면 남의 손에 넣기도 싫었다. 나리님은 이번에도 사실은 권 생원에게 돈을 얻으러 개성으로 왔던 것이다. 작은 마누라 친정 어미의 환갑이 닥쳐온 것으로 체면에 모른 척할 수가 없었다.

권 생원은 그전처럼 녹녹하지 않었다. 억쇠 아비가 두 번이나 부르

---

65 예전에 비누 대신 쓴 팥가루. 팥의 껍질을 벗기고 알맹이를 곱게 갈아 만든다.
66 예전에 개량된 비누를 재래식 비누에 상대하여 이르던 말.
67 요자쿠라(よざくら)의 오식. '밤 벚꽃놀이'를 뜻하는 일본어임.

러 가도 얼른 일어서지 않었다.

"이 녀석아 내가 시굴서 올러왔다구 그러지 않구?"

"나리님께서 오섰다구 첨부터 그랬습죠니까."

나리님은 말이 막히어 목젖만 오르내리는 꼴을 보고는 억쇠 아비가 민망스러워 다시 권 생원한테로 갔다. 세 번째에야 권 생원은 들고 앉었던 주판을 밀어놓고 따라 나섰다.

"거 권 생원 좀 보기 대단 힘드는구랴!"

나리님은 그저 볼이 실룩거리었다.

"언제 오섯나요?"

"좀 올라오슈."

"거 작년에 삼을 캘 것을…… 올엔 삼 시세가 폭락이겠는걸요!"

동문서답으로 주객은 마주 앉었다가 주인측이 먼저 히죽이 웃는다. 쓴 약을 먹듯 억지로 짓는 웃음이다.

"내 권 생원 만나잔 건 뻔 — 허지 않소?"

"고맙쇠다. 나 요즘 궁헌데 돈 좀 갚어주시요."

"뭐요? 남 말을 막으러드러두 분수가 있지! 내가 권 생원 모르게 돈 쓸 일은 생겨두 돈 생길 일이 있을줄 알우? 남의 사정 다 알면서 그류?" 하고 나리님은 또 히죽이 웃는 입에 담배를 문다.

"그러게 내 벌서부터 허는 소리 아닌가요?"

권 생원은 조금도 나리님의 어설픈 웃음을 받지 않는다. 그는 진작부터, 한 군데 빚이 오래 끌면 피차에 재미없으니 땅을 팔어서라도 빚을 갚으라는 것이었다.

"아무튼지 이번에 나두 서울 감 무슨 도리를 채려야겠수. 그러니 노자 한 이천 원만 또 좀 주서야겠수."

"개성서 서울 노자를 이천 원씩이요?"

"좌우간 이천 원은 있어야겠수."

"돈이 수중에 있어야죠."

"괘—니 그러지 말구……"

"야박헌 말 같어두 난 다 겪어봤으니깐 허는 말이지, 오래 끌면 오래 끌수록 댁에 손해란 걸 내 한두 번만 말했나요?"

"어서 낮차 시간 되는데 긴 말은 우리 이담 헙시다."

"별수 없습넨다."

"아, 정말 이천 원만 써야겠수."

"없는걸요."

"그러지 말우."

"드릴 돈 없어요. 내 언제 농담 헙듸까?"

"아, 권 생원이 돈 이천 원 없으며 권 생원이 개성바닥서 그만 것 주선 안 된단 말요?"

권 생원은 아— 하품만 하고 수염을 내려쓰다듬을 뿐이다.

"못 허겠으면 그만두."

나리님은 피우던 담배를 재떨이에 빡빡 비벼 끄고 발끈해 일어선다. 그리고 조끼에서 금시계를 떼이면서 억쇠 아비를 불렀다. 억쇠 아비는 나리님의 금시계를 잡히는 심부름을 두어 번 한 일이 있다.

"사람이 돈을 모아도 으리가 있어야 허는 거야!"

나리님 입에서는 반말이 나왔다.

"내 댁엣 일에 으리부동허게 헌 적 없지오."

"뉘 땅을 공정가격 생긴 틈에 그냥 홀랑 생켜 볼려구? 흥, 어림없는 수작을……."

"아—니 내가 땅 내랍듸까? 돈 내랬지. 이건 자게네 살림 망허는 걸 누구헌테다 화푸릴 허려 드는 거야?"

권 생원도 반말이 나온다.

"망해? 그렇게 쉽게? 쥐새끼 같은 놈 어따가 악담을 하는 거야 이놈아."

노마님이 나타나 더 큰소리는 나지 않고 말었다.

그러나 이날 나리님의 큰소리와는 딴판으로 나리님이 가재울서 보이지 않은지 달포 만에 나리님네가 망했다는 소문이 났다. 권 생원과 일본 사람과 둘이서 나리님네 가재울 땅을 맡는다는 소문이 났다. 양반도 인전 소용 없어, 빚진 죄인이라니, 땅 아니야 신주 토막이라도 팔아, 갚을 건 갚아야지, 장돌뱅이 권 아무개라고 잡어다 볼기 칠 재주는 지금 세상엔 없다는 이야기도 흥이 나서 주고받는 사람들도 있었다.

아무튼, 아씨는 친정 어미 환갑에 다녀오더니 자기 몫으로 멧소 준 것을 팔었고, 장리쌀 준 것도 되는대로 걷어드려 돈을 만들어 쥐더니, 소문 더 숭[68]해지기 전에 떠난다고 가죽가방 서너 개에 제 것 요긴한 것만 챙겨, 억쇠를 들려가지고 도망하듯 개성으로 와버리었다.

개성에 와 며칠 안 있어서다. 하루 저녁은 노마님께서 억쇠 부자를 불렀다. 뜰 아래 선 것을 바로 퇴 우[69]에 올라서라 하고 노마님은 옷고름으로 눈물부터 닦었다.

"내 생전엔 너일 데리구 있잔 노릇이 누가 이렇게 될 줄 알었니!"

68 '흉'의 방언(강원, 경상, 전남, 함경).

69 '위'의 북한어.

노마님이 눈을 섬벅거리는 것을 보기가 바쁘게 억쇠 아비는 대뜸 흐득흐득 느껴 울었다. 억쇠 생각에는 이런, 앓던 이 빠지는 노릇은 다시 없을 것 같은데 아비는 어째서 눈물이 쏟아지는지 알 수 없었다.

"이럴 줄 알었드면 땅 너머 가기 전에 단 몇 마지기라두 너이 목슬 남겨놓았을 걸……."

하고 노마님은 목이 메어 다시 말을 멈춘다.

억쇠 아비는 그만 아이처럼 엉-엉 울어버린다. 억쇠는 저만 눈이 말똥한 것을 쳐들기에 겁이 났다.

"권 생원헌테 밭이라두 하루가리 뽑재두 사는 전주가 안 듣는다구 막무가내구나! 이렇게 되구 보니 다 쓸데 없드라. 그래 너이 부자 부쳐 먹을 만큼은 다른 작인 핼 떼서라도 농토는 주마 했구, 그 가재울 집 밖 앞 마당에 깍지 방 말이다, 그게 사간이나 되구 재목이 실허니라, 그것두 이 늙은이 말 마금으루 준다구 했으니, 그걸 뜯어다 어따 세우구 농살 짓구 살두룩 해라……. 그리구 옛다, 풍년거지 더 설다구, 이런 때 한 미천 든든히 못 집어주는 게 내 맘두 더 아프다. 겨우 이게 사백 환이다. 삼백 환만 주면 시굴 밭 하루가리 못 사겠니, 제 밭 하루가리만 있어두 너이 식구엔 큰 보탬 될라. 그리구 도깨그릇, 솥부둥갱이, 너이 쓸 만치는 시굴집 걸 갖다 쓰구, 돈 백 환 손에 잡구 있으면 올 농사 미천은 너끈헐라. 가을엔 수소문해 에펜넬 하나 얻으렴……."

"싫사와요. 마냄 곁을 떠나 어떻게 따루 살어와요! 굶어두 마냄 모시다 죽지 어디루 따루 나가와요! 죽어두 싫사와요……."

하고 억쇠 애비는 또 낄낄 울었다.

그러나 결국 억쇠 부자는, 어미는 일생이요, 애비도 거의 일생이요 자식은 철나도록 세 식구가 종살이를 한 대가로 돈 사백 원과 문짝도 없는 사 간짜리 깍지방 한 채를 얻어 가지고 처음 제 살림을 차려보려 가재울로 내려왔다.

억쇠는 이김에 애비 품에서 돈 백 원이라도 꺼내 가지고 저는 저대로 어디로고 뛰고 싶기도 했다. 그러나 '시국'이니 '대동아'니 하고 아직은 도회지일수록 더 들볶는 것 같어, 허턱 어디로 나서기가 무서웠거니와 생각하면, 남의 땅으로라도 내 것으로 한번 심어보고 내 것으로 한번 따고 거두어보기가 소원이기도 했다. 또 은근히 억쇠는 가재울에 끌리는 구석이 있다. 얼굴 동그란 분이가 얼굴에 볼우물을 파고 발돋움을 해서 저를 부르기나 하는 것처럼 클클해지는 것이었다.

'분이 노마서껀, 장근이서껀, 점둥이서껀 모두 맘씨는 착헌 애들이지만…….'

억쇠는 주인댁을 기대고 그들에게 얼마 고갯짓하고 지내온 것이 이제와 뼈 아프게 뉘우쳐진다.

'그때 인심을 사 둘걸! 내나 아버지는 첫 농사라 품아시를 안 해준다면 어떻게 농사를 짓나? 밭 하루가리! 그것만 제 걸 가져도 두세 식구는 굶진 안는다는! 우린 그런 밭 하루가릴 살 수가 있기는 허다만!'

억쇠는 밭이나 하루갈이 좋은 것으로 사고 분이와 정혼이나 할 수 있다면 농사일 아니라 더 험한 노릇이라도 신이 날 것 같았다.

'점둥이네도 노마네도 저이 땅이라곤 송곳 꽂을 것도 없다. 우린 하루가릴 살 수 있는 거다!'

감자 몇 톨을 눈만 따 묻으면 감자가 섬으로 쏟아지는 땅, 옥수수를 닭이떵이[70]만도 못하게 부룩[71]만 박어도 그것을 여름내 다래키로 따 들이는 땅을 터알[72]만큼도 아니요 하루갈이 이천 평이나! 포군포군 한 분이의 손이 자기가 심은 옥수수를 찢으며 그 옥수수 같은 잇속을 방긋이 드러내 웃는 얼굴이, 억쇠는 곧 웅킬[73] 것처럼 급해지기도 한다.

'분이가 나를 어떻게 생각헐가?

나헌테 건달 끼나 있는 줄 알지 않었을가?

나는 왜, 그렇게 어질어 빠진 시굴 사람들에게 처음처럼 착허게만 굴지 못했을가!'

그러나 정작 시골 사람들은 아무도 억쇠를 못된 녀석이라거나 건방진 자식이라고 여기지는 않는다. 워낙 업수녀김과 억울한 일에는 신경이 무뎌진 그들인 데다가 대갓집에 등을 기대인 억쇠로는 처음부터 심보가 착한 아이라는 소문은 났어도, 요 녀석 두고 보자, 벼르는 소리는 들어오지 않었다. 분이도 그랬다. 그 송화 따오던 길에서 저로는 처음 얼굴을 붉혀보고 가슴을 두근거려 본 사내아이다. 저이 오빠나 점둥이보다는 대처에서 자라 그런지, 말도 경우 닿게 하고 인물도 눈이 뚱그렇고 턱이 넓적한 것이 사내 차게 생겨, 모두들 그 아비와는 딴판이라 지껄이는 소리가 듣기 싫지 않었다. 다만 분이 자신이, 외할머니에게서 들은 이야기, 아버지의 딱한 사정을 건져 드리기 위해, 제 몸을 바다에 빠트린 심청이 때문에는 가끔 꿈이 있었어도 아직 억쇠를 위해서 꿈까지는 없다. 또 혼인이란 것은, 허청[74]이든, 설름발이든, 부모님들이

---

70 닭똥.

71 곡식이나 채소를 심은 밭두둑 사이나 빈틈에 다른 농작물을 듬성듬성 심는 일.

72 집의 울안에 있는 작은 밭.

73 움킬.

74 '헛청.' 헛간으로 된 집채란 뜻으로 가난한 사람을 의미.

알어 시킬 것이지 저이끼리 눈이 맞는다든지, 울 너머로 속삭이든지 하는 것은 난당[75]들이나 하는 짓으로 여기는 것뿐이다.

## 5

억쇠네는 권 생원네 땅이 된 방축머리 채마밭에 텃세 백미 대두 한 말씩을 물기로 하고 집터를 얻었다. 너무 길가요 서향이긴 하나, '이 천지에 내 집, 우리 집이란 것도 지어보는 건가!' 하는 감격에 오직 꿈 같을 뿐이었다. 기둥을 세우고 상량이랍시고 들보를 올리던 날, 더욱 부엌에 솟을 걸던 날 애비는 말할 것도 없거니와 억쇠도 이날처럼 애달프게 어미 생각이 치민 적은 없다.

"복두 그렇게 못 타고 난 건!"

새로 솟을 건 부뚜막에서 김이 무럭무럭 솟는 것을 보고 애비가 불쑥 해버리는 말에 딴사람들은 그게 무슨 소리인지 몰랐으나 억쇠는 이내 제 어미를 가리키고 하는 말임을 알아들었다.

억쇠는 부엌 뒤에 우물을 팠다. 반 길도 들어가기 전에 물이 충충 고여 퍼 쓰기 편한, 헌다 헌 박우물이 되었다. 그러나 누구 하나 즐거워하는 사람이 없는 데는 쓸쓸했다. 그리고 억쇠는 목수가 가기 전에 문패도 하나 밀어 달래서 상량문(上양文)을 써 준 최 초시헌테 가 저이 아버지 문패도 써다 봉당기둥에나마 붙이었다. 천돌이(千돌伊) 성이 천가였

75 亂黨. 반란이나 소란을 일으키는 무리.

다. 동네 사람들은 차츰 억쇠 아버지를 '천 서방'으로 부르게 되었다.

장독대도 천 서방은 아무 돌이나 가까운데서 굴려다 놓으려 했다. 그러나 억쇠는 개울바닥으로 나가 크고 반듯하고 깨끗한 돌로 져다가 공을 들여 쌓었다. 독개그릇도 나리님댁에서 간장, 된장이 들어 있는 채 저이 쓸 만치는 물려 받었다. 낫과 지게도 그냥 생겨 억쇠는 몸살이 나도록 서투른 나무도 한동안 때일 것을 해다 가리었다. 우선 양식만은 어쩌는 수 없어 권 생원한테서 장리로 입쌀[76] 한 말에 좁쌀 닷 말을 갖다 놓고 팥은 두어 말 샀다. 상전댁에서 먹을 때는 혹시 좁쌀이 많이 섞이면 노염부터 생기곤 하였으나 이제부터는 강 조밥을 먹어도 입에 달고 이것이 살로 갈 것 같았다.

촌사람들은 억쇠 생각에 미련해 보이도록 착하였다. 저이 부자가 전날 고갯짓 하던 것을 벌써 잊어버렸을 리는 없는데 미워하지 않고 홀아비 살림이라고 고맙게들만 굴었다. 점둥이 어머니는 짠무 김치를 한 방구리 갖다 주었다. 노마네는 호박 고자리,[77] 장근이네는 수수비와 싸리비도 두 자루씩이나 매다 주었다. 억쇠는 노마네 호박 고자리는 분이가 썰어 말렸을 것만 같아 더 맛이 달거니 했다. 묵이나 두부를 해 먹어도 한두 모씩 들고 와서 어떤 아낙네는 무쳐까지 주고 갔다. 이웃 정리라는 것을 처음 맛보는 천 서방과 억쇠는

'이래서 이웃사촌이란 말이 있구나!'

하고 목이 메군 했다.

---

76 멥쌀을 보리쌀 따위의 잡곡이나 찹쌀에 상대하여 이르는 말.

77 ① 무나 호박 따위의 살을 길게 오리거나 썰어서 말린 것, ② (북한어) 오그린 모양이나 오그라든 상태. 또는 그런 물건.

'살자— 어서 잘 살자— 나쁜 맘만 안 먹음 잘살 수 있을 거다! 어서 우리두 잘 살어서 이런 은혜두 갚자!'

어서 돈이 더 부스러지기 전에 밭을 하루갈이라도 장만해야 할 것과 남의 논 얻을 것과 살림할 안사람이 들어서야 할 것들이 남은 문제였다.

밭은 좋은 것 한자리가 진작부터 물론[78] 중에 있기는 하다. 약간 경사는 졌으나 양지짝이요 동네 옆이요 네 귀가 반듯하고 토품도 좋아 밀과 콩을 심어도 잘되고 조를 심어도 열 섬은 바라보는 용길네 하루갈이 짜리였다. 땅이 좋기 때문에 처음부터 공정가격에는 어림도 없고, 공정가격의 배가 넘게, 삼백팔십 원은 받어야 한다 했다. 억쇠네는 삼백사십 원밖에 돈이 없으니 그 금사에 청해보았다. 줄 듯이 생각해 보마 하던 용길 아버지는 한참 동안이나 대답을 미루어 오더니 껑청 뛰어 사백 원에도 살 사람이 있다는 것이다. 말썽꾸러기 팔근이 녀석이 덤벼든 것이었다.

팔근이는 억쇠도 알기는 한다. 늙은 아비가 죽을 힘을 들여 농사 지어 놓으면 겨울 한철은 들어와 파먹으며 동리에 노름판을 펴놓다가 봄이 되여 농군들의 일손이 바빠지는 듯하면 어느 틈에 살짝 없어지곤 하는 건달꾼인데, 이자가 없어지기 전에 용길네가 용길 어머니의 상채(喪債)와 용길이 혼채(婚債)로 늘어온 빚 때문에 밭을 내놓았다는 말이 퍼진 것이다. 힘 안 들이고 돈 생기는 일에는 팔근이처럼 예산이 빠른 사람은 없어, 그는 이내 용길 아버지의 입을 막어 놓고 황 군수의 아들을 축축인 것이다.

78 物論 : 어떤 사람 또는 단체의 처사에 대하여 많은 사람이 이러쿵저러쿵 논평하는 상태.

가재울 윤 판서네 전장을 넘겨 맡은 것이 권 생원과 일본 사람이란 것은 잘못 전해진 말이었다. 가재울서 십 리는 떨어져 동척(東拓)[79]에서 여러 만 평 신답풀이 하는 것은 있으나 윤 판서네 땅을 권 생원과 어울러 산 사람은 조선 사람이었다. 낯선 사람에게나 처음 드는 여관에서는 아닌 게 아니라 일본 사람 행세를 하기도 하나 그도 워낙 이 지방 사람으로 재판소 서기로부터 군수까지 올라갔다가, 어떤 남의 집 유부녀와 추문이 있어 파면을 당하였고, 그전 동료들이 눈 감어주는 것을 기화[80]로 국유림(國有林)의 불하(拂下), 토지 브로커— 등에 일약 백만장자가 된 황순환이란, 이 근경에 새로 두드러진 유력자였다. 그는 해주 도청에 가면 명함도 내지 않고 도지사 방에 드나든다는 소문도 있다. 그 아들이 절반은 저이 동네가 될 이 가재울에 양지 바르고 배수가 잘 되어 과수를 심고 집도 한 채 세울 만한 밭이면, 하루가리에 사백 원이라도 좋다고 불려놓은 것이었다.

인전 남과 같이 어엿한 인간으로 땅 임자까지 되어본다는 느긋한 희망과, 땅이라도 가재울서는 누구나 다른데 이틀갈이보다 이 밭 하루갈이를 가져보고 싶어하는, 문전이요 토품 좋은 용길네 밭을 내 땅으로 다루어본다는 욕망에서 억쇠네 부자는 바짝 등이 닳었다. 사백 원에라도 우리가 살 터이니 달라 하였다. 촌 아낙네들이 탐을 내는 부잣집 장독대에 놓였던, 크고 길 잘들은 옛날 독개그릇들을, 간장과 된장이 든

79 '동양척식주식회사'의 준말. 1908년에 일본이 한국의 경제를 독점·착취하기 위하여 설립한 국책 회사. 주로 토지를 강점, 강매하여 높은 비율의 소작료를 징수하고 많은 양곡을 일본으로 반출하다가, 1917년부터 본점을 일본 도쿄로 옮기고 동양 각지로 사업을 확대하였으나, 일본이 제2차 세계대전에 패하면서 문을 닫았다.

80 奇貨. 뜻밖의 이익을 얻을 수 있는 물건. 또는 그런 기회.

채 팔어버린다면, 사백 원에서 이미 축이 난 돈머리쯤은 채워질 것 같았고, 그래서라도 이 밭만 놓치지 않는다면 몇 해를 맨 소금에 조밥만 먹어도 한이 없다고 결심했다.

그러나 팔근이 녀석은 제 돈을 쓰는 것은 아니라 다시 이십 원을 얹어 불렀다. 억쇠는 기가 막혔다.

아비와 아들은 남은 돈을 꺼내놓고 아무리 세어보고 독개그릇을 나가 암만 따져보아야 다시 이백 냥이 불을 데가 없다. 잠이 밤늦게 들었으나 억쇠는 한잠도 제대로 못 들어 보고 벌떡 일어나 앉았다.

'좋은 수가 있다!'

아버지까지 깨워, 용길네 밭을 사놓고 볼 테니 보라 장담을 하고 밖으로 나왔다.

아직 겨우 동틀머리였다. 그 용길네 밭으로 뛰어왔다. 양지짝이라 어느 밭보다도 눈이 먼저 녹고 눈이 안 덮이는 해라도 이 밭엣 보리는 얼어 죽는 법이 없다. 산 밑으로 높은 데는 자갈이 더러 밟히기는 하나 이 밭이 제 손으로 들어만 오는 날은 돌이라고는 콩쪽만 한 것 하나 그냥 두지 않으리라 그것부터 별렀다. 신바닥에 흙 닿는 맛이 시루떡 같은 것도 처음 느껴보는 땅에의 애정이다. 억쇠는 흙을 한줌 집어 부실러 보고, 입에 갖다대어도 보았다.

'토지 감정허는 기사들은 흙 맛두 본다는데 어떤 맛이라야 좋은 건지…….'

억쇠는 용길네 굴둑에서 아침 연기가 솟는 것을 보고는 단걸음에 뛰어왔다. 용길이 아버지는 일어나기도 전이었다.

"이거 그만 일어나시기두 전에 왔에요."

"어서 드러오게. 일어날 때두 된 걸."

"밭은 암만 생각해두 우리가 꼭 가저야겠어서 왔어요."

"뭐 돈 가지면 땅 없겟나?"

"그렇기야 헙죠만 어듸 미천이 넉넉헌가요? 돈 두구 안 쓰는 장사 있어요? 더 축나기 전에 꼭 붓들어야 되겠서요."[81]

"그래두 시세보다 벌서 이삼백 냥이나 솟은 걸 없는 사람이 비싼 땅 흥정을 해 어쩌나?"

"용길 아버지?"

하고 억쇠는 억지로 웃음을 지으며 아무 표정의 대꾸도 없는 늙은 용길 아버지를 쳐다보았다.

"독개그릇까지 판대두 사백 원 될지 말지 헌데요, 남 사백이십 원 낸다는 걸 깎기야 허겠어요. 이십 원만 떨궜다가 가을에 이자두 처드릴 테니 곡식으로 받으시구 우리 살림 도아주시는 일체루 그 밭은 꼭 저일 주세요."

"독개그릇이라니?"

"장독이야 이담엔 못 사나요. 땅부터 사구 봐야죠. 땅이 바루 우리집 옆이구, 제일에 맘이 들어 그래요. 이 땅 놓치면 우린 이 동네루 온 게 허사야요. 또 달리 아시다시피, 뚝 떠러진 하루가리 만나기가 쉽나요 어듸? 돈은 작구 부실러질 거구요. 어서 말슴을 끊어주세야겠어요. 그 은혤 저이가 생전 잊겠어요!"

"거 딱허이 그래! 값은 사백 원이라두 잘 받는 금사구, 이십 원 떨궈

81 '붙들어야겠어요'의 오식.

다 가을에 받어두 어련하겠나만 생각해보게. 우리들이 집터부터두 다 새 지주네 땅 아닌가? 그 사람네가 사려는 줄 몰랐으면이어니와 알구두 다른 데 팔었다간…….”

“그 사람네야 밭 하루가리 못 사 낭패되겠어요? 군수꺼지 당긴 젊잔은 어른네가 우리 같은 사람 살게 되는 걸 대견해 허시지 무슨 혐의 둘리 있겠어요? 먼저 저이게 끊어 말슴허셨다면 그만입죠. 안 그래요? 그리구 저인 땅 산다는 게 이게 첨이구 마즈막일 거 아니야요? 무슨 수로 땅을 또 사길 바래요!”

억쇠는 남을 설복시켜보려 이렇게 애타 본 적이 없다. 그러나 용길 아버지는 조금도 감동해 주는 얼굴이 아니다.

“아-니지 이 사람, 세상 일 지금 돼가는 걸 보게나. 자식 기르는 사람이 유력자들헌테 어떻게 눈 밖에 나구 사나? 우리만 걱정되는 게 아니라 자네두 그예 그 밭 임자노릇을 허단 재미 없으리. 군수 다니던 사람이야, 큰 지주야, 이 근경선 유력자 아닌가? 그 사람네가 산다는 게니 자네부터두 고이 물러서게 신상에 해로우리…….”
하고 오히려 파의하기를 권할 뿐 아니라, 마침 팔근이가 무슨 냄새를 맡었는지, 눈이 울룽해 들어서는 것이었다. 그리고 억쇠가 했다는 이야기를 듣고는 더 눈과 입이 뾰족해지며 입에 궐련을 문채 사뭇 욕을 하듯 지껄였다.

“뭐시? 가을루 가 곡식으루? 그 시들방귀 같은 수작 그만 두래라! 과수원 헐려구 얼마에든지 살려는 사람과 쥐뿔두 없는 저석이[82] 무슨 뱃

82 ‘녀석’이의 오식.

장으로 맞서는 거야? 황 군수네 허구 네가 맞서가지구 이 동네서 견뎌 배겨볼 테냐? 흥, 서울 량반? 그 땅 팔어먹구 거덜나 올라간 윤 판서네 세를 믿구? 지금두 양반 세상인줄 아니? 얼빠진 자식……."

억쇠는 무안만 보고 숫째 단념하는 것이 옳았다.

아무리 수소문을 해보아야 밭 하루갈이 짜리는 나는 것이 없었다. 하루갈이 짜리 밭이 날 때까지 돈을 남을 주어 늘리고도 싶었으나 돈놀이에 이골이 난 권 생원이 육장 옆에 와 있는 때여서 돈 못 얻어 애쓰는 사람도 보이지 않었다. 윤 판서네 집자리는 권 생원이 차지하고 내려온 것이다.

이 가재울엔 논보다 밭이 얻어 부치는 데도 더 힘들었다. 권 생원은 멀기는 허나 벌촌 사람이 부치던 것을 논은 여섯 마지기를 떼어 주나 밭은 도모지 벼를 수가 없노라 한다. 억쇠네 부자도 밭은 남의 것을 소작하기보다 내 것으로 사기가 소원이었으므로 논만 주는 것도 달게 여기였고, 논이 단지 여섯 마지기인 것도 저이 밭 하루갈이를 살 예산으로 적다는 말도 하지 않었다.

무엇보다 조석으로 밥 끓여 먹는 것이 큰일이다. 애비더러 어서 과부라도 얻어 와야 한다고 걱정들은 해주면서도 이런 일은 돌아서면 그만인, 지나가는 말뿐이요 살림이랍시고 첫날부터 남의 장리쌀인 구차한 홀애비헌테 달게 나설 과부자리란 쉬울 리도 없었고, 아들을 장가드릴려면 그것은 과부나 데려오는 것과도 달러 정혼을 한댓자 빈손으로는 싸올 도리가 없는 것이다. 애비와 아들이 저이 손으로 조석을 지어먹고 오리가 넘는 먼 농틀 농사에, 더구나 부엌일, 논일 두 가지가 다 서투른 솜씨라 이웃사람들 보기에 눈물겨운 바가 한두 가지 아니었다.

그러나 이들은 이를 악물었다.

'이게 살림이다! 이게 남헌테 매인 게 아니라 제 살림이란 거다! 기를 쓰고 그 일만하면 살게 되겠지!'

이 해에는 서양서도 전쟁이 일어나 불란서가 망했느니, 조선서는 조선 사람들도 병정으로 끌어내갈 시초로 '특별지원병'제도가 생기었느니 하고 떠들곤 했으나 농사 연사는 면흉은 되는 해였다. 억쇠네는 엿 마지기에서 벼 서른네 가마니를 떨었다. 그 논짜리로는 면흉이 아니라 평년작이 실하다고들 했다. 억쇠네는 반타작으로 열일곱 가마니를 차지했다. 첫 농사에 그만하면 대견할 게라고들 했다. 그러나 천 서방이나 억쇠는 역시 타작마당의 비애를 아니 느낄 도리가 없었다. 대강 주먹구구로도 이런 어림이 나서기 때문이다. 수세(水稅)가 평당 사 전으로 칠십이 원의 반(반은 지주부담) 삼십육 원과 비료 매 포대 사 원으로 삼십 포대 값 일백이십 원의 반 육십 원과 '소 켠 품삯'이라는 것, 논가리부터 벼 실어드리는 것까지 남의 소를 쓰고 한 마지기 농사에 사람품 둘씩으로 갚는 것인데 권 생원네는 농사를 짓지 않으니까 품으로 갚지 않고 돈으로 갚는다. 엿 마지기에 열두 품값 십이 원과, 호세 십 원 동 회비 십오 원, 모두 최소로 '일백삼십삼 원'은 나가야 하는데 벼 한 가마니가 십사 원이 채 못 된다. 열 가마니는 나가야 겨우 청장[83]이 될지 말지 한데 그래도 장리쌀 먹은 것과 텃도지[84]가 또 있다. 이것저것 다 제하면 단 다섯 가마니가 제대로 못 떨어지는 것이다. 그런데 밭 사려던 돈은, 우장[85] 한 벌 변변히 차리지 못하고 약수건이나 하는 굵은 베로 고이적

83 淸帳. 장부를 청산한다는 뜻으로, 빚 따위를 깨끗이 갚음을 이르는 말.

84 터를 빌린 값으로 내는 세.

삼 한 벌씩 해 입은 것밖엔 생각나는 것이 없는데 백 원 돈이 넘어 부스러졌다. 광목 한 자에 벌써 십오 원이 넘는다. 쌀도 야미 값이 생겼다고는 하나 권 생원처럼 개성으로 사리원으로 길이 닿는 사람 말이지, 쌀 고장 배천읍쯤에선 아직 야미 쌀 사려는 사람은 없다.

무엇보다 밭 사지 못한 것이 불안스럽다. 용길네 밭쪽으로는 머리도 두고 싶지 않다. 송곳 턱에 옴팍 눈에 어디 복이 붙었는지 모를, 황 군수의 아들이란 자가 '당꼬 쓰봉'[86]을 입고 자전차로 드나들면서 집을 세운다, 과수를 심는다, 뽐뿌[87] 우물을 박는다 하고 누구네와 보다도 가까운 이웃에서 돈을 물 쓰듯 하고, 일본말만 하고 정말 팔근이 말마따나 그전 양반들 찜 쪄먹게 서슬이 푸르러 덤비는 데는 공연히 고개가 눌려 억쇠는 집터를 여기다 잡은 것이 후회되었다.

짐장[88] 때부터는 권 생원네도 벌써 지주 노릇을 톡톡히 하러 들었다. 억쇠네는 권 생원네가 무 뽑는 날 억쇠만이 가서 거들어주었지만, 안사람 있는 작인들은 그 집 짐장이 끝나도록 사흘씩이나 가서 매달렸다. 삼십 리 출포[89]는 으레 작인들이 하는 법이라 해서 권 생원네 벼는 어디로 나르는 것이든지 저이들 소작료 분량만치는 삼십 리 길은 갖다 놓으라는 대로, 져나르든 실어나르든 해야 했다. 권 생원은 지주인 것뿐 아니라 채권자이기도 하기 때문에 전날 지주 윤 판서댁 나리님에다 전날 돈노이 권 생원 자신을 합친 세도를 쓰는 것이었다. 그러면서도 박하

---

85 비를 맞지 아니하기 위해서 차려 입음. 또는 그런 복장. 우산, 도롱이, 갈삿갓 따위를 이른다.
86 당고바지.
87 펌프.
88 '김장'의 방언(경상, 함경).
89 (북한어) 가을걷이한 곡식을 논밭에서 끌어냄.

기는 더했다. 겨울에 눈이 오면 그 옆엣 작인들이 이 집 바깥 마당과 사랑 뒷간 길은 으레 쓰는 것이지만 눈이 많이 퍼부어 담어내야 할 때는 안뜰 안 눈만도 수십 들것이 되는 때가 있다. 그전 세상엔 이런 날 아침이나 저녁은 시래기[90] 국에라도 밥 한끼씩과 엽초 몇 춤씩은 타는 것이요, 정초엔 북어쾌나 하고 담배 쌈지 하나씩이라도 돌리는 법이다. 시국 핑계로 저 채려야 할 체모는 모른 척하고 이쪽만 부리려들며 열 가지에 한 가지라도 미쳐 시행이 더디면 저들 근본이 장돌뱅이라고 얕잡나 해서 더 기승을 부린다.

한번은 권 생원네 부엌데기가 내려와 억쇠를 찾었다. 해가 다 진 저녁녘이여서 억쇠는 부엌으로 나무를 끌어들이는데 배천읍으로 편지를 가지고 가라는 것이었다.

"해가 다 졋는데 내왕 사십 리 길을 언제 갓다오란 말이오?"

"내가 아나베— 편지 가지구 가 그렇게 일르래니께 나야 왔지!"

"저녁 헐 사람 없을 줄두 뻔—히 알면서…… 나 없드라구 가 그류."

하고 억쇠는 배천읍에 비료며 농구(農具)장사를 크게 하는 일본 사람 '이시쓰까'에게 갈 것이라는 편지를 집어내 던지었다. 권 생원네 부엌데기는 멀—슥해 편지를 도로 집어들고 나가다가 짚을 축여가지고 들어오는 억쇠 아버지와 마주쳤다. 억쇠 아버지는 역시 권력 있는 사람은 모시어야 할 것으로 안다.

"이리 주기요, 내라두 갔다 오리다. 그리구 요새 젊은애들 함부루 지껄이는 거 가서 그대루 옮기지 말기요."

---

90 무청이나 배추의 잎을 말린 것.

이래서 억쇠는 할 수 없이 밤으로 다녀오기는 했으나 다녀와 저녁을 먹고 나니 늦기도 해서 그냥 자버리고 말었다. 이른 아침에 권 생원네 앞에 사는 장근이가 내려와 권 생원이 억쇠를 찾는다 했다. 또 밥솥에 불을 지피다 말고 일어섰다. 권 생원은 대청 끝에 뒷짐을 지고 입이 뾰족해 서있었다.

"억쇠 너 심부럼 좀 시키기 대단 힘드는구나!"

억쇠는 침을 꿀꺽 삼키었다. 못 보는 데서는 욕이라도 하겠는데 목전에선 끔짝 못하겠다.

"어제 다녀왔세요."

"다녀왔는지 안 다녀 왔는지두 또 사람을 시켜 전갈을 해야 하니? 그런 놈의 심부럼이 어듸 있단 말이냐? 그래 너이 부자가 심부럼 첨 해보니? 내가 네 녀석 심부럼 좀 못 시킬 사람이냐?"

하고 권 생원은 가래침을 억쇠 섰는 앞에 내려뱉는다. 억쇠는 그 침이 제 얼굴에 튀는 것 같어 잠자코 한 걸음 물러선다.

"남 타적 때면 웃짐(엿이나 소갈비 같은 선사) 싯구 와서 굽신거릴 땅을 잠작구 떼서 주니까 권 아모개 땅은 땅 같지가 않단 말이냐?"

"어젠 밤중에나 오지 안었어요? 아침엔 내가 밥해 먹쟈니 이따나……."

역시 억쇠는 말끝이 움치러든다.

"예끼 녀석! 공을 모르구!"

억쇠는 눈이 뿌옇게 몰리고 내려와 늦은 조반도 맛이 없었다.

'힘은 힘대로 들고 탐탁히 먹을 것도 떨어지지 않는 농사, 그나마 지주는 공치사를 하며 사람을 종 부리듯 하려드니 이렇게 사는 것도 남의 신세란 말인가?'

이 겨울엔 땅 이작(移作)이 많이 생기었다. 권 생원도 황 군수도 좀 더 저이한테 달가울 사람들로 작인을 갈었고, 작인들도 농터가 멀기는 하나, 이런 개인 지주들보다 후하다는 바람에 동양척식의 신답풀이[91]들을 맡게 되었다. 수세, 비료대금, 전부 회사에서 부담하고 소출을 사륙분(四六分)하여 육 할을 회사에서 차지한다는 것이다.

개인 지주와는 반타작인 것이나 수세와 비료 값을 반 부담하고 나면 소작인은 실상 삼 할도 제대로 먹지 못하기 때문에 회사 땅은 육 할을 주더라도 작인들이 일 할은 더 이익일 것이다. 점둥이네도 노마네도 회사 땅으로 돌아붙었다.

억쇠도 어정쩡해 눈만 껌벅이는 아버지를 졸라 회사 땅 이천사백 평을 얻기로 하고 새로 상전노릇을 하며 덤비는 권 생원네 땅은, 억쇠가 올라가서 손에 들고 와 던지듯,

"댁엣 땅 그만 두겠어요."

한마디로 내놓고 내려왔다.

'이렇게 속이 시원헐 수 있나— 그러나 회사는 또 어떤 놈인가?'

돈도 이제는 메꿀 수 없이 축이 났거니와 밭도 하루갈이짜리는 그저 나지 않었다. 밭을 사지 못할 바에는 남은 돈으로 아비든, 아들이든 안식구나 한 사람 맞어야겠다는 생각도 났으나 과부자리는 그저 걸리지 않었고 아들이 남의 집 딸과 어엿하게 통혼을 하자면, 돈 백여 원쯤 이제 와서는 광목 반통 값도 못되는 것이 되고 말었다.

'올에 연사[92]나 좋으면……'

---

91 새로 논을 만드는 일.

92 年事 = 농형(農形). 농사가 잘되고 못된 형편. 또는 농사가 되어 가는 형편.

벌써 이들 부자도 번연히 속는 줄 알면서도 유일한 희망이 '가을'이 되고 말았다. 노마 누이 분이가 어깨가 둥글어가고 허릿도리가 펑퍼짐해 가는 것이 억쇠는 차라리 불안스러웠다.

## 6

동척 땅은 신답풀이여서 누구나 한목 끼이기가 쉬웠다. 아들이 졸라대였고 점둥이네와 노마네가 한데 휩쓸리는 바람에 한물에 대어 서기는 했으나, 논틀[93]이 십 리나 되게 멀었고, 소작 계약에 도장을 찍는 데도 여러 군데였다. 농장관리인 '가도―'가 그 면도 자리 새파랗고 테 없는 안경알 속에서 곧 쪼으려는 암탉의 눈으로 서류를 이장 저장 넘기면서 처음 써보는 천 서방의 도장을 암팡스럽게 찍어 나가는 것을 볼 때 천 서방은 공연히 빈손이 떨리었고, 노랑수염 권 생원쯤은 이 가도―에다 대이면 숭늉일 것 같이도 생각되었다.

"그래두 아는 지주네 땅을 눌러 부칠 걸 그랬나 부다!"

"별! 아는 도끼에 발등 찍히기지, 그 깍정이 같은 녀석한테 또 종노릇을 해요?"

"회사 땅은 나을 줄 아니? 일본 녀석들이 그래 권 생원보다 푼푼헐상 싶으냐? 권 생원한텐 쌀 떠러진 장리나 미리 먹지, 사정을 해두 열 번에 한번은 들어주지, 일인들과야 사정이나 봐달랄 수 있다든? 난 모르겠다……."

93 논이 있는 어느 구획이나 지역.

아닌 게 아니라 억쇠도 속으로는 어리둥절한 판인데, 일본은 도죠(東條) 내각이 되면서 양력 십이월 팔일 미국과 전쟁을 걸었다는 소문이 났다.

'큰일 났군!'

상전댁에 일거리가 벌어지면 언제든지 저이들 신상부터 고달프던 경험에서도 천 서방이나 억쇠는 누구보다도 먼저, 벌어지기만 하는 전쟁에 막연한 불안을 느끼었다. 이들에게 있어 전쟁이란, 먼저 윗사람이 작고 느는 일이었다. 땅만 내어놓으면 그들의 종노릇을 면할까 하였더니, 권 생원은 총력연맹의 이 동네 이사장이 되었고, 미영(米英)과 싸움을 걸어 일약 일본제국의 영웅이 된 도－죠 수상(東條首相)의 성을 따라 '도－죠'로 솔선 창씨를 한 황 군수는 이곳 거물 면장으로 다시 관계에 등용되어 면민들을 다스리기 시작했다. 채권을 사라, 애국 저금을 해라, 가마니를 짜 바쳐라, 국어(日本語)를 배워라, 묵도(黙禱)를 해라, '고－고꾸신민노지까이'[94]를 외워라, 신사(神社)터를 닦으니 부역을 나오너라 집집마다 '가미다나'[95]를 모시어라, 이루 정신 차릴 수 없게 들볶았고, 권 생원도 돌아앉어서는 불평이면서도 누구에게나 우선 명령할 수 있는 것만, 채권자나 지주로만보다 한층 더 으쓱했다.

순사가 그전보다도 더 뻔질나게 들어왔다. 그전에는 투전꾼 팔근이한테 자주 가던 것이 이번에는 최 초시의 아들 성필이에게 자주 들리는 것 같았다. 송도 중학을 고학으로 애써 마치고도 사상이 나쁘다 해서 남처럼 취직을 못하고 집에서 아버지의 농사일을 돕고 있는 성필이는, 팔근이와는 반대로 팔근이가 나타날 농한기(農閑期)에는 성필이는 곧잘

94 こうこくしんみんのちかい. 황국신민의 맹세.
95 かみだな(神棚). 집안에 모셔놓은 감실.

어디 나가 한두 달씩 있다 오군 하였다. 그러면 주재소에서 으레 불러 갔고, 어떤 때는 읍에 본서로도 끌려가서 한 번은 반년 동안이나 갇혀 있다 나오기도 했다.

이해 농사는 천 서방이나 억쇠가 보기에는 작년보다 나아 보였다. 그러나 경험 많은 노마 아버지나 점둥이 아버지는,

“웬걸! 일본이 전쟁은 작꾸 이긴대지만 하늘 일은 자꾸 틀리는 걸!”

하고 낯을 찡기군 한다. 천 서방이나 억쇠는 신답풀이로 이만하면 잘된 곡식인 것을 가지고 공연히 타박만 하는 것 같고 또 저이들이 봄내 여름내 땀 흘린 결과를 얕잡는 소리만 같어 차라리 듣기 싫었다.

회사에서는 타작하는 방법도 간단하고 공평한 것 같았다. 논 현장에 나와서 벼가 잘된 배미[96]에서 한 평과 덜된 배미에서 한 평을 작인들이 보는 데서 떨었다. 그 두 평에서 떨어진 벼를 사륙분(四六分)을 해서 그것을 표준으로 전 평수를 따져 작인들의 육할 소작료 수량을 정해버리는 것이었다. 소작료를 육 할로 정한 이상, 이 ‘쓰보가리’[97]라는 것은 서로 간편하고 틀릴 것 없는 방법이라 하였다. 그런데 이것은 이상한 일이었다.

억쇠네는 이천사백 평에 소작료가 아흔엿 근(九十六斤)짜리 벼 스물네 가마니(二十四叺)가 결정되었다. 이 스물네 가마니가 전체의 육 할이라면 그만치 소작료를 주고도 전체의 사 할인 열여섯 가마니가 억쇠네 것으로 떨어져야 할 것인데 마당질을 해놓고 보니 딴판이다. 소작료를

96 논배미. 구획진 논을 세는 단위.

97 つぼ(평)+가리(곡식이나 장작 따위의 더미를 세는 단위). 일본어와 우리말의 합성어로 한 평에서 난 벼의 양을 의미.

제하고 떨어지는 것은 단 아홉 가마니밖에 안 되는 것이다. 회사에서 '쓰보가리' 표준으로 감정한 것은 전체 소출이 마흔 가마니인 것이나 정작 실지로 나온 곡식은 서른다섯 가마니밖에 안 되는 것이니 다섯 가마니가 축이 나는 것이다. 이 다섯 가마니나 부족이 나는 것을 잠자코 소작료를 물라는 대로 문다면 소작료는 육 할이 아니라 칠 할도 넘는 셈이 된다.

"봐라 내말이 틀리나? 일본 놈이 조선 지주보다 뭣 때문에 우리헌테 후헐줄 아니?"

아버지는 당장 오금[98]을 박어, 억쇠는 마당에 볏가마니를 늘어놓는 채 회사로 달려왔다. 사택마당에 등의자를 내다놓고 신문을 보던 가도—는 개가 짖어대는 바람에 작인이 찾어온 것을 기웃해 내다본다.

"오늘 우리가 마당질을 했는 데요."

"나니?"[99]

억쇠는 서투른 일본말을 섞어가며 정성껏 설명해 보았다. 조선 나온지 이십 년이 넘는다는 가도—는 억쇠가 조선말로만 하여도 못 알어 들을 리 없었다.

"거짓말이 말아."

다 듣고 나서 가도—의 말이었다.

"거짓말이 뭡니까? 지금 마당에 그대루 있구 동넷 사람들이 다 보았습니다."

"동네사람이? 요보[100] 백 명이나 말이 해도 우리 신용이 안 해."

---

98 무릎의 구부러지는 오목한 안쪽 부분.

99 なに. 뭐?

"한두 가마니두 아니구 다섯 가마니나 틀리니 어떻게 회사서 정헌 대루야 바칠 수 있습니까?"

"이놈아? 쓰보가리 우리 사람이 혼자 했나? 네 누깔이 한 가지 보지 않었니? 너이도 좋다고 말이 하지 않었나? 약속이나 하고 다른 말이 하는 것이 사람이까? 너이가 먼저 가리해다 먹었으니까 모자라는 것이지. 빠가야로!"

"먼저 먹다니요? 먹었다면 무슨 불평이겠습니까?"

"잔말이 말아. 먼저 먹지 않었으면 절대로 부족이 될 일이가 없다! 다른 사람이나 가만이 있는데 너만 무슨 말이 했소까? 가헤레."

하고는 집안으로 들어가 버리니 개는 점점 기승을 부려 짖고 덤비었다.

그런데 모자라는 것은 억쇠네만도 아니었다. 마당질을 해보는 작인마다 도깨비에 홀린 것처럼 멍청해 물러섰다가 볏가마니를 다시 세어보군 하였다. 아무리 세어들 보고 따져 보아야, 이상할 만치 억쇠네가 모자란 그 비례로, 육칠십 명 작인에 한 집도 예외 없이 똑같이 모자라는 것이었다.

작인들은 절로 한 덩어리가 되어 회사에 진정해보았으나, 회사 측은, 회사 자의로만 한 것이 아니라 양쪽의 합의로, 가장 정당한 방법으로 합의 결정한 소작료니까 계약을 무효로 돌릴 수는 없다고 내대였다.

벌촌과 가재울에는 이 '쓰보가리'식 소작료 이야기로 자자했다.

"떨어가지구 그 마당에서 갈르는 게 상책이지 새 법식을 내는 것부터 알 증조거든!"

---

100 일본인이 조선인을 비하해서 부르는 명칭.

"아무리 새 법식이기루 이쪽에선 눈을 감구 있었나? 한 평을 가지구 했든지 두 평을 가지구 했든지 그걸 표준으루 평수푸리만 제대루 한다면야 갈 데 없이 맞어떨어질거지, 주느니 느느니 헐 나위가 어듸 있느냐 말이야?"

"동척이 뭔지들 아슈?"

노마네가 마당질을 한 날 저녁이었다. 이 집도 줄었는가 늘었는가 궁금해서 모였던 사람들이, 감정한 것보다 이 집도 네 가마니나 주는 것을 보고 이러니 저러니 주고받는 이야기에 여태 듣고만 섰던 최 초시의 아들 성필이가 말참례를 한 것이다.

"내가 또 입빠른 소릴 허우만, 쓰보가리라는 게 공정헌 것 같어두 작인들만 곯겠습듸다. 축이 나면 축이 났지 늘린 절대루 없겠습듸다."

"어째?"

"논에선 벼가 마르기 전 아니요? 벼알마다 부피가 컷을 건데 그 걸루 돼보구 정헌 것 아니오? 요즘 바짝 말른 건 벼알이 부피가 우선 적어졌으니 말 수가 줄 것이구 또 젖었을 땐 벼알 구실을 헌 반실 짜리두 마당질에 와선 풍구질[101]에 날려가 버리지 않소? 어듸 부피만 그러우? 무게두 벌서 얼마나 차이가 생길 거요?"

성필이는 이것만 일러주지 않았다. 작인들이 단단히 짜고, 실지 소출된 것을 표준으로 한 육 할만을 소작료로 내게 된 것도 성필이가 뒤에서 훈수한 보람이었다.

그러나 가도—란 자는 이상할 만치 순순하더니 겨울을 살짝 지내놓

101 풍구로 곡물에 섞인 쭉정이, 겨, 먼지 따위를 제거하는 일.

고 땅이 이작도 때가 지나버린 뒤, 벌써 논바닥에 재거름들을 내인 때에야 문제를 세우는 것이었다.

"논바닥에서 서로 제 눈으로 보고 공평하게 작정한 소작료를 제대로 안 바치는 작인은 위약이다. 못다 내인 소작료를 곡식으로든지 돈으로든지 바쳐라. 안 바치는 자는 땅을 뗀다."

지금 와서 땅이 떨어지는 날은 금년 농사는 실농이 된다. 며칠 동안 작인들은 울끈불끈 해보았으나 별 수 없었다. 가을에 가선 어찌하든 올 농사까지는 이 땅을 물고 느는 수밖에 없었다.

억쇠네도 꼼짝 못하고 벼 세 가마니 값 사십여 원을, 이제는 주머니를 털고도 모자라서, 차마 말이 나가지 않는 권 생원헌테 가 빚을 얻어다 회사에 바치었다.

'땅 없는 놈, 설구나—

소작을 평생 해먹느니 진작 죽어 버리는 게 마땅헐 거다!'

억쇠는 제 자신이 당하고 보니, 전날 단순히 동정만으로 점둥이 아버지나 점둥이 어머니를 딱해 하던 것쯤으로는 아무 것도 아닌, 소작인의 억울함과 희망 없는 일생을 비로소 제 혓바닥으로 쓴물을 삼켜볼 수 있었다.

'도대체 땅이란 어째 임자가 따로 있는 거냐?

사람이 누가 바위멍덜을 절구질 하듯 해 밭과 논을 만들었단 말이냐?

이놈들아 하눌은 왜 금을 긋구 세를 못 받어 처먹니?'

억쇠는 저녁마다 이런 울분과 울분 끝에는 그래도 한 줄기 공상을 해보군 한다.

'이천팔백 원만 있으면!'

이것은 밭 하루갈이에 사백 원 논 상답으로 평당 일원이십 전씩 쳐 이천 평에 이천사백 원 그래서 이천팔백 원인 것이었다.

'이천팔백 원! 이것 없이는 진작 죽는 게 났다! 이천팔백 원을 버는 수는 없나?'

이 이천팔백 원의 꿈은 억쇠 하나만의 꿈도 아니었다. 억쇠 아버지나 노마 아버지나 점둥이 아버지들은 그저 지주님들의 후덕한 처분이나 바라든지, 죽어서 다시 태어난다면 그때나 한번 제 땅 농사를 지어보는 팔자이기를 바라는데 그치는 것이나, 젊은 노마나 점둥이는 하나같이 이 '이천팔백 원'의 꿈이 간곡한 것이었다. 색씨 얻는 것이 아무리 깨가 쏟아진들 용길네처럼 장가들기 때문에 그 알뜰한 땅을 팔게 되어서야 좋을 것이 없었다.

'땅! 밭 이천 평, 논 이천 평, 사내자식이 그걸 작만할 재주가 없담!'

억쇠는 남의 땅 농사에 절로 마음이 들떴다. 분이는 올봄에는 얼굴이 함박꽃 같이 피였다고들 했다.

"이 자식 점둥아?"

"왜?"

하루는 점둥이네 웃방에서다. 화로에 감자를 묻고 그 옆에서 짚세기들을 삼으면서였다.

"우리 돈버리 한번 나가 볼가?"

"버리? 어듸루?"

그말에는 억쇠도 대답이 막힌다.

"그 경칠 거, 돈버리 나감 자식 버린다구 늙은이들이 엄살만 않는다믄!"

"자식을 버리다니?"

"너 모를라. 요위 살던 광산이라구, 더두 말구 조밭 하루가리 살 것만 벌어갖구 온다구 공사판으루 쫓아다니더니 가막소루 가 콩밥만 이틀 먹었단다."

"콩밥은 어쩌다가?"

"돈이 그까짓 공사판으루나 대녀가지구 뭘 게 뭐냐? 돈 보니 욕심은 나구, 이 녀석이 노름을 했거던, 노름은 누가 그냥 져주나? 나중엔 노름 채두 달리니까 밥장수 주머닐 털었다든가."

"돈을 벌랴면 먼저 궁릴 잘—해가지구 나서야지 등에 지게를 지구 나가는 게 불찰이지."

"넌 돈들 잘 버는 개성서 살어봣으니 좀 좋은 궁릴 해내려므나."

"가만 있거라, 그렇지 않어두 정칠 놈의 돈 더두 말구 내 이천팔백 원만 벌 궁릴 연구 중이시다!"

"이천팔백 원!"

"그래. 더두 싫다 이천팔백 원!"

"그거믄 자농헐 건 되지!"

"밭 하루가리, 논 이천 평, 내 삼 년 안으루 사 놀테니 봐라!"

"뭘루?"

"이천팔백 원으루지!"

마침 화로에서 감자가 피— 소리를 내며 재를 뿜었다.

"이 자식아 감자가 다 웃는다!"

하고 이들은 껄껄대였다.

억쇠나 노마가 돈 이천팔백 원 모을 궁리가 아직 나서기 전에 세상은 점점 소란해갔다. 개성이나 사리원 한번 가는 것도 여행 증명이 있어야 했고, 명색이 지원병(志願兵)이나 강제로 지원병 추리는 것이 점점 심해갔다. 억쇠나 노마나 점둥이는 소학교도 다니지 못한 것이 이런 때는 다행으로 수굿하고 풀 속에나 머리를 박는 것이 수였다.

## 7

동척에서는 저이가 예산한대로 작인들이 한 명도 뻗대지 못하고 나머지 소작료를 빚을 얻어서라도 갖다 바치는 바람에 다시 한 가지, 우리 땅 농사를 지으려거든 여기 도장을 찍어라, 하는 종이쪽을 내어 밀었다. 그것은 다른 것이 아니라 해마다 새로 소작료를 정하기는 서로 귀찮으니 일정한 도지로 정해 버리자는 것이요, 그 도지의 표준 수량은, 작년 가을에 그 칠 할이 넘는 억울한 수량 그대로인 것이다. 회사측으로 가도-는 이런 비싼 소작료를 이렇게 설복시키려 들었다.

"지금은 신답이니까 구답보다 벼가 적게 난다고 할 수 있다. 그렇지만 삼 년만 비료를 넣어봐라 그 담부터 이 소작료는 오 할도 안되게 소출이 많어질 것이다. 그것은 우리 거짓말이 아니다. 비료도 나라에서 우리 회사에는 특별이 많이 준다. 장래를 보아서는 너이헌테 얼마나 리익이냐? 사람은 장래를 볼 줄 알어야 하는 것이다!"

그리고도 한 가지 명령이 또 있었다.

"이제부터는 반도인도 다 가치 황국신민이다. 내지인과 한 가지 창씨(創氏)할 수 있게 법률로 허락했다. 이번에 소작 계약은 내지인식으로 창씨하고 이름까지 내지인식으로 고친 도장이라야 할 수 있다."

작인들은 갈팡질팡 하게 되였다. 한두 사람 아니고 육칠십 명이 갑자기 조선 지주들의 땅으로 돌려붙을 재주는 없다.

아무리 거름을 실하게 넣는다 하드라도 이삼 년 동안에 구답 소출이 날 리 없는 것이요, 생일날 잘 먹자고 미리 굶는 셈으로 장래는 육 할 소작료 정도가 되리라 해서 당장 몇 해 동안을 칠 할 오 부나 되는 소작료에 도장을 찍을 용기는 나지 않는다. 그까짓 계약을 창씨를 해야만 해준다니 더 아니꼽다.

창씨 때문에 시달리는 것은 벌써 몇 달째 된다. 성을 갈라는 것은 애비를 갈라는 욕이나 마찬가지란 말을 했다가 최 초시는 주재소에 불려가 이틀 만에 나왔다. 벌써 팔근이는 '가네오까'라, 달운이란 팔근이 짝패는 '미쓰이'라 창씨를 해서 주재소에서 모범 청년이란 말을 듣는다.

억쇠는 이 창씨 문제에 처음에는 누구보다도 귀가 솔깃했었다. 죽은 어미가 '팔월이'였던 것, 아비 이름은 '돌이'인 것, 제 이름은 '억쇠'인 것 누가보나 이름부터 남의 집 종 문서에나 박힐 천티 있는 이름이다. 상전이 망하는 바람에 종살이에서 풀려난 이상, 성부터 이름까지 이김에 깨끗이 갈어 버리고도 싶었다. 그래 처음에는 누구보다도 먼저 들먹거리었으나 팔근이나 달운이 따위가 앞을 질러 '가네오까'니 '미쓰이'니 하고 고갯짓을 하는 것이 아니꼬울 뿐 아니라 최 초시가 붙들려가 욕을 당하고 나오는 것을 보고는 더 반감이 생기였다.

'우린 이래두 조선 놈이요 저래두 조선 놈이다! 창씨하는 놈들 하나같이 간사한 놈이드라! 차라리 미욱한 놈 소리 듣다 조선 놈채루 죽자!'

억쇠는 저이 아버지더러,

"그래두 최 초시나 성필이헌테 의논하기 전엔 허란다구 덥석 허지 맙시다."

일러두었다. 그러나 그렇지 않아도 면에서 적극적으로 창씨 실시 운동을 나오려던 판에 동척 작인들이 창씨 안할 수 없는 막다른 골목에 몰킨 것을 알고 면소에서는 순사를 다리고 나와 권한다기보다 강제로 시키게 되었다. 윤가는 서울서 윤 아무개가 '이도-'로 하였으니 '이도-'요, 리가는 서울서 리 아무개가 '가야마'로 햇으니 '가야마'로 심가는 본관이 청송(靑松)이라 해서 '아오마쓰'로 이런 투로 성을 노누메기하듯 하는 판에,

"이전 성두 배급이군!"

한마디를 했다가 억쇠는 면서기한테 따귀를 한 대 벌었다. 아들이 따귀 맞는 것을 보고는 천 서방은 이내,

"아무 걸루라두 나리님네 생각대루 져주세요니까."

해서 성은 '야마다', 이름은 아비와 아들이 형제 간처럼 '후미오'와 '다께오'가 되여 버렸다.

"우린 친척들이 고향에 있으니 뭐라구들 짓는지 알어봐야겠어요."

"우린 어태 호주가 아버지시니까 아버지가 고치기 전엔 내 맘대루 할 수 없어요."

열에 서너 사람은 핑계가 있었다. 자기가 호주요, 의논해볼 친척도 없어 다만 입맛만 다시다가 집에 와 골을 싸메고 누은 사람은 노마 아버지뿐이었다.

'성을 갈어야 땅을 줄 테라구? 그 푸진 년의 땅을! 내 대에 와선 농산져먹어두 내 조상님엔 사신 다니던 분두 게셔! 누구루 알구 허는 수작이야!'

노마 아버지는 이날 저녁 권 생원을 조용히 찾어갔다. 권 생원은 노마 아버지가 온 눈치를 이내 알어채렸다.

"어서 덕근이 김 서방두 창씨를 허기요. 별수 있는 줄 아우?"

"나 전에 부치던 땅만 못 헌거라두 한 자리 주시고[102]?"

"흥, 창씨 허기 싫여 동척 땅 놓는 사람두 그저 두지 않겠지만, 그런 사람 땅 주는 지주도 좋지 못헐 거라구 면장님이 다짐을 받다싶이 협듸다. 어서 창씨허구 가미다나(神棚)두 말성들 부리지 말구 하나씩 사다 시렁에 앉어 두기요. 별수 없습넨다."

정말 별수 없었다. 동척 땅 이외에는 얻을 도리가 없었고 동척 땅 소작을 눌러하자면 창씨는 물론, 소작료도 저이 정하는 대로 복종하는 수밖에 없었다. 명령에 복종할 뿐이요 이쪽 의견은 용납될 곳이 없었다. 날이 갈수록 명령할 줄만 아는 윗사람만 늘어갔다.

용길네 밭자리에 우선 안채만 세우고 들어온 도-죠 면장의 아들 '도-죠 도구지'는 읍에 있는 경방단(警防團)의 부단장, 그의 끄나풀인 '가네오까 팔근'이는 경방단원이 되어가지고 그전보다 고갯짓이 늘어가며 이틀이 멀다하고 읍 출입이 잦었다. 일본말은 억쇠 만큼도 못 알어 듣는 '미쓰이 달운'이까지 저이 동생이 지원병 훈련소에 뽑혀진 것을 재세[103]로 도구지 패에 을려다니며 촌사람들 몰아세우기가 일쑤가 되었다.

하루는 이 미쓰이 달운이가 도구지의 자전차를 얻어 배우는 모양으로, 도구지네 마당에서 올라앉으면 억쇠네 마당까지 후둘거리고 내려와서는 자전차를 가누지 못하고 쓰러지군 한다. 그 바람에 억쇠가 마

102 삼성문화사 판에서는 '주시고'임.
103 (북한어) 어떤 힘이나 세력 따위를 믿고 교만하게 굶.

당 둘레에 모종해 놓은 댑싸리가 함부로 짓밟히고 부러지고 한다.

"그런데 달운인 눈이 없나?"

억쇠는 보다 못해 한마디 걸었다.

"상에[104] 댑싸리 좀 밟었구나. 나라에서 댑싸리 심으라든?"

"넌 나라에서 허래는 것만 꼭 허니?"

"그렇다 왜? 우리나 도꾸지 상네 마당에 누깔이 있거던 가봐라 뭘 심었나? 건방진 새끼, 다리무중가리가 근지러우냐?"

이것은 마당에 나라에서 전쟁 때문에 장려하는 피마주를 심지 않었다는 트집이었다. 억쇠는 꿀꺽 참고 물러났다.

나중에 물으니 그는 방공감시초원(防共監視哨員)이 된 것이다. 억쇠는 '그까짓 댑싸리 몇 대쯤 모른 체 헐 걸!' 하고 후회하였다.

조선에도 기어이 징병제도(徵兵制度)가 생겨, 벌써 이 동네서도 장근이와 용길이 동생이 징병검사로 끌려간 것이다. 이런 무시무시한 판인데 방공감시초원이란 어떤 것인지는 몰라도 달운이가 요즘 안하무인으로 꺼떡대는 것을 보아 슬그머니 겁이 나기도 한다.

세상일뿐 아니라 하늘일도 해마다 이상했다.

비가 제법 기다리기 전에 내려주어 품앗시 급하지 않게 모를 내어놓고 나니 그쳐야만 할 비가 지나치게 퍼부어가지고 흙탕 침수를 대엿새 겪었다. 그런데다가 벼농사로는 제일 아기자기한 이삭 솟을 무렵에 이르러 비가 시작이다. 이틀, 사흘, 밤에 잠들기 전에 나가 보아도 하늘은 별이 나지 않었고 새벽에 눈을 뜨기 전에 벼개에서 귀를 드나 빗소리는

104 삼성출판사(1948)판에는 '느에'라고 표기.

마냥 그대로다. 어떤 때는 비가 안 와서 걱정, 어떤 때는 이렇게 지나치게 퍼부어 걱정, 어떤 때는 바람으로, 어떤 때는 냉해로, 충해로, 농사일은 당하고 보니, 육신의 노력만이 아니라 반 이상이 마음고생으로 되는 것이었다. 비는 기어이 장마로 채려 무엇보다 꺼리는 '배동바지 수침'[105]이 되고 말었다. 벼 이삭이 순채 썩어버리는 것이다. 반 농사는 커녕 삼분지일 소출도 거두지 못하게 되었다. 지주측과 또 말썽이 벌어지게 되었다. 가도—녀석이 제 누깔[106]로 가끔 나와 터된 꼴을 보고도, 일단 도지를 정한 이상, 정해진 대로 소작료를 내라는 것이었다. 마당질 한 것을 죄다 바치어도 소작료도 못다 되는 것은 억쇠나 노마네 뿐 아니라 거의 전부다. 어떤 사람은 벼를 베어다 마당질 할 맛이 없어 그냥 논바닥에 내버려 두었다가 면에서 호령하는 바람에 마지못해 베어 들이었다. 아무튼 집을 팔어 대이기 전에는 소작료대로 복종할 길은 없다. 이번에는 소작료를 못 내이겠으면 땅을 내놓아라 그러는 것도 아니었다. 회사로서 나라에 바칠 군량인데 이를 거절하는 자들은 우선 '비국민'이라는 낙인을 찍었다. 그렇지 않어도 만 명 작인들의 경관이 아니라 한두 명 지주들의 병정이던 칼자루들이 '비국민'으로 몰리는 작인들에게 모른 체 할 리가 없어, 주재소에서는 작인들에게 주재소로 모이란 명령이 내리었다.

가을 햇볕이 아직 따가운 신작로 마당에 젊은이 늙은이 육칠십 명이 주재소 문간을 쳐다보고 둘러섰다. 밤낮 웃통을 벗어던지고 지내던 양돼지 같은 소장이 정복을 차리고 나와 먼저 '고—고꾸신민노지까이'를

105 '벼, 보리 따위의 이삭이 나오려고 대가 불룩해질 무렵(배동바지)'에 벼가 물에 잠기는 것.
106 '눈깔'의 방언(평안, 함경, 황해).

시키더니, 술자리에서 지껄이던 것보다는 똑똑한 조선말을 꺼내었다. 관청에서 조선말은 금하는 것이나 저이가 급할 때는 별수 없었다.

"이제는 반도사람이도 내지사람이나 한 가지 대일본제국 군인이 되었다. 일시동인(一視同仁)하시는 천황폐하께옵서의 은덕에 보답할 수 있게 되었다. 얼마나 기쁜 일이냐? 귀축 미영은 무엄하게도 황군이 점령한 가다루가나루에 상륙했다 한다! 우리 황군은 물론 일격에 물리칠 것이다! 이러한 국가 다난한 때에 있어, 또 그전과도 다르다, 인전 완전한 황국신민으로 저 하나만 잘이 먹겠다고 생각하면 그것은 대일본제국 신민이 아니다! 나라가 없어 보아라 너이가 모다 어떻게 될 것인가?"

하고 소장은 발을 굴렀다. 억쇠 생각에는 알어 들을 수 없는 소리였다. 이런 나라 때문에, 잘되기는커녕 못 되기만 하는 저이들이기 때문이었다. 얼굴이 간지러운 얌체 없는 수작을 용케도 해가 기울도록 떠들어 대더니 나중에는,

"이렇게 알어 듣도록 말이 해도 듣지 않는 자는 만주로 이민을 시킬 생각도 하고 있고, 또 끝까지 반대하기로 선동하는 자는 용서 없이 체포한다."

을러매었다. 그리고 억쇠로서는, 아니 누구나가 다 전혀 생각지 못하였고 생각해 보아도 모를 일이 일어났다. 그것은 벌촌에서 사는, 억쇠네와도 한두 번 품앗이가 있은 '기무라 충신'이라는 작인이었다. 얼굴이 지지벌개져[107] 소장이 섰던 주재소 문턱으로 올라서더니,

"여러분?"

107 '지지벌겋다'의 활용. 보기에 아름답지 아니하게 벌겋다.

하고 그도 제법 연설을 꺼내는 것이었다. 지금은 '비상시국'이니, '같은 국민으로 남은 전지에 나가 목숨을 바치는데'니, 결국 '나는 오늘 여기서 소장님 말씀에 감동해서 소작료를 전부 바치고 보겠다, 여러분도 황국신민으로서 나라에 대한 충성으로 다시 한 번 생각하기를 바란다'는 것이었다. 그 말이 끝나기가 바쁘게 뒤에서 누가,

"옳소."

하고 소리를 친다. 돌아다본즉, 회사 땅과는 아무 상관도 없을 뿐 아니라, 제 애비 농사에도 호미 한번 잡는 일이 없는 가네오까 팔근이 녀석인 것이 우스웠고, 기마라 충신이도 바로 사흘 전에 억쇠만도 아니요 여럿이 듣는 데서, 저이도 소작료만 두 가마 판이 모자란다고 말했고, 그것이 서로 아는 한바닥 농사에 엄살만도 아니었을 것인데 무얼로 소작료 전부를 낸다는 것인지 이상하였다.

작인들은 덤덤히 입맛만 다시다가 돌아설 수밖에 없는데 신작로를 삼 마정도 못 와서다. 정순사가 자전차로 따라오더니 '김덕근'이를 찾었다. 노마 아버지였다.

"제올시다."

정 순사는 자전차를 돌려 세우고

"나잇살이나 처먹은 게……."

하더니 흘긴 눈으로,

"빨리 주재소로 와."

하면서, 무슨 일이냐 물어볼 새도 없게 날름 달아나 버린다. 모두 눈이 둥그레졌으나 맨 벌촌 사람들뿐이요 가재울 사람은 이 노마 아버지와 점둥 아버지와 억쇠뿐이었다.

"무슨 일일가요?"

"모르겠는데…… 오래니 가볼 밖에."

노마 아버지는 말로는 태연한 체 하나 손은 후둘후둘 떨었다.

"우리 따라가 봅시다."

억쇠가 점둥이 아버지더러 그랬으나 그는 어둡기 전에 가다가 산에 메어 논 소를 끌러야 하고 꼴[108]도 두어 단 베어야 했다. 억쇠만이 노마 아버지를 따라섰다.

"그런데 왜 오랄가요?"

"내 옆에 팔근이 녀석이 섰드러니……."

"그 자식이 섰었기루 괘난 사람을 뭐랬을가요?"

"내란 사람이 안 해두 좋을 소릴 가끔 헌단 말야!"

"무슨 말슴을 허셨게요?"

"아, 그 년에 고맙지도 않은 나라 나라 하기에 글세 백성이 살구나서 나랄 거 아니냐구 하두 비위가 틀리게 혼잣소리처럼 했는데 나중에 그 옳소 허는 소리에 돌려보니 바루 내 뒤에 팔근이 녀석이 섰지 않어! 필시 그걸 그 녀석이 찔른 게로군! 다른 거야 뭬 있을래 있나……."

"그건 고자질했슴 그 누므 새낄 죽여 없새죠."

"정칠 거, 그만 말 한 마듸에 사람 어쩔라구!"

"조선 눔끼리 서루 잡는담!"

"그리게 망했지!"

주재소는 노마 아버지가 들어서기 전에 이미 살기등등 해 있는 판이

---

108 말이나 소에게 먹이는 풀.

었다. 웃통을 벗어젓힌 소장은 웬 '쓰메에리'[109] 양복의 청년 하나를, 그의 하이칼라 머리를 한손으로 끄들러 쥐고 절레절레 흔들더니,

"오늘이 같은 시국에 머리 길러 무신 일이 있나? 나-마이끼나야로[110]……."

하고 뺨을 철석 갈긴다. 그리고 노마 아버지가 문간에서 어릿거리니까 정 순사더러 저것이냐 물었고, 그렇다니까 냉큼 들어오라고 소리를 질러 노마 아버지는 진작 들어서니만 못한 것 같았다. 소장은 다시 하이칼라머리 청년에게 '고-고꾸신민노지까이'를 읽으라 했다. 청년은 머리를 끄들려 눈물이 글썽해 가지고 입술을 축여 떨리는 발음을 내인다.

"고-고꾸신민노지까이,

이찌, 와다구시도모와 다이니뽄데이고꾸노 신민데 아리마쓰.

니, 와다구시도모와 고꼬로오 아와세데 덴노헤이까니 쥬-기오 쓰꾸시마쓰.

상, 와다구시도모와 닝꾸단렌시데 릿빠나 쓰요이 고꾸민또 나리마쓰."[111]

이렇게 끝까지 틀리지 않고 외운 덕으로 청년은 더 맞지는 않고 머리만 가위로 앞이마를 두어군데 짤리고 놓여 나왔다. 노마 아버지는 주름살에 땀이 홍건하던 얼굴이 새파랗게 쫄아들어 가지고 그 청년이 섰던 자리로 끌려 나섰다.

소장은 말을 누깔[112]로 뱉는 것처럼 눈을 부릅뜬다.

---

109 (일본어) つめえり(詰襟). 깃의 높이가 4센티미터쯤 되게 하여, 목을 둘러 바싹 여미게 지은 양복.

110 なまいき(生意気)なやろう. 건방진 새끼.

111 "1. 우리들은 대일본 제국의 신민(臣民)입니다. 2. 우리들은 마음을 합하여 천황 폐하에게 충의(忠義)를 다하겠습니다. 3. 우리들은 인고단련(忍苦鍛錬)하고 훌륭하고 강한 국민이 되겠습니다." 이것은 황국신민의 서사의 '아동용'이다.

"오마에모 데이꼬구노 신밍까?"[113]

노마 아버지는 자기더러도 '고—고꾸신민노지까이'를 읽으라는 줄로 알었다. 이것을 외우지 못하면 담배 배급도 고무신 배급도 못 탄다 하여, 또 무슨 모임에서나 으레 부르는 것이어서 한두 번만 명심한 것이 아니나 도모지 아리숭한 데다가 우둔[114]이 들리었다. 그러나 외우는 시늉만이라도 아니 할 수 없다.

"이찌…… 와다구시도모와 다이일본노 데이꾸노……."

"난—다, 고노야로."[115]

하더니 철걱 소리가 났고, 잡은 참 세 번에 노마 아버지는 '아이쿠!' 하고 코피를 쏟으며 주저 앉었다. 주저앉은 것을 일어서라고 구둣발로 내 지른다. 대뜸 급소를 채인 듯 밖에서 듣기에도 소름이 끼치는 외마디 소리가 난다.

"무어시라고? 나라는 망해도 종거시다? 내가 먹어야겠다고?"

"아이구 그랬을 리가 있습니까요……."

"거짓말이 마라, 들은 사람이가 있다. 이 나—쁜 놈이 자식아."

또 철걱 소리가 난다.

"아이구……."

"이놈아? 너 같은 비국민은 죽여 좋 것이다!"

하더니 경방단원들 연습시키는 목총(木銃)을 집어온다. 딱, 소리가 나는데

---

112 '눈깔'의 방언(평안, 함경, 황해).

113 お前も帝国の臣民か? 너도 제국의 신민인가?

114 문맥상으로는 우둔(愚鈍), 즉 어리석고 둔함이라는 뜻으로도 볼 수 있으나, 우둔거리다의 어근으로 '가슴이 자꾸 세차게 뛰다'는 뜻일 수도 있다.

115 何だ このやろう. 뭐야 이 새끼.

분명히 어느 뼈대에서 튀는 소리다. 소장 녀석은 시끈거리며 일어선다.

"아이구! 나릿님? 나릿님? 살려주시기요!"

"무엇이?"

"다신 다신…… 죽을 죄라 한번만 용서해주시기요…… 으흐 으흐……."

이 처량하게 떨리는 소리에 억쇠는 가슴이 선뜩했다.

'별수 없구나! 우리헌텐 비는 것밖에…….'

억쇠는 가만히 엿듣고 있는 것조차 무서워졌다. 성큼성큼 두어 집 건너로 물러서고 말었다.

주재소 안에 남폿불이 켜졌을 때에야 노마 아버지는 비척거리며 그 속에서 나왔다. 나가라는 소리에 다시 살라는 소리 같아 허겁지겁 나오기는 했으나, 주재소가 아닌 데서는 한 걸음을 제대로 옮겨 딛지 못하였고, 맞을 때보다 더 설게 가슴을 치며 울었다. 얼굴이 뒤웅박이 되고 옆구리는 쓰지 못하거니와 한쪽 정강이뼈가 으스러졌다. 억쇠는 아무 집으로나 뛰어들어가 우선 솜을 얻어 태워다가 노마 아버지의 정갱이[116]를 싸매고 시오 리 길을 업고 들어오는 수밖에 없었다.

노마는 이내 옥도정기[117]를 얻으러 나서고 노마 어머니는 물을 떠다 영감의 코피를 닦아 주기에 정신이 없었다. 억쇠는 부엌을 지나 슬그머니 나오려는데 분이가 물 사발을 들고 가로 막었다. 아닌 게 아니라 땀만은 매 맞은 사람보다 더 쏟은 억쇠는 목이 조이던 김에 사양 않고 덥석 받었다. 꿀물이었다. 단숨에 들이키고 나니, 아버지께도 한 그릇

116 '정강이'의 북한어. 무릎 아래에서 앞 뼈가 있는 부분.

117 沃度丁幾. 요오드팅크. 요오드, 요오드화칼륨 따위를 알코올에 녹인 용액. 어두운 붉은 갈색으로 소독에 쓰이거나 진통, 소염 따위에 쓰이는 외용약이다.

드려다놓고 나오는 분이가 이번에는 억쇠가 내어 미는 그릇을 받었다. 그리고도 길을 비키지 않더니,

"저기 도랑에 가 땀 좀 씻구 가요."

한다. 분이네 부엌 뒤로는 맑은 도랑물이 흘렀다.

"괜찬허."

"어서요."

하고 어둠 속에서 박꽃 같은 분이가 얼굴을 돌이키지 안는다. 그 얼굴에 무슨 말을 하고 싶은데 답답하기만 해서 억쇠는 잠자코 분이가 시키는 대로 부엌 뒤로 나왔다. 땀난 등어리보다 가슴이 더 뜨겁다. 적삼을 벗어 팽가치고 도랑에 들어섰다. 분이가 쪽박을 들고 따라 나왔다. 물을 떠가려나 보다 했는데,

"더 숙여요."

하더니 쪽박으로 푼 물을 제 잔등에다 부어준다.

저녁에면 밭에서 들어온 저이 오빠를 씻어주던 솜씨인지는 몰라도 분이는 조금도 서투르지 않다. 물을 두어 번 끼얹더니 그 매끄러운 손바닥으로 뽀득뽀득 밀어준다. 여름내 탄 등어리는 꺼풀이 작고 밀리었다. 억쇠는 분이가 그것을 때인 줄 알가보아 그것만 걱정되었다.

분이가 내다주는 낯수건[118]으로 얼굴까지 닦고 적삼을 입으려고 찾으니 적삼이 간 데 없다. 분이가 쪼르르 다시 나타났다.

"이걸 입구 가요. 등에 피두 막 묻은 걸요."

"빨믄 되지 뭐."

---

118 얼굴 수건.

"그리게 두구 가요."

"나는 못 빠나."

"빨래를 다 해요 뭐."

"밥두 허는데."

"아이 망칙해!"

"그럼 헐 사람이 없는 걸 어떻헌담!"

"그리게 내가 빨아 드린대두."

"괜찮대두."

"고집 너머 씀 나뻐!"

하면서 분이는 들고 나온 저이 오빠의 빨아 대린 적삼을 댑싸리 위에 놓고 달어난다.

억쇠는 품은 좀 좁은 듯한 동무의 적삼을 입고 혼자 집으로 돌아올 때, 시오 리 길이나 무거운 걸음을 한 다리가 조금도 아프지 않었다. 컴컴한 집속으로 들어가고 싶지 않어 그냥 큰길로 나와 오래도록 별들을 쳐다 보았다. 어머니 묻던 날 밤과는 딴 하늘처럼 억쇠의 눈에 별들도 처음 고와보였다.

## 8

억쇠의 눈에도 저녁마다 밤하늘의 별은 고와졌으나 추수한 것 전부를 바치어도 모자라는 소작료 때문에는 눈알이 솟았다.

'봄내 여름내 땀국을 물 먹듯 허구 일헌 게 누군데, 먹진 못 해두 소작

료는 내라는 거냐? 미리 주재소를 끼는 건 죽어두 짹소리 말란 말이지! 찌저발길 놈의 새끼들…….'

억쇠는 같은 농군이긴 하나 공부도 많이 했고 가끔 억울한 사람들을 위해 입바른 소리도 해주던 성필이를 넌지시 찾아갔다. 성필이는 자기 일처럼 반가워 했을 뿐 아니라 자기부터 동척 작인의 하나로 벌촌서는 말마디나 하고 기운 꼴도 쓴다는 택길이와 내통이 있는 것도 알었다.

"인제 택길이가 무슨 말이 있을 테니 모두들 택길이가 허자는 대루만 해요들."

아닌 게 아니라 며칠 안 있어 이른 아침인데 벌촌에서 택길이네 이웃에 사는 작인 하나가 헐덕거리고 찾어 왔다. 억쇠더러 노마와 점둥이를 불러오라 하더니 벌촌으로 같이 나가자 했다. 가서 보니 벌촌까지는 아니요, 권 생원네 삼포[119] 있는 뒷등성이인데 길에서는 사람이라고 그림자 하나 보이지 않었으나 올라와 보니 젊은 축들로만 사십여 명 작인이 모여 있었다. 이 속에 성필이가 와 있었고 성필이 옆에는 밀짚모자는 썼으나 농사꾼 같지 않은, 낮선 사람도 하나 앉어 있었다. 벌촌 쪽에서도 서너 사람 더 나타난 뒤에 택길이가 일어서니,

"인전 얼른 이리들 모히슈."

했다. 모두 성필이와 그 낮선 사람을 중심으로 둘러 앉었다. 아무도 낮선 사람을 인사는 시키지 않는데, 그는 얼굴도 희고 손길도 곱상하나 어딘지 억척배기[120] 택길이만 못하지 않게 묵직해 보이는 얼굴이다. 그는 넙적한 입으로 담배만 빨었고 성필이가 좌우를 둘러보더니 먼저 말

119 蔘圃 = 인삼밭.

120 몹시 억척스러운 사람을 낮잡아 이르는 말.

을 꺼내었다.

“나는 동척 작인은 아니우만 역시 남의 땅으루 농사짓는 녀석으루 밤낮 억울헌 꼴 당허구 살기는 마찬가지오. 자, 올 가을 일을 여러분 어떻게들 허실려우?”

잠간 서로 두리번거리기만 하다가, 택길이가,

“어떻허긴 어떻해요? 모두 꿀먹은 벙어리지만 속두 그런 줄 아슈? 어느 경칠 눔이 농사 죽드룩 져서 회사 좋은 일만 헌단 말이오?”
하고 대뜸 눈방울이 두리두리 해진다.

“안 그렇구!”

“무슨 요정을 내야해 이건!”

“상에 붓들려가기밖에 더허겠수!”

“그런데 충신이 자식은 저이두 소작료만두 모자란다구 끓던 자식이 뭘루 낸다는 거야 대체?”

“흥! 그렇험 누군 못 내!”

평소에 말이 적던 춘삼이 김 서방이 곰방대를 뽑고 침을 찍 뱉으며 하는 소리였다.

“그렇험 누군 못 내다니?”

“아, 면장님이 모자라는 건 당해줬답듸다.”

“뭐?”

모두 눈이 둥그래진다.

“면장이 당해주다니요?”

여럿이 모인 데서는 처음 말참견을 해보는 억쇠의 목소리였다.

“충신이 색씨가 면장님이 저이핸 당해주기루 했다구 자랑삼아 우리

집 사람더러 지껄이드라는데 그래."

"면장님은 무슨 님? 죽일 놈들!"

택길이가 주먹을 불끈 내밀었다.

"죽일 놈들인 게, 보란 말이야! 이를테면 저인 엄살루 죽는 체 허구 우리더런 따라서 진짜루 죽으란 속이지?"

아직것 듣기만 하고 있는 낯선 사람이 피던 담배를 꺼버리고 좌중을 둘러보았다. 꽤나 날카로운 눈매다. 앉은 채 별로 서두르지도 않고 여태 하던 이야기나 계속하듯 말을 시작했다.

"여러분이 소작료로 억울한 일 당해본 건 이번이 처음이 아니리다. 이게 앞으로도 한두 번 있구 말 거라면 여러분도 기를 써 싸워 뭘 허겠오? 그렇지만 지주가 따로 있구 작인이 따로 있는 이런 제도가 남어 있는 날까지는 이런 견듸랴 견딜 수 없는 리해 상반 되는 충돌이 작구 계속될 거니까, 이걸 고치자는 거구, 더구나 이번에 여러분들처럼 지주 편에서 허라는 대로만 하다가는 별수 없이 굶게 되니까 헐 수 없이 무슨 도리를 채리쟈는 것 아니오?"

"그럼은요!"

택길이의 대답이었다.

"원형리정으루 생각해 보슈? 아무리 남의 땅을 부쳐서라두 십 년을 근고 닦는 일이라면 그래두 북정[121] 밭 한 뙈기라도 늘게 돼야헐 게 아니요? 세상에 무슨 일 쳐놓구 십 년을 해서 늘진 못허구 고대로만 있는 일이 어듸 있단 말이오?"

121 北庭. 집안의 북쪽에 있는 뜰.

"어디 고대로만 있으면 좋게."

성필이가 그와 친구 간처럼 반말로 받는 대꾸였다.

"허긴 고대로가 아니라 빚만 늘어가는 것 아니요? 작인들은 빚이 늘었는데 지주들은 그 십 년 간에 무에 늘었소? 호강으로 살고도 땅이 늘지 않었소? 종처럼 부리는 작인이 늘지 안었소?"

말뜻은 야무지나 말투가 소탈해서 옆에서 누구나 얼른 말대꾸가 나와진다.

"참, 너무두 공평치 못해요니까!"

"아무튼지 여러분들의 금년 추수는 죄다 바쳐두 소작료도 못 된다는 것 아니요?"

"밭 농사꺼지 팔어대면 되죠니까."

"그럼 점둥이넨 밭 농사꺼지 팔어 벼루 해다 바치겠단 말이야?"

"그렇단 말이지 어느 경칠 놈이……."

"쉬—."

"문제는 간단헌 거요"

이번엔 성필이가 말을 이었다.

"문젠 간단헌 게, 앉어 빼았기구 죽느냐, 일어나 싸워서 안 뺏기구 사느냐 양단간에 하나뿐인데 여러분 어느 편을 취할테요?"

"싸우면 안 뺏기구 무사헐가요?"

"비러먹을 소리 마라. 땅 집구 헴치는 노릇만 헐 테냐? 중간에 일 잡치지 말구 겁이 나건 그런 물신선[122]은 미리 빠져요."

---

122 좋은 말을 듣고도 기뻐할 줄 모르며 언짢은 말을 들어도 성낼 줄 모르는 사람을 비유적으로 이르는 말.

벌촌에서 온 경순이란 젊은 작인이다.

"누가 겁이 난대?"

"뭐야 그럼?"

"쉬—"

다시 조용해지기를 기다려 이번엔 낯선 사람이 다시 말을 시작했다.

"권력을 쓰는 놈들과 시비곡직을 가리자면 별수 없이 쌈이 되는 거요. 권력과 싸우는 데는 이쪽에선 단결밖에는 수가 없는 거요. 여러분이 한데 뭉처 결정헌 대루 끝까지 뻗대구 나가기만 헌다면, 결국 수효 많은 편이 이기는 거요. 또 옳고 긇은[123] 것이 싸우는데 끝까지 싸우기만 하면 옳은 게 꼭 이기고 마는 법이요. 어느 누가 듣든지 죽도록 농사진 사람 굶어죽지 않겠다구 나서는 노릇을 긇다군 안헐 거요. 이런 떳떳한 일일 바엔 여러분 맘 먹게 달린 것 아니요? 지주 편에서 다신 얕잡어 보지 못하게, 지주들의 병정인 관리 놈들이 허턱 지주편만 들구 나서지 못하게, 작인들도 미물이 아니라 사람이란 것, 똑같은 사람이란 걸 한번 본뵈기를 보힙시다. 여러분을 짓밟는 발은 여러분의 손으로 분질러놔야지 하늘만 쳐다 본다구 되는 게 아니오. 이놈들이 신문에도 내지 못하게 하니까 그렇지, 작인들이 들구 일어나 지주들의 악착한 착취를 거절하구 싸워서 이기는 일이 조선에두 작구 늘어가며 있는 거요. 쏘련(蘇聯)을 보시오. 여러분은 모르고 있으리다만 거기서는 땅은 모두 농사짓는 사람만 갖게 된 거요. 땅을 차지허구 농군들이 지어 논 농사를 들어다가 저이만 호의호식하던 불한당, 지주 떼들은 거기선 다

123 그른. '긇다'는 '그르다'의 방언(전남, 평북).

없어진 거요. 절로 그렇게 된 줄 아시요? 농군들이 들구 일어난 거요. 거짓 농군들이라구 별사람이 아니라 모두 여러분이나 다름없는 농군들이였지만 견디다 못해 단결해가지구 일어났던 거요. 그게 옳은 일이기 때문에 세계 각국에서 농민들이 일어나며 있구, 그래서 세계 각국에서 농민들의 옳고 떳떳한 요구가 작고 실현되며 있는 거요. 생각들 해보슈. 농군은 일은 혼자 허구 굶주리구, 농군은 일은 혼자허구 헐벗구, 농군은 일은 혼자 허구 병이 나두 못 고치구, 농군은 일은 혼자 허구 자식을 낳[귀]두 가리켜 못 보구, 그게 그래 그대로 나가야 할 세상이란 말이오?"

낯선 사람의 입에서는 단 김이 확확 끼치었다. 입술을 축여가지고 그는 더 조리 있게, 더 가슴을 푹푹 찔러주는 이야기를 계속하였다. 이 세상이 처음부터 한두 사람 때문에 여러 만 명이 억울하게 살어야 하는 마련은 아니었다는 것, 하늘과 바다가 임자 없이 있듯, 땅도 임자가 따로 있을 것이 아니라는 것, 땀 흘려 다루는 사람이 임자일 것이지, 어느 한 사람이 차지하고 여러 사람의 힘을 착취하는 죄악의 도구로 이용되고 있는 것은 잘못이란 것, 인간의 역사에 임금과 양반이 생기게 된 원인이며, 또 임금과 양반의 지위나 신분으로도 소용이 없게 돈이 제일인 시대에 이르게 된 것, 다시 이 앞으로는 돈이나 땅 임자의 세상으로 굳어버릴 수도 없이, 그 자체가 병이 되어 역사는 어쩔 수 없이 변해 나간다는 것, 그것이 인류가 개인으로나 사회적으로나 좋아지는 당연한 발전이라는 것, 그러나 이런 발전이 절로 되기를 바라는 것보다 인간의 다대수요, 이런 악 제도 때문에 가장 피해자들인 노동자와 농민이 단결해 일어나야 그 발전이 빨리 된다는 것, 그리고 기무라 충신이처럼 밸 빠진 짓하지 말고, 악하고, 내 행복을 짓밟는 놈들 털끝만치도 아첨은커녕 도리어 털끝만치도 용서 없이 정정당당하게 미워하고 총과 칼에라도 대항하고 싸워야 우선 그게 사람이요, 그게 사람의 사는 거며 이런 사람다운 산 사람이 자꾸 늘어나가야 악한 놈들이 잡은 권력이나 제도가 빨리 무너져 나갈 것이라 했다.

모두가 엄숙해졌다. 누구나 허턱 살고 싶어 하는 '삶'이란, 이렇듯 비장한 결심에서 맨주먹으로 총칼을 향해 나가야 누릴 수 있는 건가! 이것을 비로소 깨달았기 때문에, 또 주재소 소장 녀석이 용서 없이 체포하겠다던 말이 생각나서 어떤 사람은 얼굴이 해쑥해지고 눈도 어웅해진다. 또 어떤 사람은 자기한테도 세상을 볼 줄 아는 눈이 이제 비로소 트이는 것 같어 그 순박한 눈에 얼음 쪽 같은 총기도 솟는다.

억쇠도 마음속에 큰 파동을 일으켰다.

'세상엔 우리 편을 들어 소귀에 경을 읽어주는 사람도 있구나!'

억쇠는 낯선 사람은 물론, 성필이도 그전 몇 배 더 우러러 보였다.

"여러분들?"

하고 낯선 사람은 다시 목을 다듬었다.

"여러분이 맹세하고 단결해 행동만 한다면, 여러분은 땅도 안 떠러지고 소작료도 아모리 시국이니 무에니 해도 금년 같은 핸 안 내고도 배기게 되리다. 그건 여러분의 곁에 이 성필 씨 같은 좋은 동무가 있으니까……."

어듸선가 버썩 소리가 나는 바람에 말이 끊기었다. 무엇을 보았는지 벌촌 사람 하나가 후닥닥 일어났다. 그가 뛸 때에야 솔포기 밑에서 일어서는, 모자 끈을 턱에 건 정 순사를 모두들 발견하였다.

"꿈적들 말아!"

그러나 꽁무니에서 포승을 뽑으며 올라서는 정 순사의 눈초리가 성필이나 낯선 사람만을 노리는 틈을 타 농군들은 쫙 흩어졌다. 성필이도 획 돌아섰다. 그러나 성필이나 낯선 사람의 등 뒤에는 어느 틈에 누깔이 툭 불거진 주재소 소장 녀석이 권총을 대고 떡 막고 서있었다. 어디서 우직근 소리가 났다. 택길이가 팔따시 같은 참나무를 분질렀으나[124] 꺾어 들기 전에

"고노야로!"[125]

소리와 함께 소장의 총부리는 택길이를 겨누었다. 정 순사는 택길이부터 팔죽지를 꺾어 묶는 바람에 억쇠는 저도 꺾으려고 잡었던 물푸레나무를 놓고 성필이가 눈짓하는 대로 돌따서 뛰고 말었다. 얼마 안 뛰어 노마와 점둥이와 만났다.

"총소린 나지 않었지?"

"못 들었어."

셋이는 숨이 모자란 때까지 공동묘지 뒷산으로 올라와서야 돌아다보았다. 권 생원네 삼포 앞길이 빤-히 내려다보이는 데다. 낯선 사람과 성필이와 택길이 이외에도 서너 사람이나 붙들려 가고 있다. 억쇠는 눈물이 왈칵 솟았다. 엉엉 울어버리었다.

"우린 뛰길 잘했지!"

겁이 많은 점둥이의 말에 억쇠는 울다 말고 점둥이의 따귀를 갈기었다.

잡혀가는 사람들의 그림자가 길 위에서 사라진 뒤에야 이들은 쉶바

124 꺾다의 북한어.
125 このやろう. 이 새끼.

윗골로 내려왔다.

"그런데 어떻게 알었을까?"

"어느 놈이 찔렀지!"

"그리게 아무 일도 못해!"

"그런데 억쇠야 그게 누구냐?"

"주의자지 뭐."

"주의자! 공산당 말이지?"

하고 억쇠에게 한대 맞고 시무룩했던 점둥이도 말참례를 하였다.

"그럼!"

"그럼, 저렇게 용헌 사람들을 왜 나쁘다는 거야?"

"이 자식아, 넌 지주면 좋아허겠니?"

"허긴 그놈들은 미워헐 테지."

"성필이가 또 몇 달 징역사릴 해야 나오겠구나!"

"우리 성필이네 일 그냥 해주자!"

"그래!"

"징역!"

억쇠는 가슴에 푹 찔린다. 그리고 펀뜻 생각나는 것이 있다. 개성서 어머니를 묻고 처음 가재울로 내려오던 날 새벽 차 안에서 본 그 노름꾼도 도적도 아닌 상싶던 죄수와, 개성서 신문에서 허구헌 날 보던 소작쟁의와, 가끔 큰 글자로 찍혀 나오던 무슨 노조(勞組)의 적색사건(赤色事件)이니 어디 농민들의 반제투쟁(反帝鬪爭)이니 하는 제목들이다. 억쇠는 경찰이 잡는 것이 도적이나 노름꾼만 아니란 것과 이 겉으로는 평온해 보이는 세상에도 속으로는 목을 내걸은 사람들의 피투성이 싸움이 계속되고 있다는 것을 오늘 비로소 알어차리게 되였다.

"저런 사람들은 누가 돈을 줘서 댕기누?"

"이 자식이 또 한대 맞구 싶은가?"

"이 자식아 몰으니까 묻지 않어?"

억쇠는 기가 막힌 듯 허허 웃어버리는데 노마가,

"이 자식아 넌 돈만 아니?"

하고 점둥이의 안악을 걸었다. 하마터면 넘어질 뻔한 점둥이도 노마의 기운쯤은 무섭지 않다.

"덤벼라 이 자식아!"

주재소에서 능지[126]가 되게 맞고 나온 아버지 생각에 젊은 놈 모가지 하나쯤 아무 것도 아니란 결심으로 진작부터 핏줄이 핑핑해 오금이 근지럽던 노마라 이들은 좁은 산길에서 호랑이 날뛰듯 씨름이 한판 벌어졌다.

## 9

벌촌과 가재울은 이날 밤에 개들이 자지러지게 짖었다. 주모자(主謀者) 이외에는 불문에 붙인다고, 현장에서 끌려간 작인들도 택길이만 내어 놓고는 날이 어둡기 전에 놓아주었으나, 이것은 도리어 한 사람도 놓치지 않고 잡으려는 계책으로였다. 모두 마음 놓고 제 집에서 자게

---

126 능지처참의 준말.

하여 놓고 본서(本署)로부터 고등계 주임 이하 십여 명의 경관과 수십 명의 경방단원을 풀어, 밤이 새기 전에 권 생원네 삼포 뒷 등[127]에 모였던 작인들은 한 사람 빼지 않고 묶어 갔다.

그러나 성필이와 그 낯선 사람과 택길이 세 사람 이외에는 취조 받을 때 따귀깨나 얻어맞고 이삼 일 뒤부터 놓여나온 사람이 많았다. 가재울서도 점둥이와 노마는 이내 나왔으나 억쇠만은 투쟁의식(鬪爭意識)이 있다하여 이십구 일 구류(拘留)를 살었다.

이럭저럭 달포[128]가 훨씬 지나 나와 보니 '시국'이라고 불리는 세상은 그새 엄청나게 달라져 있었다. 소작쟁의를 생각만이라도 하던 때는 딴 천지였구나 싶도록, 논밭에서 난 곡식은 그만 두고 내 몸에 달린 모가지도 내 것이랄 수 없이 백성들의 권리란 극도로 박탈되며 있었다. 소작료건 내 몫엣 거건 곡식이면 곡식은 지주와의 문제가 아니라 나라와의 문제로서, 벼만이 아니라 밀이든 좁쌀이든 무슨 잡곡이든 일단 면소에서 칼자루들을 앞세[우]고 나와 제 해처럼 걷어가는 것이었다. 우선 감자나 고구마를 먹게 하더니 논바닥에 거름이나 하는 콩깻묵[129]을 먹으라고 배급이 나왔다. 짚은 비가 새는 이영도 못해 잇는다. 가마니만 짜서 바쳐라, 관술[130]을 해다 바치어라, 머루 덩굴을 걷어다 바치어라, 피마주를 살구 씨를, 참나무 껍질을 놋그릇을, 소를, 개를 잡어 껍질을, 그리고 머리를 '마루가리'[131]를 해라, 각반을 쳐라, '몸빼'를 입어

127 '산등성이'의 북한어.

128 한 달이 조금 넘는 기간.

129 콩에서 기름을 짜내고 남은 찌끼.

130 관솔. 송진이 많이 엉긴, 소나무의 가지나 옹이. 불이 잘 붙으므로 예전에는 여기에 불을 붙여 등불 대신 이용하였다.

131 まるがり(丸刈り). 짧게 깎음. 중머리.

라, 잡고대까지 국어로 안하면 비국민이다, 너는 지원병이다, 너는 학병이다, 너는 징용이다, 너는 보국대다, 너는 경방단이다, 너는 방공감시초원이다, 이 바람에 안손이 없는 억쇠네는 농사는커녕, 나오라는 무슨 회니 무슨 연습이니에 나갈 손포[132]가 없거니와 몇 가지 세금, 몇 가지 저금, 몇 가지 채권, 이것을 감당할 도리가 없고, 이것이 밀리면 동네 이사장이나 면장의 미움을 사고, 그들의 미움을 사면 보국대니 징용이니 하고 북해도나 남양으로 남보다 먼저 끌려나간다.

하루는 권 생원에게 불려가 채권 값 안 낸다고 눈이 뿌옇게 몰리고 온 저녁이다.

경방단원이 된 후로는 노름 대신에 사람 치는 것이 일이 된 가네오까 팔근이가 읍에서 나오는 길인 듯 경방단 옷을 입은 채 억쇠네 마당으로 들어섰다.

"오또쌍 오루까?"[133]

이라는 몇 마디 못 되는 것 가지고 일본말만 쓴다.

"뭐요?"

억쇠는 못 알아듣는 척 한다.

"기샤마 고꾸고모 쓰고시 와까랑까?"[134]

그것도 못 알아듣는 체 하니까,

"쇼—가나이나."[135]

하더니 조선말을 하는데 그것도 일본식으로 지껄이는 것이었다.

---

132 일할 사람.

133 御父さん おるか? 아버지 있느냐?

134 貴様 国語も 少し わからんか? 네 녀석 국어도 조금도 모르냐?

135 しようがないな. 할 수 없군.

"아버지 없소까?"

이래 가지고 억쇠 부자를 앞에 세우고, 저는 문지방에 턱 걸터 앉어서 하는 수작이, 왜 채권 값과 세금을 제때 안 내서 우리 동네 성적을 떨구느냐고 한참 꾸짖었고, 무슨 비밀이나 이야기하는 것처럼 좌우를 둘러보더니,

"거짓말이나 허면 죽인다, 아라쏘까?

억쇠가 나이 몇 살인지 바로 말이 해."

하고 억쇠 부자를 번갈아 뚫어지게 쏘아본다. 아비도 아들도 아무 대답을 못한다. 억쇠는 징병에 걸릴 나이였다. 그러나 미천한 애비를 가져 삼사 년 뒤에야 출생 신고가 되었기 때문에 민적 나이로 모면하는 것을, 어떻게인지 이 자들이 눈치를 챈 모양이었다.

"우리 사람이 그런 것이 몰라 한다 그러치만 도꾸지 상이나 도꾸지 상 아버지가 그런 거시 몰라 헐 줄 아나? 나—뿐 자식이!"

하고 억쇠의 배를 발끝으로 쿡 내지른다.

"민적이 자리 못된 것은 참말이 나이대로 말이 하라고 면소에서 말이 하지 않었나?

왜 가만히 있었나? 이런 것은 덴노—헤이까[136]를 속인 것이 한 가지니까 알아 있소까?

겜뻬이다이[137] 잡혀가서 눈이나 묶어놓고 땅 하는 것이……."

하고 이자는 유쾌한 듯이 깔깔거리고 혼자 웃다가 담배를 꺼내 물었으나, 억쇠 부자는 등골에 땀이 후질근했다.

---

136 일본 천황.

137 헌병대.

"어떻해서든 한동네서 무사허두룩만 해주시기요."

천 서방은 허리를 두어 번 굽신거리었다.

"아들이 목숨이 아깝나, 이까짓 집이 아깝나?"

"집이라닙쇼?"

이자는 담배를 꺼버리고 목소리를 낮추었다.

"내 말만 들을 테야? 그럼 억쇠는 무사허지."

"어떻겝쇼?"

"도꾸지 상이 저기 밭에다 안채는 짓구 밖알챈 못 짓지 않었어?"

"그렇습죠."

"그 댁에서 돈이나 권리가 없어 못 짓는 건 아니지만 이편 정성이지……."

"네?"

"이 집을 헐어다 밖알채를 마저 세우라구 못 그래? 그리구 억쇠는 징병만 아니라 징용꺼지 면허두룩 주선해달라면 도구지 상 아버지가 누구신데 그래?"

아비와 아들은 말문이 막혀 서로 잠자코 눈만 주고 받었다.

"집이 아깝나?"

"……."

"아들보다 집이 아까우면 그만 두구 보라구! 억쇠는 소작쟁의로도 전과자나 다름 없는 것이였다!"

"정말 그렇게만 험 무사헐깝쇼?"

"그건 내 장담허지."

"살림이라야 안사람두 없이 물라는 것만 많구 더 살라야 살 수도 없쇠다. 그렇지만 집이라군 생전에 이게……."

하고 천 서방은 이내 목소리와 함께 눈이 흐려진다.

"글세 생각해 허라구. 내가 억쇠 신상이 좋지 못한 줄 아니까 이웃 간에 귀뜸을 해주는 거지 내 생기는 게 있어 이러는 줄 알어?"

"아, 그럼은요. 저것 하나만 신상에 별일 없다면 오늘 저녁부터 한데잠은 못잘가요니까!"

일어나 나서려던 팔근이는 다시 돌아섰다.

"그리구 말야."

"네?"

"독개그릇은 팔려거든 내게다 팔라구."

억쇠 부자는 밤새도록 생각해보았다. 별수 없었다. 남의 집 종살이에서 풀려, 밭이나 하루갈이 사고 마누라를 얻든지 며느리를 얻든지 해가지고 인전 남부럽지 않게 한번 살어보려고, 남의 깍지방으로 지었던 것이라도 대궐 맛잡이로 알고 이 집을 세울 때 밤엔 며칠을 잠을 못자고 기쁘던 노릇이, 생각하면 문패를 '야마다 후미오'[138]라 갈어붙여 본 것뿐 머릿속에 남는 것이라고는 아무 것도 없이 이제 헐어다 바치어야 하는 것이었다.

억쇠네 부자는 묻는 사람에게마다 팔었노라 대답하며 사흘이 걸려 저이 손으로 집을 뜯었다. 애비도 아들도 눈이 헛갈리어 손발이 제대로 놀지 않었다. 몇 번이나 못을 밟고 몇 번이나 떨어지는 서까래에 잔등을 치었다. 지줏댁에 가는 타작 섬이나처럼 저이 등으로 꾸벅 꾸벅 져다가 도꾸지네 마당에 갔다 주었고 솟 두 개와 독개그릇 대여섯 가지

138 억쇠 아버지의 창씨개명.

는 가네오까네 집으로 져 올렸다.

가네오까는 말로는 산다고 했으나 값을 묻는 일은 없었고, 도꾸지는 억쇠네가 빚진 것과 채권 값따위 모두 오십오 원 각수를 맡아주었고, 억쇠를, 징용을 면한다는 농업요원(農業要員)이란 이름으로 저이 집 머슴에 써주는 것으로 도리어 생색을 내었다. 그리고 억쇠 아버지는 몸담을 곳도 없거니와 이내 보국대(報國隊)라는 강제 노동에 걸려 경원선 복선공사장으로 끌려갔다.

## 10

농업요원이란 논과 밭을 을러서 최소한도 구천 평의 농사를 지으라는 것이었다. 억쇠는 그만해도 몸에 익은 농사일이나 밭일, 논일, 집안 허드래일, 미처 손이 돌아가지 않었다.

농사를 처음 시켜보는 주인 도꾸지는, 모범 면장 저이 아버지가 책상 위에서 증산(增産)이니 모범 작(模範作)이니, 모범부락(模範部落)이니 서두르는 그대로 들어와서 억쇠헌테, 왜 손이 둘 밖에 없느냐는 듯이 서둘렀다.

억쇠는 사실 있는 손 둘도 제대로 놀리고 싶지 않은 일이다.

'남처럼 내 집을 쓰고, 남처럼 내 농사를 짓고, 분이를 다려다가…….'

이 클클하게 떼쓰고 싶도록 그립던 욕망도 인전 여지없이 부서지고 말은 것이다.

황국신민 된 의무다, 나랏일이다, 천황폐하의 일이다 하고, 남들에게는 볶아치고, 욕질하고, 매질을 하면서도 도꾸지나 그런, 국민복 입은 면소 패, 군청 패들은 그다지 바쁜 일은 없는 듯, 사흘이 멀다 하고 그들은 해지기를 기다려 자전차 꽁무니에 갈보와 술병을 달고 들어들와 밤을 패고 놀았다.

이 자들이 들어오는 날은 가재울은 불한당패 든 것 같았다. 아무 집에나 가 방문을 벌컥 열어젖힌다.

"웃방으루 뭬 올라간 게 누구야?"

"우리 메눌애깁죠."

"뒷문으로 나간 건?"

"나가긴 누가 나가요니까?"

"가마닌 안 치구 초저녁부터 무슨 잠이야?"

"아무런들 벌서 자기야 허겠어요."

"그럼 불은 왜 안 켜놓는 거야?"

"기름이 없다보니 아무 것두 못 허구 앉었습죠니까."

"핑계 그만둬. 부엌을 뒤져볼가, 무슨 기름이구 없나?"

"웬 기름이 있어요니까!"

"호주 이름이 누구야? 사내들은 어듸 갔어?"

하고 엄포를 해놓고 슬쩍 물러나면 따라왔던 도꾸지나 가네오까는 어느 틈에 이 집 닭이장 문을 열고 그중 묵직한 암탉으로 한두 마리 골라 들고 주인 앞으로 오는 것이다.

"면에서들 나와 나랏일루 여태 저녁두 못 먹구 다니는 걸 그냥 가게 헐 수 있소?"

"저런, 얼마나 시장들 허실가요!"

"우리가 저녁은 허지만 한두 번 아니구 찬을 당헐 수가 있소! 이거 얼마 내리까?"

"원 별말슴을! 동넷손님인 걸요."

닭 한 마리쯤 채이는 것, 남편이나 아들에 비겨 아무 것도 아니었다. 이 자들은 보국대나 징용인원이 모자란다든지, 내일처럼 보내야겠는데 한두 명이 도망을 했다든가 하면 아무 동네에나 '도라꾸'[139]를 갖다 대고, 닭이나 개 한 마리 채가듯, 이들의 남편이나 아들도 손에 잡히는 대로 채가기 때문에, 닭 한두 마리, 계란 한두 꾸러미쯤은 아무 것도 아닐 뿐 아니라, 불을 켤 기름이 있다 하드라도 사내사람 남어 있는 집에서는 미리 불 없이 앉었다가 이런 손님이 달려들면 뒷문으로 튀는 것이 상책이었다. 이들이 산다는 것은 어떻게 하면 피할까, 그것이 전부였다.

도꾸지나 가네오까는 동네에서 먹을 것이 닭이나 계란만도 아니었다. 먹으러 들면 못 먹을 것이 없었다. 동네 어느 집에 제사나 혼사가 있어 부득이 고기나 술을 써야 할듯 하면 가네오까는 앞질러 찾어 다니며 축축이었다. 내 담당할 터이니 밀주를 담그라 하고 으레 한 말은 차지했고, 내 담당할 터이니 도야지[140]를 잡으라 하고 으레 한두 쟁기[141]는 가져갈 줄 알었다. 이런 공 고기 맛에 뱃심이 자란 가네오까와 도꾸지는 나중에는 소까지 몰래 잡게 하고 한두 다리 들군 하였다. 먹는 것만도 아니다.

"면화는 나라에 죄다 바치라는 건데 이게 누구넨데 솜을 틀어?"

---

139 트럭.

140 돼지.

141 고기를 세는 단위. 한 쟁기는 돼지 한 마리를 잡아 여덟 덩이로 나누었을 때 그 한 덩이이다.

한마디면 솜반[142]이 들어왔고,

"짜란 가마닌 안 짜구, 이게 어느 때라구?"

한마디면 명주와 무명필도 들어왔다. 가네오까네와 도꾸지네는 귀한 것 없고 못 먹는 것이 없었다.

## 11

보국대도 제 것 있는 사람은 좁쌀 말이라도 가지고 와서 '함바'[143]에 부치든지 그렇지 않으면 저녁 한 끼만이라도 한뎃 냄비를 걸고 배부른 저녁을 먹어보는 것이나, 천 서방처럼 아무 것도 없이 온 사람은 무엇보다 배가 고파 견딜 수가 없었다. 산을 허물어다 복선 철로 길을 돋우는 일인데 같은 흙일이나 농사일보다 생흙 다루는 일은 힘이 갑절 들었고, 그런데다 먹는 것이 부실해서 한 평 흙을 뜨기 전에 눈에서 별이 돌군 했다. 촌집에서 야미 떡을 해파는 것이었으나 하루 품삯이라는 것이 떡 한개 값이 모자랐다. 그것도 남처럼 담배를 피지 않는 덕에 사흘에 한 번씩 야미 떡 두어 개 사먹는 맛이 오직 사는가 싶은 순간이다가, 석 달 기한이 차서 일터에서 물러나는 날, 천 서방은 갈 데가 막연하였다. 농사는 뒷날 세월 좋아지면 다시 짓기로 하드라도 집이, 그 집이, 비록 안손은 있든 없든 내 집이었던 그 집 한 채만이 저이 부자의 유일한 밑천이요 근거일 것을 그만 꿈처럼 날려 보낸 허전함이란 천 서방은

142 솜돗에 펴서 잠을 재운 반반한 솜조각.

143 공사현장에 있는 '근로자 합숙소'를 뜻하는 일본말.

머리 둘 곳이 없는 이날 그것이 죽은 계집 생각보다도 더 서러웠다.

아무튼 집은 없더라도 아들이 있는 곳이니 천 서방은 터덕터덕 가재울로 와보는 수밖에 없었다. 동네에 들어 서는 길로 아들보다는 먼저 저이 집 섰던 자리부터 찾았다. 구들바닥까지 파 헤쳐진 것을 보면 도꾸지네가 바깥채를 짓노라고 구들장까지 뜯어간 모양이었다. 아들이 그렇게 공들여 파놓은 박우물에는 나뭇잎만 그뜩 잠겨있고 장독대에도 쓸모 있는 돌은 죄다 걷어가고 없었다.

'주릿대 맞을 놈들 너이들만 얼마나 잘사나 보자!'

몇 달 안 보다 만나는 억쇠는 제 아들 같지 않게 틀이 잡힌 실농꾼이었다. 가슴이 함지박 같고 손매듭[144]이 밤톨만큼씩 여물었다. 이런 범 장다리 같은 아들을 앞세우고 제 농사 제 살림을 못 해보는 생각을 하니 또 한 번 뼈가 저리다.

일군의 밥그릇엔 수수와 콩만 몰아 뜨나 도꾸지네는 그래도 아직 죽은 먹지 않었다. 천 서방은 된밥 몇 끼를 먹어보니 행결[145] 속이 뜨지근하다.[146] 저이 집 헐어다 바친 것으로 세운 바깥채라, 밤에 누우면 잠이 편히 들지 않었으나 아들과 하루라도 더 같이 지내보고 싶고 된밥도 한 끼라도 더 속에 넣어두고 싶었다. 멈짓멈짓 닷새가 되던 날이다. 도꾸지는 천 서방더러 어쩔 셈이냐 물었다. 묻기라기보다 이쪽에서 대답할 사이도 없이,

"이런 비상시국에 우리 집에 노는 사람이 있다구 해 보? 내 얼굴에 똥

---

144 손마디의 북한어.
145 '한결'의 방언(충청, 평안).
146 뜨스하다.

칠을 허는 거구, 천 서방 자신도 이번엔 보국대가 뭐요? 징용으로 이 년 기한으로 남양 아니면 북해도로 가는 판이니 미리 알어채리란 말이요." 하였다. 신선처럼 이슬과 바람이나 먹기 전에는 천 서방은 사람 사는 동네를 떠나 피할 곳은 없었다. 아들의 지게를 하나 얻어 지고 이날로 백천온천으로 나오고 말은 것이다.

온천손님도 끊어진 지 오래여[서] 지겟벌이도 있을 리 없거니와 보국대와 징용꾼 뽑기에 열이 나 개도 사람으로 뵈는 면소나 군청 노무계(勞務係) 패들 눈에 빈 지게로 어슬렁대는 천 서방이 걸리지 않을 리 없었다.

억쇠가 저이 아버지가 백천 정거장에서 보이지 않는다는 말을 들은 지 한참 뒤, 보국대에 갔다 온 벌촌 사람에게서 저이 아버지가 해주비행장 닦는 데서 일을 하더란 말을 들었다. 다시 달포나 되어서다. 일본 구주(九州) 무슨 제철소엔가 '삐이십구'[147]가 폭격했다는 소문이 나고 징병검사에 을종(乙種)들인 장근이와 용길이 아우가 서울로 입영(入營)하러 떠난 뒤이다. 억쇠에게 저이 아버지의 세 번째 소식은 면소로부터 주인 도꾸지가 가지고 왔다. 죽었다는 것이었다. 일을 하다 죽었으면 나라를 위해서 명예요, 유족에게 위로금도 나올 것인데 벤벤치 못하게 무슨 병을 앓었고, 병은 나어가지고 썩은 콩 볶은 것을 먹고 죽었기 때문에 '센징와 쇼–가 나이네'[148] 소리를 듣게 되였다고 도꾸지는 못마땅해 하였다.

"언제래요?"

억쇠는 웬일인지 아버지가 죽었다기보다 누구와 싸움을 하다 졌다

147 'B29' 폭격기. 제2차 세계대전에서 활약한 미국 공군 폭격기. 미 공군, B29의 일본에 대한 최초의 공습은 1944년 6월 15일에 있었다. 당시, B29는 북큐슈의 신일본제철 야와타(八幡) 제철소를 공습했으며, 8월 20일에도 추가 공습이 있었다.

148 せんじんは しようがないね. 조선인은 어쩔 수 없군.

는 말에처럼 성부터 버럭 났다.

“벌써 수십 일 됐다니가 누가 알어.”

농사일 바쁜 때 그건 가보면 무얼 하느냐고 도꾸지는 짜증을 내였으나 억쇠는 이날로 떠나 해주비행장을 찾어왔다. 열 군데도 더 물어 저이 아버지 밥 먹던 ‘함바’를 찾었고, 거기서 더듬어 ‘야마다 후미오’가 전염병을 앓었고, 병은 나아 비척거리고 두어 번 ‘함바’로 와서 밥 누룽갱이를 얻어 들고 가는 것을 보았는데 어디서인지 썩은 콩 볶아 파는 것을 사 먹고 죽었다는 것이다.

“어듸다 묻었나요?”

“묻긴? 태워버렸지.”

“태우단요?”

“전염병이라구 석율 치구 태웠다는데.”

억쇠는 이틀을 여기서 묶으며 더 파보아 ‘야마다 후미오’의 시체가, 그의 것은 신던 ‘지까다비’ 한 짝 남김 없이 한데 태워버린 것을 알었고 그 태운 자리까지 찾어 보고는 그만 걸음을 돌리고 말었다.

억쇠는 신작로에 나와 펄석 주저 앉었다. 하늘은 농군들이 기다리는지 오랜 비도 좀처럼 나릴 것 같지 않다.

‘슬컨 가물어라? 망해라 어서! 우리 집을 그냥 먹은 건 그만두고라도 내가 고까도 없는 제집 종사리가 아닌가? 아버지가 일 년을 묶기루 놀구 먹을 사람인가? 닷새를 못 가서 내여쪼차? 네놈들이 앓구 나 먹을 게 없어봐라, 개똥은 안 줘 먹을 테냐? 센징와 쇼－가 나이? 고런 놈들 주둥이에 거미줄 안 쓰는 걸 봄 저 늙의 하늘이란 것두 멀정헌 거구!’

억쇠는 오래간만에 그 권 생원네 삼포 뒷등에서 잡혀간 성필이와 낯선 사회주의자 생각이 났다. 택길이는 석 달 뒤에 놓여나왔지만 성필이는 그저 소식이 없다. 그들이 감옥 속에서 고생할 생각을 해보니 그래도 저는 아직 일월을 마음대로 보고 살기가 미안하기도 하다.

'어서 왜놈이 망해라? 왜놈이 망해야 도구지 따위는 쥐구멍을 찾구 그 사회주의자나 성필이 같은 사람들이 맘대로 활동을 헐 거구, 그래야 한번 세상이 뒤집히는 보람이 있을 거다? 왜놈이 망키루 도-죠 면장이나 권 생원이 그냥 꺼떡댄다면? 그럴 린 없을 거다? 그럴 린 죽어도 없을 거다!'

억쇠는 야속한 것을 더듬자면 도꾸지만이 아니다. 그의 계집년에게도 한두 가지가 아니다. 정말 사형장에서 목이나 매달렸던 것을 풀어놓아준 것처럼 말끝마다,

"우리 애아버지 아니면 오늘 어떻게 됐을 지나 알어?"

소리였고, 겨울에 큰 솥에 물이 설설 끓어도,

"무슨 끔직헌 손발이라고 더운물을 쓰려 들어?"

하고 억쇠 제 손으로 길어다 붓고 제 손으로 해다 때주는 나무에도 더운물 쓰는 것을 앙탈하였다.

"막 자란 것들은 별수 없대두! 주는 대루 처먹지 장독대를 늙은 개 부뜨막으루 아나, 어듸라고 올나가?"

하고 찬이 모자라도 고추장이나 된장 한 순갈 못 떠다 먹게 했다.

'이를 갈자! 미워하자! 그때 그이는 나쁜 놈은 용서 없이 미워하라! 했다! 아- 그런 사람들이 세상을 맘대루 꾸미게 된다면? 그렇게 된다면 어떻게 될가?'

억쇠는 손에 잡히는 대로 풀을 한 움큼 잡어 뜯었다.

'우리 같은 사람두 잘살게 만들 거다! 그인 그때 그랬다. 십 년 근고를 해서 북정 밭 한 뙈기 못 작만하는 건 원형리정이 아니라구. 이런 지금 세상은 마련이 잘못된 거라구. 마련 잘못된 이놈의 세상은 어서 뒤집혀야 헌다!'

억쇠는 벌떡 일어나 다시 걸었다. 허턱 주먹질을 해본다.

'악한 놈, 내 행복을 짓밟는 놈은 사정없이 미워해야 헌다! 도꾸지란 놈은 악한 놈이다! 내 행복이면 따라다니며 짓밟으려는 놈이다!'

억쇠는 도꾸지를 미워 안하고 견딜 수 없는 또 한 가지 중요한 이유가 있는 것이다. 닭이나 계란은 제 손목아지로 들고 가는 것이라, 말로는 돈을 낸다는 것이나 도꾸지나 가네오까헌테서 닭 값이나 계란 값을 받어 본 집은 별로 없다. 그런데 다만 노마네 한 집만은 닭 값도 계란 값도 낙자 없이 받을 뿐 아니라, 금시도 읍엣 시세로 쳐서 사흘을 넘기지 않고 보내는 것을 억쇠도 두어 번 심부름을 했다. 그리고 한 달이나 두 달에 한 번쯤 고무신 지급표가 고작 한 반에 한두 장 폭으로 나와, 신 한 컬레에 십여 집이 매달려 제비를 뽑는 것이나 이 도꾸지의 주머니에는 고무신표뿐 아니라 비누표 석유표 설탕표 광목표 따위가 언제든지 득실거리었다. 노마네는 제비도 못 뽑았는데 분이도 분이 어머니도 고무신이 떨어지지 않었다. 동네에 세력 못 쓰는 젊은이치고는, 농업요원도 아니면서 절름발이 홍 서방을 내어 놓고는, 그저 보국대에도 징용에도 뽑혀가지 않고 견디는 것도 분이 오빠 노마뿐이다. 이것도 도꾸지란 놈이 뒷배를 보아주는 것이 틀리지 않었다.

'도꾸지란 놈이 분이헌테 꿍심이 있는 게 틀리지 않다! 내 모를 줄 아니?'

억쇠는 속에서 불이 나올 것 같은 입을 악물고 걸었다.

12

'사람두 이 땅 같을 게다! 같은 흙인데 다들 맛부터 좋구, 힘 적게 들구 곡식은 쏟아지구!'

그 용길네 밭 자리 하루갈이는 제 손으로 다뤄보니 억쇠는 도꾸지헌테 채인 것이 다시금 분해진다. 사과나무를 심어 곡식을 간작(間作)을 했고 집터가 백여 평은 차지하여 제대로 심지는 못하였으나 조 이삭 하나가 개꼬리만큼씩 숙었다. 억쇠는 이 밭을 밟을 때마다 분이 생각이 따라 솟기도 한다. 같은 사람, 같은 여자에도 분이는 보기도 이쁘거니와 살림도 잘하고 아이내도 잘할 것 같았다.

'못된 것이 임자라도 좋은 땅은 큰 이삭을 맺는다! 못된 것이 꼬이드라도 착허기만 헌 분이는 고분고분 넘어가구 말 거다!'

억쇠는 이런 생각을 하면 가슴 속엣 불덩이가 불숙 치밀어 목구멍을 막는 것 같다.

'하늘이 무심헌 것처럼 땅두 사람두 무심헌 거란 말인가?'

아직 마당질두 끝나기 전인데 도꾸지는 어디서 그 귀한 과수에 주는 비료를 구해놓았다. 읍에서부터 억쇠가 져 들여왔다. 열매가 아직 달리지 않는 과수는 무슨 과수든 식량증산으로 모조리 뽑으라는 것인데, 그것도 면장인 저이 애비 이름으로 남의 것들은 모조리 뽑아던지면서 저이 해는 간작만으로 그냥 둔다. 아직 어린 나무에 거름이 당치 않었다고들 하나, 무엇이든 한번 마음이 내키면 멈출 줄 모르는 성미라, 도꾸지는 기어이 억쇠를 시켜 과목들의 둘레를 파게 하고 거름 주는 것을 총찰[149]하던 날이다. 점심 먹고 나와 쉬는 참인데 도꾸지는 억쇠더러 노마를 불러오라 했다.

노마도 노마 아버지도 없고 분이만이 웃방에서 찢어진 제 고무신 깁던 것을 든 채 문을 열었다. '몸빼'를 입어 분이는 몸매 부푼 것이 두드러진다.

"노마 좀 오래는데."

"도꾸지 상이 그래요?"

억쇠는 멍청해 대답을 못했다. 어떻게 도꾸지가 부르는지 듣기도 전에 아는 것이 이상했다. 생글거리는 분이가 이런 때는 이쁘기만 하지 않다.

"누가 오빨 오래요?"

"도꾸지 상인 줄 알면서 뭘 그래?"

"내 나가 찾어 보낼게요."

하고 분이는 붉어지는 얼굴을 돌아서버렸다. 분이 어머니는 장독대에서 무엇을 하다가 아들을 도꾸지가 찾는다는 바람에 눈이 휘둥그레 나왔다.

"이 사람? 그 어른이 우리 애를 어째 부르실가?"

"몰르죠."

"이거 아들 하나 가진 게 무슨 죽을 죄나 짓구 사는 거 같으니 어떻헌담! 무슨 일이든 자네 말 좀 잘허게 응?"

"저야 뭘 아나요."

"자식이라군 그거 하난 걸 그걸 내보내군 난 죽지 못 살어요! 못 살

---

149 總察. 모든 일을 맡아 총괄하여 살핌.

어…….”

벌써 말끝이 떨리면서 분이 같은 것은 자식으로 치지도 않는 것이었다. 그것이 자식으로 치는 노마를 위해선 분이쯤 아무렇게 굴려도 좋다는 심속 같았다.

어느 명령이라고 지체할 리가 없었다. 분이와 분이 어머니는 집을 비어 던지고 나서 노마를 찾어 보내었다. 도꾸지는 벌써 경방단 부단장의 정복 저고리를 입고 나와 있었다. 이 자가 위신을 보여야 할 자리에선 먼저 이 대단스러운, 금줄이 붙은 저고리부터 곁들이고 나서는 것이다.

“노마 너 어딜 자꾸 나도라다니는 거냐?”

“구장네 숫돌루 낫 좀 갈러 갔드랬어요.”

“농업요원두 아니구 이 동네 남어 있는 청년이 너 하나 아니냐? 모두들 넌 왜 안 내보내느냔 소리에 난 귀가 아플 지경이다. 외아들이야 너만 외아들인 줄 아니? 그렇지만 너이 어머니 사정에 여태 내가 생각을 많이 해왔는데 시국이 점점 긴박해진단 말이다.”

노마는 손만 비비고 섰다.

“넌 몸에 병이 있다구 해서 내가 어태 아버지헌테 그렇게 말을 해 밀어왔는데…… 아모튼지 너머 남의 눈에 띄게 나다니진 말어라. 내 말이면 면이나 군에서 저이 맘대룬 못 허는 게니…….”

“네, 그저 도꾸지 상께서 염려해 주세야죠.”

하고 노마는 두어 번 꾸벅거리고 물러갔다.

그 후 며칠 안 있어서다. 도꾸지네는 떡을 했다. 도꾸지 장인의 대상(大祥)이었다. 도꾸지는 바쁜 일이 있어 못 가겠다 했고, 아내와 아이만 배천온천에 가서 차를 타고 가는, 연안 처가로 보내는 것이었다. 억쇠더러는 정거장까지 떡 그릇을 들어다 주고 저물터이니 배천 읍에서 자고 들어오라 했다.

아닌 게 아니라, 정거장에 와 막차에 떠나는 것을 보고 돌아서니, 밤이 꽤 늦는다.

'나더러 늦을 테니 자고 드러오라고? 흥!'

억쇠는 콧방귀가 나갔다.

'내 속을 너는 모르나보다, 그렇다구 나두 네놈 속을 모를 줄 아니?'

자기는커녕 억쇠는 속이 달어 저녁 요기를 할 여유도 없다. 불이나 끄러 오는 사람처럼 억쇠는 숨이 턱에 닿어 가재울을 향해 뛰었다. 눈을 감고라도 다니던 이 이십 리 길이 발부리에 채이는 것도 많고 이처럼 아득해 보이기도 처음이다.

'벌서 자정은 됏을거다!'

길도 악한 놈의 편이 되어 자꾸 늘어나는 것 같다.

그러나 결국 길은 끝이 있었다. 아직 울타리도 못한 집이라, 어디로든지 안뜰에 들어서는 것은 문제가 아니였다.

안방은 불이 꺼져 있다.

'설마?'

억쇠는 숨이 가라앉기를 기다리면서 모든 것이 자기의 지레짐작이기를 바랐다.

'설마?'

억쇠는 더듬더듬 안방 가까이 왔다. 무슨 소리가 난다. 주춤 멈추었다. 울음소리 같다. 억쇠는 귀가 놋대야처럼 왕왕거리어 제 가슴 뛰는 소리가 그런지도 모르겠다. 넙적 엎드려 마루 밑을 더듬었다. 억쇠는 이내 배암[150]이나 움키었던 것처럼 진저리를 쳤다. 도꾸지의 '지까다비' 보다도 먼저, 볼이 줌안에 드는 여자의 고무신부터 잡혀진 것이요, 그것은 분이가 제 손으로 깁고 있던, 실눈이 도톨거리는 분이의 신발이 틀리지 않었다.

"노…… 노래두요!"

틀림없는 분이의 목소리까지 울려나온다. 반항하는 소리다. 울음으로 반항하다 못해 떠다 밀고 뿌리치고 하는 듯, 옷자락 따지는 소리도 난다. 억쇠는 어떻게 쓴 힘인지 힘은 썼는데 말도 안 나가고 바윗덩이가 된 것처럼 제 몸을 꼼작 못하겠다. 다리만 후들후들 떨린다.

"너 끝내 요렇게…… 노마가 이뻐서 두 번씩 나온 징용장을 내가…… 응?"

입에 침이 마른 도꾸지 녀석의 목소리다. 그 헐떡거림이 한 번만 갈기어도 나가 떨어질 것 같은 데서 억쇠는 후들거리기만 하던 발을 떼였다. 마루에 신발째 덥석 올라섰다. 분이의 그만 지쳐버리고만 숨소리는 울음도 그치고 모든 것을 운명에 맡겨버리는 것 같다. 억쇠는 입을 악물고 손으로 문고리를 잡었으나 힘도 쓰기 전에 안으로 걸린 문짝은 꺽 맞섰고,

"다레까?"[151]

하는 일본말이 도꾸지가 아니라 주재소장의 목소리처럼 무섭게 쏘아 나온다. 억쇠는 문고리만 놓친 것이 아니라, 문이 열리는 바람에 허겁지겁 물러나 마루 아래로 내려섰다. 내려서고 생각하니 비겁했다. 자전차 전짓불[152]이 총알처럼 내어쏜다.

---

150 뱀.

151 たれか? 누구냐?

"저 새끼 봐라! 왜 오늘 밤으루 드러와 가지구……"

도꾸지는 단걸음에 뛰어내려와 철썩 갈긴다. 전짓불 때문에 맞았다. 한 대 맞고 나니까야 바늘에 꽂혔던 것처럼 빽빽하기만 하던 사지가 제대로 풀리는 것 같다. 억쇠는 전짓불부터 후려갈겼다.

"넷갓 놈의 신세로 살구픈 나 아니다!"

"나마이끼나……."[153]

"너 같은 개새끼 하나 맘 것 죄기구 병정 나감 그만이다!"

억쇠의 돌 뭉치 같은 주먹은 도꾸지의 볼태기로 가슴패기로 달려드는 대로 내질렀다.

"우리가 살려는 밭을 가로 챙겨 요눔?"

하고 갈겼다.

"우리 집을 그냥 먹었지 요눔?"

하고 내질렀다.

"날 삯전두 안 주구 부렸지 요눔?"

하고 짓밟었다. 희끗 분이가 부엌 뒤로 해 뛰는 것이 보인다.

"밤낮 허는 게집질에 동넷집 처녀꺼지 건드려 요눔?"

하고 발질을 앵겼다. 도꾸지는 땅바닥에서 쩔쩔 기다가 다시 일어서는 체 하더니 그도 부엌 뒤로 뛰고 말었다.

억쇠는 컴컴한 마당에서 욱신거리는 주먹을 털고 바깥 방으로 나왔다. 도꾸지란 놈을 달아날 기운이 남도록 설 때린 것이 분하다.

'병정으루 나감 그만이다! 나가 죽음 그만이다! 이깟 놈의 목숨 살어

152 손전등에서 비치는 불빛.

153 なまいきな. 건방진.

서 뭣 하는 거냐!'

억쇠는 허리띠를 졸랐다. 죽으면 그만일 바엔 무서울 게 없다. 이왕 손찌검을 한 김에 요놈을 찾어 단단히 버릇을 가르치리라 작정을 하고 다시 일어서는데 바로 옆에서

"야마다상?"

소리가 난다. 분이였다. 억쇠는 죽으러나갈 판에는 분이도 밉기만 했다. 분이 상판에 침을 뱉으려 했으나 입에 침이 없다.

"앉었으면 어떻게 해요?"

"어떻게 허다니? 웬 걱정이며……."

"도꾸지가 저 가네오까한테루 가나 봐요. 피해요 어서요 네?"

분이는 떨었다. 억쇠는 버럭 소리를 질렀다.

"더럽다! 웬 챙견이냐?"

"……."

"그놈의 방에 드러간 게 어떤 년의 발목아지냐?"

"……."

"더럽다! 퉤, 퉤, 퉤……."

"나 같은 거 도꾸지네 마당에서 개새끼처럼 몰매에 죽는 꼴 네 누깔에 씨원헐 게다!"

"……."

"몇 눔이구 오너라!"

억쇠는 병정을 나가서커녕 분이가 보는 이 마당에서 사내자식답게 기운껏, 원한껏 싸우다 죽고 싶었다. 마당으로 뛰어나왔다. 그때다 분이의 그림자가 나무토막처럼 쿵 나가 떨어진다.

"……?"

억쇠는 어느 틈에 딴사람처럼 날라와 분이를 일으켰다. 입에 숨기가 없다.

"분이?"

뺨을 대어본다. 식은 눈물이 처끈거리고 이쪽 뺨을 적신다. 억쇠는 그만 제 눈물 주머니도 칼에 쿡 찔리는 것 같다. 눈을 껌벅이어 눈물을 떨구며 허둥허둥 분이를 안은 채 길로 나왔다.

아닌 게 아니라 맞은 편 가네오까네 집 쪽에 관솔불이 올려솟으며 몇 녀석의 두런거리는 소리가 난다. 억쇠는 그만 돌아서 큰길 쪽으로 나왔다. 방축 둑으로 들어서 버드나무 밑으로 왔다.

"어떻허나! 분이? 분이?"

분이는 억쇠의 뜨거운 가슴에 안기여 한참이나 사지가 움직여진 때문일까 이내 울음부터 느끼고는 정신을 차리었다.

"놔요."

정신이 들기 바쁘게 분이는 억쇠를 떠다밀었다. 떠다 밀수록 억쇠는 힘주어 안었다. 그리고 아이들처럼 소리만 내이지 않었을 뿐 둘이는 자꾸 울었다.

"우린 누구두 죄가 없는 거다!

분이 맘을 내가 몰르지 안어!

분이가 아버지나 오빠를 구헐 길이 그길 밖에 없었다면 그걸 맘에 둘 내가 아니야! 나두 사내자식이야!"

억쇠는 도꾸지네 마당쪽을 돌아다 보았다. 도꾸지란 놈은 쩔름거리며 관솔불을 들었고, 팔근이 놈과 달운이 놈은 말장을 뽑아 들고 어슬렁거리며 저를 찾고 있다.

억쇠는 이를 갈더니 얼른 분이를 내려놓는다. 분이는 그쪽으로 달리려는 억쇠의 다리 하나를 붙들고 늘어진다.

밤이 훨씬 깊어서 이들은 분이네 집으로 들어왔다. 그리고 날이 새기 전에 억쇠는 분이 어머니가 싸 주는 좁쌀 서너 되를 꽁무니에 차고 가재울을 떠났다.

## 13

'팔 · 일오'는 바로 이듬해 여름이었다.

곡산(谷山)땅 깊은 산골 어느 광산에 가 버럭[154] 짐을 지고 있던 억쇠는 해방된 것을 이틀 뒤에야 알었고 팔월 이십 일에야 그립던 '내 고향' 이기보다 '분이의 고향' 가재울로 들어섰다.

'요 도꾸지 따위 독사 색끼들이 어느 구멍에 대가릴 박었을까?'

억쇠는 주먹에 다시금 신바람이 난다. 농사도 어느 해보다 잘돼 보였다. 논마다 볏춤이 줌이 벌 것 같고, 밭곡식도 안사람들이 초벌감이나 매였을 것으로 검어룩룩한 속잎들이 제법 실하게 자랐다. 어느 집보다도 분이네 집부터 바라보였다. 태극기가 올려솟은 지붕에는 박 덩굴이 무성하게 덮여 있다. 분이? 하고 소리부터 지르고 싶다. 그러나 억쇠는 아버지 생각에 흐려지는 눈으로 풀만 우거진 저이 집터에서 몇

---

154 버력. 광석이나 석탄을 캘 때 나오는, 광물 성분이 섞이지 않은 잡 돌.

걸음 어정거리다가는 바로 도꾸지네 집으로 뛰어 들었다.

짐작이 틀리지 않었다. 도꾸지를 미워할 줄 안 것은 자기만이 아니어서, 이미 안방, 부엌, 광, 문짝이란 문짝은 모조리 나자빠져 있었고, 경대, 양복장 따위가 깨강정[155]이 된 것도 방으로 마루로 너절븐히 널려 있었다. 도꾸지란 놈 신세도 저 경대나 양복장처럼 산산조각에 났는지 어서 누구를 만나야 알겠다.

이 집을 나서 첫 번 만난 것이 징병으로 만주로 끌려가 관동군에 입영해 있다 온 장근이였다. 서로 손부터 꽉 붙들었다.

"살었구나!"

"너두 잘 있었구나!"

"언제 왔니?"

"어제 왔다! 노마두 어제 왔다!"

"노마두라니?"

"노마두 징용에 걸린 것 몰랐니?"

억쇠는 가슴이 후끈해 올랐다. 그러리라고는 생각했지만, 노마도 기여히 징용에 걸린 것은 분이가 그 뒤에는 도꾸지의 어떤 위협에도 굴치 않었다는 표였다.

"또 그러군?"

"점둥이가 죽었다는구나!"

"뭐?"

"점둥인 해방되기 둬―달 전에 일본 복강서 죽었단 기별이 왔다드라!"

---

155 찹쌀가루 반죽을 적당히 썰어서 말린 뒤에, 기름에 튀기고 꿀을 바른 위에 볶은 깨를 묻힌 강정.

"저런 망할 자식!"

억쇠는 잠간 점동이네 집 쪽을 바라보고 입을 비죽거리었다.

"하필 그 자식이!"

장근이도 눈이 젖었다.

"망할 자식! 해방된 것두 못 보구!"

"그래 넌 인전 어떻헐 테냐?"

"인제야 뭘해 먹든 굶기야 허겠니?"

"그럼!"

"헌데 이 도꾸지란 놈 어떻게 됐다든?"

"글세 그 자식을 노쳤다는구나!"

"엥이, 비러먹을……"

억쇠는 주먹을 떨었다.

"가네오까란 놈은 경을 치구 뛰구."

"달운인?"

"그 새낀 멀정히 다니든데! 집집마다 다니면서 빌었다드라."

"엥이! 도꾸지 놈을 노치다니!"

"그때 동네에 어듸 젊은 녀석들이 있었어야지!"

"참, 성필인?"

"왔단다."

"야! 가쳤던 사람들은 더 기쁘겠구나!"

그러나 속으로는 저도 분이를 만날 기쁨이 누구의 기쁨만 못하지 않었다.

"아, 그만 점둥이가!"

하고 동무와 또 한 번 손을 굳게 잡었다 놓고 억쇠는 분이네 집으로 달려 왔다.

분이는 남 달리 마음에 씨이고 있어 누구보다 재빠르게 억쇠가 저이 집에 들어서는 것을 알었다. 그리고 분이는 인전 오—랜 인습에서까지도 해방이 된 듯, 부모님들 보는 데서 달려나와 억쇠를 어엿하게 맞었고, 어제 저이 오빠가 왔을 때는 울지는 않었는데 오늘은 눈물까지 솟는 것을 감추지 않었다.

"너 내가 살어온 거보다 억쇠 살어온 게 더 좋은 게구나?"

하고 노마가 억쇠와 손목을 놓고는 누이를 놀리었다.

분이 아버지도 어머니도 억쇠를 스스럼없이 내 집 사람으로 맞었고 노마 아버지는 한숨을 쉬며 억쇠 아버지를 생각하는 말씀도 했다.

분이는 은근히 사람 기다린 피곤이 눈가장자리에 남었으나 그것이 생글거리기만 해서 철없이 보이던 때보다 더 믿음직하고 어른티 답기도 했다.

모두들 기뻤다. 점둥이네와 아직 나간 사람들 생사를 모르는 집들 외에는 모두들 지치도록 기뻤다.

"인전 우리도 살었다! 인전 조선 사람도 살었다!"

모두 한두 끼 굶어도 시장하지 않었다. 억쇠는 이날 저녁으로 점둥이네 집에 와 인사를 하고 그 길로 성필이를 찾어왔다.

성필이는 딴사람 같았다. 머리를 빡빡 깎어 그전 모습이 없는 데다, 오랫동안 굶주렸을 것과는 딴판이게 허—애진 살이 푸둥푸둥했다. 마루에 지직[156]을 깔고 누었다가 얼른 내려와 그전보다 친하게 악수를 해주는 데는 감격 되었지만, 성필이의 살이 가까이 보니 부은 것임을 알

때 억쇠는 눈물이 핑 돌았다.

"그 속에서 얼마나 고생했어요?"

"동무들 걱정해준 덕으루 잘 있다 나와 이런 기쁨을 보! 그리구 나 없는 새는 동무들이 우리 집 일루 많이들 애썼습듸다 그려!"

성필이는 '동무'라 부르며 마루 우로 이끌었다.

"그때 그 어른두 나오셨겠죠?"

"그럼! 그 동무는 다른 사껀에두 걸려 원산으로 이송되었드랬는데 으레 이번 통에 나왔을 거요."

"우리 따위가 이렇게 좋을 때 그런 분들은 얼마나 기쁘실까요?"

"암! 그런데 동무넨 그간 아버지가 돌아가셨드군! 그리구 그 애를 써 지었던 집이 헐렸습듸다 그려?"

"말해 뭘헙니까!"

"내 대강 얘긴 들었소."

억쇠는 가슴이 울컥 치밀어 멍—하니 눈만 껌벅이었다.

"아무튼 동무가 잘 나타났소. 도꾸지네 집과 논밭을 맡어 나갈 사람이 문제라구들 허더니."

"내가 상관해 괜찮을까요?"

"여부 있나! 도꾸지네헌테 피해 안본 사람이 누가 있겠소만, 동무 네처럼 억울헌 꼴 많이 당헌 사람은 없으니까! 집을 빼앗겨, 이틔[157]씩 농사를 지어줘, 농사두 삯전두 없었다며?"

"징용 면허게 해 준다구 용돈이나 한 푼 줬나요 어듸?"

156 왕골껍질이나 부들 잎으로 짚을 싸서 엮은 돗자리. 기직의 방언(평북, 황해).
157 이태. 곧 두 해.

"그놈의 집 떳떳이 차지허우. 누가 반대허겠소? 그리구 그 집 농사두 땅은 인제 나라에서 결정하겠지만 부치는 거야 떨어질 리 없을게니 부즈런히 걷우구 인전 성가를 해 살 채빌 허슈."

"지금부터라두 그 집 농살 거두기만 험 내가 추수해 먹을 수 있을까요?"

"먹지 않구? 동무가 그렇게 자신 없이 굴면 안 되우. 집을 멀정허게 뺏기구, 이틔씩 종사리를 허구, 어째 그런 놈의 새낄 철저허게 미워 못허는 거요? 해방된 오늘두 그 자들헌테 쭙볏거림 안 되우. 인전 우리들 자신이 싸워 이기며 살어야 허는 거요. 우리 헐 일이 인제 많소!"

억쇠는 말은 나오지 않았다. 그러나 도꾸지를 미워할 것이 집 빼앗긴 때문이나 삯전 없이 머슴살이를 한 것이나 아버지를 내여쫓은 것이나 그런 것만도 아니다. 부모나 형제를 구하기 위해서는 제 몸 하나쯤 바치어도 좋다는 분이의 천진한 순정을 낚어 제 야욕을 채우려던, 야수 같은 고놈의 심보를 생각하면 그깟 놈의 집 간이나 농사쯤 차지하는 것으로 풀려버릴 제 속이 아니다.

억쇠가 도꾸지네 집에서 떠나버린 뒤, 징용을 면한다는 바람에 도꾸지네 머슴살이 자리를 노소가 다투어 모여들었으나 도꾸지의 계집은 이런 특권 있는 자리에 저이 친정 조카 한 녀석을 데려다 두었고, 그 녀석이 또 수굿하고 일이나 하는 것이 아니라, 도꾸지만 못하지 않게 촌사람들을 휘두르다가, 도꾸지가 맞을 매까지 몰아 맞고 뛰어버린 것이다. 억쇠는 도꾸지네 농사를 거두는 한편, 도꾸지네 집도 무너진 부뚜막과 부서진 문짝들을 노마와 노마 아버지의 손을 빌어 대충 고치고 들게 되었다.

## 14

이 가재울 구석에도 아침 저녁으로 새 소문이 연달어 들어왔다. 임시정부가 어느 날 들어온다드라, 서울서 벌써 건국이 되었다드라, 나라 이름이 '대한'이라드라, 아니 '조선인민공화국'이라드라, 대통령에 누구, 육군대신에 누구…… 어른 아이 저마다 지껄이었다. 그러나 지껄일 때뿐이었다. 인전 공출로 빼앗기지 않을 추수라, 농군들은 밭과 논에 예전 공출 없을 때와 같은 애착이 끓어올랐다. 올에는 밥이라도 한 번 실컷 해 먹어보자! 올에는 추수가 일 년 계량만 되면 남의 자식(며느리)도 하나 데려오자! 나라 이름이 무엇으로 정해지든 대통령이 누구로 되든, 그런 것이 앞으로 저이들 살림에 미칠 영향을 생각할 줄 모르는 이들은, '나라'라는 것에는 이내 무관심 할 수 있었다. 못 불러보던 '독립만세'를 목이 터지게 불러보는 것도 시원은 하나 역시 집에 돌아오면 권 생원네와는 달라 배고픈 것이 급하였다. 누구는 주재소장을 뚜드려주었다, 누구는 정 순사 놈을 밟어주었다, 누구는 가도－란 녀석에게 '조선독립 만만세'를 불렸다, 이렇게 평생 처음으로 우쭐해서들 덤비는 것이, 이제는 정말 숨을 쉬고 사나보다 싶기도 했다.

평양에는 쏘련 군대가 들어왔다는 소문이 났다. 며칠 안 있어 서울에는 미국 군대가 들어왔다는 소문도 났다. 그리고 삼십팔도 선(三十八度線)이 무엇인지 바로 벌촌 앞들이 경계로서 조선의 남북이 금이 그어진다는 소문도 났다.

그러나 농군들은 날만 밝으면 논과 밭에 끌리었고 논과 밭에 들어서면 역시 저이를 살리고 죽이고 할 것은 이 논이요 밭일 것 같았다.

"이 왜놈의 땅과 다러난 친일파 놈의 땅은 대체 어찌된 거구?"

그런 논밭은 그것 부치던 작인들의 차지라는 말이 돌았다.

"아－니 그것도 공평치 못 허지! 그럼 다라나지 않을 지주의 땅을 부치던 우리넨?"

"거야 복불복이지 헐 수 있나! 멀정한 조선 지주의 땅이야 종전 대루 지주네 땅이지 별수 있어!"

"복불복이라?"

"흥 어떤 놈은 공우루 제 땅이 되구 어떤 놈은 그대루 남의 땅 소작이구?"

새 생활욕과 새 소유욕들은 음험한 공기까지 떠도는 무렵, 하루는 가재울 앞 행길에서 납작한 자동차에 빨간 기를 단 쏘련 군인 몇 사람이 나타났다. 밭에서 논에서 마당에서 사람들은 길이 메게 모여 들었다. 먼저 성필이가 나서며 쏘련 군인들에게 손을 내어 밀었다. 그들은 두툼한 손으로 벙글벙글 웃으며 성필의 손을 마주 잡고 흔들었다. 둥그런 통이 달린 이상한 총을 메었으나 그들은 사귐성 있는 몸짓으로 큰 키를 구부려 둘러선 아이들에게까지 악수를 했다. 계집애들은 부끄러워 달아나는 아이들도 있었다. 논에서 뛰어나와 손에 흙이 묻은 채 억쇠도 그들의 악수를 받었다. 어깨에 금줄이 번쩍이는 장교들이나 이들의 평민적인 태도에 억쇠뿐 아니라 모두가 감격 되여서 성필이의 선창으로 진정에 넘치는 '쏘련 군대 만세!'를 불렀다.

"이분들은 잠간 조선 농촌 구경을 한다고 읍에서 나왔습니다."

통역이 성필이에게 말했다. 성필이는 이들을 동네 안으로 인도했다. 이들은 농군들의 가정 다섯 집과 권 생원네 가정을 보았고 농구(農具)일습과 농민들이 일하는 것도 보았다. 성필이네 바깥 툇마루에서 동네에서 모여든 꿀물이며 풋밤이며 대추를 먹으면서 지주네 가정에 비기어 소작인들의 생활이 너무나 비참하도록 차이가 있다 하였고, 농사를 짓는 소작인의 실수입이란 사 할이 못 된다는 말을 듣고는 더욱 놀랐다. 그들의 열정적인 이야기를 통역은 이렇게 옮겨 주었다.

"그러나 여러분 기뻐들 하시랍니다. 자본주의 국가의 식민지에서 해방이 될 여러분은 이 앞으로는 그런 억울한 착취를 당하지 않고 사실 거라 합니다. 노동자든 농민이든 자본가나 지주를 위해 살 것이 아니라 자기 자신들의 행복을 위해 살 수 있는 조선이 될 것이라고 합니다."

누구보다도 성필이는 열광해서 쏘련 군인들의 묵직한 손을 다시금 잡으며 감사했다.

이날 저녁 성필이네 마당에는 억쇠를 선두로 여러 청년들과 농군들이 모여 들었다.

"아—니 낮에 왔던 쏘련 군인들이 뭐랬다구요?"

"지주가 소용 없어진다구 했다면서?"

"그래 다라난 지주나 일인의 땅을 작인들이 제 해루 차지허구 부쳐 먹으리까?"

"지주가 소용 없어진다면 조선 지주두 그렇다든가?"

이들의 자기 표준의 구구한 질문에 성필이는 아직 정확하게 분별해 나가며 대답해 줄 자신은 없었다.

"인제 두구 봅시다. 아무튼지 제 손으루 일 허는 사람이 가난하구 놀구 앉었는 사람이 잘사는 세상으루 도로 되지는 않으리다!"

"그걸 자네가 어떻게 장담허나? 일본이 졌으면 일본이 쪼껴갔을 뿐이지 땅님자들이 모주리 조선서 떠나가든 않겠지?"

용길이 아버지가 벌에서 늦게 들어오던 길인데 한 몫 끼었다.

"그건 성필 씨를 두구 생각해두 그렇진 않지요."

하고 불숙 성필이의 대답을 앞질러 억쇠가 나섰다.

"성필 씨가 전에 만날 잡혀다닌 게 일본 사람허구만 아니라 지주들과 쌈 허누라구 아니드랬나요? 그러니까 일본 경찰이 없어졌으니 인제 농군들허구 지주허구 쌈해 봐요? 그래 백이나 천 명이 지주 하나 못 해낼라구요?"

"그건 울력다짐을 헐 푼수면야 늙은 나 같은 거 하나기루 지주 하나 못 감당허겠나? 그렇지만 이치에 다야 말이지."

"왜 이치에 안 다요? 일 않구 더 잘 살구, 일 허구 더 못 살구 그게 무슨 옳은 이친가요?"

"아, 일 않구 편이 먹는 사람은 그리게 땅님자 아닌가?"

"땅 님자란요? 제 애비 하래비 악헌 짓 한 것 물려가진 멀정한 물신선들, 그렇지 않음 가진 악헌 짓을 해 남의 피땀을 긁어 모흔 돈으로 산 거지 착헌 재물이 세상에 어딧어요?"

"누군 글세 무슨 짓을 해서든 돈 뫄 땅 사지 말랬나?"

"아 누가 돈 모구 싶지 않어서 못 몬 사람 있답듸까? 착헌 사람치군 백에 하나나 돈을 몰 수가 있었나요 어듸? 옛날 세상엔 백성들 잡어다 볼길 치구 뺏들은 재물이랍듸다. 요마적엔 모두 관청 놈들 끼구 도-죠 면장 녀석처럼 협잡을 부렸거나 평생을 구리 귀신으루 고리대금을 해서 남 누깔이 뒈지게 구차한 사람들 등을 처먹은 그런 악착한 돈들 아니구 뭔가요? 그래두 관청이니 법률이니 한가지나 우리네 편 들어준 게 있었나요? 그러니까 지주나 재산가는 죄다 우리네 구차허구 용해빠진 사람들관 갈 데 없는 원숩넨다!"

"그렇기두 해?"

"거 억쇠 괘짜배기구나!"

하고 동무들도 농담으로보다는 더 속으로 감탄했다. 이날 성필이는 이들에게 이런 이야기를 했다.

"그 전에두 세계 전쟁이 있었지만 그때는 이긴 나라들두 죄다 남의 나랄 먹길 위주루 허는 나라들뿐이었거던, 그래 진 나라가 먹구 있던 약소민족이나 나라들을 이긴 놈들이 도루 노나 먹구 말었지만, 그때두 말루는 미국의 윌손 대통령[158]이 민족자결이라구 떠들어 그 바람에 조선에두 독립 운동이 일어나구 독립 운동자들이 파리강화회의에 조선 독립을 시켜 달라구 대표가 가서 진정두 했지만 그때 어듸 조선이 독립이 됐오? 그랬지만 이번엔 약한 인종이나 약한 민족이나 약한 나라를 먹기 위주가 아니라 해방시키구 도아 주는 게 위주인 사회주의국가가 이긴 나라 중에 하나란 말이오. 그 나라가 끼기 때문에 이번엔 진 놈이 먹구 있던 걸 이겻다구 저이가 다시 노나 먹는 게 아니라, 이번엔 우리 조선처럼 모두 해방을 시켜주는 거란 말이오. 그런 약소민족을 위해, 다시는 종 노릇을 않어두록 뒷수습을 해, 다시 말험 사회주의 국가가, 세계에 다시는, 먹는 나라와 먹히는 나라가 없이, 서로 평등허게 발전하면서 살두룩 주장하니까, 이 앞으로 조선 독립두 그냥 내버려둘게 아니라 세계에 먹구 먹히는 나라가 없어지듯이, 한 나라 속에서도 먹고 먹히는 백성이 없두룩 그런 평화스런 나라가 되도록 보살펴줄 거구,

158 윌슨 대통령.

또 기왕부터 그런 조선이 되게 허랑으루 우리 조선 사람 중에서도 목내걸구 싸워온 사람이 얼마든지 있었단 말이오. 여러분두 알지 않소? 전에 동척과 문제 있을 때 저기 권 생원네 삼포 뒷등에서 우리헌테 얘기해주다가 나서껀 잡혀간 이 있지 않었소? 해방만 됐다구 다 된 게 아니오. 모르긴 해두 조선독립을 좋아하면서도 역시 조선 안에선 같은 동포끼린 그전에 저만 잘살던 버릇으루 또 한두 녀석이 여러 백천 동포를 부리면서 살어 볼려구 덤빌 거요. 쏘련 같은 만민 평등으루 사는 나라는, 조선이 그런 불평등한 나라로 떠러지길 바라지 않을 거구, 또 우리들부터가 다신 한두 녀석에게 종 사리가 아니라 누구나 똑같은 권리루 사는, 정말 사람마다가 제 권리와 제 자유로 발전하면서 사는 그런 조선을 세우두록 힘써야 할 거요. 조선이니 동포니 하지만 우리 삼천만 동포에 어떤 사람이 주인인지 아시오? 우리 같은 구차한 사람이 이천구백만이 넘는단 말이오! 삼천만의 주인은 이천팔구백만이라야 할 것 아니요? 어태까진 거꾸로 백만두 될지 말지헌 자들이 이천팔구백만을 움켜쥐구 왔단 말이오! 명사니 지사니 하는 자들도 허턱 나라니 동포니 떠들었지만, 동포 속에 십 분지 팔구가 되는 노동자와 농민을 염두에 두구 떠든 자는 적었단 말이오! 농민이나 노동자들을 위해 싸워온 사람들, 즉 삼천만의 거이 전부, 동포나 나라의 거이 전부를 위해 싸워온 사람들은 신문잡지엔 이름은 그닥 나지 못했어도 유치장이나 감옥엔 밤낮 이름이 적히던, 아까두 얘기했지만 권 생원네 삼포 뒷등에 왔던 그런 사람들이었단 말이오! 모르긴해두 아니 보나마나요! 인제 조선에 누구누구 하던 두목들은 허턱 그 전식으루 독립이니 동포니 떠들다가두 정작 리해타산에 드러가선 몇놈 안되는 재산가나 지주편을 들구 나설게 틀리지 않을 거요! 그자들 허자는 대로 맡겨나가다간 이 천팔구백만의 조선 독립이 아니라 단 백만두 못 되는 몇 놈의 조선 독립밖에 안 되구 말 거요! 해방은 됐지만 정말 조선 전체의 독립, 우리 대중들의 독립이 되두룩은 우리 대중 자신들이 나서야헐 거요! 우리들을 원조허는 선진국이 있구, 우리들을 지도하는 선각자들이 있으니까, 우리는 누가 정말 우리 편인가를 가려낼줄 알어야 하구, 우리 자신들이 헐 일을 알어채려서 지금부터 맘 준비를 단단히 허지 않으면 않될 거요!"

성필이의 말소리는 나중에는 연설처럼 높아져서 사람도 자꾸 모였고 다른 집 마당에서는 개들도 짖었다.

별이 퍼부은 듯 반짝이는 밤이었다. 억쇠는 분이가 목마를 시켜주던 날 저녁처럼 별빛 고운 하늘을 즐길 수가 있었다. 억쇠는 제 눈이 자꾸 밝어지는 것 같았다. 권 생원네 삼포 뒷등에서 그 사회주의자의 이야기에 비로소 세상을 볼 줄 아는 눈이 트이는 듯한 감격이었듯이, 오늘 성필의 이야기에서 비로소 이 해방과 이 앞으로의 조선을 보아나갈 눈이 트이는 것 같은 감격이었다. 이런 이야기를 어서 분이와 함께 지껄이고 싶었다.

며칠 안 지나서다. 가재울에 '삼칠타작'이란 말이 들어왔다.

"삼칠이라니?"

농군들은 귀가 얼얼해 무슨 말인지 가려 들을 수가 없었다. 농사 나라 조선 천지에 북조선에서 처음 떨어진 수수께끼 같은 말이다.

"삼칠제라니? 누가 칠분을 먹는단 말이야?"

억쇠는 누구보다도 몸이 달어 성필에게로 달려왔다. 성필이는 얼굴빛도 인전 제 색이 돌아 읍 출입이 잦을 때였다. 성필이는 억쇠에게 도리어 물었다.

"동무는 그 칠 활을 누가 먹는 게 옳겠소?"

"욕심 대루야 작인들이 칠 활을 먹어야 옳지오."

"왜 지주보다 작인이 더 먹어야 옳소?"

너무나 쉬운 질문이여서 억쇠는 씩 웃고 말었다.

"욕심 대루라니? 옳은 일인데 그게 왜 욕심이오?"

하고 성필이도 웃었다.

"다대수인 우리가 조선의 주인들이구, 농사를 짓는 우리가 조선 땅의 주인들인 거요. 우리가 생활헐 수가 있구, 우리 생활이 여유가 있어 자식들을 가리키게[159] 돼야 조선은 문명국이 되는 거요. 가재울서 권생원 한 집만이 자식을 가리켜 가지군 가재울에 아무 영향두 주지 못하는 거요. 가재울 사십호가 다 자식을 교육시킬 힘과 병 나면 고칠 여유가 생겨야, 또 한 놈은 착취하고 여러 놈은 착취를 당허구 허는 노릇이 없어져야 가재울두 그 담부터 미신과 죄악과 인간 모멸의 구렁에서 벗어나게 될 거요. 농민의 리익을 작구 주장헙시다. 우리가 남을 착취허는 게 아니라 우리가 남에게 착취를 안 당허구 살겠다는 게 도덕으로 봐서 당연헌 거구, 생활에 있어 우리헌테 여간만 절실헌 문제요? 우리 리익을 주장헙시다! 이건 우리 리익인 동시에 조선의 리익인 거니까!"

억쇠는 가만히 고개를 숙이고 있었다. 이김에 달아난 녀석의 땅이니 땅이나 생길가 하는 저 하나뿐의 욕심으로만 흥분이 되어 오군 한 저 자신이, 언제든지 농민 전체와 조선 전체의 이익에 열중해 있는 성필이의 말을

159 '가르치게'의 오식.

들을 때마다 눈이 한 겹씩 더 무지의 안개가 걷히는 기쁨도 기쁨이려니와 한편으로 자기의 무지와 개인 본위의 욕심이 슬며시 부끄럽기도 했다.

"이러구 보니 공부 못헌 게 참말 한이 돼요!"

"물론 배워야 허우. 그러나 지금 동무 그대로두 얼마든지 훌륭헌 일을 할 순 있단 자신을 가지시오. 세상일이 알기 어려운 게 결코 아니오. 남을 골리고 저만 잘살려는 협잡질에는 복잡한 지식이 필요헌 거요. 그렇지만 떳떳이 옳게만 사는 덴 많은 지식만이 필요헌 것두 아니오. 그렇다구 과학 지식을 무시허는 건 물론 아니오만, 옳게 살 수 있단 자신만은 가지시오. 그리구 우리 틈 있는 대루 학습에 충실헙시다."

"노마서껀 장근이서껀 성인학교를 하나 지어볼가 공논은 허는 중이야요."

"그거 좋은 일이오! 내 선생은 얼마든지 끌어대리다."

억쇠는 새로 생긴 농민조합에도 누구보다도 열성을 내이려 했다. 그러나 어떻게 된 셈인지 분회장에 하필 달운이 녀석이 나선 것은 불쾌하였다. 장근이도 노마도 못마땅해 울끈거리었으나[160] 아무도 차마 말은 내지 못하였다.

아무튼 타작은 삼칠제가 틀리지 않었다. 남조선에서는 마지못해 삼칠제라고 하나 북조선의 삼칠제는 조금이라도 작인에게 더 유리했다.

"조선이 해방이 아니라 조선 놈이 모두 미치나보다!"

권 생원의 말이었다. 해방 직후엔 조선 독립이라고 떡을 한 섬이나 치고 동네잔치를 열던 권 생원이 삼칠타작이란 말에는 눈이 뒤집혔다.

160 (북한어) 잇따라 격한 감정이 갑작스레 치밀다.

삼칠타작을 주장하는 사람들이 죄다 미치지 않는다면 권 생원이 미치고야 말 것처럼 덤비었다.

"미친놈들 소리 아닌가 들어보게. 독립이 됫으면 법두 없나? 독립이 됫으면 태황제 때 법도대루 다실려야 헐 것 아닌가? 천지개벽 후 삼칠제 타작이란 어느 임금 때 있었냐 말이다? 이 포두청으루 갈 놈들아! 남개미 금탑 모듯헌 재물을 그냥 먹으려들어? 아, 한 푼 변두 안 되는 땅을 어느 실어배 아들놈이 살 거냐 말이다? 농민조합? 흥 그 년의 것 메칠이나 가나 보자! 경찰서가 없어졌다구 영영 없어진 줄 아니?"

하고 작인 집 마당마다 가 앉어서 으르대었다. 어떤 늙은 작인들은 역시 뛰어나와 권 생원의 비위를 맞추었다.

"다시 이를 말씀이와요! 돈 봐 땅 사자는 건 타작 받어드리쟈는 거구, 타작은 소불하 금리는 나와야 헐 게지 금리 안 되는 땅을 정말 미쳤다구 사겠어요? 말이 그렇치 지주 삼활만 주겠단 작인 어듸 있을라구요?"

그러나 작인은 죄다 이런 사람만은 아니였다. 곡식이나 가축의 공출은커녕 내 몸과 내 자식의 목숨까지 개처럼 끌러다니던 이 몇 해 동안, 농민들도 '나'라는 것이나 '내 것'이란 것에 상당히 날카롭게 신경을 써왔다. 만세일계(萬世一系)니 천장지구(天長地久)니 하고 억만 년을 저이 세상으로 누릴 것 같던 일본 제국의 위신도 일조에 거꾸러지는 것을 내 눈들로 보았다. 군신(君臣)의 의(義)니 주종(主從)의 은(恩)이니 하는 것도 권력을 잡은 한 편만의 제 욕심만 채는 속임수였던 것도 어렴풋이는 깨닫는 사람이 늘어갔다. 그런데다 한편에서 인민위원회와 농민조합과 그 밖에도 가재울에선 성필이 같은 사람이 이들의 귀를 마음대로 뚜드리게 되었다. 여러 해 묵은 한 덩이 귀이지[161]처럼 이들의 고막을 굳게 막었던 봉건관념(封建觀念)은 그 언저리가 떨어져 버스럭거리기 시작한 것이다. 권 생원의 비위를 맞추던 몇 사람의 늙은 작인들까지도 남 다 정말로 삼 할밖에 내지 않는 마당에 이르러는, 저만 오 할 이상의 소작료를 내놓고 싶지는 않었다. 권 생원이 마당 전에 와 떠들지 않어 악을 쓴대야 말대꾸를 하러 나서는 작인은 차츰 그림자를 감추고 말었다.

농촌은 오래간만에 풍성한 가을을 맞었다. 참말 오래간만이었다. 삼십육 년만에, 아니, 그보다 더 오래간만이었다. 지어놓은 농사는 지주가 들고 가고, 장리쌀 임자가 들고 가고, 빚쟁이가 들고 가고, 벼슬아치가 들고 가고, 남는 것은 정이월 양식도 못 된다는, 타작마당의 전설은, 벌써 이들의 몇 대 조상 때부터 콩쥐팥쥐 이야기와 함께 있어왔으므로, 이들은 언제부터인지 알 수조차 없을 만치 오래간만에, 풍성한 가을다운 가을을 맞었다. '팔 · 일오' 그날보다 농사를 지어 생전 처음으로 소출의 칠 할을 차지해보는 이날, 비로소 농군들은 해방의 기쁨을, 할아버지, 할머니, 아버지, 어머니, 아들, 딸, 온통이, 한자리에서 맛보는 것이었다.

## 15

이들의 예상대로 달아난 지주나 일인의 땅에서 추수하는 농민들은 더 실속이 많었다. 같은 삼 할을 인민위원회에 내기는 하나 지주가 엾

---

161 귀지. 귓구멍 속에 낀 때.

에서 간섭하는 것처럼 박하지는 않었다.

억쇠도 그전에 동척 땅에서 당한 억울을 한몫 분풀이한 듯 흐뭇한 추수를 해 쌓았다. 쌀만 있으면 부엌세간도 옷감도 문제가 아니었다. 집도 도꾸지란 놈이 하지 못했던 울타리까지 아늑하게 둘러쳤다. 가재울만 해도 이 가을에 시집장가 가는 젊은이들이 많었다. 여러 동네가 서로 사위를 맞고 며느리를 맞고 했다. 이 집 저 집서 끼니 아닌 때도 굴뚝에서들 소담스러운 연기가 올려 솟았다.

억쇠네 굴뚝과 분이네 굴뚝에서도 한날 끼니 때 아닌 연기가 무럭무럭 올려 솟았다. 다만 이들의 혼인하는 예식만이 다른 집들과 달랐다.

그동안 억쇠는 성필이와 정말 동무 간처럼 또는 오래 전부터의 사제간(師弟間)처럼 가까워졌다. 이번 억쇠의 혼인에도 성필이는 자기의 이상적 혼인식을 억쇠에게 실현시키는 것이었다.

"내가 만일 혼인을 허지 않었다면, 꼭 이 식으로 나부터 해보는 것인데!"

성필이는 재래 구식 혼인에는 물론이요, 요즘 사회식이니, 교회식이니 하는 혼인식에도 마땅치가 않어, 자기대로 한 가지 혼인식을 생각해 두었던 것이 있다. 그것은 도시에서보다 농촌에서 더 적합한 의식(儀式)이어서 억쇠에게 권하였고, 억쇠도 이야기를 듣고 보니 그럴듯하여 분이의 동의를 얻고 즐거이 성필이의 새로운 혼례식을 따르기로 한 것이다.

장소는 동네사람들이 단오 때면 씨름도 하고 복날이면 철렵[162]도 하는 칡바윗골에 있는, 정자 같은 반송들이 둘러선 잔디밭에서였다. 시간은 오후 네 시, 동무들과 어른들이 둘러앉고 주례 성필이가 깨끗한

162 '천렵'의 오식. 냇물에서 고기잡이하는 일.

조선옷을 입고 상포 덮은 테[이]블 뒤에 섰다. 테[이]블에는 다른 것은 없고 산과 들에서 꺾어 모은 들국화를 중심으로 이슬기 있는 청초한 꽃묶음이 하나 놓여 있다.

이윽고 신랑의 들러리인 장근이가 개울에서 올라와 준비가 된 것을 알리었다. 주례는 내빈들에게 곧 신랑이 나타날 터이니, 신랑이나 신부가 개울에서 올라서거든 테[이]블 앞에 이를 때까지 일어들 서라고 이른다.

신랑은 개울에서 이 닦고 머리 감고 세수하여 머리에는 그저 물기가 있어 올라선다. 옥색 두루매기[163]를 입었으나 발이 맨발이다. 뒤에 따르는 두 들러리들도 발목에 다님[164]은 묶었으나 모두 맨발로, 잔디를 파헤치고 만든 보드라운 생흙 길을 밟으며 들어섰다. 숫눈[165]처럼 푸군푸군[166] 발이 묻히는 흙은 보기만하는 사람들에게도 싱그러운 흙의 향기를 풍기었다.

테[이]블 앞에도 한간 둘레로 잔디가 걷히고 검붉은 생흙 바닥이었다. 신랑이 바른 편에 서자, 신부가 나타난다.

신부도 새로 머리를 감고 세수를 했다. 얼굴 그대로 분도 연지도 없고, 머리는 그전에 함경도나 평안도에서들 얹듯 치렁치렁 땋은 머리를 당기채 올려 둘레머리로 얹었다. 얄밉도록 부자연한 낭자머리[167]보다 이 둘레머리는 자연스럽고, 사슴이 뿔을 이듯 자랑스럽게 머리를 인

163 '두루마기'의 방언(강원, 경기, 경상, 전라, 제주, 충청).
164 '대님'의 옛말.
165 눈이 와서 쌓인 상태 그대로의 깨끗한 눈.
166 푸근푸근.
167 쪽 찐 머리.

신부는 한편에 떨군 붉은 댕기와 함께 멋들어진 맵시였다.

두 들러리들도 마찬가지 머리에 마찬가지 맨발들이다. 신부는 분홍옷, 들러리들은 어느 쪽도 다 흰옷들이다.

"여러분들 앉으십시오."

처음 보는 광경이라 어른들도 조용하지 못하였다. 주례는 근엄한 표정으로 조용해지기를 기다렸다.

"이제부터 천억쇠 군과 김분이 양의 혼례식을 지내겠습니다.

이 두 분은 서로 사랑한지 오래고 자기들의 사랑이 진실한 것을 믿기 때문에 오늘 여러분 앞에서 부부의 길을 시작하는 것입니다. 여러분이 보시는 바와 같이 신랑과 신부는 지금, 발에 짚 한 오리 걸치지 않고 맨발 맨살로 새로 파헤친 생흙을 밟고 섰습니다. 이 분들은 지금 어떤 자리에서 보다 순박하고 진실하고 경건한 마음으로 차있을 것입니다. 이들이 서로 사랑을 변치 않을 것과 이들이 부부로의 결합을 영원히 지켜나갈 것을 여기서 이 순진한 마음으로 여러분 앞에 맹서하는 것입니다. 여러분도 진정으로 이들의 결혼을 축복하시며 이 앞으로 이들의 새 가정을 돌봐주시기 바랍니다. 지금 신랑으로부터 신부께 꽃을 드리겠습니다."

주례는 테[이]블에 놓았던 꽃묶음을 들어 신랑에게 준다. 신랑은 두 손으로 받어 한 걸음 나서며 신부에게 바친다. 신부는 소곳이 꽃을 받어 왼편에 안는다.

"신랑과 신부는 신성한 입마춤으로 이제부터 완전히 부부되였음을 표시하겠습니다."

신랑은 신부를 안고 가벼이 입을 맞추었다.

노인들과 아이들은 웃었다. 그러나 눈에 서투를 뿐, 너무나 경건한 분위기에 웃음소리들이 크지는 못하였다. 주례의 인도로 내빈 전체가 일어서서 신랑신부의 만세를 부르는 것으로 결혼식은 끝이 났다.

신랑신부가 다시 개울로 내려가 신발들을 신고 신부는 화장도 하고 올라와서 술과 국수와 떡으로 해가 저물도록 음식잔치가 벌어졌다. 면 인민위원회 위원장과 벌촌 택길이의 축사도 있고 동무들의 노래와 춤도 있다가 신랑 집 지붕 위에도 별이 돋았을 때는 횃불을 쌍으로 잡히고 농악(農樂)이 앞을 서고 신부는 소를 타고 신랑은 말을 타고 동리로 내려왔다.

신랑 집 마당에는 밤 늦도록 농악이 그치지 않았다.

동리마다 혼인처럼 풍성하고 평화스러운 풍경은 없다. 집집마다 신혼한 내외처럼 다정스럽고 희망에 찬 생활은 없다. 억쇠와 분이도 행복스러웠다. 옆에 듣는 사람이 없건만 둘이는 늘 소군거려 이야기한다. 크게 지껄이면 누가 와 빼앗어갈 행복이기나 한 것처럼 조심한다. 암만해도 꿈 같았다.

'우리도 이렇게 살 수 있는 건가? 도꾸지란 놈이 다시 나타나 우릴 이 집에서 내여쫓고 동척이 다시 드러서 육활 이상이나 되는 소작료를 받고 다시 우리는 권 생원헌테 가 장리쌀을 줍쇼, 빚을 줍쇼, 그러는 일은 정말 다시는 없을 건가?'

"이거 봐요."

분이로서는 꽤 큰 목소리로 밖에서 들어온다.

"웬 닭이오?"

분이는 뿌―연 암탉 한 마리를 안고 들어왔다.

"알른 용-치?"

"삿수?"

"당신은 사는 것밖에 몰루?"

"그럼?"

"요거 지난 봄에 내가 안긴 첫 배라우. 엄마가 우리 씨닭 허라구 주셨어!"

"주시면 뭘 해?"

"왜?"

"이웃인데 가지 않구 있나?"

"가두는 것두!"

"가두면 알 안 낳는 것두?"

"그럼 어떻해?"

"할 수 없지 뭐!"

"어쩌믄 그렇게 태평이우?"

"닭쯤 도루 가기루."

"그럼 당신은 뭐쯤이라야 아깝겠수?"

"김분이쯤은 좀 아깝지!"

"좀만?"

하고 분이는 눈을 흘기며 광으로 들어갔다.

아내는 모이를 가지고 나왔고 신랑은 노끈을 가지고 나왔다. 동여 놓은 닭이 모이 주워 먹는 것을 한참 들여다 보다가 분이는 다시 남편의 어깨 뒤로 와 소군거리었다.

"그런데……"

"뭐?"

"저어 권 생원댁이 장근 어머닐 나와서 막 야단을 쳤다는구랴!"

"왜?"

"밤낮 저이 세상으루만 아는지 저이 김장 허기 전에 먼저 김장해 넣다구."

"그래 뭐랫답듸까?"

"뭐래긴 부—여케 몰리기만 했지 뭐! 장근이서껀두 못 듣는 데선 우쭐렁거려두 정작 권 생원이나 권 생원댁 앞에선 여태두 쩔쩔 긔지 뭐야? 난 사내믄 안 그래!"

"여잔 그리랬나?"

서로 웃었다.

"그까짓 고추 오늘 저녁으루 내 빠 놀 테니 당신은 밤 새서라두 마늘서껀 까구 우리두 권 생원네보다 하루라도 앞서 낼루 해 넙시다."

"정말?"

"정말 아니구! 내 멀드라두 권 생원네 개울보다 더 위루 날러다 줄 테니 배추두 기중 상탕 상상탕에서 씻어요."

"나두 좋아!"

이들 젊은 내외는 오랫동안 눌리고 짓밟히기만 하여 제대로 뻗을 줄 모르는 저 자신들을 북돋고, 버티고, 끌어올리기에 가재울서는 누구보다도 열렬했다.

그러나 억쇠는 가끔 불안이 떠오르군 한다. 요즘은 더구나 성필이가 없어 속 시원히 물어볼 데도 없다. 성필이는 해주(海州) 도 인민위원회로 가더니 거기서 다시 해주보다도 더 멀리 평양 북조선인민위원회에 가 일을 보는 것이다.

'이 집이 정말 우리 집이 될 건가?

이 땅이 정말 삼칠제로 우리가 눌러 부칠 수 있을 건가?'

가재울서는 십 리만 나가면 벌촌 앞뜰이 바로 삼팔선 경계다. 도꾸지의 아범 황가 녀석이 인전 서울서 쥐구멍에서 나와가지고 '팔·일오' 전에 황해도 일본말 신문에다 '동조'라는 이름으로 공출에 충실해라 학병에 솔선해라 일본이 이겨야만 조선 민족도 산다, 떠들어대던 본으로, 해방 이후 오늘에도 지주들과 재산가들만 모인 정당에 한몫 끼어서 토지 정책은 어떠해야 하느니, 공산당은 매국노들이니 하는 따위, 뻔뻔스럽게 정견발표를 한다는 것이다.

'도루 그자들 세상이 되구 마는 건가?

그럴 수도 있는 건가?'

더구나 삼팔 이남인 개성이 가깝고 그 곳과 한끝을 둔 권 생원은 뻔쩍하면 개성과 서울을 다녀와서, 남조선은 살기 좋더라 했다. 그러면 남조선으로 갈 것이지 왜 여기 있느냐 물으면, 여기도 며칠 안 있어 남조선처럼 되고 말 거라 했다. 조선의 수도(首都)는 서울이다, 조선의 유명한 정치가들은 서울에 모였다, 암만 여기서 북조선대로 이러쿵, 저러쿵 해야 나중엔 개 지붕 쳐다보기일 테니 두고 보아라 했다.

이런 말을 들을 때마다 성필이가 하던, '누가 우리 편인가를 알어야 허구, 우리 자신들이 헐 일을 맘 속에 준비해야할 때'란 말이 생각나기는 했으나, 이미 행복을 얻어놓은 저로는, 우선 그것만이 물거품이 될까 보아 겁부터 나는 것이다.

억쇠는 불안한 내색을 분이에게 보이고 싶지도 않거니와 이런 불안이 떠오르면 밭이나 논을 다시 한 번 둘러보고 싶어서도 밖으로 나온다. 터알으로 붙은 밭, 손이 가까워 무엇을 심든지 재미날 것이다. 오이와 고추를 심으면 분이가 밥상을 갖다놓고도 뛰어나와 오이와 풋고추를 따올 것이요, 옥수수를 심어, 잇속이 옥수수 같은 분이가 옥수수를 찢고 섰는 모양은 꼭 한번 보고 싶다.

논도 방축 밑에 첫 배미[168]부터다. 동네 구지렁물[169]은 다 흘러 들어가는 방축이라 이 방축물은 제물 거름물이다.

'여기도 서울처럼 돼서 도꾸지 놈 부자가 빼젓이 나타나 일젯 때 권도 그대로 누깔을 부릅뜨고 집을 내놔라, 논밭을 내놔라 한다면?'

억쇠는 눈앞이 캉캄해진다. 그러나 이런 때마다,

'내 놓구 물러서야지 별 수 있나!'

보다는,

'싸우자! 목을 걸구 싸우자! 우리 뒤엔 얼마든지 큰 힘이 있다! 우리 농군이나 노동자두 잘 살 수 있는 조선이 되도록 도와주는 나라두 있다! 성필 씨 같은 사람두 하나만 아니다! 김일성 장군 이하 북조선인민위원회가 모두 우리 편이다! 아니, 남조선에도 온통 우리 농민들이다! 또 거기 지도자들 중에도 우리 편은 한둘이 아닐 것이다! 싸우자, 목을 걸고!'

이렇게 마음 먹는 편이 많기는 하나 이미 행복에 겨워버린 자는 강할 수 있기보다 약할 수 있기가 쉬웠다. 더욱 권 생원이 땅을 팔기 시작하는 것이다. 한 마지기도 좋다, 하루갈이도 좋다, 사려는 사람 마음이나 돈 자라는 대로 뜯어 파는 것이다. 추수가 풍성했고 곡식 값이 자꾸

---

168 (수량을 나타내는 말 뒤에 쓰여) 구획진 논을 세는 단위.
169 더러운 것이 섞여 깨끗하지 못하거나 썩은 물.

올라 밭 하루갈이나 논 오륙백 평쯤은 우습게들 사는 눈치다. 농민조합에서는 사지 말라고 선전하였다. 땅을 사도 등기가 나지 않는다, 땅을 사지 않어도 농군이면 땅 없이 농사 못 짓게 되지는 않는다, 아무리 외치어도 평생을 땅에 주으려온 농민들은 나중엔 이해상관이 어찌되든지, 우선 한 평의 땅이라도 '내 땅'이란 것에 소원풀이들을 하는 것이었다. 농군들의 농토에 대한 애정은 치정(癡情)에 가까운 것이었다.

"이 담날 땅을 그냥 얻는다 하드라도 좋고 나쁜 땅에 내 차례에 꼭 좋은 게 올줄 뭘루 믿느냐? 그까짓 땅값 공연히 주는 셈 치드라도 내 맘에 드는 걸 골라 갖는 것만도 어듸냐? 땅값이 아니라 골르는 값으로 쳐도 그만이다."

하고 다시 덤비는 사람들도 자꾸 생기는 판인데 하루는 농민조합분회장인 달운이가 억쇠를 오라 했다.

"내 자네헌테 조용히 귀뜸 해줄 일이 있어 오랬지."

"고맙네. 무슨 일인가?"

"나두 동민들에겐 땅 사선 안된다군 허네만, 요즘 돈 애껴선 뭐세 쓰며 또 등긔가 안 난다기루 어느 놈이 돈 땅 값이라구 영수증 써주군 땅도루 내라겠나?"

결국 도꾸지네 집과 논밭을 부칠 만치는 살 수 있거든 사라는 수작이다.

"도꾸지가 어듸 있는데?"

그것은 가리켜주지 않었다. 산다고만 하면 자기가 연락은 해줄 수 있다 하였고 도꾸지쯤 그의 아버지와는 달라 거물 친일파(巨物親日派)도 아닌데 도꾸지의 소유물이 몰수될 리도 없는 거며, 그렇다면 도꾸지가 다른 사람헌테 판다든지, 소작권을 준다든지 해서, 내일이라도 맡은 사람이 달러들면 무슨 꼴이냐, 미리 알아차리라는 것이었다.

그렇지 않어도 불안스럽게 지내던 억쇠는 달운이 말에도 일리가 있는 것 같기도 했다. 그러나 혼인하느라고 겨우 먹을 양식만 남기고 곡식을 최대한도로 팔어 써버린 억쇠는, 밭 하루갈이와 논 이삼천 평 값을 만들 길이 없는 것이다. 억쇠 눈이 불거지지 않을 수 없다. 좌우간 며칠 여유를 달라 하고 달운이와 헤어졌다.

"왜 누구허구 말다툼 했수?"

분이는 그만해도 억쇠의 맘속을 엿보는데 누구보다 빨라졌다.

"아—니."

억쇠는 억지로 웃음을 지었다. 행여나 귀여운 아내가 자기들의 행복이 이렇듯 위태로움을 눈치 채일가 보아 겁이 나는 것이다.

그러나 분이라고 남들이 땅 사고 파는 것을 모를 리 없었고, 또 저이들의 행복을 튼튼히 하기 위해 마음 쓰지 않고 있었을 리 없었다. 서로 기쁘게 하기 위해서는 못하는 말이 없어도, 걱정거리가 될 만한 말은 아직 서로 제 속에만 두는 신정 무렵이었을 뿐이다.

하룻밤은 저만 깨여 있는 줄 알었는데 신랑도 숨소리가 잠든 것 같지 않었다.

"왜 안 자우?"

"당신은?"

"무얼 생각허우?"

"땅이 말이야……."

"땅?"

"응."

"어쩌믄! 나도 그 생각 하드랬는데! 어떻게 될가 정말?"

"땅을 사는 게 옳기만 허다면 나두 살 순 있어."

"어떻게?"

"달운이가 나섬 연락이 된다니까."

"그래두 곡식 우리 혼인 땜에 다 쓰군?"

"야미 장사두 못해? 있는 쌀 우선 팔어 땅 약조금 줘놓구, 개성으루 열 번만 드나들면서 갈 땐 곡식을 지구 가구, 올 땐 병정구두나 실 광목 같은 걸 가지구 옴 열 행보 안에 그만 꺼 맨들 순 있는 거야"

"그런데?"

"그런데 난, 달운이 따위나 권 생원의 말보다는 농민조합이나 인민위원회를 믿구 싶어!"

"그게 무슨 말이우?"

억쇠는 그전 동척과 소작료 문제 때 본 사회주의자 이야기를 꺼내었다. 일제시대, 그렇게 경찰이 그악하던 때에도 목숨을 돌보지 않고 농민들을 위해 일하던 사람들이 있었다는 것, 지금은 농민조합만 아니라 인민위원회가 그런 사람들로 조직이 된 것이니 그네들이 농민들에게 해로운 소리를 할 리가 없다는 것, 그러니까 땅을 사지 말라는 것을 사는 것은 의리로 보드라도 잘못이라는 것, 그리고, 악하고 제 행복을 짓밟는 자에게는 털끝만치도 아첨은커녕, 타협은커녕, 정정당당하게 미워하고 대항할 줄 아는 것이 우선 사람이란 것, 여기까지 말이 미쳐서는 억쇠는 제 이야기에 저 자신부터 감동이 되었다. 벌떡 일어나 앉었다.

"우리는 오륙[170]이 성허다! 팔 걷고 나서면 못 살리 없는 거구, 일을 해두 못 살게 되는 날은 해방 아니야 우 해방이기루 그런 놈의 세상은 뚜드려 엎어야 헌다! 내가 야미꾼 노릇꺼지 해서 도꾸지란 놈헌테 땅값 받읍쇼 허구 갖다 바쳐? 내 누깔에 흙이 드러가 봐라!"

"그럼!"

"달운이란 놈부터 나쁜 놈이다! 애초부터 나쁘던 놈이다! 명색이 농민조합 분회장이면서 조합에서 금허는 땅 매매를 허라구? 이만 건 나로두 판단헐 수 있는 거다! 달운인 역시 나쁜 놈이다! 우리 편이 아니다!"

"그래두 여보?"

하고 분이도 일어나 어둠 속에 마주 앉는다.

"그래두 그따위 달운이 같은 것들 괘니 덧내진 말어요."

"왜?"

"난 그때 우리 아버지 매 맞구 오신 거 잊혀지지 않습듸다! 지금 와선 분회장이구 뭐구 또 꺼떡대는 거 건드렸다 괘니 오너라 가너라 험 난 싫여! 그까짓 땅 뉘 해가 되든 삼칠제만 그냥 나감 살지 뭐!"

"그까짓 땅이라니? 난 당신 담에는 땅이우!"

"그건 나두! 당신 어떻게 될가바 그게 애가 씨니까 그까짓 땅이란 말이지 뭐!"

이래서 이들은 서로 아끼고 서로 의지하는 마음은 굳어가면서도 역시 땅 때문에는 불안이 가시지 않던 무렵에 '토지개혁법령'이 떨어진 것이다.

---

170 (북한어) 五六. 오장과 육부라는 뜻으로, '온몸'을 이르는 말.

## 16

토지개혁을 실행하기 위해 면 인민위원회로부터 실행위원들이 나와 가재울에도 농민대회를 열기는, 법령이 발표된 지 아흐렛만인 삼월십사 일이었다. 이 아흐렛 동안 가재울도 벌촌이나 다른 농촌들과 똑같이 기쁨과 원망과 희망과 저주의 별별 억측이 한데 휩쓸려 떠돌았다.

"경자유기전(耕者有其田)이라구, 밭가리 하는 사람이 그 밭을 가질 것은 성현두 말하신 바다! 농민이 땅을 갖는 것은 또 농민만 아니라 조선 전체가 잘되는 노릇이다. 농민은 조선 사람이 팔 활이나 되니까 조선의 팔 활이 잘되는 일에 누가 감히 반대하랴! 땅도 제 땅만큼 제 살 다루듯 할 것이니 조선 전답은 모조리 옥토루 변할 것이다. 소출도 얼마나 늘 것이냐! 조선, 즉 우리나라가 잘되는 노릇이다!"

토지개혁 실행위원들의 해설을 듣기 전에 성필이 아버지 최 초시 같은 이는 벌써 이만치 토지개혁의 옳은 것을 역설하였고,

"과거 친일파나 악덕지주의 땅이야 빼앗는 건 누가 뭐라나? 악덕은 커녕 송덕비가 선 지주의 것까지 일률로 몰수라니 이건 알 수 없는 법령인 걸! 이런 건 아무래두 기껀 좋은 일을 하면서 일 전체를 그르칠 장본인 걸!"

하고 토지개혁을 다만 친일파나 악덕지주에게의 보복수단으로만 아는데 그치는 사람도 많었다. 억쇠네처럼 끝까지 땅을 사지 않은 사람들은 기뻐할 것밖에는 없으나 무리에 무리를 해 땅값을 치른 사람들은 뒤통수를 긁을 뿐 아니라, 땅을 사지 않고도 땅을 차지할 사람들을 시기하는 마음에서 지주나 다름없이 토지개혁을 빈정거리는 자들도 있었

다. 이 동네 저 동네서 벌써 남조선으로 떠나 버린 지주[171]도 두어 집이다. 이런 지주들은 마치 '팔 · 일오' 당시에 어떤 왜놈들이,

"오 년 뒤에 다시 보자!"

"십 년 뒤에 다시 보자!"

하며 떠난다듯이,

"땅 빼앗긴다고 설어 말고 땅 얻는다고 좋아 말어라!"

하면서 권토중래(捲土重來)가 있을 듯이 희떱게[172] 떠나는 지주도 있었다. 권 생원은 머리를 싸매고 누었다는 소문이 돌았는데 바로 동민대회가 열리는 날 아침에는 식전부터 나와 돌아다니다가 억쇠네 집에도 석유 한 병을 들고 찾어왔다.

"글세 지주는 조선 사람 아닌가? 자네 알다시피 내 친일파 노릇 헌게 뭔가? 은행에 예금 있는 것 죄다 알구 비행길 헌납해라, 기관총을 헌납해라 못살게들 볶으니 마지못해 돈 만 원씩 빼앗겼지, 내가 어듸 한 번이나 자원인가? 나처럼 돈 애끼는 놈이 어듸 있나? 안 그런가?"

역시 억쇠는 이런 사람이 자기 집을 찾아와줄 것이 어쩐지 한편 황송하고 아무래도 맞닥뜨리면 머리가 제대로 들리지 않어, 듣기 좋게,

"그걸 누가 모를라구요."

해주었다.

"땅이야 내놔라 어쩌라 한다구 어느 구퉁이가 금세 부스러지는 건 아니니까 나중 끝을 봐야 알 일이지만 집이란 한번 남의 손에 들믄 당장 절단나는 거구, 지금 세월에 적은 살림두 아닌 걸 어떻게 끌구 다니겠나?"

---

171 원문은 '지한주'.

172 말이나 행동이 분에 넘치며 버릇이 없다.

"그렇습죠."

"자네두 인전 성갈[173] 했으니 자식 낳구 살쟈면 이런 험한 시절일수록 인심을 얻어둬야 허는 걸세. 어듸 조선이 지금 정부나 선 걸 가지구 이런다든가? 동척이나 도-쬬 면장의 땅을 몰수허는 건 누가 긇다나? 이 권 아모개 내 생전 내 힘으로 개미 금탑 모듯 헌 재물을 무슨 명색으로 먹자는 거야? 생 도적놈들 같으니! 뭐, 구차한 사람들을 먹여 살려? 아, 가난 구제는 나라두 못한단 옛 말두 못 얻어 들었어? 실어배 아들놈들! 내 자네허구 속엣 말이 그냥 튀여 나오네만 한 옆에서 몽둥이를 깎구 있는 줄 왜 모르는 거야 홍!"

이런 권 생원의 말이 억쇠 내외는 여간 찜찜하지 않었다. 사정이 아니라 은근히 위협이기도 했고, 더욱 분이는 물론 억쇠 자신도 오늘 실행위원들에게서 법령 해설을 자세히 듣고, 실지로 결정되는 것을 보면 알려니와 아직까지 들리는 말만으로는, 토지개혁이 아닌 게 아니라 토지를 받는 사람들로도 안심이 안 될 만치 지나친 데가 있는 것 같어,

"땅 빼앗낀다고 설어 말고 땅 얻는다고 좋아 말어라."
소리가 그대로 맞을 날이 없지나 않을가 하는 불안을 누를 자신이 없는 것이다.

"이런 때 성필 씨가 있었으면!"

"그러게 말유!"

억쇠는, 옳은 일을 하기 위해서는 반드시 많은 지식이 필요치 않다던 성필의 말이 생각나기는 했으나, 아무리 머릿속을 더듬어도 악덕지

173 성가를. '성가(成家)'는 결혼하여 한 가정을 이룸을 뜻함.

주가 아닌 사람을 땅만 아니고 집까지 몰수한다는 것은 알 수가 없었다. 오히려 착한 지주를 위해서는 의분이 일어난다.

"권 생원 말이 옳지 뭐유?"

권 생원이 사라지기가 바쁘게 분이는 토지개혁이란 것에 저윽 실망하는 듯, 무안 본 얼굴처럼 볼이 발그레해서 동민대회로 나가려는 남편을 막었다.

"그럴 리 없어!"

"글세 법대로 헌다면 안 과부네 몇 알 안 되는 논두 몰수라니 과부가 기름장살 해 늙으막에 겨우 먹을 만치 작만헌 걸 어째 뺏는다는 거유? 그런 건 잘못이니까 토지개혁이란 게 뒤집힐 것만 같어!"

"나두 그런게 좀 분명치가 않긴 해……."

"길을 막구 물어도 안 과부 같은 집 땅을 뺏는 건 잘못이지 뭐야?"

"안 과부네 땅까지 법에 걸리는 그 까닭만 알면 토지개혁을 안심허겠수?"

"아니."

"또 무엇?"

"토지개혁이라면서 집들은 왜 뺏는 거야?"

"그러게 말이야……."

"당신두 잘 알어 보구 나서요 괘니!"

"지주들 집 뺏는 것꺼정 까닭을 알면 맘이 뇌겠수?"[174]

"응."

---

174 놓이겠수. '뇌다'는 '놓이다'의 준말.

"나두 지금 그 두 가지 때문에 어정쩡 헌 거유. 그렇지만 난 인재 이런 생각두 나."

"무슨?"

"권 생원이 이러이런 건 잘못이다, 틀렸다, 큰소릴 허는데 나나 당신은 말이 막히지만 그래, 권 생원 말쯤에 인민위원회나 농민조합에서 대답헐 말이 없겠수."

"허긴!"

"우리나 권 생원이 잘못된 거라구 밝혀야 하리만치 그렇게 우에서들 몰랐다거나, 알구두 무슨 우격다짐처럼 막나갈 린 없는 거요!"

"그렇게 생각험 그렇긴 해두……."

"그러니까 무슨 곡절이 있는 일이야. 내 그걸 알어다 바칠테니, 내 속두 시원허구 당신 속두 묵은 체가 내려가게 해줄 테니 병아리나 괘니 독수리헌테 채키지 말구 집잘 봐요."

"남을 어린애루 알어!"

억쇠는 아내는 약간 아까워하나 권 생원이 놓고 간 석유 병을 집어 들었다.

"어떡 헐려구 그류?"

"더러운 자식! 석유 한 병으로 남을 꽤볼려구?"

"도루 갖다 주게?"

"그럼! 그 자식들을 미워해야 헐 텐데 만나면 꼼짝 못허겠으니 제-길헐…… 권 생원 자식 개자식! 권 생원 자식 개새끼, 말 새끼, 돼지 새끼……."

하고 억쇠는 소리를 지르며 뛰어나왔고 분이는 대문을 지치며 깔깔거리고 웃었다.

권 생원은 집에 없었다. 안마당까지 들어서니까야 눈에 모가 선 권 생원 마누라가 내다보았다.

"이거 아까 권 생원이 놓구 잊어버리고 오셨나 봐요."

"아, 그거 자네네 켜라구 안 그러시던가?"

"우릴 왜요?"

억쇠는 더 대꾸를 하기 싫어 석유 병을 마당 가운데 놓고 뛰어나오고 말았다.

농민대회는 장근네 마당에서였다. 억쇠는 그까짓 병아리쯤 내버려 두고 색씨도 같이 올라올 걸 싶었다. 남들은 아이 어른 할 것 없이 안팎이 떨어 나와 있었다.

멍석을 깔고 가운데는 앉었고 가녁[175]으로는 울타리처럼 둘러 서기도 했다. 작년 '팔·일오' 때보다도 더 많이 모였다고들 했다. 주인을 따라 모여든 개들도 꼬리를 치고 설치었고 그 바람에 닭들도 놀라 지붕 위로 풍산[176]을 한다. 권 생원도 여기 와 있었다. 달순이가 면에서 나온 실행위원 세 사람 축에 끼여, 여봐란듯이 담배를 피우고 있다. 절름발이 홍 서방도 쩔룩거리며 들어섰다.

"홍 서방이 오늘두 징용장을 받었나, 신이 났으니?"

하고 놀리는 사람도 있다.

"참깨 들깨 노는 판에 아주까린 못 섞인다든가?"

해서 모두들 웃었다. 일제시대 남은 다 무서워하는 징용장을 절름발이

175 '가녘'의 북한어. 가장자리.

176 풍비박산의 준말.

홍 서방만은 자동찰 가져왔느냐, 비행길 가져왔느냐 날 뭐로 모셔갈 테냐? 하고 큰소리쳤던 것이다.

최 초시도 내려온다. 최 초시헌테는 실행위원들도 성필이 아버지인 것을 아는지 일어나서 인사를 한다. 억쇠도 앞으로 나가 인사를 했다.

"자넨가? 내 그렇지 않어두 좀 만났으면 했드러니."

"저 말슴이세요?"

"아직 아마 더 올 사람들이 많으리, 그새 나 좀 보세나."

최 초시는 억쇠를 데리고 도로 자기네 사랑 툇마루로 올라왔다.

"자네들 학교 질 공론들이 있었나?"

"추수들이나 끝내군 성인학교를 짓는 대다가 그런 선생님 노릇 해주실 성필 씨가 떠난 담에 맥들이 풀리구 요즘은 땅들에 눈이 뒤집혀 저부터두 어듸 거기 정신을 씁니까!"

"재목을 치목[177]해 뒀던 것두 아니구 새로 세울 생각들은 말게."

"왜요니까?"

"인제 권 생원네 집 뭘 허나? 그런 거 학교루 쓰게 그려."

"아니, 참 이번 토지개혁에 집이 어째 걸려듭니까? 그렇지 않어두 성필 씨 있는 때 같음 벌-서 뛔올러와 알어봣을 건데 여간 궁금허지 안습니다."

"나두 첨엔 그게 어정쩡한 일이데. 그런데 내가 요전에 평산 좀 다녀오지 않었나? 거기서 실지루 보기두 했거니와 일전에 성필이에게서 편지두 왔네……."

---

177 治木. 마름질. 재목을 다듬고 손질함.

"뭐라구요?"

"지주들의 집을 뺏는 것이 아니라 지주는 살던 동네를 떠나야 한다는 걸세. 그러니까 집이 절루 비는 거지."

"왜 동네꺼지 떠나야 헙니까?"

"떠나야만 토지개혁을 허는 보람이 있겠데. 들어보게. 내 다녀왔다는 평산 친구가 큰 지준 아니나 지준 지주지. 그 사람은 법령 나기두 전일세, 아주 자진해 땅을 작인들헌테 노나줬어요. 그래 첨에는 그게 잘허는 일이구 토지개혁두 그런 식으루 나가는 게 옳은 줄 아는 사람두 있었지만, 그런 일은 원측이 틀리는 거라구 지금은 문제가 된다데만은, 원측에 틀릴 법두 헌 게, 지주가 옆에 그저 살구 있으면 땅으로 해 생겼던 폐단이 여간해 안 없어지겠데. 땅을 그저 줬다구 해서 작인들이 참기름이니 찹쌀 되니 뻔질낳게 들구 오구, 인전 돈두 군색헐 게라구 일거리가 있기 바쁘게 저이 점심들을 싸가지구 와서 그저 해주구 간다네 그려."

"그게 인정 아닙니까? 그게 그런 훌륭헌 사람헌테 마땅히 할 일 아닙니까?"

"아닐세! 그런 생각으룬 미풍양속이지, 그러나 그건 작인들이 그런 지주를 오늘 와선 지주 이상 신분(身分)으로 섬기려 드는 걸 그래? 그게 폐단이란 걸세."

남의 집 하인의 자식으로 있어본 억쇠는 '신분' 소리에 선뜩 찔리는 데가 있다.

"주종(主從) 관계를 끊자구 한 노릇이 그게 더 심해지니 되겠나? 그런 걸 미풍양속이라 쳐주는 건 인전 다 지나가버린 군신도덕(君臣道德)일세 그려! 무엇보다 인전 작인들이 아니라 남인데 남들의 폐만 끼치게 되니 땅을 내놓는 근본정신에 틀리는 거구, 토지개혁은 무슨 시주(施主)가 있어가지구 자선사업으루 허는 게 아닐세, 이 점이 중요허단 걸세, 알겠나? 누구는 떡 앉어서 은혜를 베풀구, 누구는 굽신거리구 뫠 들어 그 은혜나 받구, 그러는 게 아니라 첫째 사람으로 똑같은 평등지위가 되는 걸세! 그러니까 지주로 보드라도 단지 지주란 걸로 세력 부리던 낡은 환경에서 썩 물러나 그 자신도 새 인간으로 해방이 돼야 헐 거구, 그렇쟈니 딴 데루 가야지! 그래서 주종관계가 전혀 없어진 자유 평등 천지에서 어서 새 미풍양속이 서야 헐 걸세!"

억쇠는 걸터앉은 무릎 위에 깍지를 끼고 있었으나 속으로 크게 무릎을 쳤다.

"알겠습니다!"

"그러게 토지개혁은 지주가 인심을 써 전에 자선사업 허듯 헐 게 아니라 지주는 땅을 뺏기구 꺼떡대던 그전 환경에선 쏙 빠져나가야 되겠데! 그래야 잔뜩 노려보는 웃사람이 없어저야 농군들이 그전 소작인으루 가진 비루하던 성질이 없어지구 기를 펴구 정말루 자유스런 인생들루 살게 되겠데!"

"그래서 지주들을 살던 데서 떠나게 허는 걸, 암만 생각해두 아는 재간이 있어야지오!"

"성필이가 늘 원측, 원측 하더니, 평산 그 친구 얘기 듣구 생각해보니 일이란, 딴은 잔 사정에 끌릴 게 아니라 원측대로만 나가야 헐 거데! 잔 사정에 끌린다는 건 그게 벌서 맘보가 협잡을 부릴 수 있게 틈이 버러진 증걸세 그려! 좀 몰인정헌 것 같어두 일이란 원측대로만 나가야 헐 거네!"

"알겠습니다. 참 속 시원헌 말씀 들었습니다!"

동민대회 회장에서 박수소리가 울려왔다. 이들이 다시 회장에 내려왔을 때는 달운이의 인사말이 끝날 때였다. 이내 실행위원 한 사람이 나서 토지개혁의 취지를 이야기 하였다. 억쇠는 최 초시의 말에서 토지개혁의 가장 골자를 터득했기 때문에 쉽게 알아들을 수가 있었으나, '역사적 사명'이니 '봉건유습'이니 '민주과업'이니 '경각성'이니 문자만 들려 나오는 말에서 다른 농군들은 약간 어리둥절해졌다. 그러나 하나같이 알려는 열성인 데다가 나중에 북조선인민임시위원회 위원장 김일성 장군의 담화를 해설해주는 데서는 토지개혁의 정신이 분명히 인식되는 듯, 머리들을 끄덕이었고 억쇠도 몇 대목은 머릿속에 외어 넣을 수가 있었다.

"조선이 조선 사람 모두가 잘사는 나라가 되쟈면 동포끼리 제일 큰 착취제도요, 노예제도인, 지주 있고 소작인 있는 제도부터 없새야 된다는 것, 민족끼리 누구나 동등한 권리를 갖고 평등하게 발전하는 나라를 세우쟈는데 반대하는 민족반역자나 친일파들의 근거가 되는 지주 계급을 없새 버리자는 것, 민족의 팔 활이 넘는 농민의 생활을 높여서 그들도 자식을 가르키게 하고 그들도 암흑생활에서 벗어나 문명한 생활을 할 수 있도록 하기 위해서라는 것……."

억쇠뿐 아니라 모두들 고개가 절로 끄덕여졌다. 나중엔 박수가 쏟아졌다. 그리고 다른 실행위원이 나와서는 지주들에게 하는 이야기라고 하는데 작인들이 들어도 토지개혁의 정신을 이해하기에 필요하였다.

"지주 되는 분도 오늘 목전엔 섭섭할른지 몰라도 이 토지개혁의 정신이, 어떤 사람만 미워서가 아니라 조선 전체를 잘 되게 하기 위해서 하는 국가의 발전 사업임을 알고 자진 협력해야 옳은 것입니다. 일제시대엔 돈을 가지고도 해볼 만한 사업은 놈들이 독점했기 때문에 조선 사람들은 땅이나 사놓고 드려다 볼 수밖에 없었지만 해방된 오늘은 그런 궁상을 떨 필요가 없습니다. 돈을 모흘 만한 유능한 사람들을 위해서는 땅만 직히고 앉었지 않어도 좋게 모—든 사업장이 텅—비인 채 기다리고 있는 겁니다. 오히려 지주들로 그 죄악의 문서, 소작인 명부나 붓들고 앉었는 골방 속에서 해방이 되여 세계를 내다보며 국가적 생산의 사업주로서 활동해 건국에 공헌할 수 있는 훌륭한 기회가 되는 겁니다."

이런 말에는 억쇠도 다시금 감격되었다.

'그럴 게다— 지주라 해서, 앞으로는 바르게 살려는 사람도 못 살게 헐려는 나라는 아닐 거다!'

법령과 세칙과 임시조치법에 관한 해설까지 끝난 다음, 누구나 어정쩡한 것을 자유로 물어보라는 순서에 이르렀다. 회장은 더 생기를 띠는 것 같다. 그러나 누가 먼저 무엇을 묻나 서로 두리번거리기만 하는데,

"내 한 가지 묻갯시다."

하고 일어서는 사람은 칠순이나 된 안 과부의 시어머니였다.

"내 아들이 손이라군 딸 하나 낳구 죽었시다. 그것 에미가 효부라서 여름엔 농사짓고 겨울이면 배천읍으루 기름병을 이구 다녀 땅날가리나 사 늙으막에 드러앉어 삼 모녀가 겨우 입에 풀칠이나 허조니까 그 땅이 원 어떻게 되리까요?"

"동네 여러분? 저 노인의 말씀이 옳습니까?"

"옳습니다."

여러 사람의 한목 대답이었다.

"법령대로 하면 땅을 남을 줘 시켰으니 물론 몰수입니다."

"그럼 이 늙은 것 고부[178]끼리 어떻게 살라나요? 원, 기매킨 일두 있지! 제 머리루 기름병 이구 다녀 푼푼 저축으로 작만헌 게 많기나 헌 땅인가, 작인이라구 모두 한명, 그 사람 여기 왔소다, 들어보세두 알지만 십 년이 하루지 말다툼 한번 없었쇠다. 지주 구슬[179] 헐 사람이 따루 있습죠!"

모두들 날카로운 시선으로 실행위원을 쏘아본다. 그러나 실행위원보다 군중 속에서도 말이 나왔다.

"지가 바루 저 댁 작인이올시다요. 이재 노인께서 말슴두 게섰습니다만 여직 한 집안처럼 지냈습죠 더 내라거나 덜 내겠다거나 한 번두 싸운 적 없쇠다요. 다른 땅이면 몰라두 저 댁 땅을 뺏어 날더러 가지램 난 싫쇠다. 그런 남 속 아픈 땅 차지허구 내가 잘될 게 뭐의까?"

"바른말이요!"

"옳소!"

여러 마디가 나왔다. 실행위원은 굽실굽실 한 머리를 쓸어넘기며 히죽이 웃는 것이 쓸 수만 있으면 인심을 쓰고 싶은 얼굴이다.

"이게 그렇습니다. 조선 사람 전체가 다 잘살사는 성신에서 되는 일에 죄 없이 못살게 되는 사람이 있어서야 되겠어요? 저 노인댁 토지를 그럼 어떻게 하는 게 좋겠습니까? 여러분 의견을 들어 봅시다."

안 과부의 시어머니는 벌써 눈물이 몇 방울 떨어진 눈으로 사방을 둘러보는 것이, 말하는 입보다 더 애원이었다. 이 애원의 눈에는 억쇠

---

178 姑婦. 시어머니와 며느리.

179 지주굿을.

도 부딪쳤다.

'잔 사정에 끌려선 안 된다! 그건 벌서 협잡과 통허는 거다! 목이 부러져두 원측!'

억쇠는 가슴이 찌르르했다. 최 초시에게서 이 말을 듣지 않었다면 억쇠는 이런 때 누구보다도 먼저 일어서 안 과부네 사정을 옹호했을 것이다. 우— 하고 모두 한편으로 얼굴을 돌리는 바람에 억쇠도 그쪽을 쳐다보았다. 장근이가 일어선 것이었다.

"저 할머니네 땅은 나부터두 그저라두 품을 도아드릴 게니 자작 짓는 걸루 해서 땅두 안 떼우구 집도 그대루 지니고 우리 동네서 그대루 살게 해주십시오."

"옳시다!"

"그래야 쓰지오!"

이런 찬사가 무데기[180]로 일어났다. 억쇠는 다시 얼마 어정쩡해진다. 최 초시를 바라보았으나 역시 가타부타 얼굴에도 나타내지 않고 보기만 한다. 실행위원도 머리를 극적거리더니 멍—허니 섰다. 원칙과는 틀리어도 잔 사정에 끌리어 제 맘대로 정하려는 속인지도 모르겠다.

'나두 남의 사정 딱헌 거 누구만침 동정할 줄 모르진 안는다! 안 과부네가 저이 손으루 농살 짓는다면 이 자리에서 도아준다고 장담하는 사람들만 못지 않게 거들어줄 자신도 있다! 그러나 이게 전 조선의, 전 조선 사람들의 딱한 사정을 고치자는 일이니, 큰일을 생각 않구 작은 사정에 끌려 원측을 떠나는 건 잘못되기 쉬운 거다!'

---

180 무더기의 북한어.

억쇠는 성필이가 멀—리 평양에서 저이 아버지와 자기를 쏘아보며 왜 멍청허니 앉었느냐고 소리를 지르는 것 같다. 최 초시는 그저 움직이지 않는다. 억쇠는 일어났다.

"저두 한 동네서라구만 아니라 타동 사람으루라도 저 할먼네 댁 같은 사정이라면 붓들어드리구 싶구, 저 할먼네가 땅을 그저 가지구 힘에 부친 농사를 지신다면 나두 남만 결코 못하지 않게 도아드리겠습니다. 그러나 아까 다른 실행위원께서 일러주신 이 토지개혁 정신과 이런 개인사정 보는 것이 상위[181]가 나지 안는지 그걸 알구 싶습니다. 만일 상위가 난다면……."

하는데 누가,

"원만히 돼 넘어가는 걸 작구 꼬집어내 뭘 허나?"

하고 사뭇, 말을 막는다. 권 생원이었다.

"아니올시다."

억쇠는 앉지 않는다.

"우리가 이 일을 우리 동네 일루만 알어선 안 됩니다."

"그러이! 원만히 되려면 아직 더 의논해야 허네."

하고 그제야 최 초시도 알은체 한다. 최 초시가 거드는 바람에야 모두들 억쇠가 하는 말이 중요한 것인 줄 알고 정신들을 차린다.

"저 할먼네를 우리가 동정헌다 칩시다. 이 담날 법률이 간섭하드라도 끄떡이 없을 만한 근거를 가지구 동정해야지, 이 자리에선 기껀 생색만 내구 이담 법정에서 인정 안 허는 날은 어떻헐려우? 그때는 도리

181 相違. 서로 달라서 어긋남.

혀 저 댁에 낭패를 만들어드리는 것 아닐까요?"

"그렇습니다."

이것은 실행위원 중 한 사람의 대꾸였다.

"그뿐 아닙니다. 이 토지개혁이 우리 조선서 전에두 없었구 이 앞으로도 또 있을 수 없는 굉장헌 일입니다. 또 시시비비가 많을 일입니다. 인민위원회에서 훌륭헌 분들이 연구허구 연구해서 결정한 법령입니다. 저댁 할머니 같은 사정이, 아니 더 딱한 사정두 전 조선에 얼마든지 있을 걸 그분들이 몰랐을 것 같습니까? 죄다 짐작하구 연구해서 결정한 법령인 걸 우린 믿어야 합니다. 그렇다면, 나는 아직 이런 사정 보는 것에 가부를 말허진 않습니다만 다만 법령대로가 아닌가를 밝히구 결정해야 법령 위반두 아니구, 우리가 일으킨 동정심두 동정심대루 산다는 겁니다."

이번에는 '옳소!' 소리는 없었다. 그러나 장내가 엄숙해졌고, 최 초시가 혼잣소리처럼,

"사실이지!"

하면서 테[이]블에 나선 실행위원을 쏘아보았다. 이번에는 머리를 쓸어 넘기는 실행위원의 얼굴도 얼마 자신을 갖는다.

"물론 이게 결정이 아닙니다. 동네 여러분 의견을 고루 들어 두는데 불과합니다. 결정은 이제 여러분이 뽑을 다섯 사람 농촌위원들이 법령에 의지해서 할 일입니다. 법령에 위반이냐 아니냐도 그분들이 더 연구해 결정할 것입니다. 물론 법령대로 나갈 것이 원측입니다."

동민들은 잠잠했다. 이 틈을 타 권 생원이 일어섰다.

"이 사람두 여쭈오리다. 내 이 근경에선 지주 측에 안 든다군 헐 수

없쇠다. 나 지주외다. 땅은 법령이라니 헐 수 없죠니까! 되는 대루 두구 봅죠니까. 그렇드라두 소위 토지개혁이라면 가옥몰수란 하관산(何關事)지 암만 해두 알 수 없쇠다 그려? 것두 내가 일인이라든지, 안헐 말루 발 벗구 나섰던 친일파라면 반역자루 몰릴 거지요. 반역자라면 아, 땅뿐이겠소? 이 목이라두 바치리다요! 길을 막구 물어보구려, 이 권 아모개가 친일파랄 사람은 성겨 나지두 않었을 게니, 설사 법령에, 집꺼지 든다 하드라두 생각해 보십시오? 날 어쨌다구 길루 나앉으라는 거요? 내 땅이 이번에 약간만 분배가 될 거요? 집은 건드리지 못헙넨다!"

하고 동정을 구하기보다 살기등등한 눈으로 어느 놈이 감히 반대만 해보아라 하는 듯이 좌우를 둘러보는 것이다. 이번에는, 아까 억쇠가 말할 때 '그렇습니다' 대꾸하던 그 실행위원이 일어선다.

"이제 말슴허신 분은 아까 이 법령의 정신과 규약 해설을 자세 안 들으신 듯합니다. 토지개혁은 일인이나 친일파의 토지를 몰수할 뿐만 아니라, 일반 지주들의 것도 몰수하는 건, 지주와 작인이란 그 관계를 없새자는 거구, 그걸 없새자는 건, 소작료를 주고 받는 물질적 관계뿐만 아니라 인격적으로 주종관계, 극단적으로는 상전과 노예관계, 그걸 없새자는 것입니다. 지주는, 오랫동안 상전이나 다름없는 명령만을 해왔고, 작인들은 노예에 가까운 복종만 해온 것이 사실입니다. 소작료는 안 바친다 해도 그런 상전이 옆에 있으면, 좋게 말하면 인정상, 나뿌게 말하면 뿌리깊이 박힌 노예근성 때문에 씻은 듯이 잊어버리고 마음 가볍게, 저대로 살기 어려운 거구, 또 주인 자신으로 보드라도 차라리 그 옆을 떠나 새 환경으로 나가는 게 새 생활 건설에 적극적일 수가 있고 마음도 편할 것입니다. 그러니까 다른 군으로 가도록 알선하는 거구,

가서 농사를 짓겠다면 농토와 집도 준다는 것입니다. 아시겠습니까?"

이 실행위원의 설명이 권 생원의 귀에는 들어갔을 리 없으나 억쇠나 다른 사람들의 귀에는 다시 한 번 들은 보람 있게, 토지개혁의 근본정신이 점점 분명해진다.

권 생원은 다시 일어섰다.

"나 유식하지 못해 그런 소리 무슨 소린지 모르겠쇠다! 공연히 딴 데다 없는 집 주선해주려 애쓰지 말구 내 집 나 살게 두면 그만 아니오? 아무튼지 아까 저 노인의 말슴을 동중 의견에 물어주셨으니 이 사람 집 문제두 동중 의견에 한번 물어 주시기오."

실행위원은 냉정한 얼굴이다.

"동중에 물을 테니 그럼 당자는 잠간 이 자리를 나가주십시오."

권 생원은 다시 일어섰으나 나가지 않고 반문한다.

"아까 저 노인두 이 자리에서 내보냇던가요? 이 사람만 어째 나가라나요?"

"저 노인과 당신은 달습니다."

"닳다니오? 같은 지주두 같구 닳구가 있나요?"

"저 노인은 작인이란 단 한 사람이오. 그러나 당신의 작인이나, 채무자나, 당신에게 눌려 지내던 사람은 이 마당에 거이 전부요. 당신 목전에서 당신헌테 대한 의견을 마음대로 말헐 자유의사를 못 나타내는 거요. 지주와 작인 관계란 이렇듯 한 사람을 위해 여러 사람이 제 속엣 말도 제대로 못하고 사는 거요. 보슈. 그러니까 토지개혁을 허는 거구 그러니까 토지개혁은 땅만의 문제가 아니라, 농민들의 눌려만 살어온 의기에부터 자유를 주는 인격 개혁인 거요. 당신이 이 자리에서 나가지

앉고 있다면 동네사람들의 자유스러운 의사표시를 볼 수 없을 거니까 우리는 못 물어 보겠소."

"아—니, 어떻게 그다지 남들 속꺼지 잘 드려다 보슈? 대관절 난 한번두 작인들 허구퍼 하는 말 막어본 적은 없쇠다. 그것부터 동중에 물어보슈. 내가 한 번이나 작인들 헐 말 못허 게 금헌 적이 있는가?"

"그따위 물어볼 필요 없소."

이것은 실행위원의 대답이 아니라 억쇠의 결끼 있는 목소리였다. 이 바람에 용길이도 한마디 보태였다.

"그따위를 묻는다 쳐두 당자가 있어선 안 됩니다."

"옳소!"

권 생원은 그만 입속에서 이를 갈듯 한편 볼이 수염과 함께 쌜룩 주름이 잡히더니 자리를 일어섰다. 그리고도 달운이를 비롯해 몇몇 자기에게 만만한 사람들을 두리번거리어 눈을 맞추고야 저이 집으로 올라갔다.

권 생원이 사라지자 실행위원은 입을 열었다.

"여러분이 이 앞으로 맘 놓고 자유스럽게 살기 위해선 이제 그 권 씨가 이 동네에 그저 있는 게 좋겠읍니까? 없어지는 게 좋겠읍니까?"

"잠깐 여러분……."

하고 여러 사람의 입을 막듯이 가로채고 일어서는 자가 있다. 달운이였다. 이 동네 소위 농민조합 분회장이라, 실행위원들도 무시하지 못하는 눈치다.

"나두 이 동네 사람이구, 나두 저 권 생원네 땅 부치던 사람이구, 나두 우리 동네 잘 되길 바라니까 하는 말이니 여러분이 참고적으루 들어두시구 가부를 말슴들 허슈. 사실 권 생원넨 이 토지 사가지구 와서 몇 해 보지두 않었거니와 또 한 번두 지주 재세[182]를 한 적도 없구, 또 권 생원은 아직 개성에 현금이 많습니다. 우리 동네다 학교두 하나 지어 줄 의견입듸다. 그러니…….”

하는데 억쇠가 더 견디지 못해 불숙 일어섰다.

“듣기 싫소. 달운이는 농민조합의 분회장이오 지주조합의 분회장이오?”

모두 껄껄 웃고 손뼉까지 쳤다. 억쇠는 말을 계속했다.

“권 생원이 어째 이 동네에 몇 해가 안 되는 사람이오? 떡거머리 총각 때부터 이 동네서 서 푼변 오 푼변의 리자를 따 갔다는 사람이오!”

“옳소!”

“또 권 생원네가 어째 지주 재세가 한 번두 없었단 말이오? 지난 가을에두 저이보다 짐장[183]을 먼저 했다구 눈이 뿌여케 몰린 사람이 저기 앉었소. 지난 겨울까지도 권 생원네 뒤깐 길이나 나뭇가리 길부터 쓸기 전에 제 집 마당부터 눈을 친 사람이 몇이나 되오?”

“옳소!”

“우리는 학교를 못 지면 마당에서라두 뱁시다. 해방이 된 오늘에두 그 뱃속에 욕심과 똥만 드러찬 녀석들이 교주니, 설립자니 허구 돈 자랑 비석이나 세우는 그따위 더러운 학교엔 다니구 싶지 안소!”

“옳소!”

“또 이 앞으룬 집이 없어 학교 못헐 리도 절대로 없는 거요.”

“그렇지 않구!”

“그따위 구두쇠는 동네서 아주 하직을 시킵시다!”

---

182 (북한어) 어떤 힘이나 세력 따위를 믿고 교만하게 굶.

183 ‘김장’의 방언(경상, 함경).

"옳소! 그따위 그저 있게 허구 시집사리 허구픈 사람은 개성으로 따라감 되지 않소?"

장내가 조용해지기를 기다려 실행위원은 다시 나섰다.

"여러분네 의견 잘 알었습니다. 그러나 아까 다른 분두 말슴허셨지만, 안 노인댁 땅을 자작 농지로 보존시키구 안 시키는 것이나, 이제 권지주네 떠나는 문제나 다 이 자리에서 이대로 결정짓는 건 아닙니다. 여러분의 의견이 잘 드러났으니까 이것을 존중해서 이제 이 마당에서 뽑히는 다섯 사람, 이 동네 농촌위원들이 법령에 쪼차 결정할 것입니다. 우리 실행위원들도 여러분의 의견을 알었고 여러분 자신들도 이 동민 전체의 의향을 아셨으니, 이제는 농촌위원들이 법령을 직혀 결정할 것입니다. 그러나 이 일만 아니니까 무엇이나 여러분의 의견을 잘 대표해서 처리할 만한 위원 다섯 사람을 뽑습니다. 그런데 여러분의 대표구 위원이구 허다니까 그전 일제 때처럼 허턱 유력한 사람을 뽑아선 안 됩니다. 소위 유력자는 서로 안면관계도 있고, 저만 리롭자는 엉뚱한 생각을 남 모르게 잘하는 버릇이 있으니까, 첫째 맘보가 공정한 사람이라야 합니다. 남의 집 머슴 살던 사람도 좋습니다. 그런 사람이 누구보다 농간 부릴 줄 모릅니다. 낫 놓고 기역자도 모르는 무식한 사람이라도 말만 바르게 할 사람이라야 됩니다. 사무적으로 일하는 것은 우리가 죄다 해드리니까요. 그런 줄 알구 겉은 어떻게 됐든지, 공평허구 바른 말 할 사람을 뽑으십시오."

전형위원은 거이 두세 집에서 한 사람 폭으로 널리 정했고, 여기서 뽑아놓은 다섯 명 가재울 농촌위원 중에는 달운이는 빠지었어도 억쇠가 들어있었다.

## 17

이날 하룻동안 억쇠는 십 년을 산 것 같았다. 그렇게 하루 사이에 엄청나게 자랐고, 하루 사이에 모든 것을 알어낸 것 같았다. 최 초시헌테와 동회에서 터득한 것, 나중에 면 인민위원회까지 갔던 시위행렬에서 받은, 군중이 가진 무한한 힘에의 자신과 감격, 동민들이 뽑아준 농촌위원으로서 처음 품어보는 책임의식, 저녁에는 벌촌에 들러 그곳 농촌위원들과 합석하여 실행위원들로부터 다시 한 번 들은 토지개혁의 정신과 법령의 해설, 이제는 누구 앞에서나 토지개혁에 관한 문제이면 무슨 대답이든지 막히지 않을 자신이 생기었다. 이 자신은 새 세상 새 조선을 올바로 보아나갈 자신이기도 했다.

'어서 분이부터 알려주자! 어서 뛰어가 분이부터 안심을 시키자!'

억쇠는 아침에 나와 아직 집에 들어가지 못한 것이다. 벌촌 택길이가 저이 집에서 밤참으로 국수를 눌러 돌아오는 길이 더욱 늦었다.

보름 지난 봄저녁 달은 무리를 쓰고 은그릇처럼 부드러운 것이 걸려 있었다. 논이나 밭들도, 저이를 움켜쥐고 착취하는 죄악의 도구로 삼던 지주들로부터 풀려나와, 제 손으로 갈어주고, 제 손으로 씨 뿌려주고, 제 손으로 어루만져주는, 정말 임자, 농민들에게 돌아오는 것을 즐거워 소근소근 하는 것 같았다.

억쇠는 방축머리에 이르러 걸음을 멈추었다. 방축에도 봄물 부풀어 오른 대로 달빛이 넘실거리었다.

"아!"

억쇠는 가슴이 홧홧 다는 것이 못 먹는 술 몇 잔 들어간 때문만은 아니다. 달빛 넘치는 이 방축머리, 저 실실이 늘어진 버드나무 아래는 분이를 처음 붙안고[184] 같이 울던 자리요 같이 고락을 맹세하던 자리다.

억쇠는 벅찬 가슴 속에서 숨을 몰아내고 저이 집 마당을 돌려보았다. 도꾸지란 놈은 관솔불을 들고 팔근이와 달운이란 놈은 몽둥이를 이끌고 저를 찾어 헤매던 광경이 생각난다.

'아직도, 너이 놈들이 조선 어느 구석에 박혀있단 말이지? 달운이란 놈은 뻐젓이 이 동네 농민조합 분회장이구! 어림두 없다! 그냥 둘 줄 아니? 만날 이럴 줄 아니? 이놈들아? 몇 대를 내려 너이 놈들만 독차지했던 특권두 인전 끝장이 난줄 알어라!'

억쇠는 집으로 다름질쳐[185] 왔다. 대문은 걸리지 않었으나 안방문은 걸려있다.

"문 열어."

"……."

"문 열어. 어린애처럼 벌서 잔담?"

"가만……."

"얼른."

"되운……."

억쇠는 빰이 따끈하게 잠에 취한 분이가 귀찮은 듯이 일어나는 귀여운 모양을 눈앞에 그리며 장난 삼아 문을 흔들어 댄다.

"되우두 그류!"

"꽤두 꿈지럭거리네!"

---

184 두 팔로 부둥켜 안다.

185 달음질치다. 달음박질치다. 힘 있게 급히 뛰어 달려가다

"문꼬리가 왜 이렇게 안 벗겨질까?"

"히히……."

"어쩌면 잔뜩 잡어다니면서?"

억쇠가 잡아다리던[186] 문고리를 슬그머니 늦추어주어 겨우 문이 열리었다.

"그새 자구 있담!"

"……."

분이는 들창으로 은은히 우려드는 달빛 속에서 말뚱히 억쇠의 얼굴을 쳐다본다.

"왜?"

"……."

"오늘 술 한 잔 먹었지!"

분이는 그저 대꾸가 없이 자리로 가더니 감감하다.

"저렇게 졸렵담? 아침에 뭐랬드랬지? 집 문제구 땅 문제구 뭐든지 척척 물어봐 인전……."

그래도 감감하다. 가까이 와보니 벼개에 얼굴을 파묻고 누었다. 억지로 안어 일으키니 달빛에 눈물이 반짝한다.

"왜?"

"……."

"어듸 아퍼? 아프기루 어린앤가?"

분이는 그저 대답이 없이 뿌리치더니 다시 이불을 돌돌 말고 발버둥

186 '잡아당기다'의 북한어.

만 친다.

"저건 뭐야?"

억쇠는 등잔에 불을 켰다. 분이는 눈물에 젖은 얼굴을 들어 흑—하고 불을 꺼버린다.

"이건 또 뭐구?"

분이는 그저 말은 없이 무슨 안타까운 일이 있는 것처럼 발버둥을 친다.

"저리게 어린애라지! 참 병아리나 잃어버리지 않었수?"

"나빠!"

"무에 나빠?"

"당신."

하면서 그제야 분이는 얼굴을 닦고 한숨을 호— 쉬며 남편을 쳐다 본다. 어스름한 달빛에 떠오르는 분이 얼굴은 언젠가 분이네 집 부엌에서 꿀물 마시던 날 저녁에 보던 그 박꽃 같던 얼굴이다.

"흐!"

"나빠!"

"무에?"

"문을 왜 그렇게 흔들어대?"

"겉은 걸 안 흔들어?"

"남 가슴 아프라구!"

"누가 문 흔들었지 사람 흔들었나?"

"바보!"

"누가 바보람?"

"나 설어!"

"설다니?"

"그날 밤 저놈의 문 걸렸던 생각 험!"

억쇠는 그제야 선뜻했다. 분이가 도꾸지에게 힐난[187] 받던 날 밤, 걸려있던 바로 그 문이요, 그 문밖에 섰던 바로 그 저 자신이었다. 걸린 문 흔드는 소리에 분이는 거이 본능처럼, 덜컹 그 생각이 났고, 그날 밤 자기의 그 비참했던 꼴이 다시금 분했다. 팔근이 계집년의 꼬임으로, 오빠에게 나온 징용장을 도꾸지에게 제 손으로 갖고 가서 좋도록 해달라고 한마디 부탁만 하면 그만이라기에, 복장을 치고 우시는 어머니와 얼굴이 백짓장이 되어 저녁도 못 먹고 물러나는 오빠를 어떻해서든 구해보고 싶은 안타까움에서만, 그 길이 그런 모멸과 굴욕의 길인 줄은 미처 뜻하지 못하고 나섰던 것이다.

"당신이 그날 밤 나보러 그랬지? 그놈의 방에 드러선 게 어떤 년의 발목아지냐구?"

"……."

"나 귀에 못이 박혔어!"

"어린애처럼 노염은!"

"누가 노엽대? 내가 그 말 열 번 들어 싸게 헌 걸!"

하고 분이는 또 또루루 이불을 말고 발버둥을 쳤다. 도꾸지 같은 것에게 치마 주름만이라도 따트렸던 것이, 그게 제 발로 걸어갔던 것이기 때문에 분이는 정조나 잃은 것처럼 남편에게 얼굴이 들리지 않는 무안이었다.

"이거 봐?"

---

187 詰難. 트집을 잡아 거북할 만큼 따지고 듦.

"……."

"지금 우리가 그런 따분헌 생각으루 눈물이나 흘리구 앉었을 땐 줄 알우?"

"……."

"여보?"

"……."

벌써 방축으로 나가는 도랑이 얼음이 풀리어 졸졸졸 물 흐르는 소리가 들려온다. 억쇠는 슬적 말문을 돌린다.

"며칠 안 있으면 개구리두 입이 떠러지겠구나!"

"바보!"

"왜, 또 바보야?"

"난 벌서 개구리 소리 들은 걸!"

"어린애들이 그런 건 먼저 듣는 법이지!"

"참 저녁 어떻했수?"

"난 먹었수만 당신은?"

"혼자 먹기 싫길래……."

"그래 여태 안 먹었수?"

"집에 가 엄마 허구……."

분이는 아직도 친정집을 집이라 했다.

"이게 인전 우리집이래두!"

하고 억쇠는 분이의 한편 귀를 잡어 일으킨다.

"우리 마당에 나가봅시다. 달이 여간 환―하지 않어!"

"달?"

"또 내 모두 얘기두 해줄게."

"당신이 우리 동네 위원이지?"

"어떻게 알었수?"

"엄마헌테."

분이도 약간 흥큰 머리를 흔들어버리며 날쌔게 일어섰다. 억쇠가 자기의 묵직한 겨울외투를 둘러주는 대로 아랫자락을 훕싸며 바깥 마당까지 따라 나왔다.

달빛은 안개처럼 포근한 것이 끝없는 대지를 고요히, 마치 어미닭이 품듯 하고 있었다.

억쇠는 마당과 밭머리를 널다리[188]나처럼 쿵 쿵 굴러보며 걷는다.

"끄떡 없는 인전 우리 땅이다."

"정말?"

"뭐든지 물으래두. 내 척—척 대답허지 않으리!"

억쇠는 분이를 바싹 곁으로 이끌었다.

"집두?"

"암!"

"땅은 얼마나?"

"이 터알[189] 밭부터 우리가 지을 수 있는 만치는."

"아이 좋아!"

"내가 이 밭을 못 사 얼마나 속이 닳었는지 알우?"

"나두 다 들었다누!"

---

188 널빤지를 깔아서 놓은 다리.

189 집의 울안에 있는 작은 밭. 텃+밭의 합성어로 '터알 밭'이 아니라 '터알'으로만 써야 맞다.

"또 당신 때문엔?"

분이는 고개를 개웃해[190] 억쇠 팔에 기대인다. 억쇠는 꽉 분이의 어깨를 안는다.

"참!"

"뭐?"

"안 과부네 땅은 어떻게 되우?"

"뺏어야지!"

"뭐요?"

"법령대루 해야 허는 거야!"

"아니, 안 과부네가 무슨 죄가 있는데?"

"들어볼 테요?"

"그래 안 과부네두 집두 내놓구 떠나야 해요?"

"암! 인제 말이오, 이를테면 여기서 배천 나가는 길을 일짜로, 곧은 길로 고친다 칩시다, 곧게 나가다가 아까운 논이 한두 평 짤려나간다구 그래 길을 거기서 굽으려트려야 옳소? 그것과 마찬가진 거요! 또 안 과부네 자신두 하로 이틀 아니구 동네사람들 신세만 지구, 거지처럼 동정이나 받구 가련허게 살께 뭐요? 만일 자그네 힘만으로 살 길이 정말 없다면 떳떳이 나라에서 보조를 받어야 헐 거요. 나라는 인제 국민들헌테 그런 책임을 저야 헐 거요."

"언제나?"

"언제나라니? 농군들은 신산헌 생활을 몇 천 년을 참어 왔는데 지주

190 개웃하다. 고개나 몸 따위를 한쪽으로 귀엽게 조금 기울이다.

들은 나라가 설고선 못 참어?"

"그래두 안 과부넨 가엾지 뭐유! 글세, 무슨 죄가 있단 말유?"

"그렇게 따지러 들면 정말 죄가 조금도 없는 줄 알우?"

"무슨 죄?"

"아모리 제 힘으루만 몬 돈이라 칩시다. 그걸 그냥 먹든지, 그걸 미천으로 무슨 일이든 제 손을 놀리는 일을 해 먹을 것이지, 왜 남의 땀만 빨어먹을려구 땅을 삿느냐 말이야? 농사를 제 손으로 짓기 전에, 땅을 산다는 건 그게 벌서 어진 맘보는 아닌 거요!"

"……."

"땅 없어 애쓰는 농군의 약점을 노리구 그 사람의 노력을 가만히 앉어서 한몫 먹자는 얄미운 계획이 아니고 무엇이엿냐 말이야"

"거야 그때는 세상이 다 그랫으니까……."

"물론, 남 다 허니까 무심히 했겠지, 그걸 몰르는 건 아니야, 그렇지만 지금 와 그 집 하나만 어떻허느냐 말이야? 그래 큰길을, 억만 년 나갈 큰길을 째나가는 판에 그런 잔 사정 하나루 길을 굽으러트리란 말이야? 더구나 따지구 봄, 역시 남을 착취허구 살던 사람인 걸!"

"……."

분이는 그만 무참히 부스러지는 제 조고만 의분심을 더 두둔할 여지가 없어, 솔직히 웃어버리고 만다.

"여보?"

"응?"

"당신이 맘이 착헌 걸 알어! 그렇지만 착허기만 헌건 당신만일 줄 알우? 나비 같은 것두, 붕어 같은 것두 착허지 뭐야? 그렇지만 우린 사람 아니냐 말요? 미물 아닌 굳센 의지와 판단력이 있어야 옳게 살어나가는 거요! 의지허구 판단력허구!"

억쇠는 분이의 어깨를 놓고 그의 손을 꽉 잡는다.

"분이?"

분이는 이슬끼 있는 눈을 쳐든다.

"아까 울었지?"

"……."

"다시 울지 않기루?"

분이는 치어든 얼굴을 끄덕인다.

"울께 아니라 다시는 한 사람도 모욕 받지 않구 사는 세상이 되두룩 이를 악물구 팔을 걷구 나서야 헐 때야!"

"……."

"우린 인전 농군만이 아닌 거요!"

"그럼?"

"이 토지개혁은 알구 보면, 이 세상을 새로 만드는 거요!"

"세상을 어떻게?"

"왜놈들만 물러갔으면 뭘 허는 거유? 세상이 공평허게 돼야지. 조선 놈끼리 또 압제나 허구 또 착취나 허는 세상이면 우리 같은 건 밤낮 마찬가지지 뭐요? 토지개혁은 누구나 먼저 사람으루 똑같은 사람이 되구, 누구나 다 잘살 수 있는, 그런 세상을 만드는 터 닦는 거요 이게!"

"그래두 저이만 잘살던 녀석들이 왜 가만 있겠다나?"

"그리게 우린 농군만이 아니란 거야! 전 조선 인구에 댄다면 한줌도 못 찰 녀석이지만 여태꺼지 세력 부려온 근거가 있지 않어? 만만히 숙으러질 린 없지 않어? 누가 싸울 거냐 말야? 토지문제에서 생기는 쌈을 우리가 안 나서구 누가 앞줄에 나설 거냐 말야? 쏘련 군대와 김일성 장군 덕에 먼저 된 여기 토지개혁은 우리가 철벽처럼 직혀야 헐 거구, 아직 안 되구 있는 남조선을 위해선 여기처럼 되도록 우리가 밀구 나가야 허는 거요! 저만 잘 사는 지주 노릇을 그예 해보려는 녀석들 최후의 한 놈까지 발 붙일 한 뙈기 땅이 남어 있지 못헐 때까지…….”

“조선 인구에서 백 명이면 여든 명꺼지가 농군이라며?”

“그럼! 또 조선만 그런 줄 알우? 전 인류의 대부분은 농군인 거요! 전 세계에서 농군들이 문명이 되지 않군 문명세계란 허튼 소릴 거요! 조선서두 이 가재울과 서울이 문명에 들어 똑같이 차별이 없두룩 돼야 그게 진짜 문명국일 거요! 그러니까 어듸서나 제일 뒤떨어진 우리 농민들이 어서 깨닷구, 어서 배우구, 잘 싸우구, 잘 건설하구 하지 않으면 안 되는 거요!”

분이는 선뜩 남편의 손을 놓고 한 걸음 물러선다. 억쇠가 좋기만 할 뿐 아니라, 이렇듯 든든하고 우뚝 솟아 보여서 바라보기 흐뭇하기는 처음이다.

“아, 어서 조선이 좋은 나라가 됏으면!”

“되구 말구! 되구 말구!”

달은 가지 않고 섯는듯 고요한데 어느 동네에서인지는 자지들도 않고 해방된 농군들의 호적소리며 징소리며 풍년을 부르는 듯한 농악소리가 은은히 울려왔다.

1947년 6월

평양에서

『農土』, 평양 : 로동당출판사, 1947.8

# 첫 전투

# 첫 전투

## 1

한낮이 되어야 해가 쪼여볼 산의 서편 버덩[1]이었다. 비는 멎었으나 안개가 그저 자욱히 끼어 아름드리 나무들이 웃가지들은 보이지 않고 우람스러운 밑둥들만 마치 공장의 콜타르[2] 칠을 한 금속들처럼 거뭇거뭇 둥그러져 마주쳤다. 바람이나 일어 안개가 흩날리면 판돌에게는 시꺼먼 금속들이 흰 증기를 뿜는 열차 기관구(列車機關區)의 어느 한 모퉁이 같은 착각도 일어났다.

'이번 단선투쟁에 우리 춘천 기관구에서두 또 몇 동무 잡혀갔을 거다…….'

판돌은 벌써 햇수로는 재작년이 되는 46년도 10월 항쟁 때 헤어진 춘천 기관구 열성분자들 중에 몇 동무의 핏줄 일어선 눈을 머릿속에 그려보면서 층계나 올라가듯 높이 솟궈 드디었던[3] 걸음을 멈추고 잠간 숨을 돌리었다.

판돌은 또 이마가 어찔하도록 전신에 피가 얼굴로 치달았다. 무기

---

1 높고 평평하며 나무는 없이 풀만 우거진 거친 들.

2 원문은 '콜찰.' 석탄을 건류할 때 생기는 기름 상태의 끈끈한 검은 액체로, 금속의 방부제로 사용된다.

3 디디었던. '디디다'의 방언(제주, 함북).

없는 인민들은 테러와 반동 경찰의 총검 속을 맨발로 가시밭 헤치듯 하며 싸웠다. 향보단[4]이 몇 겹으로 둘러섰든, 미국제 탱크와 폭격기가 무슨 지랄을 부리든 놈들의 선거장치고 파탄에 빠지지 않은 데가 없건만, 놈들은 비윗살 좋게 유권자 90몇 퍼센트 참가라 나팔을 분다. 곧이들을 놈이 어떤 놈이냐 싶으면서도 놈들의 유들유들한 비겟[5]덩이를 생각할 때는 그만 못 먹을 것을 삼킨 듯 목구멍이 뿌듯하도록 전신에 피가 곤두서는 것이다.[6] 꽤 가파로운 비탈이면서도 쌓인 나뭇잎은 떡지[7]가 져 발등을 덮는다. 푹신한 감촉에 마음 놓고 밟으면 속은 물기가 흥건해 미끄럽다. 앞선 동무들이 군데군데 미끄러져 시꺼먼 생흙 자국을 내였다. 어떤 자국에는 더덕과 싱검초 따위 산나물 뿌리가 으스러졌다. 그런데서는 싱그러운 한약 냄새가 풍겨 오른다.

비탈을 가로질러 가노라면 머루 다래 덤불이 뒤엉긴 골짜기도 빠져나가야 했다.

골짜기 속에는 뿌리가 뽑혀 나둥그러진 나무도 많은데 그런 것이 도랑을 건너는 제물 외나무다리가 되어주나 이렇게 습기를 머금은 날은 그것도 몹시 미끄러웠다.

"셋째 동무? 자 내 손을 꽉 잡으라구."

"빨리 형님부터 건너가세요."

셋째는 대장(隊長) 권판돌을 그저 '형님'으로 불렀다. 짐이 아직 등에

---

4 鄕保團. 1948년 서울에서 조직되었던 우익청년단체로서, 5 · 10선거의 평화적 실시를 목적으로 조병옥(趙炳玉) 경무부장의 지시로 조직되었으며, 5월 25일 해산되었다.

5 비게는 '비계'의 방언(강원, 경남, 전남, 평북, 함북).

6 "판돌은 또 이마가 (…중략…) 피가 곤두서는 것이다." 이 부분은 초간본에서 추가된 내용임.

7 덕지. 겹으로 쌓이거나 붙은 것. 또는 겹이 되게 덧붙은 것.

제대로 붙지 않고 디룩거린다. 헐덕대는 낡은 병정구두는 징조차 닳어 바위를 탈 때도 자꾸 미끄러졌다.

"손이 뜨거우니 어쩐 셈이냐?"

"난 모르겠는데요."

황 동무의 손처럼 투박하지는 않으나 그보다 앙세기[8]는 한 판돌의 손이 나꿔 다리는[9] 대로 셋째는 제 팔에 힘을 맞춰 통나무를 타고 사슴이 뿔 뻗듯 한 썩정이[10] 사이를 날쌔게 건너뛰었다.

"새벽녘에 재채길 해싸트니 감기군 그래?"

"감기면 어때요."

"열이 있는데 어때가 뭐야? 아주 물 있는 데서 윤 동무를 불러 약을 먹자."

"감긴데 약을 먹나요?"

셋째는 감기쯤에는 약을 먹어도 못 보았거니와 약맛 쓴 것이 아직 무서운 나이 어린 소년이었다. 땀을 씻으려 벗어들었던 곤색 캡을 도두룩 한 콧날 위에 날카롭게 반짝이는 눈초리까지 다시 눌러쓰기가 바쁘게 황 동무의 뒤를 쳐다보며 올려 뛰었다. 함지박만한 황 동무의 궁둥이는 흙과 윽개진 풀물이 질펵한 채 척후(斥候) 동무들이 길표로 도끼 자국을 내인 박달나무 밑둥을 끼고 돌아나갔다.

도랑에서 물소리가 마냥 떠들썩한 것을 보면 대마루까지는 아직 늘이진 듯하다. 비탈은 다시 턱을 받치게 가파롭다. 이렇게 오름길을 타

---

8 앙세다. 몸은 약해 보여도 힘이 세고 다부지다.
9 다리다. 당기다.
10 원문은 '썩정귀'. 썩어 빠진 물건.

박거리노라면 더구나 안개까지 끼어 시야가 막혀버릴 때면 어느덧 딴 생각에 사로잡힌다. 평지나 내리막 같으면 노래를 불러버리면 그만인 것이지만.

셋째는 기관구에서 같이 일하던 경수 동무의 아우였다. 시월 인민항쟁 때 같이 붙들리었고 같이 유치장을 탈출하다가 우박 퍼붓듯 하는 카빈총알에 다리를 맞아 경수는 되 붙들리고 말았다. 한동안 나와 보지 못할 것을 각오한 경수는 면회 간 자기 아내를 통해 이 부모 없이 형수 밑에 자라던 아우 셋째를 동무 판돌에게 부탁해 보낸 것이었다.

'어쨋든 경수 동무의 투지로서 셋째를 맡아 달라는 게 놈들의 썩어진 반동교육이나 받게 해달란 부탁은 물론 아니었을 거다. 그렇지만 아직 손매디[11]도 여물기 전에 언제 어찌 될지 모를 유격전선으로 끌고 나설 줄이야 몰랐을 것 아닐까?

경수야? 우린 놈들과 삐랏장이나 가지구 싸울 땐 이미 지났다. 놈들은 쏘미 공동위원회 사업을 갖은 음모를 써 파탄시켰다. 놈들은 그게 제 놈들의 무덤을 파는 것인 줄 여태 모르구 있는 거다!'[12]

저녁이면 숩기가 바쁘게 앳된 코를 쌔-근 쌔-근 고는 소리도 애처롭게 속을 찌르군 했는데 지난밤 굿막[13]은 여러 날 비에 물이 채어 한자 두께는 깐 가랑잎에 물이 스며 올랐다. 새벽녘에는 재채기를 여러 번 하더니 그예 손이 따거워진[14] 것이다. 철이 없어 이 길이 어떤 길이라는 것을 제대로 알지 못하고 원족[15]이나 나선 듯이 딸랑대는 것도 귀엽

11 손마디. '매디'는 '마디'의 방언(강원, 경기, 충북, 함남).
12 "경수야? 우린 놈들과 (…중략…) 모르구 있는 거다!" 이 부분은 초간본에서 추가된 내용임.
13 광산에서, 광부들이 쉬거나 연장을 두기 위하여 구덩이 밖에 지어 놓은 집.
14 '뜨거워진'의 오식?

기보다 애처러워 보이었다.

셋째는 몸이 날래기는 하여 나무에 잘 오르고, 동무들이 '뫼초리'[16]라 별명을 지은 만치 포복전진(匍匐前進)은 전원 중에 제일 빠르다. 총도 아직 제 차례까지 가지 못하였으나 연습 때 적중률(的中率)은 큰 동무들을 무색하게 하였다.

판돌 자신도 사지가 찌뿌드드했다. 습기 없는 자리에서 한잠 실컷 잤으면 싶다. 웬만한 물것이나 습기쯤은 가리지 않던 황 동무와 남 동무도 지난밤은 밤새도록 끙끙거리고 다리들을 뻗지 못하는 눈치였다. 어느 날 밤보다도 푹 굿잠들로 잘 쉬고 났어야 할 오늘이었다. 오늘 오후 네 시에 닿을 예정인 지점은 최전선(最前線)에 놓인 최후의 잠복거점(潛伏據點)으로 그 앞으로는 첫 출전의 긴장으로 일관할 공작지대인 때문이다.

오늘 아침은 다른 거점에서 떠날 때보다 동무들은 말부터 수덕구가 적었다. 다른 날은 기중[17] 침착하던 남 동무까지 잔뜩 조르고 난 혁대를 경련이 이는 손으로 거듭 되 조르고 있었다.

'목숨이 오구 가는 판에 불안 없이 나서는 건 차라리 천둥벌거숭이다! 어쨌든 골수에 배기도록 목숨이 아까움을 알어라! 그리구 그처럼 소중한 목숨두 애낌 없이 바쳐야할 그런 당인 걸 알구 그런 일인 걸 알구 그런 지시인 걸 알구 연후에 판가리[18] 싸움을 각오해다오! 어쨌든…….

---

15 遠足. 소풍.

16 메초리. '메추리'의 방언(경상, 함경).

17 其中. 그 가운데.

18 ① 사실의 옳고 그름이나 어떤 대상의 나음과 못함, 가능성 따위를 판단하여 가름, ② 승패나 생사존망을 결판내는 일의 두 가지 뜻이 있다. 여기서는 문맥상 ②의 뜻.

나는 동무들헌테 이 점을 어느 정도로 침투시켜 놓았는가?'

정오가 가까워서야 턱을 받치던 비탈은 차츰 각도가 숙으러졌다. 걸음들이 평탄해지기 바쁘게 앞장을 선 남 동무의 그 막걸리 냄새 풍기는 걸직한 목청이 안개 속을 풍겨 왔다. 산새들이 놀라 가지를 옮겼다.

짐승들 요란히 우는 깊은 밤
남조선 높은 산 봉오리마다
기한에 떨면서 용감히 싸우는
우리의 형제를 잊지 말어라.[19]

노래는 이내 합창이 되었다. 판돌은 절로 입밖에 따라 나오는 것을 꾹 다물어 버린다. 안개 속에서 노래 소리만 들려오는 것이 지척이 아니라 몇백 리 몇천 리 밖에서 싸움에 지치고 지치어 애타게 호응을 기다리는 모습 모르는 형제들의 울부짖음소리 같았다. 판돌은 좀 더 억센 노래가 부르고 싶어졌다. 동무들은 여자 목소리에 가까워 완연히 가려들을 수 있는 셋째의 목소리까지 끼어 다음 절로 넘어가고 있었다.

눈보라 나리는 어두운 골작
야수들보다도 잔인한 원쑤
총칼과 싸워서 더운 피 흘리는
우리의 형제를 잊지 말어라.

---

19 임화 작사, 김순남 작곡의 〈남조선 형제여 잊지 말아라〉.

산은 드디어 대마루가 들어났다. 마루턱에 올라 서는 것은 강물처럼 턱밑에 찰락거리는 안개바다에서 올려솟음이었다. 딴 세상으로 햇볕이 눈부시었다. 안개는 골짜기마다 차고 산등성이들은 대마루를 타고 양편으로 드러나 반찬가시처럼 뻗어나갔다. 씻은 듯한 애청하늘에 오월 달 금빛태양은 참나무 박달나무 철쭉 목련 드릅[20]들의 연한 신록을 쓰다듬듯 고요히 내려 쪼이고 있었다.

모두 이슬끼 있는 풀밭에 짐들을 내려놓았다. 누런 일제 때 군복, 푸른 마다리[21] 노동복, 때 묻고 찢기고 한 조선 바지 저고리, 조선 조끼에 양복바지, 가지각색의 차림이었다. 행군이 멎으면 주먹 턱에 담배부터 꺼내 물고야 땀을 씻는 철공 노동자 황 동무, 안장다리에 상체만이 커서 싸—총(싸—창)[22]찬 것이 끌려 보이는 농촌출신 남 동무, 춘천서 대장 판돌 동무와 함께 철도파업을 겪었고 그때 이마에 칼자국을 받은 매부리코 기관사 장 동무, 학병출신이요 의사의 아들이어서 의학상식이 풍부한 얼굴 흰 윤 동무, 바로 지금 이들의 전진방향인 K군 S면 지구에서 테러 반격을 만나 앞니가 부러진 농촌출신 서 동무, 꼬맹이 셋째, 그리고 금니 투성이를 감추기 위해서처럼 언제나 말이 없는 지도부(指導部) 연락원 심 동무, 모두 햇볕만 보아도 자기들의 앞길의 축복 같아서 한결 피로를 잊고 무지개가 돋는 담배연기를 뿜으며 대장 판돌 동무를 둘러쌌다.

판돌은 별로 땀 씻는 것을 볼 수 없었다. 연골 때부터 철도 기관구에

---

20 '두릅'의 방언(강원).

21 '자루'의 방언(경북, 전남).

22 권총류인 '모제르총'의 북한어.

서 수리공으로 단련된 그의 옹이 배기 같은 근육들은 땀을 남처럼 비지로 흘리지부터 않거니와 여간 흐르는 것쯤 닦지 않었다. 그는 걸음을 멈출 때마다 그 철 지난 검정 스키-모부터 벗어 들었다. 곱실곱실한 머리에 검붉게 탄 얼굴은 땀기가 있어 오히려 구리로 부은 동상처럼 강렬한 탄력에 빛났고 넓직한 이마 아래 흰자위가 유난히 번뜩이는 눈은 입보다도 더 그 눈으로 명령하는 듯했다. 동무들은 자기들의 지휘자의 그 침착한 입과 날카로우면서도 압력 있는 눈을 믿부게[23] 여겼다. 판돌은 이틀이나 습기 속에 있어온 탄약과 무기들을 검열하고 여기서 주먹밥 점심을 치르고 한 시간 뒤에 다시 발진을 명령하였다.

## 2

오후 네 시 예정이던 최후 잠복거점은 한 시간이 훨씬 늦어 석양을 등에 받으며 다섯 시가 지나서야 도착되었다.

동재바다는 손이 닿을 듯 가까웠다. 대관령, 황병산, 노인봉 줄기[24]의 첩첩한 준령들이 그늘 지어 해안 일대는 짙은 코발트 빛으로 덮이어 더듬듯 살피어야 실오리 같은 신작로 토막이며 성냥까치처럼 잘게 늘어선 전선주들이 떠올랐다.

"어느메쯤인지 서 동무는 눈어름[25]이 되오?"

---

23 미쁘게. 믿음성이 있다.

24 강원도 오대산 국립공원(황병산, 노인봉). 강원도 평창과 강릉에 걸쳐 있다. 소설 속 K읍은 현 강릉시를 말한다.

25 눈어림.

판돌은 굿막 속은 보살필 새도 없이 그저 땀에 흥건한 얼굴인 채 꽁무니에 찬 가죽가방에서 지도부터 꺼내 펼치고 서 동무를 가까이 불렀다. 놈들의 S면 지서가 있는 현지 방향을 어서 알고 싶어서였다.

"예서두 칠 십리 길인 걸요. 바로 이 산줄기로 나려가다 저기 가로 질린 등성이 있지 않어요? 그 등성이나 넘어 앉어야 게서는 손바닥 내려다 뵈듯 헐 겁니다."

"동무 살던 동네두 아직 뵈지 않소? 거기서 우리 동무 하날 잃었다구 했지?"

판돌은 굵다란 색연필을 꺼내들며 그 흰자위 많은 눈을 오만분지일 지도로 옮겨갔다. 무슨 현미경 위에 나타난 박테리아 그림처럼 섬세한 산맥과 산맥들, 그 사이엔 벌써 맥박 뛰는 동맥과 정맥처럼 끝에 날카로운 활촉을 물은 굵은 색연필의 붉고 푸른 줄이 그어져 있었다.

"지금 이 잠복거점은 여기구, S면지서는 이건데"

"그럼 알겠군요."

"아무리 살던 곳이라도 지도를 자세 보구 거리 관계 지명 관계를 분명히 인식해 넣야 허우."

"바루 여기, 이 동넵니다. 강종복 동무가 놈들헌테 희생된……."

서 동무는 말끝을 맺지 못하고 빛나는 눈망울을 들어 검푸른 산그늘 속으로 원한의 땅, 원한의 고향, 원쑤들이 판을 치는 M동네 쪽을 더듬어 살피었다. 희끄므녁하게 저녁 연기만 끼어있을 뿐, 다른 것들은 아무 것도 눈짐작에 들어오지 않는다.

연락원 심 동무만 도사(道司)[26]에 연락하러 가고 짐을 벗기가 바쁘게 담배부터 피여 문 황 동무며 각반을 끌러 마는 윤 동무며 하나씩 둘씩

판돌의 무릎 위에 놓인 지도를 둘러쌌다. 판돌은 지도를 자연 지세대로 방향을 맞추고 동무들에게 현재 잠복거점과 놈들의 S면 지서와 이 공작대상 S면 지서를 중심으로 적들의 응원지점일 T항구와 K읍을 지적하면서 우선 지도 위에서라도 지리 정형을 인식시키기에 힘썼다. S면지서에서 북으로 T항구는 삼십오 리 남으로 K읍은 이십오 리 모두 외줄기 신작로에 달려 있었다.

"어쨌든 이 일대 지리 정세는 눈 감고도 횅—허리만치 왜 넣야 하오. 오늘밤은 푹 쉬고 내일부터는 현지 답사를 충분히 해 놔야 되오. 지도는 윤 동무의 말대루 우리들의 보물이니까 햇드리지 말고 애껴 보면서 연구를 헙시다."

판돌은 동무들에게 지도를 맡기고 목을 축이러 물소리 나는 데로 내려왔다. 얼마 안 내려와서 물보다 먼저 심 동무가 나타났다. 도사지도부(道司指導部)는 지척에 있는 듯했다. 심 동무 뒤에는 낯선 사람이 하나 따랐다. 북정무명으로 머리를 질끈 동이고 반물 조끼에 덧중이를 입어, 얼른 보아 벌목꾼이나 숯쟁이 같은 사십대의 남자였다. 터부룩한 수염에 콧등엔 때가 더덕더덕했으나 눈만은 첫눈에 서로 통하는 예리한 무엇이 있는 '동무'가 틀리지 않었다. 심 동무가 옆으로 비켜서니 이 지도부 동무는 판돌에게 손을 내어밀었다.

"권 동무지요?"

"네……."

"수고들 하슈!"

---

26 남로당 유격대의 강원도당 사령부.

"……."

판돌은 사람의 손과 손에서 이처럼 뜨거움을 느껴보기는 처음이었다. 무슨 말을 해야 이 반가움과 이 신뢰감이 표현될지 몰랐다.

"탈난 동무는 없으시다구?"

수염이 거칠게 자랐으나 기름[27]한 얼굴에 가는 눈매가 한없이 인자해 보이는 동무다.

"없습니다. 다들 씩씩합니다."

판돌은 대단한 것은 아니나 셋째가 감기 든 것쯤 생각나지 않었다. 지도부 동무는 굿막 쪽을 향하여 가느단 눈을 더듬었다. 두련두련 말소리뿐 신록에 덮인 나무들이 가려 아무도 사람은 보이지 않았다. 지도부 동무는 걸음을 망설이다가 나즉이 이렇게 말했다.

"우리 여러 동무들헌테 올라가기 전 여기서 잠간 의논헙시다."

"좋습니다."

셋이는 다시 몇 걸음 내려와 평평한 바닥을 찾었다. 머리 위에는 신록 우거진 박달나무가 채일[28] 덮이듯 했는데 솔밭처럼 세 귀에 자리 잡어 앉자 지도부 동무는 담배를 꺼내 두 동무에게 권하고 자기도 피어 물었다. 두어 모금 급히 빤 뒤에 지도부 동무는 이내 담배를 꺼버린다.

"산길 이백여 리씩 걸었으니 피로들 할 줄 아오만 일이 좀 촉박하게 됐어요. 오늘이 이십일 일입니다."

"압니다."

"놈들의 오십단선(五·十單船)[29] 이후 벌써 열하룹니다!"

---

27 초간본의 경우 '긴'.

28 차일(遮日). 햇볕을 가리기 위해 치는 포장.

"저의두 맘만은 한시가 급합니다. 그간 무슨 딴 정세가 생겼습니까?"

지도부 동무는 그것은 대답 않고 탈이 난 동무가 없는가 그것을 다시 따져 물었다. 판돌은 그제야 셋째가 감기든 것을 말하고 대단치는 않은 것이라 했다. 그리고 한쪽은 옆구리에서 거북스럽게 놓인 나무 갑에 든 모젤단총의 끝을 무릎 위에 끌어 올리며 무엇보다 대원 전체가 궁금해할 뿐 아니라 저 자신부터 마음이 조이고 있는 것을 물었다.

"우리 공작 날자가 정해졌습니까?"

"날자 지신 벌써 와 있소."

"언제릅니까?"

지도부 동무는 주위를 한번 획 둘러보고 조심조심 대답하였다.

"이십삼 일이오."

"이십삼 일!"[30]

"모레 말이오."[31]

판돌은 잠시 촛점 없는 눈을 껌벅이었다. 지도부 동무는 전보를 읽듯 토 없는 말로 다시 한 번 시간까지 일러 말했다.

"모레 새벽 한 시."

판돌은 처음 무기를 손에 잡어 보던 순간 그때는 원쑤들에게 뛰어들기가 한시가 급했다. '모레'라는 소리에 귀가 번쩍 하였으나 '모레'라는 것이 하루 여유밖에 없는 것을 깨달을 때는 충분한 준비를 하기에는 너무 여유가 없었다.[32]

---

29 1948년 5월 10일의 남한 단독 정부 수립을 위한 총선거를 줄여 표현한 말.

30 초간본의 내용은 다음과 같다. "이번 이십삼 일 말입지오."

31 초간본의 내용은 다음과 같다. "그럼 모래 말이오" / "모레……."

32 "판돌은 처음 무기를 (…중략…) 너무 여유가 없었다." 초간본에서 추가된 내용.

"모레라구요? 어떻게 그다지 급하게 됐습니까?"

"동무 예정엔 어느 날쯤이면 좋았을 걸 그랬소?"

"어련들 허시겠습니까만 모레 새벽으로는 충분한 준비가 어려울 것 같습니다. 우리가 들어내놓고 합법전투를 하는 것과는 다르기 때문에요."

"그걸 누가 모르나……."

지도부 동무는 허물 없는 동기간처럼 빙긋이 웃었다

"나는 우리와 하로 앞서 원거리 척후를 띠운 겁니다. 그들은 순조라야 내일 밤에나 돌아올 겁니다."

"심 동무헌테 들었소."

"척후의 정찰보고 없이는 성과 있는 공작이 힘들 겁니다. 정찰보고를 듣고도 한 오십 리 나려가 중간거점을 잡구 기습공작 헐 현지 지리답사를 해놔야 헙니다. 하로밤은 기습헐 데 하로밤은 저들의 응원선 차단헐 데 모두 내 눈으로 따라다니며 보구 음폐물 퇴각지점 딱딱 정해주면서 떠먹듯 일러주지 않군 마음을 못 놓을 겁니다. 이게 나 자신부터 첫 공작 아닙니까?"

"그럼."

"실지공작 중에서 하나하나 훈련돼 나가야 헙니다. 모레 새벽으로는 언제 그럴 새가 있겠습니까?"

"척후 동무들이 오늘 저녁엔 들어설 수 없으리까?"

"그건 바랄 수 없습니다. 순조로 들어서야 내일 밤이구 내일 밤두 늦어서야 올라올 건데 자정만 지나면 그게 바로 모레 이십삼일 오전 한 시 아니겠어요? 여기서 공작지점까진 아직 칠십 리 아닙니까?"

"권 동무?"

지도부 동무의 얼굴은 심 동무쪽으로 돌리는 판돌의 얼굴을 따라 돌았다. 연락원 심 동무는 역시 전화 기계나처럼 어느 쪽에서고 걸기 전에는 말이 없었다.

"그리게 동무들이 힘은 들겠지만 오늘로 여길 떠나도록 의논합시다. 오늘밤으로 한 오륙십 리 나려가 중간거점을 잡구 내일 낮 하로 잠복해 쉬구 내일 초저녁에 턱밑에 가 붙었다가 자정 지내 나서시오."

"좋습니다. 언제 어떤 데라도 지시대로 달게 나서겠습니다. 단지 어떻게 하면 성과 있는 공작을 할 수 있을가, 그겁니다. 척후정보 없인 눈귀 다 막고 적에게 덤벼드는 거나 마찬가지기 때문입니다."

"왜 정보가 없긴……."

지도부 동무는 판돌의 얼굴이 자못 심각해짐을 느끼자 자기도 이마에 주름을 지으며 목소리는 그저 낮으나 말씨에 힘을 들였다.

"권 동무? 상부에서들도 동무들 앞에 적어두 사오일 여유는 필요할 줄 알구 있던 거라우. 동무들의 공작이 물론 중요헌 거요. 그러나 우리 도(道)로서 일이 이 한가지만이 아니기 때문에 모두가 시간적으로 관련성이 생기는 거구 이 공작이 산발적인 현상이 아니게 허기 위해선 이런 긴급요청이 생긴 거요. 그래서 도사로서는 동무들이 피곤은 하지만 공작이 가능하도록은 준비를 해 둔거요. 대원 중에 서 동무라구 있지 않소?"

"있습니다."

"서 동무는 이곳 사람이요. 여기서부터 S면 지서 일경의 지리정황은 잘 알리다. 넉넉히 밤길 앞장을 서리다."

"그건 그렇습니다."

"S지서 십리 앞두고 절 있는 동네가 있소. 다시 그 동네 한 오리 못미

처 뒷산엔 대낮에 소를 잡어두 모를 다박솔밭이[33] 있소. 내일 아침 밝기 전까지 그 솔밭에만 가 붙어 쉬고들 있으란 말이오. 그럼 어둡기 전에 우리 동무 한 사람이 거기 오게 돼 있소. 그가 동무들이 필요한 모든 정세를 보고해줄 거구 기습지점까지 길잡이로 나서줄 거요. 권 동무? 조곰도 불안해할 건 없소."

판돌은 잠간 대답 없이 지도부 동무의 말을 머릿속에 가다듬어 보았다. 그 절 있는 동네가 S지서 십리 앞두고 있고 그 동리에서 다시 오리 앞이면 솔밭까지 여기서 오십오 리의 거리다. 오십오 리 거리의 산길이면 지도부와 단시간에 연락할 재주는 없으니 판돌은 만일에 경우부터 생각하지 않을 수 없다.

"잘 알었습니다. 그러나 우리 쪽 동무라면 놈들헌테 사전에 방해를 받을 염려도 없지 않습니다. 그 동무가 못 나타나는 경우엔 어찌합니까?"

"우리 조직이 그다지 미약하진 않소."

판돌은 얼굴이 화끈했다. 그러나 자기는 뼈가 가루가 되는 한이라도 원쑤들에게 뛰어드는 한 보람 있는 승리를 쟁취하고 싶은 계획성에서요 조직을 못 믿거나 지령 앞에 주저해서가 아님을 변명하고 싶었다. 그러나 판돌은 변명을 위한 말에서는 언제나 입이 날래지 못하였다.[34]

"권 동무 생각이 옳소. 으레 만일엣 경우를 예상해야 하오. 내가 의논하자는 것도 그거요. 우리가 지시한 련락원이 오지 않든가 동무가 보낸

33 '다복솔'의 북한어. 가지가 탐스럽고 소복하게 많이 퍼진 어린 소나무.

34 "우리 조직이 그다지 미약하진 않소"부터 "그러나 판돌은 (…중략…) 날래지 못하였다"까지는 아래와 같은 초간본을 수정한 것이다.
"아직 놈들의 주의가 미치지 않은 사람으로 택했소. 또 권 동무가 보낸 척후들도 말이오. 매일 오전 중에 거길 지나서야 올 것 아니오?" / "그럴 겁니다. 그들과 물론 만나도록 주의는 하랬습니다만……."

척후들까지 못 만나든가 할 경우엔 물론이구, 그들을 만나드라두 정보가 불리하거든 그냥 돌아오시오. 그렇게 되면 이번 우리 도(道) 항쟁의 전체 구상에서 동무들의 공작이 빠지는 건 아까우나 그러나 우리는 이번 싸움만이 싸움이 아니니까, 이건 만 리 갈 길에 첫걸음이오. 모험은 하지 맙시다. 동무 말대로 우린 이제부터 실지공작에서 다음날 더 큰 전투를 위해 력량을 길러나가야 허우. 원쑤 백 놈에 동무들 한 사람을 비길 배 아니오. 우에서들은 동무들을 우리들 눈동자처럼 애낍니다."

"……."

판돌은 힘줄이 불끈 솟는 이마를 푹 숙이었다. 해방 후에 길거리에서 싸고 질긴 바람에 사 입은 벌써 도련[35]은 실밥이 이는 군복자락을 앉은 채 혁대 밑으로 팽팽히 잡아다리고[36] 혁대도 한 구멍 줄쿠어[37] 졸랐다. 감격에 사무친 가슴을 어찌해야 진정할지 몰라 비스듬이 박달나무 밑둥에 기대어 숙이었던 머리를 제끼고 눈을 감았다.

지도부 동무가 다시 꺼낸 담배에 성냥 긋는 소리가 판돌의 귀에는 탄약 터지듯 새로웠다. 나무가 아니라 장거리 포열(砲列)처럼 밋밋하게 뻗어나간 박달나무 가지들은 그 잔가지 끝마다 윤기나고 싱싱한 잎들이 겹겹이 피어나갔다. 한 잎 한 잎이 조차수(操車手)가 두르는 푸른 깃발처럼 안심하고 나아가라는 군호 같기도 했다. 해방 되던 해 여름 왜놈들이 없어져 갑자기 운동장처럼 넓어 보이는 기관구 마당에서 인제야말로 자유스럽게 착취 없는 노동을 하여 압제 없는 민족으로 살아갈

35 저고리나 두루마기 자락의 가장자리.
36 '잡아당기다'의 북한어.
37 '줄이다'의 방언(평북).

것을 가슴 벅차게 꿈꾸며 하늘높이 솟은 뽀뿌라나무[38]의 푸른 잎들을 쳐다보던 생각이 났다. 쏘련 군대가 들어온 북조선에는 그 착취 없는 로동 제도가 실현되었다! 거기는 남의 땅 아닌 농사들이 실현되었다! 북조선은 진실로 해방되었고 조선 인민의 조선으로 무한한 가능성에서 발전하며 있지 않은가? 어째 한 조선 안에 이런 두 현실이 나타나는가? 핫지[39]야? 리승만 놈아? 네 놈들의 가슴패기는 오늘 우리 앞에 얼마나 대문짝처럼 넓은 과녁판이냐! 판돌은 부드득 이가 갈리는 입에 담배를 꺼내 물었다. 지도부 동무가 성냥을 그어주는 대로 빽빽 빨았다.

"안심하십시오. 지시대로 결행하겠습니다. 동무들이 지금 저녁을 지을 겁니다. 저녁은 긴장 없이 먹도록 저녁 뒤에 알려주겠습니다. 동무께서두 그때 올라와 격려해 주십시오."

## 3

생활처럼 절실한 것은 없었다. 하룻밤 드새고 갈 굿막이지만 넓고 습기 없는 것과 맑은 도랑물이 가깝고 마른 나무로 밥을 지을 수 있는 것을 동무들은 자리 잡고 영주할 데서처럼 즐거워했다. 사실 며칠 아니 된 경험이지만 이런 환경 속에서 바랄 수 있는 생활조건은 다만 이 세 가지로서 모조리 이루어졌다 할 것이었다.

---

38 포플러나무.

39 존 하지(Jonh Reed Hodge, 1893.6.12~1963.11.12)는 미군 24사단장으로 1945년부터 1948년까지 주한미군 사령관 겸 미군정청 사령관으로 복무했다.

서 동무만이 땀을 닦는 것과는 달리 눈가장자리에 얼룩이가 져 있었다. 그는 무심할 수 없었다. 어머니는 외할머니도 안 계신 외가로 가셨을 것이요 아내는 젖먹이를 데리고 친정에 가 붙어 있을 것이라 생각되었다. 어머니나 아내나 모두 친정이 빈농들이라 더구나 이런 세월에 끼니를 제대로 끓일 리 없을 것도 새삼스럽게 마음에 쓰였다.

'강종복 동무의 유족들은 어찌 되었을 건가? 놈들은 강 동무네 집과 우리 집을 불을 질렀다 한다. 우리 집 박우물 둔덕에 해방 기념으로 떠다 심은 상나무도 끄슬려 죽고 말았을 거다! 우리 집 때문에 저이 집 사랑마루에서 건넌 산 바라보는 경치가 가린다고 투덜거리군 하던 정운조 녀석, 지금은 그 사랑기둥에다 독촉지부(獨促支部)[40] 간판을 뻐젓이 내어 걸고 서북청년회[41] 놈들과 모여 앉아 미국 맥주만 처먹고 있을 것 아닌가!'

서 동무는 거의 반 년 만에 집도 불타고 가족도 흩어진 고향 발치에 가까이 이르러 회심한 생각만으로 아니라 치가 떨리는 복수심에서 끓어 넘친 눈물이었다.

"이거 보 대장 동무?"

감격하기 잘하는 장 동무는 매부리코가 찌르르해서 굿막에서 나서며 판돌의 손을 덥석 잡았다.

"왜? 오늘은 막속이 명당자리라며?"

"이렇게 오는 곳마다 우리가 안 판 굿막이 척-척 기다리고 있는 건 진정 신기해 죽겠구려!"

---

40 '대한독립촉성국민회 지부'의 준말. 이 단체는 1946년 2월 8일 결성되었으며, 점차 남한 단독 정부를 추진하는 이승만 지지세력이 되었다.

41 1946년 11월 30일 38선 이북에서 남하한 이북의 각 도별 청년 단체들의 통합체로 결성되었으며, 좌익세력을 쳐부수는 우익행동부대의 역할을 하였다.

“장 동무는 인전 시인이 됐군!”

판돌은 장 동무의 손을 놓고 그의 어깨를 쳤다.

셋째는 땀이 식더니 다시 재채기를 한다. 판돌은 진작 약을 먹이지 못한 것을 후회하고 의무원 윤 동무를 불렀다. 셋째는 달아나는 것을 동무들이 붙들어다 코를 쥐고 약을 먹이었다.

“련락 동무가 어태 안돌아왔소?”

윤 동무가 물었다. 다른 동무들도 일시에 대장의 입을 쳐다 보았다.

“련락은 돼 있소.”

“벌써요!”

모두 눈이 둥그래진다. 언제 공작에 나설 것인지 그것들이 궁금한 눈치였으나 말을 내이는 동무는 없이 그저 판돌 동무의 입만 쳐다들 보았다.

“지도부에서 동무들을 보러 곧 올라오실 거요. 그리구 우리 저녁들 속히 먹도록 합시다.”

“속히요? 왜요?”

누구보다도 윤 동무가 민감이었다.

“윤 동무는 시장하지두 않은 게로군?”

판돌은 다른 말은 없이 돌아서 버리었다.

해는 벌써 어느 산봉오리에서도 그 광채를 걷우었다. 하늘에 드높게 뜬 구름만이 저녁놀을 받어 불그레할 뿐, 바다에서 산그늘 위로 불어오는 바람은 이마가 선뜩거리게 차다.

판돌은 그제야 다시 도랑을 찾어서 세수를 하고 셋째를 사뭇 명령을 해서 누워있게 한 굿막으로 올라왔다. 굿속은 이십 명은 넉넉히 수용하리만치 넓었다. 바닥, 벽선, 모두 보송보송하다. 무슨 나무일까 팔뚝만한 뿌리가 삽날에 찍힌 자리에서 혈관을 다친 것처럼 찌적찌적 물기가 흐르고 있었다. 판돌은 지혈제 가루약과 붕대를 제각기 얼마씩 나눠 지니게 할 것을 잊지 않으리라 명심했다.

'그렇다! 유격전이라고 반드시 안전한 기습만은 아닐 거다! 다만 우리는 경험 없는 첫 공작이기 때문에…….'

판돌은 담배를 피워 물고 벽선에 기대어 한참이나 궁리에 잠겼다. 궁리는 해볼수록 자기 척후들의 정찰보고가 아쉽다. 어떻게 해서든 척후들과 만날 수가 없을까? 셋째는 저녁 전에 이내 잠이 들어 그 앳된 숨소리가 엄마의 자장가 속에서처럼 평화롭게 쌔근거리었다. 판돌은 밖을 내다보았다. 날은 아주 어두워 밥 짓는 불이 유난히 밝은데 일행에 '항꼬'는 두 개밖에 없어 '항꼬' 두 개가 달린 옆에는 냄비 밥이 끓고 있었다. 윤 동무는 하이칼라머리가 불에 끄슬릴 지경으로 구부리고 냄비 속을 들여다본다. 불 때일 나무를 한발로 눌러딛고 휘어 꺾던 황 동무는 윤 동무를 향해 그 나무 꺾기듯 하는 거센 소리를 질렀다.

"정치게 냄비뚜껑 자주 여네! 밥이 폭 뜸이 들어야 허지 않어?"

윤 동무도 지지 않었다.

"밥물이 넘는 것두? 밥물이 넘쳐버리면 밥이 메지게 되는 건 몰라?"

"배고프면 다 맛있지."

윤 동무는 그저 냄비뚜껑이 떠들릴 때마다 그것을 날쌔게 들어 거품을 까라앉히군 했다. 서 동무는 자기 '항꼬'에서 밥물이 넘쳐 뚝뚝 떨어지는 것도 모른 척하고 낮수건 빤 것만 말리고 있었고 장 동무는 한자나 되는 서슬이 시퍼런 단도를 빼어 젓가락을 깎고 있었다. 파수를 선

남 동무만 보이지 않고 모두 이글이글 하는 얼굴들이 불을 둘러 있었다. 내일 저녁은 기습거점에서 불이라고는 성냥 하나 마음대로 못 긋고 찬밥을 먹을 것이었다.

'어쨌든 나는 전 대원이 고시란히 이 잠복거점에 돌아와 저렇게 저녁 짓는 화투불을 다시 둘러 앉어 우리들의 체험과 승리를 옛 이야기허듯 즐기게 만들어야 헌다!'

판돌은 굿막에서 후닥닥 뛰어나왔다. 뜨거운 주먹을 시린 듯이 부비며 불을 쪼였다. 황 동무가 싫어하는 밥 냄비뚜껑도 들석해 보았다.

먼 해안 쪽에서는 불빛들이 아믈아믈 떠올랐다. 그 불빛들 속에는 그 고장에 생장한 서 동무가 아닌 다른 사람들도 그리로 내려만 간다면 반가워할 사람들을 만날 것 같았다.

'조국 땅 거리거리에 절로 쏠리는 우리 심정이 어째 위험한 착각이란 말이냐? 이 원쑤 놈들아!'

셋째도 일어나 나와 모두 김이 무럭무럭 솟는 밥그릇들을 둘러 앉었을 때다. 지도부 동무가 심 동무와 함께 술병과 북어 오징어포 등 마른 어물들을 들고 끼고 올라와 주었다.

## 4

모두 다리가 피곤했고 잠도 아쉬웠다. 그러나 누구 하나 그런 것을 깨달을 마음의 여유는 없었다. 어쩌다 발이 미끄러져 주저앉으면 그때만은 그 자리에서 그대로 푹 쉬어보고 싶었으나 한번 멈추었다가는 두 번씩 뛰어 대열을 따랐다.

앞으로 서너 끼 먹을 주먹밥을 지어 가지고 떠나노라고 길채비가 늦어 동이 터서도 십 리는 내려와서야 그 절 있는 동네 뒷산 다박솔밭에 들었다. 산비둘기가 놀라 날어갔고 먼— 동네 쪽에서 아침 연기 속으로 개 짖는 소리가 울려왔다.

날이 밝기 전부터도 전 대원이 신경을 돋우어 살피며 걸었으나 척후 동무들을 산길에서는 만나지 못하였다. 다른 동무들은 솔밭 속에 쉬이게 하고 서 동무와 판돌 동무만은 길을 나누어 오리 길은 실히 내려와 두어 길목을 지키기로 했다. 판돌이 맡은 길목에서는 오늘밤에 기습거점(奇襲據點)으로 삼을 만한 고개턱이 빤—히 건너다 보였다. 그리고 T항구 쪽 신작로 K읍 쪽 신작로 모두 지형까지 눈어림에 들어왔다. 자연조건은 생각턴 것보다 쉽사리 정형인식(情形認識)을 할 수 있었다. 다만 음페물[42]들을 인상에 넣을 수가 없고 벌써 논에들은 물이 실려 함부로 들어서기 어려우며 퇴각에 안전한 길의 연락들을 살피기에 막연하였다. 바다 쪽에는 안개가 솜반[43] 깔리듯 덮이었으나 아직 육지로는 움직이지 않고 있었다.

'안개가 공작지구에 덮이는 게 우리헌테 유리한가 불리한가?'

햇살이 아직 퍼지기 전인데 소몰이 영감 하나가 지나갈 뿐 한겻[44]이 되도록 사람의 그림자는 구경할 수 없는 외진 길목이었다.

점심때가 아직 못 되어서 셋째가 살금살금 내려왔다. 혹시 서 동무

42 은폐물.

43 솜돗에 펴서 잠을 재운 반반한 솜조각.

44 '한낮'의 방언(평남).

쪽에서 척후 동무들이 나타난 기별이나 아닌가 싶어 판돌은 마주 뛰어갔다.

"왜?"

"형님 시장하실까봐 밥 좀 갖구요."

"서 동무 안 왔든?"

"아니."

판돌은 셋째의 손목을 잡어 보았다. 싸늘하다.

"인전 아프지 않니?"

"아니."

"좀 잤니?"

"난 한참 잘 잤어요."

"다른 동무들은?"

"모두 졸렵긴 해두 잠이 안 온대요."

"다 너만 못허구나!"

셋째는 쌍꺼풀진 눈귀가 양쪽으로 켱기며 하얀 잇속이 빼그러졌다.[45] 귀여운 동생이다. 그의 형 경수 생각이 문뜩 치밀었다.

"우린 오늘 저녁엔 너이 형이 이담 들으면 속이 씨원허두룩 카빈총 원쑤를 갚자!"

"그놈들 총을 뺏을 순 없나요?"

"왜 없긴? 오늘 저녁에 놈들의 무기두 뺏기만 허면 네게도 한 자루 차례 간다!"

---

45 '버그러지다'의 센 말. 짜임새가 물러나서 틈이 어긋나게 벌어지다.

"난 죄꼬만 권총 하날 빼어주세요."

"그래 네 손에 꼭 맞을 걸루……."

둘이는 가까운 보리밭에서 떠오르는 종달새 소리를 하나는 스키-모자 챙 밑으로 하나는 캡모자 챙 밑으로 눈을 찡그려 쳐다보며 주먹밥에 오징어포를 먹었다.

오후가 되어서부터는 바람이 일었다. 바다 쪽에서 잠깐 새에 안개가 밀려들었다. 당하고 보니 지형과 길들을 눈 익혀두기에 악조건일 뿐더러 먼발치로 지나가는 사람은 알어볼 도리가 없게 되고 만다. 판돌은 셋째에게 길목을 맡기고 일단 솔밭으로 돌아왔다.

역시 서 동무에게서도 아무 기별이 없었다. 판돌은 황 동무를 서 동무에게로 보내 보았다. 두 시간이나 지나서 돌아온 황 동무는 그새 동네를 둘이나 지나서까지 거의 십리 길을 톺으며[46] 나가보았으나 서 동무조차 보이지 않었다는 것이다.

"이 동무가 얼굴 익은데 와서 함부로 접근하면 어떻게 허는 건가?"

서 동무는 이 근방 지형에 밝은 만치 다른 길목들이 못 미더워 한 군데만 붙배기[47]로 앉어 견딜 수 없었던 것이다. 긴긴 하지(夏至) 가까운 해가 다 저물도록 마음 쏠리는 길목은 모조리 헤매었으나 결국 동냥중 차림을 한 하 동무도 채종(菜種) 장사로 차린 현 동무도 만나지 못하고 돌아오고 말었다. 척후 동무들과 만나는 것은 단념하고 지도부에서 정해놓은 정찰원만 기다리게 되었다.

석양에서 황혼은 잠간 사이였다. 저녁 요기들을 하는 새 서쪽 산마

---

46 틈이 있는 곳마다 모조리 더듬어 뒤지면서 찾다.

47 원문은 '붓배기'. '붙박이'의 북한어.

루 위에는 금성(金星)이 돋아 빛나기 시작했다. 인가를 떠나 사는 이들의 눈에 자연은 가끔 새로운 정다움으로 빛나주었다. 안개는 언제인가 슬금슬금 벗어지어 큰 산 골짜기로만 몰리었고 다박솔밭은 이미 쓸 데없다기보다 찾어올 사람을 발견하기에는 방해가 되었다. 모두 띠엄띠엄 길목으로 나와 그 지도부 동무가 일러준 대로의 키와 옷차림의 정찰원이 나타나기만 기다렸다.

'어째 어태 안 올까?'

서로 말은 내이지 않어도 불안한 기색 속에 어느새 아홉 시가 되었다.

"대장 동무?"

윤 동무가 가까이 왔다.

"안 오는 사람인가 보?"

"그럴 린 없소."

"이따위 비겁한 자를 이런 중책에 맡겨놓면 우린 어떻거란 말인구?"

"윤 동무? 동무 생각이 너무 급해. 비겁해 못 오는 거란 무슨 근거에서요? 어쨋든 우리 지도부가 믿는 동무를 최후까지 믿읍시다."

열 시가 지나서야 동네 쪽 방향과는 다른 편에서 인기척이 났다. 인기척이 좀 더 가까워지기를 기다려 판돌은 나즉하게[48] 기침소리를 냈다. 저쪽에서도 곧 나즉하게 맞기침으로 받었다. 이쪽에서도 마주 나가며 암호로 물었다. 저쪽의 대답이 맞는다. 서로 휩싸 안었다.

"오래들 기다렸지요?"

"눈이 빠질 번했소!"

---

48 나직하게.

전원이 모여들어 맨 나중 셋째까지 이 정찰원 동무에게 손아귀들이 얼얼하도록 악수를 했다. 서 동무는 혹시 안면 있는 사람이나 아닐까 하여 가까이 들여다 보나 전신이 납떵이처럼 앙바틈한[49] 체구에 쇳소리 나는 말소리부터 초면인 청년이었다. 눈은 유리알처럼 알른거리었다. 누구에게나 초면인 이 정찰원 동무는 이내 책임자를 찾었고 판돌이 다시 그의 앞에 나서니 판돌을 이끌고 먼발치로 걸어나갔다. 다른 동무들은 섰던 자리에 둘러앉어 두군거리는 가슴들로 대장 동무가 돌아오기를 기다렸다.

정찰원 동무와 대장 동무의 이야기는 꽤 한참 걸렸다. 그리고 동무들에게로 돌아오는 대장 동무의 걸음거리는 동무들 눈에 약간 무겁게 보여졌다.

동무들은 재빨리 마주 나오며 판돌을 둘러쌌다. 판돌은 그 자리에 앉었다. 모두 무기와 탄약의 금속 스치는 소리를 내며 다시 따라 앉었다. 무릎걸음들로 자리를 조였다. 달 없는 밤이나 번뜩이는 눈들이 부르지 않아도 자기 이름들을 대는 것 같았다.

"향보단이 말로만 해산이지 그놈들이 동네마다 야경을 돈다니까 도중에 들키기 쉽다는 거요. 특히 공작지점까지 이 점에 주의해야 할 것, 저 동무도 향보단 놈들 눈을 피하노라고 늦었다는 거요. 만일 우리 공작을 지섯 놈들이 일 분은커녕 30초 전에만 안다 해도 기습작전은 계획대로 못 되고 말 것 아니오?"

"……."

49 짤막하고 딱 바라져 있다.

"놈들의 무력은 우리가 이미 알고 있는 대로요. 소위 기동부대 20명의 카빈 총무장, 20명이 밤낮 총자룰 부뜰고 섰는 건 아니니까 기습조건만 들어맞으면 20명이나 30명이나 그 수효는 문제 밖이오. 많을쑤록 우리 성과는 커질 것뿐이구. 그런데 우리가 완전히 기선(機先)을 잡지 못한다면 놈들의 기관총까지 짖어댈 염려도 없지 않은 거요."

"기관총두 있답니까?"

남 동무가 처음 말을 내었다.

"바로 어제 K읍에서 한대 나온 것이 확인된다구 허우."

"적의 응원선 차단은 양쪽으로 다 가야 헙니까?"

서 동무가 물었다.

"저 동무의 말이 사람이 부족하면 T항구 쪽은 그냥 둬보라는 거요. 그러나 K읍 쪽은 총소리가 대뜸 갈 듯하구 군용트럭으로 십 분 안에 대들 듯허니 길 차단과 전투 대비가 필요하리란 거요."

"대장 동무?"

윤 동무의 목소리였다.

"K읍선 차단만이라두 적어두 두 사람은 빠질 것 아니오?"

"그렇소."

"척후 동무들을 만났다면 모르지만 우리 모두 몇 사람인 줄 아시오? 셋째는 가진 것두 없구 수효에 들 사람이라군 모두 여섯 명 아니오? 여기서 두 사람이 별동으로 빠지면 네 명이 남는데 이 네 명으로 경기관총이나 다름없는 카빈총 스무 자루와 게다가 기관총까지 상대루 승산이 있소?"

"동무는 네 명이 카빈총 스무 자루와 기관총 한 대를 상대하는 것만 문제요? 차단선으로 가는 두 사람도 놈들이 오기만 하면 그 이상 화력과 맞설른지 모르는 거요. 그런데 동무들? 우리가 무력계산을 하는 건 합법전에서 할 일이오. 유격전에서 무력계산부터 따지는 건 벌써 용기가 줄어진 표바께 아무것도 아니오. 겁나는 동무는 우리헌테 짐바께 될 것 없소. 아모리 솟수[50]라도 좋으니 짐은 차라리 여기서 떨어져주시오. 차라리 그게 우릴 돕는 거요. 동무들? 우린 무슨 축구시합을 나선 게 아니오. 생각해 보란 말이오. 한때 일제 군대는 얼마나 많었구 얼마나 굉장한 무장이드랬소? 김일성 장군 부대는 그놈들과 사람 수가 맞어서 싸웠소? 무슨 별란 무기를 가져서 싸웠소? 그분들도 지금 우리처럼 고작 가는 것이 이 싸창[51] 한 자루씩이드랬소. 어쨌든 용기를 냅시다. 그깟 놈들 이삼십 명이나 기관총 한두 대가 뭐 말러빠진 거요?"

"그렇소!"

황 동무 혼자의 대답이나 여러 동무들의 열기 띤 눈이 이를 함께 호응하였다. 판돌 동무는 이어 작전행동의 구체적인 임무부여가 있었고 정찰원 동무의 지리정황과 S지서 건축물 환경에 대한 설명도 있은 다음 이 중간거점을 제이 퇴각거점으로 정하고 최후거점이며 제일 퇴각거점을 삼을 지점을 향하여 전원은 소리는 내지 못하나 〈인민항쟁가〉[52]를 드높이 부르는 기세로 산을 내리기 시작했다.

---

50 '소수'의 오식.

51 '모제르총'의 북한어. 권총의 하나. 독일의 마우저(Mauser, P. P.)가 발명한 것으로, 연발식이고 구조가 간단하며 견고하다.

52 임화 작사, 김순남 작곡의 노래. 〈인민항쟁가〉는 1946년 10월 초하루부터 11월 중순까지 전 산업 전 지역의 노동자 농민 300여만 명이 참여했던 '10월 인민항쟁'을 기록한 노래이다
(1절) 원수와 더불러 싸워서 죽은 우리의 죽음을 슬퍼 말아라.
깃발을 덮어다오 붉은 깃발을 그 밑에 전사를 맹세한 깃발.
(2절) 더운 피 흘리며 말하던 동무 쟁쟁히 가슴 속 울려온다

## 5

바다 쪽 하늘은 안개는 아니나 역시 별빛이 흐리었다. 절 있다는 산 밑 마을은 개소리 하나 일쿠지[53] 않고 지났다. 차츰 논뚝[54]도 타게 되는데 개구리 소리가 떠들썩해 주는 것이 고맙다. 논에 실린 물들은 잔물결 하나 일지 않지만 뗏목에 출렁거리는 압록강 상류를 건너 보천보(普天堡) 습격을 들어오는 전날 김일성 유격부대가 지금 자기들이거니 하는 긍지도 어느 동무 머리에는 번뜩이었다.

논뚝을 내려서면 큰길이요 큰길이 곧잘 동네 길이 되기도 한다. 동네 집들이 가까워져 오면 머리가 쭈뼛한다. 반동 놈들보다 우리 편 인민들의 집이 절대다수인 것이나 마음 놓고 걸으면 발소리가 높아질까 보아 어느 집 마당귀나 울밑에서도 숨을 죽인다.

숨을 아무리 죽이어도 금속 무기들을 지닌 발소리들은 둔중했다. 띠엄띠엄 앞선 그림자를 놓치지 않을 만큼씩 새를 두어 벙어리의 행렬로 십 리는 착실히 내려왔다. 최후의 기습거점이 될 고개턱을 희미하게 바라볼 무렵이다. 정찰원 동무와 대장 동무는 이미 지나쳐 버린 뒤쪽에서 갑자기 개 짖는 소리가 일어났다. 행렬 전원이 우뚝 멈췄다. 판돌 동무는 얼른 엎디었으나 이번에는 앞쪽에서

"거 누구?"

---

동무야 잘 가거라, 원한의 길을 복수의 끓는 피 용솟음친다
(3절) 백색 테러에 쓰러진 동무 원수를 찾아서 떨리는 총칼.
조국의 자유를 달라는 원수 무찔러 나가자 인민유격대

53 '일으키다'의 방언(강원).

54 '논둑'의 북한어.

소리가 났다. 대단히 거만한 시비조다. 선봉 선 정찰원 동무는 흰 표식을 발쪽으로 두르며 길에서 내려섰다. 보리밭인 듯 버석 소리가 다음 다음으로 따라 일어났다. 개는 점점 기승을 부려 짖어댄다. 거만하고 악의에 찬 목소리의 흰 그림자는 다시는 소리치지 않는 것이 더 수상한데 희뜩희뜩 자리가 뜨는 것이 완연히 달음질[55] 치는 동작이다. 그 사라진 쪽 어둠 속에서 그자를 짖는 것이 틀리지 않을 다른 개소리가 난다. 또 그 아래서 차례차례로 다른 개소리들이 일어난다.

이쪽에서들도 최후의 거점, 오백 촉 전등을 달은 S지서가 빤—히 내려다 보이는 고개 마루턱까지는 단숨에 달려와 뭉쳤다.

"그만 들킨 것 아닌가요?"

서 동무의 숨찬 목소리다. 아무도 대답 없이 개소리 나는 쪽들만 바라보았다. 그 악의에 찬 목소리의 흰 그림자는 얼마 휘도는 길이기는 하나 마을집들이 연달아 있는 동네 길을 달리는 듯 개소리들은 잠깐 사이에 불빛 휘황한 S지서까지 쭉— 이어 내려가며 일어나는 것이다.

"에잇!"

판돌은 탄식으로가 아니었다. 이를 갈었다. 눈은 온통 흰자위로 뒤집히는 것 같았다. 시계를 꺼냈다. 벌써 자정이 지나 있었다.

"동무들? 어쨌든 지금이오, 우리 사령부가 지시한 이십삼 일 오전 한 시는! 우리 조국이 우리들을 이 영웅적인 임무에 내세워주는 고귀한 시간은 바로 이제부터요! 제깟 놈들이 미리 알아챗기로 얼마나 째인 전투 준비를 헐 테요? 범의 굴에 들어가지 않구 범을 잡을 테요? 자 임무 분

55 달음박질. 뛰어 달리는 경기를 통틀어 이르는 말.

담헌 대로 장 동무는 서 동무를 앞세구 빨리 K읍선 차단으루…….”

판돌은 단총치고는 육중한 것이나 오늘은 거뿐해 보이는 모젤을 꺼내 들었다.[56]

“윤 동무? 용길 냅시다. 오늘 이 시각의 전투가 전체 항쟁에 있어 승리를 돕는 거라면 우린 즐겨 그 주초가 됩시다! 어쨌든 우리 당이 결정해 논 건 실천해내야 하오!”

윤 동무는 숙여 썼던 캡을 밀어 올리며 선뜻 나서 판돌의 손을 잡었다. 판돌은 또 외치었다.

“동무들? 이제 우리 몇이 우리 맘 내킨 대루 나선 공작이 아닌 걸 깊이 인식들 합시다! 자…….”

멀리 오는 불빛에도 이마의 칼자국이 오늘 밤엔 유난히 두드러지는 장 동무부터 판돌 동무를 비롯하여 전우들의 손을 차례차례 잡었다 놓고 자기 임무지점을 향해 달려나갔다. 서 동무도 전우들과 굳게 악수를 나누고 그의 뒤를 따렀다.

판돌은 정찰원 동무의 손을 잡었다.

“고맙소! 오늘 저녁 우리가 당 지시대로 복무할 수 있는 건 동무의 덕

---

56 원래 초간본은 아래와 같은 긴 내용이었으나, 재간본에서는 한 문장으로 줄었다.
“대장동무?” / 윤동무였다. / “급허다구 바눌을 매어쓸 순 없소. 좀 생각헙시다.” / “우린 더 공론하고 섰을 새 없소.” / “대장 동무는 지금 흥분과 용감을 혼동하고 있는 듯하오. 대장 동무는 바로 아까 놈들이 일 분은커녕 삼십 초 전에만 알어도 기습작전은 계획대로 못 되고 마는 거라 하지 않었소? 삼십 초가 무어요? 저놈들은 벌서 다 알었을 텐데 여기서 저기까지 십 분만 걸릴 상싶소? 그새 놈들이…….” / “십 분이야 무슨 십 분!” / 목과 이마에 무설대 같은 힘줄이 일어선 황 동무의 대꾸였다. 그러나 판돌은 윤 동무의 말을 우선 시인하였다. / “그렇소. 윤 동무 말대로 저놈들에게 적어도 십 분 여유는 벌써 주고 말었소! 기술작전도 계획대로는 틀릴지 몰루! 그러나 임기응변도 못헌단 말이오? 날이 밝었단 말이오? 우리가 관병식을 허듯 열을 지어 드러간단 말이오? 우리 다섯 몸둥이 어디 못 숨어서 합법전이 될까봐 걱정이시오? 자…….”

택이오! 힘껏 싸우리다!"

정찰원 동무는 여기서 떨어지려 하지 않었다. 대답도 없이 지서를 향해 앞을 섰다. 그러나 판돌은 이제부터는 이미 전투 행동의 시작으로서 전진하는 향방에도 자기가 책임지고 나섰다.

"뒤를 가끔 돌아보시오.

퇴각할 때 방향 표준 될 무슨 목표든지 기억해 넣으면서……

빨리……

팔다리 다치지 않도록……

놈들이 유리한 지형을 먼저 차지하기 전에……."

논물에 빠지며 감자 포기에도 넘어지며 지서 불빛을 향하고 달렸다. 개들이 자지러지게 짖어도 이제는 개소리쯤 귀에 들어오지 않는다.

지서 불빛이 벌써 이마를 따갑게 쏜다. 엎디어 밭고랑을 넘어 나갔다. 팥인지 콩인지 아직 부드러운 줄기와 잎들이 뺨을 스치며 지나간다. 기대했던 것처럼 T항구 쪽으로 신작로는 언덕이 섰고 이쪽도 한물에 높아 바른편으로 엇비슷이 지서를 굽어볼 수 있는 둔덕이 솟는다. 아니나 다를까 지서 안은 발칵 뒤집혔다. 제마다 카빈총 한 자루씩에 모자 끈을 내리는 놈, 눈을 부비며 두리번거리는 놈, 구두끈을 매는 놈, 권총을 가죽 케이스에서 꺼내 바지 포켓에 찌르는 놈, 한참 술렁대는 판이다. 지서 정문 앞 한편으로 대형 군용트럭이 서 있고 기관총은 아직 눈에 뜨이지 않는다.

"셋째야?"

판돌은 숨이 찼다. 눈은 불꽃이 튀었다. 셋째는 할락거리며[57] 턱밑에 기여들어 눈을 들었다.

"너 뺀찌허구 수류탄 만저봐?"

"있어요."

"넌 저쪽 큰길로 달려가 T항구 전홧줄 끊을 것, 윤 동무의 장총이 신작로에 올라앉을 테니 장총을 기습해오는 놈이 있나 없나 수류탄을 들구 지켜줄 것, 인민들이 어떻게 움직이나 향보단 놈들이 어떻게 적을 응원하나 봐둘 것."

판돌은 엎딘 채 윤 동무의 손을 붙들었다.

"우리들의 유일한 장총 임무는 칙면사격[58]으로 적의 후방교란, 적의 추격차단, 자리는 될 수 있는 대로 저쪽 신작로 건너편 언덕에서.

황 동무? 내 바른쪽 저 포푸라 그루 밑에 붙으시오. 기관총이 보이거든 수류탄 거리까지 포복전진 해 어쨌든 기관총부터 깨강정을 내시오. 남 동무는 내 왼편 저 바위 밑에, 바위가 아니건 땅을 파구 붙어서.

모두 냉정한 조준으루 첫 방에 몇 놈 꺼꾸러트릴 것, 요긴헌 대목에 탄환 떨구지 않도록, 사격은 내가 시작하거든……."

어떻게 해야 이기는 싸움을 할까 하는 냉정은 이미 유지되지 않었다. 어떻게 해야 벼르고 벼른지 오랜 원쑤들을 꿈이 아니라 현실로써 어서 몇 놈 거꾸러뜨려 보나! 어서 놈들의 소굴을 뒤엎어놓아 인민은 죽지 않었다는 기세를 올려보나! 이 일념뿐이었다. 놈들에게 한 초 동안이라도 더 준비할 여유를 주어선 안 된다. 판돌은 밭고랑을 더듬어 뭉어리[59]돌을 몇 개 집었다. 왼편다리를 밭둑에 뻰디디기가 바쁘게 바

---

57 숨을 조금 가쁘게 자꾸 쉬며. 북한어.

58 측면사격.

59 덩어리.

른 팔을 둘러메었다. 돌은 쁘룽— 소리를 내며 눈이 달린 듯 지서 유리창을 향해 날랐다. 왕가당 철거렁…… 놈들은 돌 땅을 맞은 떼뱀의 무리처럼 대가리를 움츠리며 흩어졌다. 연달아 황 동무에게서 날은 돌은 마당에 서 있는 군용 트럭의 운전대 지붕을 따리고 지서 지붕으로 뛰어올랐다. 뚜루룩 뚜루룩…… 카빈총은 미친 개떼처럼 이제야 방향을 알었다는 듯이 짖어대기 시작했다.

이쪽에서는 그냥 돌팔매질만 한다. 뚜루룩…… 뚜루룩…… 머리 위로 양쪽 어깨 옆으로 턱밑 흙 속으로, 마치 이제는 일본제국과도 공공연히 동맹국연(同盟國然)하고 나서는 미 제국이 그 탄환공장을 가까이 일본에 차려 놨으니 얼마든지 남용해도 좋다는 듯한 함부로의 맹탄의 폭우였다. 이쪽에서는 그래도 돌멩이질뿐이니 놈들 생각엔 어디서 총한 자루도 못 가진 날탕[60]들이 왔느냐 싶어, 미국식 무장에다 동포들의 고혈로 살쪄 걸음 걷는 빈대처럼 배때기부터 뒤룩거리며 반죽 좋게 함부로 접근이다.

팡.

가장 적호한 간격을 기다려 조준 고대로 급소에 들어가 박히는 모젤 탄환은 금속이 아니라 고무에 가까운 소리를 냈다.

팡.

팡.

연방 좌우에서 뿜는 다시 두 방에 기급을 해 한 놈만이 비칠비칠 떨수 있었으나 한 놈은 역시 그 자리에 총부터 떨어트리며 고꾸라졌다.

---

60 원문은 '날당.' 아무것도 가진 것이 없음. 또는 그런 사람.

첫 번 판돌의 불을 받은 선봉 섰던 놈까지 이쪽의 승리를 약속하는 귀중하고 확실한 첫 두 점이었다.

와— 뒤로 몰려나는 것을 신작로 건너 위쪽에서 윤 동무의 장총 탄환이 씽—씽— 멋지게 곁창을 질렀다. 놈들은 엎어지며 자빠지며 우선 어둠 속으로 뛰어들었고 이래서는 안 되겠다 생각한 듯 그제야 군용트럭 뒤쪽으로부터 기관총을 들고 나왔다. 놈들은 확실히 당황하였다. 기관총의 현신으로 위협만을 하자는 것은 아닐 터인데 자리 잡을 곳을 몰라 밝은 데로 들고 나와 허둥거리었다. 눈이 미어지게 둘러매었던 황 동무의 바른손[61]으로부터 이번에는 돌멩이 아닌 맥주병 같은 것이 날러 나갔다. 놈들은 걸음아 날 살려라 하고 기관총은 놓아 버리고 도망쳤다. 그러나 수류탄은 기관총 옆에 떼굴떼굴 구를 뿐 감감하였다. 불발이 되고 말었다. 도망치던 놈들이 다시 쫙 모여들 때 두 번째 수류탄이 날러 들었다. 땅에 닿는 듯 마는 듯하는 순간 여태까지 총소리와 총부리에서 튀는 불꽃이 별들이라 하면 보름달만 한 소리와 불이 터졌다. 먹먹한 귀들로 바라볼 때 징게[62] 미다리처럼 가닥가닥 떨어진 것이 하늘에서 내려오는 하는 것은 기관총의 잔해요, 곡마단에서 재주넘듯 볼기짝이 보였다 상판이 보였다 하며 굴러나가는 것은 기관총에 다시 모여들던 경관 놈들이었다.

뚜루룩…… 뚜루룩…… 놈들의 탄환은 황 동무 쪽을 향해 몰방을 쳤다. 황 동무는 고랑을 기어 다시 절구통만한 포플러 그루에 와 붙었다.

셋째는 멀리 사오백 메를[63] 밖 전봇대 위에서 이 광경을 내려다 보았

---

61 오른손.

62 '새우'의 방언(경기).

다. 처음에는 전선을 끊노라고 힘을 쓴 손이 후들후들 떨리었으나 윤 동무의 뒤에 와 섰을 때는 저도 총만 있으면 연습 때보다 얼마나 쏘는 맛이 좋게 한몫 대들랴 싶었다. 오늘 이런 저녁도 그냥 반동놈들의 감옥 속에 갇혀 있을 형의 생각을 하니 어서 저도 한 놈 갈겨보고 싶은 욕망이 와락 솟는다.[64]

놈들도 인전 여간해 맞을 것 같지 않았다. 중간만 불빛이 밝아 놈들의 음폐물이 어떤 것인지 확실히 분별할 수가 없다.

뚜루룩……

뚜루룩……

놈들은 누구를 몽혼[65]이나 시키려는지 화약 냄새만 무데기[66]로 피웠다. 신작로는 K읍 쪽도 T항구 쪽도 아직 고요하다. 개들이 떼를 지어 짖고 집집마다 사람들이 깨여 문 여닫는 소리도 총소리 새로 들려오나 한 사람도 밝은 데로는 나삐치지 않었다.

그런데 웬일일까? 셋째는 눈이 울룽해 발을 솟구었다. 황 동무와 남 동무의 자리에선 여전히 불이 튀는데 대장 판돌의 자리가 감감해진 것이다.

"윤 동무?"

윤 동무는 구식 장총[67]이라 연방 탄환을 재이기에 정신이 없다.

"윤 동무? 저기 보. 판돌형님 자리가 웬일이오. 불이 꺼지니?"

---

63 미터.

64 "좋게 한몫 대들랴 (…중략…) 욕망이 와락 솟는다"는 초간본에는 "탐탁하랴 싶었다."

65 朦昏. 독물이나 약물에 의하여 감각을 잃고 자극에 반응할 수 없게 됨.

66 '무더기'의 북한어.

67 기관 단총(機關短銃) 따위의 단총에 대하여 총신(銃身)이 긴 소총(小銃)을 이르는 말.

"글쎄?"

"나 가볼 테요."

"큰일 난다!"

"불이 꺼진 지 한참이오!"

"위험해……."

셋째는 판돌형님이 원쑤들 총알에 맞은 것만 같어 견딜 수 없다. 셋째는 배밀이를 해 화약내가 휩쓰는 신작로를 건넜다. 신작로만 건너면 밭고랑이라 기는 것은 뇌추리가 부럽지 않다. 그러나 밭이랑에선 여기저기서 흙이 뒤집혀 솟았고 이랑을 따리기보다 그 위를 날으는 총알이 더 빗발같이 어느 틈으로 머리를 들어야 할 지 몰랐다.

"형님?"

"……."

"형님?"

"오!"

판돌은 살아 있었다.

"형님?"

"엎뎌라[68] 얼른 이리 와……."

판돌은 목이 타 말이 잘 나오지 않었다. 그는 돌에 맞고 튀는 탄환에 총침(銃枕)으로 굽혀 대고 있던 왼쪽 팔을 맞은 것이다. 탄환은 옅게 박힌 듯하나 출혈을 막기 위해 허겁지겁 팔을 붕대로 감고 나니 손이 떨려 총에 탄환 장전이 세대로 되지 않었다. 훗들훗들 탄약이 탄창에 가

68 엎드려라. '엎드리다'의 방언(평안).

박히지 않아 애쓰던 참이다.

'침착하자! 동무들이 부끄럽지 않는가.'

그러나 딱 말라버린 목소리처럼 손도 그저 말을 듣지 않았다. 적탄에 솟구치는 흙이 머리에 와 와수수 쏟아진다. 무슨 풀인지 뜯어 입에 씹을 때, 이 셋째가 나타나준 것이다. 셋째는 날쌔게 기여들어 십 연발 탄환을 다시 재어주었다. 판돌은 피 흐르는 팔을 다시 총침으로 고이고 불을 계속해 뿜기 시작했다.

셋째는 둔덕 아카시아 밑둥을 의지해 모래무지처럼 배를 깔고 턱을 붙였다. 길을 내려다보니 한 놈이 지척에 쓰러져 있었다. 하이칼라머리가 제 아가리에서 쏟아진 피에 흥건히 젖어 있는 것이 불빛에 또렷이 비쳐 있다. 그 녀석 궁둥짝이 유난히 커 보이는데 그 궁둥짝 주머니에서 반이나 뽑혀 있는 똑 장난감만 한 반질반질한 권총 한 자루, 셋째는 대뜸 눈이 을룽 솟았다. 혀끝으로 입술을 다시금 적시었다. 불빛은 거꾸러진 놈의 대가리까지에만 밝다. 셋째는 다른 정신이 전혀 없이 거꾸로 미끄럼쳐 내려가며 뭉클하는 징그러운 촉감 속에서 손바닥이 착근[69]하는 금속물을 움켜잡았다. 판돌은 그제야 이 광경을 보고 입을 딱 벌렸다. 원쑤들의 우박 같은 카빈 탄환의 연속선은 그만 셋째의 기어오르는 허리를 한일자로 그어버렸다. 셋째의 한편 손이 발발 떨리며 아카시아 뿌리를 놓쳐버리려 할 때 판돌은 그의 어깻죽지를 끌어 올렸다.

셋째는 정신을 잃었다. 여기선 어쩔 수 없었다. 피는 넙적다리[70]께서 철철 흘렀다.

---

69 着近. 친근하게 착 달라붙음.

70 '넓적다리'의 북한어.

남 동무가 기어들었다.

"대장 동무?"

놈들이 어둠 속 음폐물 뒤에 박혀 백배도 넘는 화력으로 휘둘러대는 조건에선 좀처럼 돌격해 볼 기회가 생길 수 없다. 판돌은 남 동무의 부르는 뜻을 알어 채었다.

"옳소. 이 상태 계속은 우리 탄약으로 불리하오. 그러나 셋째가 중상인데 먼저 보내 놓고야 퇴각할 바께…….

남 동무가 셋째를 맡우. 출혈이 계속되건 붕대부터 감소. 어서."

남 동무는 불덩이와 같은 권총은 입에 물고 셋째를 옆구리에 끼고 방향을 돌려 기어나갔다.

뚜루룩 뚜루룩…… 개구리 소리에 울리는 악기 같았다. 판돌은 셋째가 몇천 미터쯤 멀어졌으리라 믿어질 때 윤 동무 쪽을 향해 퇴각신호의 호각을 불었다. 황 동무도 판돌의 앞으로 기어들었다. 그의 한쪽 이마와 뺨이 시꺼멓다.

"피 아니오?"

"경상이니 염려 마슈."

"어서 먼저 앞서시오."

판돌은 황 동무까지 후퇴시키고 자기만은 도리어 아까 황 동무 자리를 지나 지서 쪽을 향해 포복으로 전진해 나갔다. 인민들의 의기를 돋우는 데는 원쑤 놈들의 목숨도 목숨이려니와 지서를 불놔버리거나 폭파하는 것도 효과적인 것이다. 수류탄의 거리까지 여러 번 머리를 땅에 박으며 기어 나갔다. 판돌은 아랫입술을 깨물어 벅찬 숨을 끊고 피로와 경련으로 저린 팔을 높이 들어 한 자루 던지었다. 유리는 진작 깨진 창문에 창살이 부서지는 소리뿐, 그 속에서 붕대를 감던 놈들이 튀여나갈 뿐, 분하게도 이것도 첫 방이 불발이 된다. 재처 팽가친 둘쨋 덩이는 군용 트럭의 바로 엔진 밑으로 떨어져 들어갔으나 또 감감 소리가 없다. 기껀 구해 위해 가지고 다닌 수류탄이 모두 시효 지난 것뿐이라 터지는 것보다 안 터지는 것이 더 많었다. 판돌은 그만 자기의 사지가 굳어버려 꼼짝 못하는 것 같았다. 놈들의 화력은 또 이곳으로 몰방을 친다. 판돌은 쓰러졌다.

다시 일어날 수 있었다. 또 쓰러졌다. 황 동무가 기어들었다. 황 동무는 단신으로 돌격점까지 들어가는 대장 동무를 보고 저만 뛰어지지 않었던 것이다. 둘이는 손을 탁 붙들었다. 그때다. 이들의 뒤에는 또 한 사람 포복해 접근하고 있었다. 양손에 번들번들한 유리병을 하나씩 움켜 잡고 두 눈방울도 유리로 박은 것 같은 정찰원 동무였다. 두 맥주병은 이들의 타는 목을 적시어주기 위한 맥주도 물도 아니었다. 이들의 목보다 몇 갑절 마르게 타는 복수의 불길을 질려줄 까솔린[71] 병이었다. 병들은 주둥이에 불을 물기가 바쁘게 하나는 판돌의 손으로 지서 속에, 하나는 황 동무의 손으로 군용 트럭 운전대에 떨어져 불바다를 쏟아놓았다. 판돌은 기적 같았다. 제 다리도 기적 같았다. 다시 아무렇지도 않게 일어나 뛸 수 있었다. 그러나 이들은 윤 동무의 장총과 함께 놈들이 불을 잡을 수 없이 불이 번질 때까지는 공격을 계속하다가 퇴각하였다.

"고맙소! 정찰원 동무! 묵은 체가 뚫린 것 같소!"

---

71 석유.

화광이 어린 논바닥에 코까지 박고 물들을 들이켰다. 판돌은 별이 총총한 새벽하늘을 우러러 이번에는 속으로 부르짖었다.[72]

'셋째야 죽지만 말어다구!'

물을 마시고 나니 다리맥[73]도 한결 탄력이 생긴다. 뒤에는 추격하는 아무 동정도 느껴지지 않었다. 여기서 정찰원 동무와는 뜨거운 악수로 헤어졌다. 다시 뜀박질에 서너 번째 숨을 돌릴 때다. 마을마다 개 짖는 소리도 한풀 꺾여가는데 어디서인지 탕— 하고 새로운 총소리가 난다. 꽤 먼 데서였다.

탕

탕탕…….

지서 쪽이 아니라 K읍 차단선 쪽이 분명하였다. 카빈 총소리는 나지 않는다.

"우리 동무들이지?"

"그런가 봐요!"

판돌은 어찌해야 좋을지 몰랐다. 한 걸음이 새로운데 총소리 난 데는 오 리는 심히 되염직 하다.

"무얼 만났을까? K읍에서 무에 나타났다면 트럭 소리두 날 건데?"

"그렇다면 벌써 카빈총이 투덜거릴 것 아닌가요?"

---

72 "그때다. 이들의 뒤에는 (…중략…) 이번에는 속으로 부르짖었다"라는 재간본의 내용은 다음과 같은 초간본의 내용을 수정한 것이다 : "둘이는 꽉 끌어안었다. 판돌은 기적 같었다. 다시 아무렇지도 않게 일어나 뛸 수 있었다. 판돌은 놈들의 탄환을 맞은 것이 아니라 다리가 극도로 피곤해 있었다." 초간본에서는 판돌이 황 동무와 함께 셋째를 구출해서 나오는 것이나 재간본에서는 정찰원이 가져온 화염병으로 지서를 공격하는 것으로 바뀐다. 이로 인해 판돌 부대의 지서 공격이 성공한 것으로 내용이 변경된다.

73 다리를 움직이는 힘이나 기운.

"총소리 듣구 지섯 놈들이 그리 몰렸단 저 두 사람은 큰일인데……."

그쪽에서는 기어이 와 도와달라는 군호처럼 또 한방 탕— 울려오는 것이었다.

6

장 동무와 서 동무의 K읍선 차단 지점에도 놈들의 응원부대는 나타나지 않었다. 전화 전선을 끊고 길에 장애물을 굴려 놓고 생각허니 놈들의 무전으로나 연락하기 전에는 단 이삼십 분이면 끝내일 공작에 딴뎃 놈들 손은 미칠 것 같지 않었다.

장 동무나 서 동무나 반동 경찰이 일방적으로 놓은 총소리는 들었어도 우리 쪽과 쌍방이 어울려 콩 볶듯 하는 총소리는 들어보기 처음이다. 게다가 수류탄 터지는 소리도 완연히 한방 들렸다. 자기들도 연습 아닌 총이어서 한방 갈겨보고 싶었다. 듣고만 견디자니 팔들이 시큰거린다.

"장 동무?"

"이거 참 멋있군 그래!"

"장 동무?"

"왜? 한방 갈겨보구 싶어?"

"K읍까지 총소리가 갈 린 없는 것 아니야?"

"그래두 밤이니까."

"전화줄은 끊어진 거 우린 뭘 하러 빈 길만 나려보구 앉었다는 거야?"

"그래두 모르거든! 만일에 한패 달려왔단 여기서 막어 세우구 저항해야지 우리가 한군데만 몰려봐요? 놈들이 포위허구 말 것 아닌가?"

"정칠 눔으 거 지금 정가 놈의 집을 치기만 험 잠든 새 둥지에 손 넣긴데……."

"어-따, 저렇게 용헌 소릴 해! 저 총소리를 듣구 그따위 놈들이 뛰지 자빠져 있겠대?"

"그 동네는 안산이 가려 여간해 안 들리거던……."

"그 자식이 총이 있다며?"

"권총 있지. 글쎄 그놈으 새끼 권총에 강종복이라구 우리 동무가 단방에 쓸어졌다니까……."

"괘니 그놈이 어느 구석에 숨어 섰다가 갈기면 우리만 또 골탕이게?"

"장 동무가 실없이 겁쟁이군!"

"나를? 어디 누가 겁쟁인가 두구 볼까?"

장 동무는 목을 학의 모가지로 빼어 신작로 아래위를 훑어본다. 언덕 위에서 그 언덕을 가르고 나간 홈 진 길바닥에 뒷간 더미만큼 한 바윗돌을 굴려 떨군 것이라, 트럭은 물론 발바리(찝)[74]도 빠져나갈 재주는 없게 되었다. 지서 쪽 총소리는 여전히 볶아친다.

"저놈의 지서가 오늘 깨강정이 되나 부다!"

"불을 질러버리는 게 상책인데……."

아닌 게 아니라 나중엔 불까지 일어났다. 이들은 불을 보기가 바쁘게 동무들이 원쑤들을 소탕하고 지서를 태워버리는 승리감에서 기세

---

74 지프(jeep). 사륜구동의 소형 자동차로서 미국에서 군용으로 개발한 것.

높게 임무지점을 떠났다.[75]

돌아오기가 급해서가 아니었다. 이 길에 기어이 강종복 동무의 원한을 풀어 주고 싶은 간곡한 서 동무의 심정은 장 동무를 움직여놓은 것이다. 장 동무 역시 먼발치에서 총소리를 듣고만 돌아서기란 싱거워 견딜 수가 없었다.

이들은 길을 오던 것과는 사뭇 둘러서 서 동무네 살던 M동네로 정운조 놈 집을 치기로 작정한 것이다.

이 바닥에서는 눈을 감고도 뛸, 발세[76] 익은 서 동무가 앞을 서 바쁜 걸음으로 십오 분은 걸었을 때다. 일은 아주 제물에 맞어 떨어졌다. 이들은 뜻밖에 오토바이 소리와 마주친 것이다.

"오드빠이!"

이 근경에서 오토바이를 가진 자는 일제 때부터 정운조뿐인 것을 아는 서 동무는 분노보다는 반가운 감정으로 순간 멍청해 섰다가야 장 동무의 말을 받었다.

"오드빠이면 저게 바루 정가 놈이다!"

소 수레나 겨우 통하는 좁은 길이었다. 벌써 외눈깔 헤드라이트가 안산 모퉁이 뒤에서 논벌을 향해 뻗으며 휘돈다. 둘이는 허겁지겁 길 막을 것을 찾었다. 별이 퍼부어 어두운 밤은 아니었다. 밭둑 돌각담에서 한짐짜리들로 두 번씩 날렀다. 그리고 서 동무는 앞 몫을 맡고 장 동

75 "아닌 게 아니라 (…중략…) 높게 임무지점을 떠났다"라는 재간본의 내용은 다음과 같은 초간본의 내용을 수정한 것이다 : "불부터 났단 놈들의 응원대만 불러주게." / "허긴……." / 이들은 멀리서 그예 터지고만 총소리에 너머나 감격해 가지고 원쑤들을 소탕하고 지소를 점령하는 낙관적 환상만 그리고 있었다. 그래 총소리가 뜸－해지기 바쁘게 S면 지소 공작은 원만히 끝난 줄로 믿고 이들은 임무 지점에서 승전의 기세로 돌아섰다.

76 산줄기의 형세.

무는 오십 메틀쯤 마주 나가 엎디었다.

오토바이는 이들이 숨도 돌릴 새 없이 달려들었다. 장 동무의 짐작이 엄청나게 틀려 오토바이는 급정거를 하면서도 장 동무의 앞을 훨씬 지나쳐 거의 돌덩이 앞에까지 이르러서야 정거 되었다. 그러나 지척에 있을 동무보다는 장 동무가 쫓아 들어오며 소리를 질렀다.

"손 들어라?"

그 순간이다. 탕 소리는 오토바이에서 먼저 났다. S지서 공작에서 돌아오는 길, 판돌 일행이 새로 들은 총소리는 이것이었다. 정가 놈이 틀리지 않음을 깨달은 장 동무는 접근하지 못한 채 서 동무도 있을 방향에다 급한 대로 한방 마주 받았다. 밝은 불빛만 보며 달리다가 갑자기 어두워진 정가의 눈은 더욱 무표준한 사격이었다. 그놈 뒤에서 마음과는 달리 총을 제대로 겨냥하지 못하던 서 동무는 정가가 총을 세 방이나 논 뒤에야 아무렇게나 방아쇠 쥔 손에 힘을 써 한방 터뜨리며 소리를 질렀다.

"이 개자식 손 안 들 테냐?"

눈은 아직 캄캄하고 총이 앞뒤에서 달려든다는 것을 느끼는 순간 정가는 버릇처럼 살겠다는 본능이 튀어나왔다. 마치 육상경기장에서 딱총을 들고 선수들의 스타트[77]를 명령하는 엠파이어—의 자세로 한손에 권총을 높이 든 채 뻬—쭉 서버리었다. 장 동무는 놈의 불룩거리는 뚱뚱한 배때기에 총부리를 대었고 서 동무는 뒤에서 놈의 높이 쳐든 권총을 빼앗었다. 그리고 아직 뒷바퀴가 덜덜 돌아가고 있는 오토바이 꽁

77 start.

무니에서 놈이 전날 삐루[78] 궤짝이며 펄펄 뛰는 방어나 삼치를 사서 얹고 오던 밧줄, 어떤 때는 방석을 묶어놓고 갈보년도 태우고 오던 그 튼튼한 실로 꼰 밧줄을 끌었다.

"서 동무 자세 보라구"

"갈 데 없이 이 눔으 자식이오!"

"채견 채견 단단히 묶우."

첫 번에는 정가는 발을 뻗드디고 만만히 끌리려 하지 않었다. 이왕 당할 바에는 이 자리에서 끝장을 볼 것이지 얼떨결에 손을 들고 총까지 빼앗긴 것이 분해 못 견디겠는 듯 눈은 도리어 이쪽을 묶은 자처럼 희번득거리었고 볼태기가 배때기와 함께 불룩거리었다. 서 동무는 마냥 손이 떨려 정가 놈의 뺨도 한 번 제대로 갈길 것 같지 못하면서도 입으로는 정가에게 압박당하는 저 자신을 나무라듯 한번 흰목[79]을 썼다.

"순순히 못 걷겠니? 그만 이눔으 새낄 길바닥에서 각을 떠버릴라……."

장 동무는 슬쩍 능구었다.

"네놈이 몰라서 반동이라면 알구 고치면 그만이다. 우린 함부로 테로 안헌다. 너이 동네 인민들이 널 재판허구 널 처단허라는 대루 우린 인민의 뜻을 복종헐 뿐이니까……."

"여보슈?"

정가는 또 발을 뻗드디며 이번에는 쳐다보지 않어도 그 희번득거리던 눈깔은 풀이 꺼진 듯한 말조다.

---

78 맥주.

79 원문은 '힌목'. ① 터무니 없이 자기 힘을 뽐냄, ② (북한어) 희떱게 으스대며 잔뜩 빼어 휘두르는 목.

"왜 그러니?"

장 동무가 받었다.

"우리가 개인 감정이야 있을 리 있소?"

장 동무는

"그래서?"

하는 것을 서 동무가 가로채었다.

"듣기 싫여 이 능구렁이 같은 자식아 난 네 놈헌테 개인 감정두 암만이나 있다!"

장 동무가 다시 묶은 밧줄을 끌면서 물었다.

"너 어디 가던 길이냐?"

"읍에요."

"뭘 하러?"

"좀……."

"응원대 불러주러 가던 길이지?"

"그건 오해슈……."

하며 펄쩍 뛰는 시늉이다. 서 동무는

"빨리 못 걷겠니?"

하고 디룩디룩 한 볼기짝을 발길로 질렀다. 정운조는 가을이면 작인들의 타작바리[80]가 우전 마당을 이루던 수양버들 선 저의 집 마당, 제 사랑, 바로 '독촉지부' 간판이 달린 그 기둥에 칭칭 묶이었다.

서 동무는 이 정가 놈네 바깥 나뭇가리를 안다. 쭈루루 사랑 굴뚝 뒤

---

80 ① 마소의 등에 잔뜩 실은 짐, ② (수량을 나타내는 말 다음에 쓰여) 마소의 등에 잔뜩 실은 짐을 세는 단위.

로 가서 장아찌 쪽처럼 자리 잡힌 솔가리를 뭇[81]으로 뽑아다가 마당에 불을 질렀다. 동네 사람들은 불이야! 소리를 지르며 뛰어나오는 사람도 있었다.

"저게 누구야?"

"씨둥이 아니라구?"

씨둥이란 서 동무의 이름이었다.

"윤필이 아들이야 윤필이 아들!"

윤필이란 서 동무 아버지의 이름이었다. 서 동무는 눈물이 왈칵 치밀어 목까지 덜덜 떨리었다. 장 동무는 고함으로 외치었다.

"저 정가 놈 매달린 사랑 앞으로 얼씬하는 사람은 용서 없을 테요. 또 이 서씨둥 동무에게 사담을 거는 사람도 용서 없을 테요."

그때에야 정가 놈네 대문짝이 열려졌드리며 영감쟁이 할멈쟁이 젊은 계집들이 무어라고인지 아우성 반 곡성 반으로 쏟아져 나왔다. 말만큼 한 셰퍼드가 지서 쪽 총소리에 딴 데 가서 짖고 있은 듯 이슬에 흥건히 젖어 들어서더니 눈알에 새파란 불이 일며 코를 옹송그리고[82] 앙상한 이빨로 반 길씩은 솟아 장 동무에게로 달려든다. 장 동무는 들고 있던 뿌로닝으로 단방에 가슴패기를 갈겨 꺼꾸러트렸다. 개가 뒤네미질 치다 뻐드러지는 바람에 주위는 일단 조용해진다.

"이 자리를 소란케 굴면 누구나 용서 없을 거구, 저 정운조도 불문곡직허구 처단해 버릴 거요! 우린 함부로 남을 죽이진 않소. 지금 여기는 신성한 우리 인민들의 재판정이요."

---

81 짚, 장작, 채소 따위의 작은 묶음을 세는 단위.
82 춥거나 두려워 몸을 궁상맞게 몹시 옹그리다.

장 동무는 날쌔게 서 동무의 뒤로 물러났다

"서 동무가 집행허우. 내 후면 경계를 헐 테니."

서 동무는 자기 총은 장 동무의 왼손에까지 들려주고 자기는 정운조에게서 빼앗은 총을 꺼내 들었다. 그것을 내려다보는 정운조는 기둥에서 뿌드득 소리가 나게 용을 써 본다.

"국으루 가만히 섰거라!"

서 동무의 목소리는 떨리었으나 의젓하였다. 그전 이 마당 귀퉁이에서 허리를 굽신거리던 작인 서윤필의 아들 씨둥이 목소리로는 들리지 않었다.

"동네 여러분? 우리 집은 저렇게 불에 타 없어졌수!"

모두 시커먼 씨둥네 집자리를 새삼스럽게 돌려본다. 마른 솔가지는 샛노란 불길을 분수처럼 솟구며 가벼운 재를 눈 날리듯 뿌리었다. 재나 연기를 피하는 사람들은 없었다. 정가 놈네 식구들과는 딴판으로 하나같이 해골인 듯 불거진 광대뼈와 움푹 꺼진 눈들이었다. 놀라움에 떨기도 하며 이것이 저마다의 설원으로서 정가 놈을 동진 밧줄을 제 손마다 잡은 듯 주먹을 쥐고 입술을 질겅거리는 얼굴들도 있고 완연히 씨둥이와 손을 덥석 잡고 싶으나 전혀 딴 사람 같은 위엄에 눌리는 듯 조심해 바라보는 얼굴도 있다.

"난 내 어머니 내 처자가 간 델 모루! 그래두 여보슈들? 내가 내 사험으루 저 눔을 잡어 세운 것 결코 아니외다! 저 눔이 일제 때부터 우리 인민들을 얼마나 들볶아 먹었수? 일제 땐 그만두구 해방 후에두 어째 저눔이 다시 꺼떡대구 반탁 운동이니 뭐니 해가지구 또 우릴 못살게 구느냐 말이오? 뭐 모쓰크바 삼상결정은 민족적 양심이 허락 않는다구?

이 개똥 같은 자식아? 뱃대기 갈르구 꺼내보자 너 같은 더런 놈들헌테 어떤 게 민족적 양심이냐? 이 나라 팔아먹은 리승만이헌테 몇 푼이나 얻어 쳐먹니? 봐라! 여기 둘러선 인민들의 저 비참한 얼굴들을! 여러분? 우리두 쏘련 군대가 들어온 북조선처럼 잘살 수 없었던 게 아니우! 우리두 인민위원회가 생겼었구 우리두 쏘련의 선진사상과 김일성 장군의 령도대루 토지개혁을 비롯한 모든 민주개혁을 못할 게 아니드랬소. 그걸 모두 깨뜨린 게 뒤엔 미 제국주의자들이구 우리 동네선 바로 저눔이우! 우리 민족과 국토를 분열해 미국에 팔아먹는 단선 단정을 꾸민 리승만이 김성수 놈들의 우리 동네 앞잡이가 바로 저눔이우!

이눔아 말해봐라! 넌 어딧 눔인데 인민들이 사람노릇 허구 살겠단다구 우릴 탄압허니?

이눔아? 말해라! 넌 어딧 눔인데 우리 민족이 다신 식민지 노예 노릇 안 허구 살겠단다구 테로[83]를 끌어들여 동포를 때리구 죽이구 부뜰어가구 불 지르구 허는 거냐?

이눔아? 아가리가 열이라두 말해 봐라? 넌 우리…… 자랑스런 인민의 아들 강종복일 쏴 죽였지 응?…… 종복아?…… 저깟 놈헌테 원통히 죽은 종복아?……”

그만 서 동무는 말끝이 울음으로 막히고 말었다. 킄, 킄, 느끼는 소리는 군중 속에서도 났다. 어떤 젊은이 하나는 정가 놈네 나뭇가리에 가 다시 한 뭇을 뽑아다 꺼지려는 불더미에 던져주었다. 장 동무가 군중을 향해 돌아선 채 외치었다.

---

83 테러(terror).

"여러분 저 정운조 놈의 죄상은 이제 서 동무가 보고 헌 것만으로도 넉넉헙니다 여러분! 토론해 주십시요? 기탄없이 나서십시요……."

아이들만 그대로 섰고 어른들은 한걸음 나서는 사람, 한걸음 물러서는 사람도 있다. 그러나 한걸음 나선 사람들도 입을 열지는 못하고 좌우를 두리번거리기만 한다. 무슨 말을 시원히 해 보고 싶은 심정이긴 하나 원체 36년간 혹심한 일제 밑에 함구 되어 살어오던 입들이라 얼른 시원히 열리지 못한다. 더구나 이런 데서 말마디나 하던 사람은 며칠 전 그놈들의 5·10단선 때 모조리 잡혀가고 맞아죽고 하였다. 이런 데서 말 한마디란 결사적 각오가 필요했던 것이다.[84] 뒤가 켕기는 것이었다.

"자, 여러분? 무서울 것 없습니다! 여러분 자신들이 여러분의 원쑤를 재판해야 헙니다! 어서요……."

그때다. 어디서 쌩— 소리가 나며 장 동무와 서 동무 사이로 험상궂은 뭉어리[85] 돌이 하나 날아와 떨어진다.

"어느 놈이냐?"

군중은 와— 물러나며 소란해진다. 정운조가 묶여있는 기둥에서는 또 뿌드둑 용쓰는 소리가 나며 그의 가족들이 그 기둥 앞뒤로 달려들려 한다.

"쏠 테다!"

그래도 정운조의 어미는 그냥 달려들었다.

"날 죽여라 날 죽여…… 내 아들 못 죽인다…… 내 아들 죽이구 너이 놈들 씨나 남을 듯싶으냐?"

---

84 "원체 36년간 혹심간 (…중략…) 각오가 필요했던 것이다"는 재간본에서 추가된 내용.

85 덩어리.

"정말 안 쏠 줄 아느냐?"

그러나 분명 장 동무나 서 동무는 쏜 것이 아닌데 야무진 총소리가 한 방 팡— 터졌다. 쓰러지는 사람에 밀치는 사람에 서로 덮치며 군중은 어쩔 줄 모른다. 장 동무와 서 동무는 얼굴이 백지장이 되었다. 그러나 발을 벌려 한자리에 박힐 듯 선 서 동무의 총부리는 일변 군중을 보위하며 총소리 난 쪽을 노리었고, 장 동무는 두 손에 총을 든 채 여차하면 정가 놈부터 갈길 자세로, 그 밑에 머리를 도끼 삼아 쓰고 덤비는 정가 어미를 발길로 밀어내고 있었다. 총소리는 나뭇가리 뒤쪽에서 났고 거기서 사람들이 우— 물러서더니 누구의 외치는 소리가 났다.

"여러분들 어째뜬 소란하지 마시오! 우리 동무들헌테 돌을 던진 놈은 여기 꺼꾸러졌소. 이 자리를 혼란시키려는 놈은 이렇게 용서 없는 처단을 받을 것이요!"

그 목소리는 반동 경관도 테로 패도 아니었다. 목이 쉬기는 했으나 그 '어쨌든' 소리부터 귀에 들어오는 대장 판돌 동무의 목소리였다. 판돌은 어둠 속에서 나서지는 않았고 그의 발밑에서는 피를 토하며 안간힘을 쓰는 정가 놈의 셰퍼드 아닌 사람 개가 그 추악한 최후를 마치는 꼴이 보이는 듯 들려왔다. 판돌은 다시 외치었다.

"동무들! 마음 놓고, 그러나 냉정히 신속히 처단하시오. 어쨋든 인민들의 의사는 충분히 나타났소!"

서 동무는 감격과 울분과 기쁨과 설움으로 가슴이 빽빽해 숨이 가빴다. 동네 사람들은 다시 정연하게 둘러설 뿐 아니라, 분노에 끓는 눈들이 이 구석 저 구석에서 정가 놈을 향해 번뜩이었다. 서 동무는 감격에 덜덜 떨리는 입을 열었다.

"여러분! 저 친일파요 민족반역자요 매국노 리승만 김성수의 주구요 무고한 인민의 자제를 죽이고 인민의 집을 불 질른 정운조 놈을 우리 조선 인민들은 용서할 수 있습니까?"

"없습니다!"

"빨리 처단해라!"

"죽여야 한다!"

소리가 이번에는 군중 속에서 무데기[86]로 쏟아졌다. 그러나 모두 얼굴을 드러내지는 않었는데 아까 나뭇단을 뽑아다 불을 살구던 청년 서 동무나 죽은 강종복이와는 아이 적 동접 친구 김학달이가 주먹을 들며 튀어 나섰다. 그는 군중의 어느 사람보다 큰소리였다. 그는 물어뜯을 것처럼 번은니[87]를 버리며 외치었다.

"저놈은 백번 찢어 죽여 싸다! 총을 다오. 내가 쏘겠다."

서 동무의 총부리는 침착히 정가의 가슴을 향하여 다시 겨누어졌다.

"이놈 정운조 놈아! 이 인민들의 외침을 똑똑히 들었느냐? 누깔[88]을 똑바로 뜨고 그 우리 민족을 괴롭히는 독촉 간판을 네 칠성판으로 지고 우리 조선 인민의 엄숙한 처단을 받어라!

오! 종복 동무야! 너도 지금 이 마당에 와 있을 거다!

동무야! 머지 않어 우리 인민들에게 영원한 승리가 올 것을 믿어라."

탕…….

86 '무더기'의 북한어.

87 뻐드렁니.

88 눈깔.

## 7

셋째는 제일 퇴각지점을 지나 제이 퇴각지점인 다박솔밭[89]에 이르도록 정신을 차리지 못하였다. 물 물 하고 물만 찾어 중간에서 두어 번 논물을 먹이었다.

장총잡이요 의무원인 윤 동무가 오는 길로 셋째의 상처를 살폈으나 어찌할 도리가 없었다. 탄환이 척추를 비켜지난 것만은 다행이나 내장 어디를 어떻게 건드리고 어느 구석에 박혔는지는 렌도겐[90]에 비춰보기 전에는 알 수 없었다. 우선 소독과 지혈조치만 하였고 함부로 몸을 쓰게 할 수는 없어, 나무를 버이고[91] 동무들의 옷들을 벗어 들것을 만들었다.

K읍 병원으로 보낼 수 있을 것인가? 서울까지 보내야 하는가? 가까운 K읍으로 보냈으면 좋을 것이나 비밀리 연락될 동무의 병원이기 전에는 안 될 일이요 서울에는 그런 병원이 많으나 거리가 멀다.

'그때까지 무사할 것인가?'

역시 셋째의 몸속에 박혀있는 미국제 탄환만이 아는 일이었다.

급한 걸음은 평지에서도 채우고 걸리는 것이 많었다. 더구나 두멧길 혹은 갯강변, 혹은 산기슭, 게다가 극도로 피로한 다리들이여서 판돌 동무만 아니라 장 동무도 서 동무도 한번 고꾸라만지면 다시 일어날 수 없어 한참씩 기기도 했다. 이렇게 기기도 해보는 때였다. 웬 사람 하나가 뒤를 좇아 왔다. 셋이는 일시에 총을 뽑아 들었다.

---

89 다복솔밭의 북한어.

90 뢴트겐. 엑스선(X線).

91 '베다'의 북한어.

"씨둥아?"

아까 정가 놈네 마당의 김학달의 목소리였다. 무거운 짐 진 걸음으로 꾸벅거리며 나타났다.

"나두 다리구 가다구."

서 동무를 비롯해 세 사람은 쌀을 한 자루 지고 나선 새 동무 김학달의 손을 힘껏 힘껏 끌어 안었다.[92]

판돌은 무엇보다 셋째가 궁금해서 지체 않고 다시 걸었다.

웃도리는 땀으로 아랫도리는 이슬과 도랑물에 전신들이 물초[93]가 되어 제이 퇴각지점에 전원이 모였다. 불의의 총소리는 우리 동무들의 피해가 아니라 악질 정운조와 그의 부하의 처단인 것과 새 동무 하나를 얻은 사실임을 알 때 여기 있던 동무들은 이것이 모두 꿈인가 싶었고 인민들의 호응에 너무나 감격스러워 윤 동무는 김학달의 손을 잡으며 소리 내 울었고 황 동무도 눈을 이리 씻고 저리 씻고 하였다.[94] 다만 그때까지 셋째만이 그저 정신을 차리지 못하고 있었다.

"셋째야?"

"……."

"셋째야?"

"……."

열병환자처럼 조여든 입술은 아까처럼 '물' 소리도 못하고 물을 빨려는 형용만으로 할딱거리었다. 물은 여기서 멀었다. 판돌은 셋째의 물

---

92 초간본에는 이 문장 뒤에 "그리고 그때서야 판돌은 어디서 어떻게 헤여지고 말었는지 생각이 나지 않는 정찰원 동무도 생각이 났다"가 있었으나 재간본에서는 삭제됨.

93 온통 물에 젖음. 또는 그런 모양.

94 "불의의 총소리는 우리 (…중략…) 저리 씻고 하였다"는 재간본에서 추가된 내용.

찾는 입술을 그냥 보고 앉었기에 등가죽이 찢어지는 것 같았다. 손길처럼 물을 더듬어 찾는 입술, 단 한 방울이라도 삼키려는 애타는 혀끝, 이것을 들여다보고만 견디기는 판돌은 무서운 고문(拷問)을 당하는 것 같았다. 셋째의 혀끝은 그 연한 입술을 태우며 있는 불꽃으로도 보였다. 판돌은 진땀이 부쩍부쩍 났다. 판돌은 팔목 다친 것도 깨닫지 못하고 제 손 약손가락을 우지끈 깨물었다. 그것이 차라리 속 시원하였다. 그것을 엄마의 젖 빨듯 하는 입, 판돌은 불덩이 같은 셋째의 그 입술이 더 움직이지 않을 때까지 물려주고 있었다. 자기 몸뚱이엣 피가 죄다 줄어버린다 해도 판돌은 이것으로 뼈저린 고문은 면하는 것 같았다.

"셋째야?"

"응?"

셋째의 입에서는 비로소 대답이 나왔다.

"셋째야? 정신 채려?"

셋째는 잠자코 두 손을 더듬어 무엇을 찾었다.

"셋째야? 무얼 찾니?"

"내 총……."

"오!"

옆에서 남 동무가 셋째가 그것을 제 손에 넣기 위해 목숨을 돌보지 않은 그 새까맣고 반질반질한 적은 권총을 얼른 셋째의 손에 쥐어주었다.

"이것 말이지?"

셋째는 권총을 두 손으로 꽉 움켜쥐고 부들부들 떨면서 눈앞으로 가져갔다. 황 동무는 얼른 나서며 성냥을 그어대어 셋째가 비로소 가질 수 있는 첫 무기에 비쳐주었다.

셋째는 닳고 부픈 입술로 빙그레 웃었다.

판돌은 새삼스럽게 서 동무와 장 동무의 손을 한 번씩 잡었다.

"동무들은 어쩔 번했소? 오늘 우리 공작에 결과로는 득이오! 그러나 노여들 말우. 시키지 않은 일에 허턱 뛰어든 건 문제요! 나중 토론들 합시다.[95] 그리구 처단이 신속치 못해서 만일에 적의 력량이 강했던들 도리어 포위 당허구 봉변 당헐 번헌 거요!"

장 동무와 서 동무는 판돌 동무의 나무람이 조금도 나무람으로 들리지 않었다. 판돌 동무가 죽으라면 곧 죽어도 흐뭇할 것만 같았다.

판돌은 동무 전원을 돌려보며 나즉이 말했다.

"동무들? 도취해서는 안 되오. 우리만 경험이 아니라 적들도 우리를 경험헌 거요. 그리고 아직 우리 앞에 놈들의 군용트럭이 들어올 수 있는 벌목 길이 가로놓여 있소! 원쑤들이 우리와 우리 지도부 사이를 끊구 나서기 전에 우리는 어쨌든 빨리 지도부에 가 붙어야 허우! 보시오! K읍 쪽에서 놈들의 군용 트럭 소리가 들려오지 않소? 자……."

셋째가 제법 정신이 들어 몸을 움직이려는 것을 들것에 단단히 허리를 떠매고 첫 참에 새로 온 김학달 동무와 머리를 붕대로 동진 황 동무가 메고 나섰다. 서 동무가 쌀자루를 지고 앞을 서고 자기도 한편 손과 팔을 붕대로 감어 매인 판돌은 셋째의 옆을 따랐다. 윤 동무는 그제야 장총을 받쳐 들고 쏘던 왼손목이 시큰거렸고 장 동무는 다리를 절었다.

---

95 "동무들은 어쩔 (…중략…) 토론들 합시다"라는 재간본의 내용은 다음과 같은 초간본의 내용을 수정한 것이다 : "동무들 훌륭했소! 오늘 우리 승리에 큰 보탬이오! 그러나 노여들 말우. 시키지 않은 일에 뛰어든 건 지적받어야 되오!"

남 동무는 미군 트럭이 들어 올 수 있다는 벌목 길을 지나서부터는 그 걸직한 목청을 다시 터뜨리기 시작하였다.

짐승들 요란히 우는 깊은 밤
남조선 높은 산 봉오리마다
기한에 떨면서 용감히 싸우는
우리의 형제를 잊지 말어라……

끝없을 것 같던 이날 밤의 어둠도 끝이 있었다. 충충한 밀림 속이 그저 어두울 뿐 걸음마다 높아가는 이들의 시야에는 밤잔 구름 밑으로 멀―리 바다와 하늘과의 경계가 희끄무레하게 빼그러지기 시작했다.

(끝)

『8·15해방 4주년 기념출판 소설집』, 1949.8[96]

96 이 소설은 1948년 9월 탈고되어 『문학예술』 4호(1948.12)에 실렸으며, 1949년 8월 『8·15해방 4주년 기념출판 소설집』에 개작본이 실렸다. 이 개작본은 단행본 『고향길』(문화전선사, 1949.11)에 재수록되었다. 『이태준 전집』 4는 개작본을 실었다.

# 먼지

# 먼지

## 1

한뫼 선생은 오래간만에 손가방, 그 특별한 종이노[1]가방을 찾아내었다. 손때 묻은 데는 곰팡이가 파랗게 피어 있었다. 조선 종이로 꼰 노끈으로 짠 것이어서 틈새에 낀 곰팡은 여간해 털리지 않는다. 한뫼 선생은 손톱으로 투기어도 보고 그 연봉오리 같은 수염 가까이 가져다 불어도 본다.

일제 말년 가죽 물건이 금제품(禁製品)으로 되었을 때, 고도서 중개인 성 씨가 휴지 값도 안 되는 『사략(史略)』『통감(通鑑)』 따위를 뜯어 노를 꼬아 손가방을 짜들고 다니었다. 고졸(古拙)[2] 하나 문아(文雅)한[3] 품이 있어, 고서적 수집가이며 조선 것과 옛것을 즐기어 아호[4]까지 순조선 고어로 '한뫼'라 한 이 한뫼 선생의 눈은 성 씨의 이 종이 노가방에 처음부터 무심할 리 없었다. 책 흥정에 들어는 1, 2원 돈을 떨면서도 이 종이 노가방에는 후한 값을 쳐 그예 할애(割愛)[5]를 받은 것이다.

---

1 실, 삼, 종이 따위를 가늘게 비비거나 꼬아 만든 줄.
2 기교는 없으나 예스럽고 소박한 멋이 있다.
3 ① 시문을 짓고 읊는 풍류의 도(道). 소아(騷雅), ② 시문에 풍치가 있고 아담함.
4 문인이나 예술가 따위의 호나 별호를 높여 이르는 말.
5 아까운 것을 아까워하지 아니하고 선뜻 내어 줌.

한뫼 선생은 아들이 없었다. 딸만 형제였는데 큰딸은 서울 사나 막냉이로 정을 더 쏟우었던 작은딸이 평양으로 출가한 데다가 일제 말년에 반 소개(疏開)[6] 겸 작은딸네 곁으로 내려오고 말았다. 서울 집을 팔고 평양 집을 사노라고 오르내릴 때도 한뫼 선생은 이 종이 노가방을 자랑삼아 들고 다니었고 30여 년간 수집한 그 소위 한우충동(汗牛充棟)[7]이라 할 여러 천 권 고서적들을 날라올 때도 서적 목록과 운송점 물표를 이 종이 노가방에 넣어 들고 오르내리었다.

그 뒤 해방을 전후하여 다섯 해 동안 이 종이 노가방은 다락 속 고서적들 옆에서 여름마다 이렇게 곰팡만 피고 있었던 것이다.

한뫼 선생은 해방이 되자 곧 친구들이 많고, 오래 못 본 큰사위네 외손들과, 더욱 일인 학자들의 장서(藏書)가 헐값으로 나와 굴러다닐 서울이 간절하게 가고 싶었다. 그러나 남달리 다심한 한뫼 선생은 좀처럼 평양을 떠나지 못하였다.

해방 후 아직 치안이 자리 잡히지 못했을 무렵, 이곳 평양에도 도적과 화재가 자로[8] 일었다. 한뫼 선생은 도적보다 화재가 무서웠다. 전쟁이 끝났으니 폭탄의 염려는 없어졌으나 화재의 염려는 사라지지 않았다. 불에 안심할 만한 서고(書庫)를 따로 갖지 못하고 서적들을 살림집 다락과 윗방에 쌓아둔 것이라 화재의 염려 때문에는 꿈자리에까지 번뇌가 생겨 한뫼 선생은 불교 신자는 아니나 그야말로 세상이 화택(火宅)[9]으로만 보여 마음 놓을 찰나가 없었다. 어쩌다 바람을 쏘이려 가까

6 공습 · 화재 등의 피해를 덜기 위해 한곳에 집중된 주민 · 시설 등을 분산시킴.

7 짐으로 실으면 소가 땀을 흘리고, 쌓으면 들보에까지 가득 찰 만큼 많다는 뜻으로, 썩 많은 장서(藏書)를 가리키는 말.

8 자주.

운 연광정[10]에 한번 나가려 하여도 몇 번씩 되돌다 들어와 안방 아궁과 남에게 세준 뜰아래채 아궁까지 불단속이 회동그랗게 잘된 것을 자기 눈으로 만져보듯 하고야 그러고도 마누라님에게 신신당부를 하고야 나서곤 하였다.

한뫼 선생은 일찍 서울서 한문과 습자선생으로 한 중학교에만 20여 년을 있었다. 집에는 학생 하숙을 쳐 많지 않은 식구의 생활을 지탱하면서 자기의 매달 봉급으로는 고스란히 고서적 수집에 바쳐온 것이다.

그때만 해도 일인(日人)들이 아직 조선 전적(典籍)에 손을 대기 전이어서 경쟁자 없이 희귀한 고려판(高麗版)들과 이조 초기(李朝初期) 진본(珍本)들이 어렵지 않게 싼값으로 굴러들어왔다. 한뫼 선생은 배를 퉁길[11] 대로 퉁기면서 낙장(落張)이나 낙질(落帙)된[12] 것은 손에 대지도 않으며 같은 판에도 전래유서(傳來由緖)가 깊은 것으로만 뽑아 모았다. 권수로는 그닥 방대한 것이 아니나 귀한 책과 알뜰한 책이 많은 것으로 이 한뫼 선생의 장서는 여러 학자들과 도서관들에서 침을 흘려 온 지 오래다. 조선 총독부 도서관으로부터, 경성제대 동경제대 도서관들로부터, 모모 하는 일인 학자들로부터 장서의 일부, 혹은 전부의 할애교섭을 한뫼 선생은 여러 번 받았다. 그러나 한뫼 선생은 돈의 옹색을 견디어가면서도 한 번도 이에 응하지 않았고, 영인(影印)[13]하기 위하여 빌리라는 것도 될 수 있는 대로 피하여 왔다.

---

9 불타고 있는 집이라는 뜻. 불교에서 번뇌와 고통이 가득한 이 세상을 이르는 말로 사용.

10 평양의 대동강(大同江) 가에 있는 누각.

11 다른 사람의 요구나 의견을 거절하다.

12 책을 제본하거나 옛 책이 전하여지는 과정에서 책장이 빠지는 일이나 한 질을 이루는 여러 권의 책 중에서 빠진 권이 있는 것.

13 인쇄물의 원본을 사진으로 복사하여 인쇄하는 일.

'내 장서가 오늘 일본제국이 조선 문화나 력사를 왜곡, 날조하는 데 이바지할 바엔 차라리 불을 질러 없애고 말겠다! 그래도 뒷날 우리 민족이 다시 우리말과 글을 찾아, 우리 문화와 력사를 자유스럽게 연구, 섭취할 날이 오고야 말 것이다! 오직 그날에 대한 희망에서만 나는 나 먹을 것 먹지 않고, 입을 것 입지 않고 모아온 책들인 것이다!'

이것이 한뫼 선생의 은근한 염원이었다. 이런 염원에서 8·15해방은 한뫼 선생에게 남다른 기쁨을 가져왔고, 이런 염원이었기 때문에 북조선에 '김일성대학'이 창립되고 이 김대를 중심으로 모인 학자들로부터 자기에게 경의와 함께 장서의 공개요청이 왔을 때 한뫼 선생은 우선 눈물겨운 감격과 30여 년 공적의 보람 있는 긍지를 느끼었던 것이다.

그러나 한뫼 선생은 그런 한편 서울 생각부터 더욱 간절해진 것이 사실이다. 자기가 이 책들을 모으기에 고심하던 가지가지, 자기 장서 계통 특색을 알며 그전부터 부러워하던 동호인들이 서울에 더 많았다. 어서 통일이 되어 나라도 안정되고 문학에 대한 관심과 열의가 전국적으로 고조될 때 자기의 비장(秘藏) 진본(珍本)들을 비로소 세상에 피로(披露)[14]하는 전람회를 열어 학계에 큰 충동을 주며 여러 친구들과 학자들의 흠망과 치하 속에서 나라에면 나라에 대학에면 대학에 번치나게[15] 헌정하고 싶은 욕망이었다.

'이런 욕망이 반생을 두고 다른 욕심 없이 이것 수집에만 바쳐온 나에게 과분한 것일까?'

한뫼 선생은 가끔 그 연봉 수염을 쓰다듬으며 그것쯤은 자기가 탐내

14 ① 문서 등을 펴 보임, ② 일반에게 널리 알림.

15 본새나다. 남의 눈에 띄는 태도나 겉모양이 있다.

어 마땅하리라 믿어왔다.

한뫼 선생은 김대에서 찾아온 학자들에게 장서목록도 아직 공개하기를 피하고 말았다. 언제까지나 자기 혼자만 비장하기 위하여서가 아니라 자기 장서 속에 어떤 희귀본들이 들어 있나 하는 학계의 기대와 흥미를 공개전람회 때까지만 보류하고 싶은 것뿐이었다.

×

한뫼 선생은 어느 친구보다도 그 사람 좋은 고서 중개인 성 씨의 반가워할 얼굴을 머릿속에 그려보며 곰팡을 떤 종이 노가방에 행장을 챙기었다. 한뫼 선생의 해방 직후부터 벼르던 남조선행은 이제 결행될 단계에 이른 것이다.

한뫼 선생은 북조선 정치노선이 옳은 줄은 안다. 그러나 북조선 신문들이 보도하는 남조선 사태를 남조선의 진상으로 믿으려고는 하지 않는다. 왜? 자기 눈으로 보지 않았기 때문이다.

한뫼 선생은 자기의 60년 생애에 믿을 수 있었던 일보다 믿을 수 없었던 일이 더 많던 세상임을 잘 안다. 남이 다 건너는 돌다리도 자기 손으로 두드려보기 전에는 결코 건너지 않는다. "어느 고가(古家)에 이러이러한 진본들만 몇 간(間)이 된답니다" 혹은 "아무개 종손집인데 애끼던 서화를 내놨답니다. 아직 아무도 가보지 않은 숫 자국[16]입니다" 하여 따라가 보면 천 권의 먼지를 털어 한 권의 쓸 책을 고르기가 어려웠

16 아무도 손대지 않음.

고 자기가 첫손이거니 해서 열심히 뒤져보나 나중 알고 보면 벌써 여러 사람이 다녀가 노란 자위는 뽑혀나간 것이 예사였다.

'매사가 듣기완 다른 거여! 그저 내 눈으로 본 연후에야…….'

한뫼 선생의 사물에 대한 의심벽[17]은 다년간 고서적 중개인들에게 시달린 데서도 굳어지기만 했다고도 볼 수 있는 것이다.

그가 북조선의 정치노선을 옳다고 인정하게 된 것도 자기 신변에 국한된 극히 사소한 것이나 자기의 그 가느나 안정(眼精)이 날카로운 눈으로 똑똑히 본 데서부터였다.

한뫼 선생은 자기 집 뜰아래채에 한 아버지와 아들만이 와 있는 타지방 사람에게 세를 주었다. 아버지는 산업국 무슨 부장으로 다니고 아들은 김일성대학에 다니었다. 한 국(局)이면 성(省)이나 마찬가지요, 거기 부장이면 상당히 고급 간부일 것이나 늘 털레털레 걸어 다니며 아침 일찍 나가면 밤 깊어 들어와 식은 밥을 몇 술 떠먹는 생활을 한다. 아들도 식모 없이 제 손으로 아버지의 식사까지 해드리며 고생스러운 공부를 하고 있다. 그전 대학생들은 교복도 여름이면 세루,[18] 겨울이면 사지,[19] 바지는 언제나 줄이 서 있었고 책도 가죽 뚜껑에 금자 번쩍이는 술 두꺼운 책들이었다. 지금 이 뜰아래채 대학생은 꾸깃꾸깃한 목세루[20] 교복에 고작 신발이 좋아야 운동화다. 모자도 비뚤어졌건, 앞이 숙었건, 손에 잡힌 대로 쓰고 나서며 교복 그 채 석탄도 개고 밥도 짓고

---

17 벽. 고치기 어렵게 굳어 버린 버릇. 의심하는 버릇.

18 서지(serge)의 일본말. 무늬가 씨실에 대하여 45도로 된 모직물.

19 서지(serge).

20 면직물의 하나. 날과 씨를 모두 무명실을 사용하여 평직 또는 능직으로 짠 것으로, 외관 · 감촉 따위는 서지(serge)와 비슷하다.

방 걸레도 치고 한다. 책도 싯누런 노루지[21]에 값싼 잉크 내가 코를 찌르며 제본도 마련 없이 된 것이 많다. 그의 동무들도 가끔 그런 차림으로 찾아오는데, 그들은 만나기만 하면 옆채에 딴 사람들이 자건 말건 밤이 새건 말건, 높은 소리로 토론들이었다. 하나도 잡담은 아니요 '유물사관'이니 '변증법'이니 하는 철학용어를 많이 썼고 '무자비'니 '타도분쇄'니 하는 격렬한 말도 많이 썼다. 밤늦게 저의 아버지가 오면 좀 조용해지는 것이 아니라 그 아버지마저 한몫 끼어 '유물사관'이니 '무자비'니 하고 더 와자–해진다.

요즘 그 아들은 방학 때라 학교에는 가지 않고, 최고인민회의 선거를 앞두고 날마다 구(區)사무소에 동원되어 나갔다. 구사무소에 가서 종일 일보면서도 점심은 꼭 집에 와 먹었다. 집에 좋은 점심이 있어서가 아니었다. 잘 먹어야 식은 밥이요 반찬이 구비한 것도 아니었다. 그러면서도 그 아버지나 아들은 다 불평 없이 일터와 학교로부터 유쾌하고 전망에 찬 얼굴로 집에 돌아왔다.

이 뜰아래채 대학생은 몸도 튼튼하였다. 원기가 끓어넘치듯 로어(露語)로 무엇을 읽을 때에도 주먹 쥔 팔을 체조하듯 내어뻗었고 무슨 수학이나 화학 공식을 외울 때도 마당을 뚜벅뚜벅 힘차게 거닐었다. 어떤 날은 파나 콩나물을 다듬으면서도 '측량학'이니 '이론역학'이니 하는 그 잉크 내 코를 찌르는 책을 열어놓고 쌍얼쌍얼 읽었다.

한뫼 선생 눈에 처음에는 모두가 어색해 보였다. 우스꽝스러웠다. 그러나 어느 틈에 당당하여 무시할 수가 없게 되었다. 점점 제격에 어

---

21 롤반지(roll+半紙). 한쪽 면만 윤이 나는, 질이 거친 인쇄용지나 얄팍한 포장지.

울리고 올차고 여물어 보였다. 그 품에 맞지 않고 꾸겨 졸아드는 교복 속에서도 쇳덩이 같은 몸집은 밋밋하고 틀지게 자라듯, 그 가죽 뚜껑은 아니요 금자 표제(表題)는 아닌 교과서들 속에도 어떤 불멸하는 진리의 기록은 글자마다 인광[22]을 발하는 것 같았고 그 진리의 광채는 이 무쇳덩이 대학생에게 천상천하를 투시할 천리안(千里眼)을 틔워놓는 것 같았다. 한뫼 선생은 어떤 위압을 느끼기까지 하였다.

한뫼 선생은 아직 인민학교 3학년짜리인 자기 집 식모의 아들 대성이란 소년에게서도 범연치 않은 사실을 목격하였다.

이 열두어 살밖에 나지 않은 대성이는 가끔 뜰아래채 대학생과 장난도 하고 목청을 돋우어 〈김일성 장군 노래〉도 부른다. 목소리도 또랑방울로 야무지거니와 한번은 저이 방에서 저이 또래가 모여 학습회를 한다기에 한가한 한뫼 선생은 넌지시 엿본 일이 있다. 대성이 또래 다섯 명이 모였는데, 복습하기 전에 저이 딴은 무슨 회의를 하는 모양으로, 한 녀석이 일어서 목에 핏대가 불룩해 가지고 토론을 했다.

"운기 동무는 어제 한 번만이 아니오. 이달에 벌써 세 번째 지각을 했으니께 이건 절대루 용서헐 수 없습니다. 이건 절대루 우리 학습반 불명예니까니 이 락후성을 퇴치하게끔 운기 동무는 경각심을 높여서 다시는 지각 않게끔 해야겠습니다. 운기 동무는 자기 잘못을 자기비판하면서 절대루 지각 안하기루 우리 앞에 맹서해야 될 줄 압니다."

이 아이가 미처 앉기도 전에 딴 아이 하나가 냉큼 일어서더니 비슷한 내용을 더 강조하고 앉는다. 그 다음에는 낙후 분자 운기라는 당자

22 燐光. 복사 광선에 노출된 물질이, 자극하는 복사 에너지가 사라진 후에도 계속하여 내는 발광.

인 모양으로 눈물을 한편 손등으로 쓱 문지르며 일어나더니 떠뜸떠뜸 입을 열었다.

"나는 동무들 앞에 내 잘못을 솔직히 자기비판하면서…… 우리 집엔 시계래 없으니께 어떤 날 아침은 늦은 줄 알고 뛔서 가면 여태 멀었구, 어떤 날은 여태 멀언 줄 알구 가면 벌써 지각이구 했댔는데…… 앞으로는 더욱 경각심을 높여 다신 지각 안 해서 우리 학습반에 준 불명예를 씻갔습니다."

다른 두 아이들은 손뼉을 짤각짤각 쳤다. 그것으로 그만인가 하였더니 손뼉을 치지 않고 있던 대성이 녀석이 코를 쓱 씻으며 일어난다. 두 주먹을 꽉 쥐고 역시 핏대부터 일으켜 말한다.

"동무들 토론이나 운기 동무 자기비판이나 나는 하나도 돼먹지 않었다고 봅니다. 누군 어드렇게 했으니께 나쁘다, 나는 어드렇게 했으니께 잘못이다, 이런 말만 갖구 해결이 된다구 봅니까? 집에 시계가 없는데 경각심만 갖구 시간을 알 수 있습니까? 허턱 경각심만 지적하는 건 허나마나한 토론이구 허턱 경각심만 높이겠다는 건 허나마나한 자기비판입니다. 운기 동무가 다신 지각을 안 할 수 있게끔 조건을 망글라줘야 될 줄 압니다. 나는 이렇게 결론짓습니다. 운기 동무 자신은 부모님헌테 말해서 시계를 빨리 사놓게끔 노력해야 할 것이구, 우리들은 운기 동무네가 시계가 생길 때까지 우리 네 사람이 한 주일씩 돌라가며 아침이면 운기 동무집에 반듯이 들러 운기 동무허구 하냥 학교에 갑시다. 동무들 생각에 내 의견이 어떻습니까?"

운기라는 아이 이외에는 모두 좋다고 찬성이다.

한뫼 선생은 그때 한참이나 벌리고 섰던 입을 다물고 그 애들의 방문 앞으로 갔다. 칭찬을 하자니 이 애들에게서도 어떤 위압을 느끼도록 야무진 데 오히려 어안이 벙벙해 말이 나오지 않는다. 우두커니 들여다보노라니 문 앞에 앉은 녀석이 미닫이를 획 닫아버린다.

"허, 맹—낭한 녀석들 같으니……."

하고 한뫼 선생은 돌아설 수밖에 없었다.

평양에는 어쩌다 나가보면 딴판으로 달라진 데가 많았다. 리어카나 겨우 다니던 좁은 거리가 어느 틈에 운동장처럼 널따란 큰길이 되었고, 하룻밤 새 돋는 버섯처럼 무슨 병원 무슨 신문사 하고 4, 5층 집이 불쑥불쑥 올려솟았다. 쓰레기만 산처럼 쌓이던 곳은 분수가 올려뿜는 공원이 되었다. 쩔쩔 끓는 삼복지경에도 집채 같은 나무를 옮겨다 심어 난데없는 밀림 속처럼 서늘한 그늘이 우거졌다.

"저 나무들이 하나나 살가?"

걱정하는 사람들이 많았다. 그러나 대개는 싱싱하게 살아 배겼다. 어떤 사람들은 농조로 이렇게 말했다.

"살어라, 허구 명령인데 안 살어?"

사실에 있어 인민주권의 명령 앞에는 불가능이 없는 것 같았다.

1. 공사(公私)가 분명하며 실천력이 굳센 정치요,

2. 애국적이요 헌신적인 간부들이 하는 정치요,

3. 노동자 농민들이 사람대접을 받고 살 수 있는 정치요,

4. 누구의 자손이나 똑같이 교육받을 수 있는 정치다. 그러나……

한뫼 선생은 해방 후 3년간이나 자기 눈으로 보고 북조선 정치에서 얻은 결론을 이렇게 내렸는데 끝에 가서 "그러나……"가 달려 있는 것이다.

한뫼 선생은 이 "그러나……"를 아무에게도 설명하지는 않았다. 다만,

"백문이 불여일견, 남조선도 내가 가서 내 눈으로 한번 보고야……."

이렇게 친지 간에 더러 말하여 왔을 뿐인데 8월 25일, 남북통일최고인민회의 선거가 발표되자 한뫼 선생은 이 "그러나……"가 더 강경하게 그의 심경에 작용하게 되었다. 8·15해방 기념도 한번 남조선에서 맞아 보고 싶었다. 북조선서는 두 번씩 맞아 보았으니 남조선에서도 한 번 맞아 보아야 해방의 감격을 전국적인 것으로 체험할 것 같았다. 이제는 평양의 치안도 자리잡혀 도적과 화재의 염려도 많이 덜리었다.

'에라, 이 김에 데꺽 떠나자! 38선을 그저 두고 남북통일 선거란 난리해 할 수도 없거니와 비위에 맞들 않어…….'

이리하여 한뫼 선생은 다섯 해 동안 잊어버리고 두었던 종이 노가방을 뒤져내어 장마[개] 친 곰팡을 턴 것이다.

## 2

차는 정각에 해주에 닿았으나 밤이 꽤 늦어서였다. 해방 후 시가의 면모가 그전 인상과는 달라 한뫼 선생은 정거장을 나와 길 위에서 한참 두리번거리었다.

한뫼 선생은 해방 전 생각이 나지 않을 수 없었다. 어디서나 정거장을 나서면 새빨간 불을 단 파출소부터 마주 띄었고, 거기서는 긴 칼을 찬 순사가 이쪽이 조선 사람이기만 하면 덮어놓고 무슨 범인 취급으로 불러 세우고 닦달하다가 나중에 트집 잡을 거리가 없으면 「국민서사」

라도 읽어보래서 일본말 발음이 하 흉치 않아야 놓아주던 생각을 하니, 아무도 알은체하지 않는 이 호젓함[23]이 한뫼 선생은 차라리 해방과 자유를 다시금 느끼는 감격이었다.

한뫼 선생은 수양산 쪽을 향하고 허턱 걸었다. 여긴지 저긴지 미연[24]가해서 가끔 걸음을 주춤거리며 좌우를 살피노라니 내무서원 한 사람이 맞은편에서 나타난다.

"말 좀 물읍시다. 옥계동을 이 길로 올라가면 되는가요?"

"이리도 갈 수는 있습니다만 뉘 집을 찾으십니까?"

"윤면우 씨라구 옥계동 초입에 있습넨다."

윤면우란 한뫼 선생의 평양 사돈 집 일가로서 본래 해주 사람이다. 그전부터 이남으로 가려거든 해주만 오면 자기가 믿을 만한 안내꾼을 붙여주마던 약속이 있던 터이다.

"그 댁 사랑마당에 큰 느티나무가 섰습넨다."

"그럼 알겠습니다. 이리 오십시오."

하더니 내무서원은 앞을 서 그 집 문 앞까지 데리고 왔고 문을 뚜드려 주인까지 불러내 주고 가는 것이었다.

마침 주인 윤 씨는 집에 있었다. 윤 씨뿐 아니라 한뫼 선생도 초면은 아닌 듯싶은 다른 손님도 한 사람 있었다.

"아니, 욕이나 안 보셨습니까?"

자리에 앉자마자 주인은 한뫼 선생에게 이렇게 물었다.

"욕이라니오?"

---

23 무서운 느낌이 들 만큼 고요하고 쓸쓸함.

24 未然. 앞일이 정하여지지 아니함.

"내무서원이 따라왔게 말습입니다."

"거 매우 친절합디다. 길을 물었더니 예까지 안내해주는군요!"

"그렇습니까? 그럼 그 내무서원 아니더면 도리어 집 찾게 욕보실 뻔 허셨군요."

하고 주인은 다행이 여기는데 아랫목에서, 이건 내 자리라는 듯이 꿈적 않고 앉았는 손님이 힐끗 한뫼 선생을 쳐다보고,

"차가 오늘은 제 시간에 오던가요?"

하였고, 이내,

"그가 친절한 안내인지 미행인지 누가 아나요. 허허……."

하고 웃었다. 목소리도 귀에 익다. 한뫼 선생은,

"그분 낯이 매우 익은데 얼른 생각이 돌지 않습니다."

하니, 그는,

"요즘은 잠 잘 옵니까?"

하고 히쭉 웃으며 담배를 피워 문다.

그는 흰 위생복에 청진기를 들고 회전의자에 앉았는 것만 몇 번 보았으므로 진찰실 아닌 데서 평복으로 만나서는 얼른 알아보기 어려웠다. 그는 한뫼 선생도 불매증[25]으로 몇 번 다니다가 너무 호된 약값에 중지하고 만 일이 있는 평양 어떤 내과 의사였다.

"심 의사시로군! 여기서 뵙기 뜻밖이올시다."

"그럴 수도 있디오. 허허."

심 의사는 갑자기 호인이 된 것처럼 허허 소리가 연달아 나왔다. 한

25 不寐症. 밤에 잠을 자지 못하는 상태가 지속되는 증세.

뫼 선생은 과히 자리가 오래지 아니하여 이 심의사의 해주에 와 있음도 자기와 같은 목적임을 알았다.

"그러면 심 의사께선 평양을 아주 떠난단 말씀이시지?"

"통일되면 빼젓이 옵지오. 허허."

"글세, 어떻실까? 우리완 달러 병원도 있구 생활도 되실 건데 이왕 참으시던 것 통일될 때까지 게시지 않구?"

"겨우 생활이나 되면 뭘 험니까?"

하고 궁상을 떠느라고 부비적거리는 그의 두 손은 너무나 비대하고 기름져 있었다. 주인 윤면우는 그와 무관한 사이같이 이내 농조로 받았다.

"너희 의사들이야 불한당들 아니냐? 불한당질 못하겠으니까 튀는 거지."

"사실 말이다. 어떤 놈이 겨우 밥이나 먹자구 의사노릇 허니?"

"심 의사께선 해방 전처럼은 돈을 많이 못 버신 게로군?"

"돈을 벌 재주가 있습니까? 글쎄 보셨지만 구(區)마다 인민병원이 생겨, 중앙병원이니 쏘련 병원이니, 적십자병원이니 좀 많어졌나요? 게다가 우리넨 페니시링 한 대에 2천 원은 받어야 허는 걸 저 자식들은 단 6, 7백 원씩에 놔주구, 쏘련 병원에선 돈 없다면 그냥두 놔주지 않나요? 그러니 어느 미친놈이 개인병원엘 찾아오느냐 말이지요?

의산 고사허구, 그 게이끼[26] 좋던 무당 판수들이 북조선선 펀－펀히 파리만 날린답디다요!"

"허긴, 전엔 돈 무서워 병원에 못 가구 무당 판수헌테 가던 사람이 대부분이었으니까……."

---

26 けいき. 경기(景氣)의 일본말.

"내란 사람이 궁뎅이가 무거 여직 둥싯대구[27] 그 꼴을 봐왔지, 릿속 밝은 사람들은 해방 직후에 다 뛰구 몇 남았나요, 어디?"

"가서 후회하는 사람들은 없나 그래?"

주인이 물었다.

"후회?"

심 의사는 두리두리한 눈을 부릅뜨며 펄쩍 뛰었다. 그 사람들이 북조선서 몰수당한 토지들쯤은 아무것도 아니게 큰돈들을 모았고, 그 사람들이 북조선에 버리고 간 병원쯤은 아무것도 아니게 더 큰 일본 사람들의 병원을 차지했다는 것이다.

"서울은 북조선서 간 의사만 해도 서로 경쟁일 터인데 어떻게 그새 큰돈들을 벌었단 말인가?"

"이 사람이 정신 있나 없나? 지금 서울선 머저리 의사 아닌 담엔 귀에 청진기나 끼구 앉었질 않어!"

"그럼 뭘 헙니까?"

한뫼 선생이 정말 이상스러워 물었다.

"우리 세브란쓰 출신들은 예쓰 노— 소린 다 헐 줄 알지 않습니까? 미국 사람 판인데 뭐러 헌디나 째구 앉었겠습니까? 릿권 하나 통역만 걸려두 하루밤에 허리띠를 끌르구, 허다 못해 약장살 해두 몇백만 원이 오락가락합니다!"

"약장사가 그래? 의사보다 나리까요?"

"정말 학자님이시군! 약장사라니까 그전 길거리서 고약이나 파는 약

---

27 굼뜨고 거추장스럽게 자꾸 움직이다.

장산 줄 아십니까? 따이야찡[28]이니 페니시링[29]이니 좀 많이 드러와 퍼집니까? 그 거래 한 끈만 잡어두 노다지판이랍니다."

아무튼 한뫼 선생은 이남에의 이렇듯 열정적인 심 의사를 만나 가장 든든한 길동무를 얻었다 싶었다. 더구나 심 의사는 경계선만 넘어서면 무서울 게 없노라 하였다. 자기 사촌으로 하지 장군의 비서와도 친하고 군정청 요인들을 마음대로 주무르는 행세꾼이 있다 하였다.

이들은 이틀 뒤에 경험 많은 안내꾼을 앞세우고 경계선에 접근하여 보았으나 8·15 3주년과 최고인민회의 선거 직전이라 경비가 엄중하여 청단길은 단념하고 시변리로 돌아 삭령, 연천 쪽으로 해서 그 강이 바로 38선이 되는 학여울[30]을 건너 8·15 기념 전으로 이남 땅에 들어서는 데 성공하였다.

## 3

남산 밑 심기호의 저택에서는 오늘 저녁에도 미군 관계의 파티―가 열리는 모양으로 미국 군용 발전(發電) 자동차가 초저녁부터 이 집 뒷골목을 틀어막고 서서 저택 안으로 줄을 늘이더니 그 드끄럽기는 딴 집들이 더한 엔진소리를 덜덜거리기 시작했다.

---

28 다아아진(diazine). 설파다이아진(sulfadiazine)이라고도 함. 폐렴 구균, 연쇄상 구균 따위의 세균성 질환 치료에 효과가 있는 설파제.

29 페니실린(penicillin). 푸른곰팡이를 배양하여 얻은 항생 물질. 폐렴, 임질, 단독(丹毒), 패혈증, 매독 따위를 치료하는 데 쓴다.

30 한탄강.

반도호텔 자리, '미나까이'[31] 자리 같은 미군들이 들어 있는 건물들 이외에는 석유불 아니면 촛불이나 켜놓아 이승만이가 선포한 국호 그대로 대한 시절의 한양성을 방불케 하는 서울에서 심기호 저택은 오늘 밤도 여봐란 듯이 식당, 무도실, 이층의 방방들과 베란다, 그리고 정원까지 눈부시게 휘황해졌다.

사촌간이지만 심기호는 그 눈알 두리두리한 것, 턱에 군턱이 지도록 비대한 것, 대머리 벗어진 것 친형제 이상 심의사와 서로 닮았다. 다만 심기호는 입술이 좀 얇고 콧날이 좀 상큼한 때문일까 심의사보다 훨씬 잔일에 신경을 쓴다. 심기호는 친히 부엌으로 내려가서 커피 끓여 식히는 것을 맛을 보았고, 아이스크림 만든 것을 맛을 보았고, 제 딸년과 도미화의 화장하고 원삼 입고 족두리 쓰는 것까지 살피면서 딸과 도미화의 인물을 비교해보았다.

염한 점으로는 아무래도 도미화가 뛰어나고 반대로 숫된[32] 점으로는 아무래도 제 딸이 나아 보인다. 이래서는 안 되겠다 싶어 심기호는 이층으로 올라와 딸과 도미화를 각각 따로 불러세웠다. 오늘 저녁 손님 '우드' 각하는 기생에는 멀미가 나 숫처녀를 좋아하기 때문에 상해에서 갓 돌아온 댄서 도미화를 매수한 것이다. 돌아먹던 계집애라 아무래도 숫된 구석이 적다. 심기호는 우드 각하께서 숫된 맛에 제 딸에게 손을 댈까보아, 딸에게는,

"미국 사람들은 말이다, 숫된 걸 무지로 보고 애교가 세련돼야 교양

31 みなかい는 三中井의 음차이다. 삼중정백화점(三中井百貨店)은 1922년에 중강승치랑(中江勝治郎)이라는 일본 상인이 충무로 1가 45번지에 삼중정백화점을 설립한 것으로 대구, 부산, 전주, 원산, 청진 등 전국적인 지점을 가진 백화점 체인이었다.

32 순진하고 어수룩하다.

있는 집 딸로 존경한단 말이다. 오늘 저녁 손님에겐 특별한 써븨쓰를 허란 말이다."

하고 반대로 일렀고, 도미화에게는, 자기부터 그 날씬한 손길을 한번 꼭 잡아보며 이렇게 일렀다.

"우드 각하께선 숫되구 순진헌 여성을 좋아한단 말이야. 알지? 그리고 일이 제대루만 되면 말이다. 석방이 돼 나오는 사람들도 미화한테 그 공을 몰라줄 리 없으니…… 적어두 한 사람헌테 10만 원씩은 내 장담허구 떼낼 테란 말이다……."

어떤 모리사건(模利事件)으로 걸려 제 동료 두 녀석이 벌금 2백만 원을 물고도 3년씩의 징역을 받은 것이다. 우드란 자는 이승만계의 미국인으로 군정(軍政)에서는 법무국장으로 있었고, 5·10단선으로 소위 대통령이 된 이승만 정권에게 남조선에 대한 정권 이양(移讓)이 끝나면 이승만의 개인 고문격으로 있을 자다. 이런 자만 제대로 삶으면 좌익 정치범만 아닌 이상엔 3년 징역은커녕 사형 받았던 죄수도 그날 저녁으로 놓여나온다. 갇혔던 사람이 놓여나올 뿐 아니라, 한번 이런 일로 그들과 소위 '프랜드십'을 맺어 놓기만 하면 모리와 협잡의 길은 만사형통으로 열리는 것이다.

이 도미화 이외에도 기생 일곱 명이 지휘 받아 왔다. 우드의 통역, 주인측의 통역 중간에 나서준 군정청 고관도 두 사람이나 오기 때문이다. 그래 군정청 고관들이 어느 권번의 아무개 아무개를 불러달라는 대로 사흘 전에 지휘 주었고, 그 기생들의 짝패를 모두 불러준 것이다.

미국 사람들은 대개 조선 계란과 조선 소고기를 좋아하였다. 심기호는 순 재래종 계란을 구해들이고 암소 고기로 어느 양요리집 명수를 데려다 비프스테이크[33]를 만들었다. 우드 각하도 조선 소고기를 매우 즐기는 모양으로 손바닥 같은 비프스테이크를 두 접시째 사양하지 않었다. 겉만 익고 속은 설어야 좋다 하여 이빨에 피가 흥건하면 위스키-잔을 들어 양치질 삼아 마시었고 잣 까놓은 것을 그 투박한 손에 움큼으로 움켜다가 그 두툼한 입에 들어뜨렸다.

기생 일곱에, 도미화에, 주인 딸에, 손님보다 계집 수가 배나 되었다. 우드 각하는 도미화는 떼어논 당상이라 가만 두어도 이따 제 자동차 속에 절로 굴러들 것이므로 다른 계집들에게는 이를테면 개평 셈이었다. 그 술내, 고기 트림 물큰거리는 입을 이 여자 입에 저 여자 목덜미에 할리우드식으로 함부로 쩍쩍거리었다. 댄스가 초벌 끝난 뒤 정원으로 나왔을 때다. 아이스크림을 가져다 턱밑에 바치며 아버지의 명령대로 눈에 추파를 실어 입을 빵긋해 보이는 심기호 딸에게도 우드 각하는 그의 귀를 잡아 족두리 쓴 얼굴을 뒤로 젖히더니 아이스크림 대신에 입을 맞추어도 쩍 소리가 나게 한번 쩍지게 맞추었다. 심기호는 못 본 체 슬쩍 얼굴을 돌리는 수밖에 없었다.

"아버지?"

그러나 딸의 비명이 아니라, 안으로부터 뛰어나온 아들애가 찾는 소리였다.

"뭐냐?"

"평양서 큰아버지가 왔대요."

"평양서? 어디?"

33 원문은 '삐프데끼'.

화제가 궁하던 끝이라 모두가 긴장하였다.

"동대문서에서 전화가 왔어요. 이리 돌렸으니 받으래요."

"동대문서라니?"

세 사람 이상 떼지어 나서거나, 길 가다 발을 멈추거나, 오후 여섯 시 이후엔 길에 나서는 사람은 이유 여하를 불문하고 쏘아라 한 장택상 수도청장의 포고가 5 · 10단선[34] 이후 그대로 서슬이 푸르게 집행 되고 있던 서울이라 오후 여섯 시 이후에 동대문 안에 들어선 심 의사와 한뫼 선생은 뜻하지 않은 총소리를 뒤통수에 받으며 질겁을 해 고꾸라졌다. 분명히 이쪽을 향해 쏜 총이었다. 아무 문답이 필요치 않았다. 한 사람은 가죽가방, 한 사람은 종이 노가방과 몸들에 지닌 것이 트집잡힐 물건이 아니어서 포승만은 지지 않고 동대문서로 끌려오는데 길에는 군데군데 담총[35]한 경관들이요 어쩌다 고급자동차가 한두 대씩 전속력을 내어 지나갈 뿐 어리친 개새끼 하나 얼씬하지 않았다.[36] 바로 이 동대문구에서 입후보 경쟁자 최능진[37]을 불법적으로 몰아 잡아넣지 않았더면 당선도 될지 말지 했던 이승만 '각하'가 대통령이 되어가지고 소위 조각(組

---

34 5 · 10단독선거. 정식 명칭은 '대한민국 제헌 국회의원 선거'로서, 이 선거는 1948년 5월 10일에 제헌 국회를 구성할 국회의원을 선출하기 위해 실시된 대한민국 최초의 현대적 선거이다.

35 총을 어깨에 멤.

36 '어리친 개새끼 하나 없다'는 아무도 얼씬거리지 않음을 이르는 말.

37 최능진은 1948년 대한민국 정부 수립 당시 5 · 10총선거에 이승만이 출마한 동대문 갑구에 입후보하려 했으나 서북청년회와 수도경찰청장 장택상의 지휘 아래 경찰의 잇단 방해로 후보 등록이 취소되는 등 어려움을 겪다가 극적으로 후보 등록을 했다. 추첨에 의해 기호 1번이 된 최능진은 선거가 시작되자 이승만의 당선을 위협하는 '정적'으로 부각되었다. 그러자 동대문경찰서장 윤기병은 경찰을 동원하여 본인이 스스로 날인하지 않았다는 추천인들의 진술을 받아 선거관리위원장 노진설 대법관을 찾아가 등록을 무효화시킬 것을 요청했고, 선거 2일전인 5월 8일 선거관리위원회는 추천인 200명 중 27명이 본인 날인이 아니라는 이유로 최능진의 입후보 등록의 취소를 통보했다.

閣)을 하는 이화장이 있는 특별지구의 오후 여섯 시 이후 광경이었다.

한뫼 선생과 심 의사는 총알에 맞지 않은 것만은 다행이나 유치장으로 몰아넣는 데는 기가 막히었다.

"여보? 우릴 뭘루 알구 이렇게 함부로 다루는 거요?"

"잔말 말어."

"우린 글세 북조선서 탈출해오는 사람이라니까…… 우리 신분 증명할 사람이 서울 장안에 몇백 명이라두 있소!"

"우린 몰라!"

"그럼 누가 안단 말이오?"

"상관들이 모두 동원돼 특별 경계중인데 누가 언제 심문허느냐 말이다!"

새파랗게 젊은 녀석이 똑 떨어지게 해라를 하며 종이 노가방을 비롯하여 두 사람의 소지품 전부를 빼앗고 혁대를 빼앗고 이름만 묻더니 한 유치장 안으로 들여 모는 것이다. 심 의사는 그 두리두리한 눈을 불거지도록 부릅떴으나 살기가 등등하여 여차하면 권총으로 갈겨버리려는 판에 말도 입에서 나오지 않았다. 유치장 문에 쩔거덕 자물쇠 소리가 나고 순경들의 구두소리가 저만치 사라진 뒤에야,

"북조선에서두 유치장 산 일이 없는 사람들을……."

하고 심 의사의 입이 투덜거리기 시작했다.

대꾸라고는 유치장 안 사람들의 킥킥거리는 비웃음뿐이었다. 심 의사와 한뫼 선생이 다시 놀란 것은 발을 옮겨 놓을 데가 없게 유치장 안이 초만원인 것이다. 청년들이 많고 소년들과 늙은이도 적지 않다. 비웃음 가득 차 쳐다보는 얼굴들이 하나도 도적이나 노름꾼 같은 인상은 아니다.

'대체 어떤 자들인데 유치장에 이렇게 많이 들어왔으며 유치장에 가친 주제에 누구를 비웃는 건구?'

심의사와 한뫼 선생은 앉을 자리도 없거니와 녹록히 앉고 싶지도 않았다. 심의사는 유치장 창살을 뒤흔들며 소리 질렀다.

"남조선 경찰이 이럴 수 있소? 심기호가 내 아우요. 심기호에게 전화를 좀 걸어주시오."

구두소리가 쿵탕거리며 달려왔다. 심 의사의 말을 대답하기 위해서가 아니라 노동자 하나를 또 이 칸에 집어넣기 위해서였다. 노동자는 상반신이 피투성이로서 그저 숨을 헐떡거리며 들어왔고 이상하게도 유치장안 사람들에서 일어서 그를 맞는 사람들이 있다. 그들은 북조선의 젊은 사람들처럼 서로 '동무'라 불렀고 피를 서로 닦아주었다. 그들은 연판장(連判狀) 이야기를 했다. 이 연판장 이야기에는 갇혀 있는 소년과 늙은이까지도 서로 관련이 있는 듯 이내 한데 어울려 쑥덕공론들이었다.

한뫼 선생은 이 연판장이란 자기가 옳다고 판단한 것을 위해 연명날인(連名捺印)하는 것임을 알고 있다.

'대체 무엇을 위한 연명날인인가?'

한뫼 선생은 이 궁금증을 오래 끌지는 않았다. 이내 귀뜸이 되었다. 이들의 연판장은 다른 것이 아니라, 미국의 탱크와 폭격기와 군함의 출동으로 억지 조작한 5·10단선 산물, 소위 '국회'와 '정부'를 반대하고 8·25 전조선최고인민회의 선거를 위한 남조선에서의 비합법투쟁으로서의 인민대표 선출 운동이었다. 남북통일 선거는 북조선의 선전만이 아니라 사실에 있어 엄연히 진행되고 있었다. 그들은 살점이 찢기고 옷깃에 피 흔적이 낭자하였다.

"남조선 사람들도 온통 북조선 편이란 말인가?"

한뫼 선생은 그 가늘고 날카로운 눈을 한참이나 깜박이었다. 서울의 현실은 들어서는 길로 자기 눈을 지지듯 뜨겁게 하였다.

'불문곡직의 발포(發泡), 불문곡직의 검속, 남녀노소 대중의 결사항쟁…….'

한뫼 선생은 3·1운동 때 자기도 며칠 유치장에 갇히었던 생각이 났다. 그때 자기 자신도 그런 판국에서 잡범(雜犯)으로나 좁은 유치장 안을 쑤시고 들어서는 녀석들을 벌레만도 못하게 미워하고 멸시하던 생각이 났다. 한뫼 선생은 심 의사 같은 사람과 짝지어 북조선으로부터 나온다는 것을 이 피의 투사들에게 알려질 것이 슬그머니 겁이 났다.

'그러나…… 그러나…… 한편이 혼자만 지나쳐 나가는 거다. 통일되도록, 남북이 화해되도록 그런 정세를 조장시키구 성숙시키는 게 아니라 한쪽을 무시허구 저만 나가는 거다. 아모리 좋은 정책이라도 먼저 통일시키구 합의껏 전국적으로 실시험 좀 좋으냐 말이다. 남의 발등을 밟고 먼저 자꾸 나가면 누군 남의 뒤나 따라가길 좋다나? 그러니까 자꾸 엇나갈 밖에…….'

한뫼 선생의 그 북조선 정치가 다 옳으나 끝에 가서 "그러나……"를 붙이던 이유는 별것이 아니라 이런 것을 가지고였다. 한뫼 선생은 나도 잡범류는 아니라는 듯이 자세를 태연히 고치며 쪼그리고나마 자리를 쑤시고 앉았다.

심 의사는 당직순경이 갈려 새 사람이 들어설 때마다 차츰 비겁해지는 애원조로 "내 사촌 심기호에게 전화……"를 애걸해 보았다. 그러나 순경들은 심 의사의 애원성을 귀담아 들을 겨를이 없도록 검속되는 인민들은 뒤를 이어 들어왔다. 노동자, 학생, 사무원, 부인네, 여학생, 소년들, 노인들 나중에는 유치장에 더 틀어박을 수가 없어 이층 어느 방으로 끌어올리기 시작하였다.

심 의사도 지치어 나중에는 그 안반[38]만한 궁둥이로 아무 어깨나 깔고 부비어 결국 자리를 잡고 앉고 말았다. 이들은 크게 기대한 남조선에서의 8·15 3주년 기념도 그만 유치장 속에서 쇠었고 그저 취조도 아무 것도 없다가 17일 날도 밤번을 들어온 순경에 겨우 그 심기호의 성세를 짐작하는 자가 있어 비로소 심기호 저택에 전화 연통이 되었고 과연 심 의사의 사촌 심기호의 새파란 서슬이 푸르러 전화가 걸리기가 바쁘게 미국 군인 한 명에 군정청 거물 우드 각하의 명함이 들려져 번질번질한 자가용차로 동대문서에 들돌같이 달려든 것이다.

때가 이미 밤이라 한뫼 선생도 따로 나서기가 위험하여 한 차에 심 의사를 따라 심기호의 저택으로 오게 되었다.

×

심 의사는 감격스러웠다. 일제 때나 다름없이 여전히 출세하고 있는 원기 왕성한 사촌과 다년 만에 만나는 것이나, 군정청 대관, 요인들과 손을 잡는 것도, 벌써 남조선에 온 모든 것이 성공되었다 싶어 감격스러웠다.

---

38 떡을 칠 때 쓰는 두꺼운 나무판.

한뫼 선생도 세수만 대강 하고는 꾸겨진 대마 양복째 연회석으로 끌려나왔다. 우드 각하께서 어서 북조선서 오는 사람들과 만나 북조선 이야기를 듣자는 것이었다.

"북조선에서 얼마나 고생들 했냐구 허십니다."

우드 각하는 이쪽에서 인사를 치르기가 바쁘게 통역을 통해 말을 붙인다.

"덕분에 이럭저럭 지냈습니다."

한뫼 선생을 모두들 뚫어지게 쳐다보는 바람에 잠자코 있을 수가 없었다. 우드 각하는 자기에게 마땅히 언권이 있다는 듯이 나프로낀[39]으로 번지르르한 입을 닦으며 계속해 물었다.

"우리 미국이 유엔까지 움직여 조선에 독립정부를 세워주는 걸 북조선 사람들도 감사히 생각하겠지오?"

한뫼 선생은 어떻게 대답하여 좋을지 몰라 우물쭈물하는데 심 의사가 선뜻 앞질러 대답해 주었다.

"그렇습니다. 속으로는 다들 감사하며 기뻐들 합니다."

"평양서는 그자들도 선거를 한답시고 더구나 남북을 통해서 선거를 한답시고 떠들어대는데 어떤 모양입니까? 백성들을 꽤 못살게 들볶지오?"

"말해 뭐합니까? 오죽하면 여태 견디다가 지금이라두 옵니까? 그런데 여기 남쪽에서두 북조선 선거를 실시하라구 그냥 내버려둡니까? 경찰서에 잡혀 드러오는 걸 보니 대단 성한 모양입디다요."

"남쪽에는 우리 미국이 있습니다. 유엔조선위원단이 있습니다. 염

39 냅킨.

려 마십시오. 세계는 쏘련보다도 미국이 더 큰 세력으로 건재합니다. 불란서를 보십시오, 영국을 보십시오. 또 동양에서 제일 큰 중국을 보십시오. 장개석 국민당이 건재합니다. 아직 유명한 나라와 크고 문명한 나라는 우리 미국편입니다. 안심하십시오. 여기 남쪽에서도 공산분자들이 비밀 선거하는 것은 사실입니다. 그러나 절대로 성공 못합니다. 중국에 미국 대포와 폭격기가 얼마나 많이 가 있습니까? 조선도 자꼬 올 수 있습니다. 정치는 훌륭한 사람들이 하지 로동군들이 못합니다."

하고 우드 각하는 통역의 말이 끝나기를 기다려 불룩한 배를 내려쓸며 껄껄거리었고 안경알만한 술잔을 올려 마신다기보다 홀각 털어 넣더니 그 입으로부터 이런 기상천외의 질문이 나왔다.

"평양서는 생활란으로 대동강에 빠져 죽는 사람이 매일 몇 십 명씩 된다지요? 선생께서도 그 비참한 광경을 많이 보셨겠지요?"

이 말에만은 유들유들한 심의사의 입도 얼어버리는 모양으로 힐끗 한뫼 선생을 쳐다본다. 한뫼 선생은 얼른 우드 각하의 눈치를 살폈다. 움푹한 눈 속에서 정력적으로 번들거리는 눈알은 이쪽에 물어본다기보다 자기가 다 알고 있다는 듯한 긍지와 그 이상이라는 표현의 대답을 강요하는 듯한 압력으로 차 있었다. 그런 음험한 우드 각하의 눈초리는 한뫼 선생에게로 옮겨져 더듬었고 주인 심기호는 귀빈의 질문에 대답이 시원치 못할까 면난하여,[40]

"그까짓 다 아는 사실 씨원히 대답허지 우물쭈물할 건 뭐 있습니까? 우리나라 숭[41]이라고 해서 감출 자리가 따로 있지 조선을 도와주시는

40 면난하다. 남을 대할 때 무안하거나 부끄러워 얼굴이 붉어지는 듯하다.

41 흉.

미국 어른 앞이 아닙니까?"
하며 시원한 대답을 재촉한다. 한뫼 선생은 그다지 녹록치는 않다. 한뫼 선생의 눈은 작으나 날카롭고 자기 눈으로 본 바에는 소신을 굽히지 않는다. 더구나 평양서는 쌀 대두 한 말에 5백2십 원 하는 것을 보고 왔는데 이남 들어서 동두천에서 물으니 3천2백 원이라 했다. 사람들이 만일 생활난으로 강물에 빠진다면 대동강일 것인가, 한강일 것인가? 한뫼 선생은 이것을 이들에게 되묻고 싶었다. 그러나 그럴 용기라기보다 그런 객기는 부리고 싶지 않았다. 동양 도덕으로 남의 술자리에 뛰어들어 파흥까지 시키는 건 옳지 못하다고 자신을 변명하며 사이다 잔을 집어다 목을 적시었다. 역시 심 의사는 사촌 아우의 낯을 본다기보다 우드 각하의 환심을 이 기회에 사두는 것은 우선 내일부터 절박한 자기의 현실문제였다. 그는 한뫼 선생의 눈치를 더 볼 필요 없이 이렇게 대답하였다.

"많이 빠지구 말구요. 송장에 걸려 낚시질군들이 낚시질을 할 수 없다니까요. 허허……."

우드 각하는 만족감이 그득한 턱을 끄덕거리며 심 의사에게,

"내가 내일 리승만 대통령에게 당신을 소개하겠습니다."
하였다. 심 의사는 얼른 일어나 기생들에게 술잔들을 채워 부으라 이르고 이승만 대통령의 건강을 위하는 축배를 제의하였다. 거듭 우드 각하의 건강을 위하는 축배까지 들고 나서야 심 의사는 진작부터 궁금하던 조카딸의 족두리를 쓰고 원삼 입은 까닭을 물었다.

"저애 혼인인가, 오늘이?"

"허, 형님두 정말 촌에서 오셧구려! 우리 남조선선 요즘 저 어른들 청하는 자리엔 저렇게 채리구 맞는 게 류행이라우. 저분들이 좋아허니

까…… 저기 저 사람두 하나 그렇게 채리지 않었소?"

하기는 원삼에 족두리 쓴 것이 자기 조카딸 하나만이 아니었다. 심 의사는,

"그거 딴은 니이야까[42]해 보히긴 허는군."

하고 심상히 여겨버리나 한뫼 선생은 이것이 그다지 비위에 맞지 않았다. 생각해보면 조선 풍속이나 문화에 대한 모독이 아닐 수 없었다.

축음기 소리가 옆방에서 났다. 우드 각하를 비롯하여 손님들은 원삼이며 모시 치맛자락에 휘감기어 그쪽으로 춤추러들 들어갔다. 한뫼 선생은 그 틈을 타 심 의사에게 청하여 먼저 회석에서 빠져나왔고 이층 구석방에 자리를 얻어 유치장 속에서 사흘이나 새우등이 되었던 허리를 펴고 눕고 말았다.

아래층에는 재즈소리, 웃음소리, 손뼉소리, 그리고 꽤 가까운 어느 골목에서는 탕탕하고 연방으로 총소리가 두 번이나 울려왔다.

## 4

이튿날 아침 한뫼 선생은 갓밝이[43]에 눈을 떴다. 좌우 옆방에서들은 그냥 코고는 소리들이 밤중 같았다. 담배를 한 대 피워 물고 머리맡을 둘러보니 신문이 몇 장 놓여 있다. 『대동일보』란 것으로 「신정부에 기함」이란 사설이 실리고 상공부 장관에 임영신 여사란 제목이며 어느

42 'にいやか'의 음차. にぎやか. 활기참, 번화함.

43 날이 막 밝을 무렵.

요인과 어느 요인이 어느 요정(料亭)에서 중대회견을 했느니 풍우불측(風雨不測)의 정계동향(政界動向)이니, 마치 그전 일제 때 신문들의 인기주의식 그대로다. 상공부 장관 임영신 여사의 취임소감이 났는데, 자기는 미국 가 있을 때 장사를 좀 해본 경험이 있어 자신만만 하노라 하였다.

'장살 좀 해본 경험? 그럼 서울 종로바닥엔 상공부 장관 재목이 바리[44]루 들러찻게?'

어째 위태위태스러웠다.

한뫼 선생은 아래층에서 심 의사의 기침소리가 나기가 바쁘게 달려 내려와 전후 사의를 표하고 세수도 않고 식전인 채 심기호의 저택을 빠져나왔다. 곧 일인들의 게다소리가 들릴 듯싶은 남산정을 내려 남대문통에 들어섰다. 큰딸네 집으로 가는 길녘이니 친구들의 거취도 알 겸 고서적 중개인 성 씨부터 찾을 셈으로 안국동을 향해 걷는데 정자옥 근처에서부터 담총한 경관이 거의 서로 손이 잡힐 만한 밭은[45] 간격으로 양쪽에 늘어섰다. 굉장히 삼엄한 경계여서 거리사람들에게 물어보니 이제 한 시간 뒤에 장택상 수도청장이 출근할 것이라 하였다.

한뫼 선생은 비실비실 가녘으로 피하면서 될 수 있는 대로 뒷골목으로 들어섰다. 그러나 뒷골목은 뒷골목대로 걷기가 힘들었다. 쓰레기와 오줌똥이 발을 골라 딛기 어려웠고 그런 위에도 짐 구루마며 빙수 구루마들을 끌어들이고 그 위에서 자는 사람도 많았으며 부엌이 없어 남의 집 뒷벽에 의지해 솥을 걸고 조반을 끓이는 식구들도 많았다.

성 씨는 집에 있었다. 성 씨는 얼굴이 바짝 쪼그라들고 옷주제도 일

---

44 ①놋쇠로 만든 밥그릇, ② 말이나 소의 등에 잔뜩 실은 짐. 여기서는 ②의 뜻.
45 사이가 붙어 몹시 가깝다.

제 때보다 더 궁조[46]가 흘러 있었다.

"왜 이렇게 늙었소?"

"늙지 않구 어쩝니까! 제가 평양으로 가야 뵐 줄 알었더니 참말 반갑습니다. 어쩐 일루 오셨습니까?"

"나 오는 게 뜻밖이란 말이오?"

"죄진 놈들이나 이 속에 꽤들지, 선생 같은 분이 아직 뭐러 오십니까?"

"안방에 가 들으면 시에미 말이 옳구 부엌에 가 들으면 메누리 말이 옳다군 하지만 양쪽 말을 다 들어두 볼 겸, 양쪽 노는 꼴을 내 눈으로 보기도 할 겸 내 나라나 다니길 도망군이 거름을 처 왔소."

하고 한뫼 선생은 우선 세숫물을 청하여 낯을 씻고 성 씨로부터 몇몇 친지들의 소식부터 들었다.

어떤 사람들은 서울대학이니, 동국대학이니에 무슨 과장, 교수, 강사 등으로 있었고 어떤 친구들은 해방 직후 정치면에 나서 군 정청에까지 덤벼드는 적극성이었는데 자기들이 크게 환상을 갖던 소위 좌우합작(左右合作)에 실망하며부터는 좌에도 우에도 다 못마땅하여 마치 일제 때처럼 정치를 경원[47]하는 것으로 처세를 삼는 패도 있었다. 한뫼 선생은 이 패들에게 "역시 그럴 테지……" 하는 동감을 느끼었다. 한뫼 선생 자신과 함께 전날 성 씨의 좋은 고객(顧客)이었던 소장학자 김 씨는 학계에는 눈을 돌릴 새 없이 좌익에 나서 정치활동을 하다가 지난 5·10 단선 반대투쟁 때 검거되어 아직 공판도 없이 투옥된 채 있으며 그의 가족들은 생활방도가 없어 부득이 김 씨의 그 소중한 장서를 헐어 팔기

46 곤궁에서 헤어날 길이 없는 사람을 이르는 말.

47 ① 공경하면서 가까이하지 않음, ② 겉으로는 존경하는 체하면서 실제로는 꺼리어 멀리함.

시작하는데 그것을 자기 손으로 말아 흩이기란 마음 아픈 일이라 하며 성 씨는 눈물을 머금었다. 그리고 해방 후 전적(典籍) 이야기에 옮아, 서울대학 법문학부 자리에 미군 항공부대가 들어 있었는데 미군들이 총과 구두를 닦기 위해 조선 귀중본 여러 백 권을 찢어 없앤 것과 이왕가 장서에서도 조선에 한 벌밖에 남지 않았던 이조실록이 굴러 나와 휴지로 팔리는 것이 발견되어 일부는 회수하였으나 일부는 가뭇없이 사라지고 말았다는 딱한 이야기도 들었다.

성 씨 자신은 집세를 놓아 연명하노라 하였다. 해방 직후에는 일인의 장서들이 빈번히 나도는 바람에 벌이가 괜찮았으나 책을 살 만한 사람들은 차츰 생활에 쪼들리게 되었고 책을 수집할 만한 기관들은 책임자들이 출세에만 눈이 뻘개 밤낮 자리싸움질에 난장판이라 하였다. 자기는 서울에 집 귀한 덕을 보아 문간방과 건넌방까지 세를 주고 다섯 식구가 안방 간반에서 복아친다 하였다. 아닌 게 아니라 고양이 이마 때기만한 뜰 안에 올망졸망한 장독들과 한뎃솥들이 너저분히 놓여 있고 아이들까지 6, 7명이 한 울안에 찍째거리어 잠시 마루에 걸터 앉아 있기에도 면구스러웠다.

"아이들이 방학 때가 돼서 집에들 몰켜 있군!"

"방학이 뭡니까?"

하고 성 씨는 혀를 찼다. 자기 큰아들 하나만 휘문중학에 다니는데 요즘 선거투쟁으로 며칠째 얻어 볼 수 없이 나간다 하였고 둘째 놈은 벌써 작년에 중학에 갈 나인데 돈이 못 되어 입학을 못 시키고 놀린다 하였다. 중학에 들자면 공적 부담금이니 자축금이니 하고 공공연히 받는 것이 6만 원 이상이며 그전에 먹이는 것이 최소 10만 원은 차고 나서야 입을 씻긴다 하였다.

"그러나 일제 때와도 다른데, 자식을 놀려두다니?"

"어쩝니까? 지금 남조선서 경향[48]을 막론허구 모리배 자식 이외에 학교에 가는 애 몇 되는 줄 아십니까?"

"그래선 큰일인데!"

"누가 아니랍니까? 그리게 이놈의 세상 얼른 뒤집어 놓지 않으면 큰일입니다. 북조선서 중학교 하나 드는데 15, 6만 원씩 들지 않습죠? 저렇게 집집마다 학교에 못 가는 애가 많진 않습죠?"

"그건 그래……."

"그리게 북조선 좋은 줄은 남조선 살아본 사람이 더 잘 알겝니다."

"그래서 큰 녀석이 무슨 투쟁엔가 나다니는 걸 그냥 두는군 그래?"

"인심이 천심 아닙니까? 그놈들은 끌려 다니구 매 맞구 유치장 사리 좋아 그러겠습니까?"

"글세 원……."

한뫼 선생은 말이 이어지지 않았다. 성 씨가 자기의 한때 솜씨를 반가운 듯 집적거리는 종이 노가방에서 북조선 담배 남은 것을 꺼내 권하였다. 그리고 첫 끼니부터 밀뜨데기[49]나마 같이 좀 들자는 것을 굳게 사양하고 속으로 '일제 말년에도 그처럼 부드럽던 사람이 아주 날카롭게 모가 섰군!' 한탄하면서 원남동에 있는 큰딸네 집으로 왔다.

사위는 없고 딸과 두 외손자는 있었다. 자라는 아이들은 커서 몰라보게 되었거니와 딸은 성 씨에게서 받은 인상 그대로 쪼그라져 몰라보

48 서울과 시골.

49 '밀가루 수제비'의 방언.

게 되었는데 덜컥 손을 붙들자 울기부터 하는 것은 오래간만에 친정아버지를 만난 반가운 눈물만이 아닌 것 같았다. 그리고 이 집도 조반부터 밀가루 음식을 한뎃솥에서 퍼나르며 있는 것도 성 씨네와 다름없는 정경이었다. 딸은 어머니와 동생네 안부 다음으로는,

"평양서는 쌀 한 말에 얼만가요?

하고 쌀 시세부터 물었고, 또 성 씨와 마찬가지로,

"여태 안 오신 서울은 통일 전에 뭐러 고생하시며 오셨어요?"

하였다. 한뫼 선생은 그 말에는 대답 안하고 사위는 어디 갔느냐 물으니,

"걔 아버진 요즘 집에 못 드러온답니다."

하였다.

"집에 못 드러오다니?"

"형사허구 서북청년 놈들이 무시로 덤벼드는 걸요."

"아니, 애 아범두 요즘 좌익이란 말이냐?"

딸은 아버지의 말투를 보아,

"요즘 좌익, 우익이 따로 있나요. 눈 바로 배긴 사람은 다 여기 정치 반대죠 뭐. 아버지께서도 인제 한 달만 계서보세요."

하면서 아버지를 위해 쌀밥을 지으려는 눈치다. 한뫼 선생은 우선 시장하기도 하려니와 미국의 '원조' 식량을 한번 맛보고도 싶어 밀뜨데기를 먹기로 하였다. 빛은 희나 매캐—한 곰팡내에 목이 대뜸 알싸해졌다.

"애 아범은 첨엔 군정청에 취직했었다면서?"

"반년이나 다녔습죠. 광공국에, 바로 북조선 전기(電氣) 대상 물자 마련해 보내는 과(課)더랬는데 도적놈 되기 싫다구 나왔답니다."

"도적놈이 되기 싫다니? 어디서나 저 하나 청백했으면 그만이지 남

참견헐 거야 뭐 있나?"

"원 아버지두! 황인가 유황인가 한 톤에 5만 원씩 하는 걸 대뜸 15만 원씩이라구 전표를 떼라구 하더랍니다. 그래 조사해 보구 떼겠다구 허니까 미국 녀석 과장은 화를 내구, 그담 자리 조선 녀석은 일제 때부터 총독부 관리 해먹던 잔데 돈 2만 원을 싸 가지구 넌즛이 변또 그릇에 싸 주면서 등을 툭툭 치더라나요.

그걸 애아범이 아무리 궁허기루 받을 사람이야요? 북조선두 우리 조선인데 이런 도적질을 나는 할 수 없다구 하니까 그럼 좋다구 하더니 그 이튼날부터 은근히 애아버지 맡어 한 일을 미주알고주알 캐보기 시작하드랍니다."

"아모리 캐기루 나 잘못한 거 없는 바에야……."

"그리게 걸리진 않었습죠. 그러치만 언제 어떤 모함에 누명을 쓸지 아나요? 그만 그 길루 사표를 내놓구 말었답니다. 그리구 해방 직후 감격해서 그것두 나라일이 될까 해 드러갔지, 그런 미군정이구, 그런 리승만 정권이라면 애초에 거길 뭐러 취직을 헙니까? 그만 거기 반년 가 있은 걸 자기 이력에서 생전 지을 수 없는 치욕이라구 자다 말구두 가슴을 친답니다."

"그럼 그 후 어떻게 살어 왔느냐?"

그만 딸은 뜨데기 그릇에 덤벼드는 파리만 날릴 뿐 대답이 없었다.

한뫼 선생은 대청에 앉은 채 열려진 문으로 안방 건넌방 모두 둘러보았다. 겨울에도 들어서면 답답하리만치 그득 쌓였던 세간이 번뜻한 것은 한 가지도 눈에 뜨이지 않는다. 우선 대청에도 쌀뒤주 찬장 살평상 등속이 간데없으며 안방의 체경 한 쌍과 발틀 자봉침[50]이 보이지 않았고 건넌방엔 두 벽으로 꺾어 쌓였던 책들이 허룩하게 뽑혀나가고 몇 권만이 남아 있지 않았다.

"거덜 난 집안 같구나!"

"남조선서 집 하나만 지니구 살어두 다행한 편이랍니다."

"북조선이 옳긴 옳은가 부다. 그러나……."

"그런데 선거 때 선거 않구 오시면 의심사지 않으시나요?"

"의심할 테면 하라지…… 아모리 잘하는 정치라두 통일과 멀어가는 정치 뭘 하는 거냐?"

"북조선 정치가 왜 통일허구 멀어가긴요?"

"글쎄 남조선 이런 꼴 내버려 두구 저만 무슨 개혁이다 무슨 국유화다 허구 작구 앞질러 나가면 낭중에 어떻게 되느냐 말이다. 점점 엇서[51] 나가니 마주잡어야 할 손목은 넨—장 점점 천만리로 달아나는 것 아닌가베!"

"원 아버지두! 그새 정세가 얼마나 발전했는데 해방 직후 좌우합작을 떠들던 중간파 같은 꿈을 여태 꾸구 계시네!"

"꿈? 흥……."

딸은 속으로, 이것 큰일 났다 싶었다.

"장인께서 북조선에 그냥 계시긴 허지만 거기 로선에 불평객 노릇이나 마세야 헐 텐데" 하던 남편의 의구심이 까닭 없는 것이 아니였구나 싶었다.

한뫼 선생은 서울만 오면 사위에게서 용돈도 좀 마련하고 키와 몸피

---

50 재봉틀.

51 (북한어) 서로 어긋나거나 엇비껴서 서다.

도 비슷하니 갈아입을 양복도 염려 없으리라 믿고 왔는데 이 두 가지가 다 하나도 여의치 않았다. 우선 고의적삼만 사위 것을 걸치고 앉아 입고 온 양복을 빨게 하였다. 그리고 몰라보게 키들은 자랐으나 영양이 좋지 못한 두 외손자를 가까이 앉히고 야윈 팔목과 종아리를 쓸어볼 때 저윽 속 깊이 창자의 쓰라림을 금할 수 없었다. 한뫼 선생은 유치장 속에서 선거투쟁으로 잡혀온 남녀노소들이 유치장 투쟁에까지 기세를 올리는 왕성한 의기들이면서도 그들의 얼굴과 팔다리들은 하나같이 빈혈적이던 것도 절로 연상되었으며 어젯밤 심기호의 저택에서 본 심기호 종형제 간과 그 하마 같은 턱을 불룩거리던 우드란 자의 영양과잉을 연상하는 데까지 이르러서는 한뫼 선생은 베었던 퇴침을 밀어 던지고 벌떡 일어나고 말았다. 큰 외손자를 시키여 가까운 성 씨를 불러오게 하였고, 성 씨에게는 다시 돈 좀 변통할 능력이 있을 듯한 친구부터 불러다 달래여 이날 저녁으로 딸네 집에 쌀말과 고깃근도 사들이게 하였고 외손자들의 손목을 이끌고 나가 평양서는 3, 4원씩 하는 노랑참외를 40여 원씩 주고 사들려 주기도 하였다.

## 5

한뫼 선생은 양복을 빨아 다려 입는 날로 인천으로 내려왔다.

어떤 일본인이 수집했던 조선 전적(典籍)들도 섞여 나오는 서화 골동 경매가 있는데 오래간만에 안 가볼 수 없고 가려면 현금 준비가 좀 필요하였다. 성 씨 말에 의하면 한뫼 선생 자신이 그전부터 눈독 들이던

『완당집(阮堂集)』을 가졌던 일인의 소장품들이라 그 고판 『완당집』이 틀림없이 나옴직하고 나오기만 하면 연대는 오래지 않다 하더라도 근자의 활판본과는 달리 만 원대는 넘을 듯하다 하였다. 그래 돈 1, 2만 원쯤 난색 없이 돌려줌직한 친구를 찾아 인천까지 내려온 것이다.

해방 이전부터 소규모나마 종이공장을 경영하던 이 인천 친구는 집에 있었다. 그러나 한뫼 선생이 찾아온 뜻은 흡족히 이루지 못하였다.

이 기업가 친구는 한뫼 선생에게 도리어 하소연하듯 이렇게 말하였다.

"해방이 되었으니 인전 일본 상품에 휘둘리던 것두 면허구 조선 기업가들도 한번 기를 펴보나 부다 허지 않었습니까? 웬걸요! 처음엔 원료와 연료가 딸리죠. 그담엔 대한로총(大韓勞總) 떼거질 당헐 수 있습니까? 전평(全平) 로동자들은 가끔 파업은 해두 물건만은 노동자다운 양심에서 기술것 만들었는데 이 대한로총 놈들은 이건 노동자가 아니라 생불한당패들이군요! 기껏 원료를 구해다 대면 파품만 만들어 내구 사무실까지 떡 차지허구 앉어 핑계만 있으면 술을 내라, 무슨 비용을 당해라 생떼를 부립니다그려! 게다가 배보다 배꼽이 더 크다구 버는 건 죄다 바쳐두 세금이 모자랍니다그려! 그래두 기곌 멈출 수 없어 장래나 보려구 일제 때두 잽히지 않은 공장을 잽혀 가며꺼지 끌어오지 않었습니까? 나중엔 뭡니까? 미국 종이가 어느 날 부산이나 인천에 들어온단 소문만 나두 벌써 종이 값이 폭락입니다그려! 원료값두 안 되게 떨어지니 이 노릇 해먹을 장수 있습니까 악을 쓰구 뻗히다 문 닫구 말었습니다. 어디 종이뿐인가요? 경인간(京仁間) 크구 작구 간에 조선 사람 기업 3분지 2 이상이 벌써 문 닫었구, 지금 몇 군데 남은 것두 나라에서 미국 물건을 막지 못하는 한 견딜 놈 하나 없습니다……."

한뫼 선생은 돈 겨우 5천 원을 돌려가지고 돌아오는 길에 경인선 각지와 영등포 공장지대를 갈 때와 달리 유심히 살펴보니 과연 굴뚝이 열이면 겨우 한둘이 연기를 흘릴 뿐, 지붕까지 벗겨먹고 시뻘겋게 녹슨 기계만 노출된 공장이 많았다. 이런 공장들은 거대한 무덤이요, 이런 기계는 거대한 시체 같았다.

차가 용산역에 들어왔을 때다. 한뫼 선생은 기계 시체가 아니라 이번에는 정말 사람의 시체를 목격하게 되었다. 골이 깨어져 피 흐르는 시체가 아직 거적도 덮이지 못한 채 여러 역원들에게 둘러싸여 있는 것을 보았다. 죽은 사람의 옷이 철도 종업원인 것으로 보나, 둘러선 동료들이 붉으락푸르락 분노에 찬 얼굴들인 것으로 보나 자기 실수로 차에 치여 죽은 것 같지 않았다. 죽은 사람의 동료들뿐 아니라 듣는 사람마다 분격해 했고 분격한 사람들은 자기 일처럼 힘써 말을 전했다.

죽은 사람은 용산역의 조역의 한 사람이라 한다. 급히 영등포에 갈 일이 있어 남행 차 홈—에 나왔는데 차는 벌써 움직이고 있었다. 우선 아무 찻간에고 매달린다는 것이 미군 전용 찻간이었고, 문 밖에 나섰던 미군 장교는 무어라고 소리를 질렀다. 조역은 올라가서 다른 찻간으로 가겠다고 말했으나 "까—뗌" 한마디에 미군 장교의 구둣발은 조역의 가슴을 차 내던졌다는 것이다. 역원들이 달려가니 조역은 옆엣 철길 대철에 쪼인 머리를 들지 못하고 말았고 미군 장교는 권총부터 뽑아들더니 사라지는 찻간 속으로 유유히 들어갔다는 것이다.

한뫼 선생은 용산서 경성역까지 오는 동안 크진 않으나 안정[52]은 날

---

52 眼睛. 눈알의 눈조리개 한가운데 있고 겉으로 검게 보이는, 광선이 들어가는 작은 구멍 부위.

카롭던 눈이 현기증이 나도록 침침하였다.

'대체 그네들 눈엔 조선 사람이 뭘로 보이는 건가? 쏘련 사람들과 달러 인종차별이 심하단 말은 들었지만 설마 허니 저런 짓을…….'

한뫼 선생은 그 다음날 돈 5천 원을 넣고 성 씨와 함께 고미술협회 경매장으로 왔다. 진고개에 있는 그전 '에도가와' 지점 자리 일본집 이층이었다.

진열된 종목은 서적만이 아니었다. 고려, 이조 양조의 서화(書畵)들과 도자기(陶瓷器)들도 수천 점이 나열되어 있었다. 손님에도 낯익은 반가운 사람이 많았고 특히 일본 사람들이 안 보이는 대신 미국 사람들이 군복인 채, 구두 신은 채 많이 올라와 서성대고 있는 것이 한뫼 선생에게는 이채로웠다.

"저 사람들두 더러 삽디까?"

"더러가 뭡니까, 덮어 놓구 값나가는 건 죄다 사니 걱정이죠."

하고 성 씨는 자기 어깨 너머로 내려다 보는 미국 장교 앞에 자기가 떠들춰 보던 책에서 손을 떼며 물러났다.

한뫼 선생은 눈에 모가 서 찾던 고판 『완당집』을 드디어 발견하였다. 이 『완당집』 놓인 데는 여러 사람이 둘러서 있어 인기부터 유표하였는데[53] 한뫼 선생은 여기 둘러선 사람들 속에서 만나고 싶던 동호가(同好家)들을 여러 사람 만났다.

"이거 누구요?"

"이거 언제 왔소? 해방 후 우리 처음 아닌가!"

---

53 여럿 중에서 특히 두드러지다.

"호랑이도 제 말 하면 온다드니……."

"이 『완당집』에 오래 공력 드리던 한뫼 형이 오셨으니 우린 선두 보지 말아야겠군!"

하고 반가워들 할 뿐 아니라 조선인 동호자들끼리는 어떤 물건이고 그 물건에 대한 욕망이 자기보다 더 간절한 사람에게는 서로 사양하는 예의가 있으므로 한뫼 선생은 속으로 저윽 안심하면서 벽오동 책갑에 든 『완당집』 다섯 권을 떨리는 손으로 안아내었다. 고운 때 묻은 뚜껑은 양피처럼 부드러웠고 가볍고 눈결같이 흰 후백지에 송체(宋體)와 명체(明體)에 어중간하여 표일하면서도 전아한 자양(字樣)[54]은 한뫼 선생은 어느 빛깔 고운 꽃이나 향기로운 음식에서처럼 눈이 매끄러워지며 입안이 흥건해짐을 금치 못하였다.

이윽고 경매가 시작되었다.

미국 사람들만은 양편 가에 의자를 놓고 구두 신은 채 걸터앉았고 그 밑에는 그들의 단골인 거간과 상인들이 하나씩 맨바닥에 붙어 앉았다.

미국 사람들은 대개 고려자기에 더 열광했다. 그러나 서화에도 값나가는 것에는 으레 뛰어들었고 이 한뫼 선생이 잔뜩 장을 댄 『완당집』에도 덤벼드는 자가 없지 않았다. 성 씨가 첫 번에 5백 원을 부르니 미국 사람의 단골 거간은 첫마디에 덜컥 3천 원을 불러 예기지름[55]을 한다. 한뫼 선생은 성 씨를 향해 약간 떨리는 연봉 수염을 끄덕이었다. 성 씨는 3천5백 원을 불러 맞섰다. 저쪽에서는 천 원을 껑충 뛰어 4천5백 원을 부른다. 한뫼 선생은 이마가 화끈하였다. 가진 돈이 5천 원뿐인데

---

54 글자의 모양. 자체.

55 원문은 '으기지름'. 상대의 날카로운 기세를 꺾다.

암만해도 그 이상 올라갈 것 같다. 어떡해서도 이 책만은 놓치지 않고 싶다. 한번 저 사람들 손에 들어만 가면 조선과는 하직이니 뒷날 어떻게 해볼 기회도 없는 것이다. 성 씨로 하여 자기의 최후의 역량 5천 원을 불러버리게 하였다. 저쪽의 미국 장교는 한뫼 선생을 힐끔 보고 빙그레 웃더니 자기 앞잡이 상인의 어깨를 툭툭 치며,

"꼬언 꼬언."[56]

하였다. 6천 원이 되었다. 한뫼 선생은 그만 얼굴빛만 퍼렇게 질리고 말았는데 딴 미국 사람 앞에 앉았는 거간이 건너편에서 7천 원을 부르며 대신 나선다.

한뫼 선생이 그만 물러앉는 것을 보고 다른 조선 동호인 하나가 불러보기 시작했으나 그도 기껏 큰맘 먹고 만 원까지 따라가 보고는 떨어지고 말았다. 나중에 미국 사람 판이 되더니 그들은 귀중한 고전 도서를 산다는 태도보다 무슨 투전판 아니 스포츠 삼아 장난질이었다. 하나가 천 원을 더 부르면 하나는 2천 원을 더 부르고 그 다음 이편에서는 3천 원을 부르며 휙― 휘파람도 불고 딱― 하고 손가락도 튀기었다. 귀가 찢어지게 휘파람을 불던 미국 장교가 『완당집』을 2만 원에 차지해 버리었다.

'저 사람들에게 『완당집』이 하관(何關)[57] 고!'

한뫼 선생은 눈에 그만 모래가 든 듯 깔끄러워지고 말았다.

한참 더 앉았으려니까 고려자기가 나왔다. 이른바 수류포금(水柳浦禽)의 상감(象嵌)으로 장내가 긴장하는 것부터 다르더니 예서 제서 악쓰듯 덮쳐 불렀다. 조선 사람들은 5만 원 안에 모조리 나가떨어지고 서양사

56 go on go on.

57 하관(何關), 무슨 관계.

람 판이 되더니 30만 원에 낙착이 된다. 한뫼 선생은 모두 미국 사람만인 줄 알았으나 이제 30만 원짜리를 29만 원까지 따라오다 떨어지고 만 사람은 소위 '유엔조선위원단' 불란서 대표라고들 쑤군거리었다.

한뫼 선생의 5천 원따위는 이 판에서 돈머리에 들 것이 못 되었다. 한뫼 선생은 더 앉았을 맛이 없어 성 씨를 찔러 가지고 중간에 나오고 말았다.

"그거 조선 사람 어디 돈 써보겠다구?"

"이걸 가지고 그러십니까? 서화 골동만이면 좋게요? 만반 경제가 온통 저 꼴이니 걱정이지오!"

"그런데 그놈들은 웬 돈이 그리 흔헌구!"

한뫼 선생은 의식적이든 무의식적이든 미국 사람에게 '놈'자가 나오고 말았다. 성 씨도 그네들을 호놈하여 대답하였다.

"아, 그놈들은 딸라 때문 아닙니까? 한 딸라에 요즘 2천 원 한답니다. 이제 그런 놈들은 하급 장교들이지만 월급이 2백 딸라는 된답니다. 그게 벌써 조선 돈으로 얼맙니까? 40만 원이 아닙니까. 조선 와 있으면 한 달에 40만 원씩의 월급을 받는 셈이구, 또 저 도적놈들로는 여간 머저리 아니군 조선서 생기는 게 월급만 아닙니다. 허!"

"……."

한뫼 선생은 덤덤히 대답 없이 걸었다.

"저놈들은 단 만 딸라만 던져두 벌서 그게 2천만 원 자금 아닌가요? 1원에 같은 1원 하던 일본 자본헌테두 꼼짝 못했는데 3년간에 벌써 2천 배나 차이가 생긴 미국 돈에 몇 해나 지탕할 상 부릅니까? 네? 그런데 미국 사람은 조선에 자유로 오너라 미국 돈은 얼마든지 투자해라, 유형무형 걸 마음대로 차지해라, 이게 명색이 원조며 이게 언필칭 원조 받는다는 놈들의 소립니까? 허!"

"……."

한뫼 선생은 그 말에도 씁쓰름한 입을 다문 채 걸었다.

"이제 그 『완당집』으로 론지[58]해두 우린 5천 원을 부르고도 못 샀지오. 저놈들은 2만 원에 샀지만 5천 원에 4배밖에 더 됩니까? 2천 배의 돈으로 단 4배에 사니 저놈들은 말이 2만 원이지 그냥 갖는 셈입니다. 저의 돈으로는 고작 단 10딸라에 산 거니까요. 저의 나라선 요즘 책도 웬만한 건 다섯 권에 10딸라로 사기 어려우리다."

"참 그렇겠군!"

"작년까지두 나두 제왕 국가가 아닌 미국더러 어째 제국주의 나라라는지 몰랐는데 지금 와선 삼척동자도 다들 알게 됐답니다."

"……."

한뫼 선생은 거기 대해서 자기는 별로 생각해 본 일이 없었다. 그러나 자기도 이 순간 갑자기 좌익이 되어서가 아니라, 사고 싶은 책 한 권을 꼼짝 못하고 놓쳐보고는 '딸라'라는 괴물에 대하여 미상불 절실한 관심이 솟아오르는 것만은 속일 수 없었다.

'왜놈들은 합병시키구 먹더니 이놈들은 원조해 준다고 하면서 먹는 재주가 있군!'

명치정 골목에 들어서 몇 집 안 내려왔을 때다. 양담배와 껌 장사 아이들이 새매[59] 본 새떼처럼 납작 엎디며 흩어져 이 골목 저 골목 속으로

58 론지(論之), 따져 말하다.

59 수리과에 속한 새.

숨는다. 그전 취인소 쪽 네거리에는 사람이 그득 차서 길이 막힌다. 웅성대는 속에서 싸우는 소리가 들린다. 가슴에 패를 찬 순경, 바가지 같은 전투모에 흰 뼁끼[60]로 영자를 쓴 '엠피'[61]들, 호각을 불며 군중을 헤치고 속으로 들어가려 한다. 잘 헤쳐지지 않는다. 사냥총 소리와는 달라 딱— 소리로 울리는 권총이 어느 쪽에서 터진다. 군중은 와— 물러서며 그 틈으로 순경과 엠피가 쑤시고 들어간다. 총소리쯤엔 군중은 마비된 듯 다시 조여들었고 이 골목 저 골목에서 사람들은 더 몰려나왔다. 싸움 소리가 아니라 연설 소리였다.

"우리 민족은 하납니다. 남조선에다 단독 정불 세울 리유가 어디 있습니까? 여러분! 여러분이 만일 조국 통일 독립을 원한다면, 여러분이 만일 민족이 분열되며 이 남조선 형제들이 또다시 식민지 노예가 되는 걸 원치 않는다면 이 8 · 15 남북통일 선거에……."

어떤 상점 창틀에 올라서서 한 손으로는 캡을 벗어 움켜잡고 외치던 젊은 노동자는 다리에 팔에 벌떼처럼 매달리는 순경들과 엠피 때문에 말이 끊어졌다. 청년은 발을 버둥거려 순경을 차버린다. 엠피는 총을 댄다. 청년은

"쏠 테면 쏴라!"

소리 지른다. 순경들은 방망이로 청년의 얼굴을 올려 갈긴다. 입이 터져 피가 쏟아졌으나 청년은 소리 질렀다.

"여러분! 우리는 우리 손으로 통일 독립을 쟁취하는 길밖에 없습니다. 그 길은 통일 선거에서……."

---

60 페인트.

61 MP(Miltery Police). 헌병.

"옳소!"

"옳소!"

여기저기서 군중들이 맞받아 외치었다. 순경들은 노동자의 몸을 나무 타듯 앞뒤에서 기어올랐다. 상점 창살이 와지끈 부서지며 노동자는 그만 순경들과 한 덩어리 되어 길바닥에 떨어진다. 군중들은 와— 조여들었다. 그리고 서로 등을 떠밀어 순경 위에 엎치고 덮치었다. 확실히 군중들은 노동자의 포박을 방해하는 것이었다.

"똥바가지 짓밟아라!"

"똥바가지 깔아뭉개라!"

똥바가지란 순경들이 쓴 '헬멧'과 엠피가 쓴 전투모를 말함이었다.

이렇게 소란한 속에 이 틈 저 틈에서는 청년들이, 부인네들이, 소년들이 연판장을 들고 이름들을 받았고 또 군중들은 민속하게 서명 날인하고 있었다. 성 씨와 한뫼 선생 앞에도 중학생 하나가 두루마리를 펴 들었다. 성 씨는 이내,

"난 우리 구에서 했습니다."

하고 아들 같은 청년에게 경어를 써 존경한다. 한뫼 선생은 당황하였다. 이런 환경 속에서 서명 날인하는 것은 이것이 곧 유혈 낭자한 결사적 투쟁에 가담하는 것이라 느낄 때 한뫼 선생의 손은 움츠러들고 말았다.

"우리 구는 ××× 선생이십니다."

중학생의 화끈거리는 입에서는 선출 후보의 성명이 은근히 울려나왔다.

"자유십니다만 하실랴면 속히 해주십시오."

중학생의 눈은, '당신이 애국자 편이냐 매국노 편이냐?' 하는 듯한 섬

광이 번뜩이었다. 한뫼 선생은 이런 시험을 받는 듯한 압박이 또 불쾌했다. 한뫼 선생은 이 긴박한 순간에서, '나는 좌도 아니요 우도 아니다' 하는 초연한 안색을 고쳐 부채질을 하며 얼굴은 중학생에게서 돌리고 말았다.

아래쪽으로부터는 순경의 방맹이가 이 사람 골패기를 치며 저 사람 등때기를 갈기며 이쪽으로 달려왔다. 한뫼 선생은 따라오는 성 씨까지 숨이 차도록 구멍을 빠지듯 길을 쑤시며 걸음을 재우쳤다.

연설하던 노동자는 어찌 되었는지 잡혀가는 그림자는 볼 수 없었고 순경들이 흙투성이 된 옷을 털며 경찰봉으로 닥치는 대로 갈기면서 다시 군중들에게 깔릴 것만 무서워 줄짜[62]를 놓고들 있었다.

경관과 엠피가 흩어지는 듯하자 어느 틈에 골목골목에서 새떼 풍기듯 했던 조무래기 장사꾼들이 길을 덮고 쏟아져 나왔다.

"양담배 삽쇼."

"껌 하나 팔아줍쇼."

"미국 치약입쇼. 미국 비눕쇼."

한뫼 선생은 평양집 식모의 아들 대성이 생각이 났다. 고만큼씩 한 사내아이, 계집애들이 미국 담배, 껌, 화장품, 머리빗, 칼 따위를 종이곽에 혹은 손바닥에 든 채 저저마다 팔아달라고 아우성이다. 성 씨는,

"이 자식들아, 귀찮다, 귀찮어……."

하고 화증을 내 쫓아버리곤 하였다.

62 줄행랑.

## 6

한뫼 선생은 심기가 매우 편치 못해 딸네 집으로 돌아왔다. 와보니 딸네 세 식구는 더욱 편치 못한 기색이었다. 외손자 큰 녀석은 얼룩이 진 시뻘겋게 충혈된 눈을 껌벅거리며 마루 밑돌에 걸터앉아 일어나지도 않고 있었고 작은 녀석은 마루 기둥에 기대선 저의 어미 치마폭에 얼굴을 싸고 돌아서 있었다.

"왜, 그 녀석들이 싸왔니?"

"아니야요."

"날두 몹신 찐다. 아이들두 더위에 지친 게로구나……."

"아버지?"

"왜?"

딸은 용하게도 눈물은 꼬물도 없이 어떤 굳센 적개심에 타는 눈으로 말하였다.

"그 개새끼들이 어째 며칠째 안 찾아오나 했더니 애아범이 며칠 전에 붓들려버렸군요!"

한뫼 선생은 잠간 멍청해 방에 들어와서도 모자를 쓴 채 서있었다.

"헤, 부질없는 사람 같으니……."

하고 한뫼 선생은 사위를 책망하였다.

"아버진, 그 사람 잘못으로 아시나요?"

"수신제가(修身齊家) 연후에 국사(國事)니라. 집안을 이 꼴을 만들어 놓구 또 제 몸까지 망쳐?"

딸은 잠자코 아버지를 쳐다보았다. 아버지가 아니라 이승만이 패나 한국민주당 사람 같아 보였다.

“아무커나 아버지 좀 얘들 다리구 집에 계세요.”

“어딜 갈 테냐?”

“그렇지 않어두 요즘 잘 먹지 못해 몸이 약헌데 그냥 내버려둘 순 없군요.”

“사식을 넣게?”

“네.”

“무슨 돈으루?”

“…….”

“뭘 또 팔 테냐?”

“급헌 때 쓸려구 금반지 뒀드랬어요.”

“혼인 반질 팔어? 부모가 대사 때 해준 례물을…….”

“…….”

딸은 대답은 하지 않으나 금반지를 팔러 나가려는 눈치다. 한뫼 선생은 책 사려던 돈 5천 원을 꺼내 딸에게 던지었다.

“5천 원이다.”

“아버지두 용돈 쓰세야지 어떻허세요? 그리고 사식비 한 달 치를 먼저 내야 허는데 최하라두 만 원이 넘는다구 어제 친구 되는 이가 와 일러주구 갔어요…….”

“만 원이 넘는다…….”

한뫼 선생은 그렇다고 해서 어른 된 체모에 더는 모르는 체할 수가 없었다.

“게 있어, 내 어디 잠시 다녀오마.”

하고 딸에게 위신을 돋우며 자기가 돈 마련을 나왔다.

한뫼 선생은 해가 지도록 서너 친구를 찾아 다녔다. 그러나 단돈 천 원이 만만치 않았다. 대개 경매장에서 만났던 친구들인데 그들은 미국 사람들이 돌보지 않는 몇 쪽 편화(片畵)와 간찰류(簡札類)에나마 푼푼치 못한 주머니들을 털고 와 있었다.

한뫼 선생은 아무리 딸이라도 출가한 자식이라 빈손으로 들어서기가 너무 계면쩍었다. 한뫼 선생은 나중에 성 씨를 찾아가 의논하였으나 성 씨 역시 취대할 만한 자리는 이미 빚지지 않은 자리가 없어 나서 볼 데가 없노라 하였다. 한뫼 선생은 벌써 어두워진 하늘의 별들을 쳐다보면서 서울 안 자기 친교(親交)의 범위를 훨씬 늘려 더듬어 보았다. 그러다가 가히 머리를 끄덕일 만한 한 군데가 떠오른 것이다.

"진작 거길 가볼 걸 그랬군!"

"어딘데 말슴입니까?"

"박 교주를 찾어가면 날 돈 만 원 안 돌려주겠소?"

자기가 20년 동안 근속한 중학교 교주였다. 학교를 사직한 뒤에도 한동안 왕래가 있었고 박 교주는 간혹 고서화를 사려면 한뫼 선생을 청하여다 감정을 받았었다.

"가시기만 하면 돈이야 좋아라구 돌려드리죠. 지금 저명한 사람 한 명이라두 더 자기편에 끌어들이지 못해 열광이 난 판인데 좀 반가워하겠습니까? 그렇지만 거긴 가실 생각 아예 마시는 게 좋으실걸요."

"어째?"

"거기서 꿔온 돈이라면 아마 따님께서 반지부터 않을 거구 서랑[63] 되시는 이두 그 사식을 먹지 않을 겁니다."

"옳지, 박 교주는 요즘 문자루 뿌루죠아진가 뭔가라구 해서?"

"글쎄 거긴 안 가시는 게 좋으실걸요. 그자들헌테 신세진 일 때문에 그자들 문안에 드나들다가 그자들 정당에 옭혀가지구 제 자신 신세완 당치 않게 재산가 옹호에 나선, 그야말로 왜말에 반또[64]니 방겐[65]이니 허는 게 돼버린 자가 한둘이 아니랍니다."

"그 사람 벨소릴 다 허는군! 내가 그래 돈 만 원에 박 교주 주졸이 되리란 말이야? 난 바지 저구리만 댕기는 줄 아는군!"

하고 한뫼 선생은 화를 내며 성 씨 집을 나섰다.

골목은 어두웠으나 박 교주 집 문전은 예나 오늘이나 한결 같이 융성하였다. 자가용차가 두 대나 서고 미국 군용차도 한대 멎어 있었다.

'아차, 손님들이 있고나!'

이래서 주춤거리고 망설이면서 접근한 것이 외국 군인의 눈에는 더욱 수상쩍게 보인 셈이었다. 키가 9척 같은 자가 지프차에서 뛰어내리더니 뭐라고 떠드는 품이 뜻은 모르나 대뜸 시비조로 길을 막는다. 이런 때 멀쑥해 그냥 물러설 한뫼 선생도 아니었다. 잡담 제하고 들어가려 한즉, 9척 장승은 껍신 허리를 굽히는 듯하더니 야윈 한뫼 선생 눈두덩에 벼락불을 안겼다. 한뫼 선생은 이것이 그들이 즐기는 권투에서 무슨 종류의 격타법인지 알 리 없이 단번에 '넉아웃'이 되어 뻣-벗하게 나가떨어지고 말았다.

---

63 서랑(壻郎). 사위.

64 ばんとう(番頭). 지배인.

65 ばんけん(番犬). 집 지키는 개.

×

이튿날 재동 어느 안과병원 이층에 누워 한뫼 선생은 딸을 불러왔다. 딸은 입술이 파랗게 질리었다. 한쪽 관골이 터지어 바가지처럼 붓고 그쪽 눈 하나가 멍이 꺼멓게 든 아버지의 봉변이 분해서만 아니었다. 아버지의 그런 봉변은 차라리 당연한 결과라 하고 싶도록 아버지가 그따위 이승만 도당에게, 자식들이 목숨을 걸어 싸우는 그따위 원수 도당에게, 자식들의 용감한 투쟁을 무슨 딱한 궁상이나처럼 사정을 하러 갔다는 것이 딸은 치가 떨리게 분하였다. 딸은 안타까워 울었다.

"왜 아버진 그다지두 분별이 없으슈? 왜 그다지두 정세판단을 못허세요? 지금이 어떤 첨예화된 시긴 줄 아세요? 난 엊저녁에 면회하구 왔세요. 우리 쪽 순경이 번을 든다구 누가 와 일러줘 잠간 가 면회했는데 사식 말을 허니까 그 사람은 펄쩍 뛰더군요. 사식 못 먹는 동무들이 얼마나 많은 줄 아느냐구 허면서 정세에 대해 그다지 어두우냐구 꾸지람했어요. 그리구 아버지 오셨다니까 깜짝 놀라면서 어디 자주 나가시지 말게 허라구 신신당부 했어요. 왜 그랬는지 아세요? 박 교주 같은 데나 가시구 무슨 말 끝에 북조선에 대헌 당치않은 비평이나 허실까봐 그러는 거야요. 곰곰히 생각해보세요? 어디가 옳구 그른가……."

"……."

한뫼 선생은 연봉오리 수염만 가벼이 떨 뿐 붕대에 감기지 않은 눈도 뜨지 않았다. 딸은 말을 계속하였다.

"아버진 북조선이 잘허긴 해두 혼자만 앞질러가기 때문에 통일이 안 된다구 그러셨지? 그건 반동파들이 들으면 좋아 날칠 소립니다. 쏘미 공동위원회 사업을 어느 쪽에서 파탄시켰습니까? 조선에서 쏘미 양국 군대가 동시에 철거허잔 제의가 어느 쪽에서 나왔으며 이 제의를 반대헌 게 어느 쪽입니까? 또 단독정부를 어느 쪽에서 먼저 세웠나요? 도무지 진상과는 하나두 맞지 않는 말씀을 누가 좋아하라구 허시는 거야요. 매국노들을 변호허는 것 아니구 뭐야요. 아버진 반동이세요."

"뭐야?"

한뫼 선생은 한쪽 눈이나마 최대한도로 부릅떴다.

"누가 날 반동이라드냐?"

"생각해 보세요. 아버지 지론이 민주진영에 유리허겠습니까 반동진영에 유리하겠습니까?"

"난 불편부당이다! 공정헌 조선 사람인 것뿐이다!"

"아버진 여태 꿈속에 계서요. 불편부당이란 게 얼마나 모호헌 건지 여태 모르시는 말씀이세요. 지금 어정쩡한 중간이란 건 있을 수 없는 거야요. 자긴 불편부당을 가장 공정한 태도로 알구 중립이라구 허지만 그는 자기도 모르는 새 자꾸 반동에 유리헌 역할을 노는 거야요. 박 교주 녀석 집에…… 조선 인민은 박 교주 녀석 집에 폭탄이나 던지러 갈까 그 외엔 갈 일이 있을 수 없는 거야요."

"나두 내 지각과 내 요량이 있는 사람이야, 너이나 너이 소신대로 나가렴."

"누가 어버지더러 당장 좌익 리론가나 투사가 되시길 바라나요. 아버지 정의감이 계시지 않어요? 아버지 요량에 확실히 원칙이 옳다구 인정되는 편에 왜 결정적으로 가담 못 허시나요? 옳다구 인정되는 편에 꼭 밀착 허시란 말이야요. 지금 시대가 어떻게 급격한 회전(回轉)인지 아세요? 어름어름 허구 떠도시다간 날려버리구 마십니다. 력사의 주인공은 못 되시나마 력사의 먼지는 되지 마세요…"

"먼지……."

한뫼 선생은 이 말을 딸에게 돌려보내듯 쓴웃음을 침이 튀게 뿜었다. 딸은 집에 아이들만 두고 와서 오래 앉았지 못하고 가버리었다.

이튿날 성 씨도 병원으로 찾아왔다.

"이런 봉변이 어디 있습니까?"

"내가 이녁의 말 안 들은 탓이오!"

하고 한뫼 선생은 성 씨에게만은 박 교주네 집에 갔던 것을 솔직히 후회하였다.

"그놈들은 죄다 권투광인지 길거리에두 권투 허는 시늉을 하면서 다닌답니다. 그러다 한번 진짜루 갈겨 보구 싶으면 아무나 때려눕히는 걸요! 뭐시, 아파까트라든가요, 턱을 치바치지 않으면 눈통을 갈겨 멀쩡히 지나가다 송장처럼 나가떠러진 사람 많습니다. 그리게 미국 녀석인 줄만 알면 그저 멀찍이 피허는 게 상책이랍니다."

"아니 , 박 교주넨 뭘 허러 미국 병정을 문간에 세워두누? 그게 요즘 세상 제돈가?"

"아마 미국 놈 무슨 요인이 왔던 게죠. 박 교주 녀석 요즘 석유 노름에 한몫 잘 보니까요."

"석유 노름이라니?"

성 씨는 피우던 담배를 끄며

"참, 선생께서 여태 남조선 석유 노름을 모르시겠군!"

하고 이렇게 요령만 들어 이야기하였다.

"북조선 전기 값을 떼먹구 결국 북조선 전기를 퉁겨버린 건 저의 석유를 더 많이 팔어먹자는 심산이었더군요. 해방 직후 과학자동맹에선 남조선에두 훌륭헌 석유공장이 있으니 원유(原油)를 들여오지 가공품을 들여올 필요가 없다구 군정청에 항의를 했답니다. 원유 1억 원어치를 갖다 조선서 만들면, 조선 공장두 살구, 로동자들도 살구, 1억 원어치 원유에서 3억 원어치 석유, 까솔린, 중유가 나온답니다. 그런데 이 날도적놈들 보슈, 과학자동맹 사람들을 공산당이라구 검거해다 집어넣구, 그런 여론 퍼뜨리지 못하게 허구, 저의 석유재벌 텍사쓰니, 썬라이징이니 하는 장삿군들헌테 석유 수입권을 줘 석유는 석유대로, 까솔린은 까솔린대로, 중유는 중유대로 들여다 팔어 1억 원어치를 3억 원어치로 팔아먹지 않습니까?"

"저런 도적놈들이 있나!"

한뫼 선생은 미국 사람들을 그냥 '놈'이 아니라 이번에는 '도적놈'이라 불렀다. 그리고 한쪽 눈에나마 정채가 돌며,

"아니, 리승만 대통령은 그런 걸 묵과헌단 말이야? 그리구 무슨 건국이란 말이 될 번헌가?"

하였다.

"저런 말씀 봤나! 묵과가 뭡니까? 그런 불한당 노름을 원조니, 한미협정이니 허구 도장을 떡떡 찍구 앉었으니 그리게 월가 앞잡이라 매국 매족노라 허지 않습니까? 바루 박 교주 놈두 그런 매국 정당 두목에 하나구, 바루 그 석유 남조선 각 지방에 펴치는 리권을 얻어쥐구 해방 후에 몬 돈이 해방 전 재산의 30배가 넘는다는 겁니다. 그래 북조선에도 이따위 외국 장삿군 놈들이 판을 치며 제 민족 고혈을 긁어가는 도적놈들

의 심부럼을 허구 제 뱃때기만 채는 조선 놈들이 판을 치고 있습디까?"

"……."

"한뫼 선생께선 여태 북조선 살어 보시구 등하불명이신 것 같어!"
하고 성 씨는 한탄하듯 말하였다.

"등하불명? 그래 난 등하불명이라 칩시다. 그러면 옆에 그런 매국 역도들을 두고 남조선 사람들은 여태 뭣들을 했단 말이오?"

"저런 말슴 보게! 그러게 모두 들구 일어나지 않습니까. 사위 되는 분은 뭐러 붙들린 줄 아십니까? 죽은 사람이 벌써 몇 만 명인 줄 아십니까? 갇힌 사람이 벌써 몇 십만 명이게 그러십니까? 원!"

"아니, 그래 몇 십만 명이 몇 놈 매국놀 못 당해?"

"저런 딱헌 말슴 봤나! 그 몇 놈 매국노들이 제 힘으로 꺼떡대는 줄 아십니까?"

"옳아, 미국이 있지 참!"
하고 한뫼 선생은 스스로 서글피 웃었다.

"그러나 미국이 열이 오면 뭘 헙니까? 놈들은 철저한 장삿군들입니다. 릿속이 틀렸다 봐질 땐 그놈들처럼 뒤가 물른 것도 없는 겁니다. 그전 호랑이 담배 먹을 때 말이지 지금은 어림이나 있습니까? 쏘련 같은 나라가 생긴 걸 로동자들이 모릅니까? 농민들이 몰읍니가? 이쪽이 몰을세 말이지 깨닫구, 단결허구, 결사적으로 항쟁허는 마당엔 그놈들이 목숨 내결구 덤빌 놈은 하나두 아니니까요. 중국 돼가는 걸 보십시오 그려!"

"아니 이승만이나 박 교주 같은 작자들은 장랠 어떻게 보길래 민심을 잃구 견디려는 건구?"

"미국으루 뛰겠죠. 그러게 그 녀석들 딸러허구 귀금속만 사 모지 않습니까? 서울 안 금강석이니 보석이니 하는 건 이승만이 양첩[66]이 죄다 끄러모구 앉았답니다."

"조선을 버리구?"

"그놈들헌테 조선이 그리울 게 있습니까? 그러게 그놈들이 조선 문활 뭘 애끼는 줄 아십니까?"

"허긴 그렇드군! 미국놈 초대연엔 으레 딸년들을 쪽도리에 원삼을 입혀 내세드군! 해괴헌 일이지, 제 민족 문화 풍습을 그렇게 모독헐 데가 있나! 그 미국 놈을 어째 사모관대꺼지 시키진 않는지……."

"말 맙쇼. 조선 건 일제 때 이상 천대허구 모두가 경조부박한 미국식이죠. 그러게 매국노들은 세계 어디든지 '딸라'면 그만이게 되구, 미국식 퇴폐문물로 통일됐으면 제일 편헐 테죠. 어디루 쫓껴가든 조선이 따로 생각날 필요가 없어지고 말게……. 그리게 요즘 좌익에서들은 미국이 세계 각국더러 민족적 자존심을 버리라는 둥, 북대서양동맹은 구라파 합중국의 제일보라는 둥, 공공연히 내세우는 세계주의라는 것과 두 싸우지 않습니까?"

"그런 타민족 말살 정책과 싸우는 건 옳은 일이지."

"그것만이 아니라 알구 보면 좌익에서 허는 일이 다 옳습디다요."

"봉변은 했어도 박 교주 녀석과 대면 안 되길 잘 했군……."

"그렇습니다."

"……."

한뫼 선생은 입을 다물고 말았다. 성 씨는 수선스럽지는 않으나 덤

---

66 서양 첩. 여기서는 영부인 '프란체스카'를 뜻함.

덤히 앉았지는 못하는 성미라 다시 이런 화두를 꺼내였다.

“난 요즘 가끔 이런 공상을 해보죠니까…….”

“무슨?”

“박연암(朴燕巖)이나 김완당(金阮堂)은 한뫼 선생께서 더 잘 아시겠지만, 만일 이런 분들이 지금 세상에 계신다면 어느 편일까? 허구…….”

“그거 재미있는 궁린 걸! 그래서?”

“그때 세상에서두 양반놈들을 드러내놓구 풍자했구, 경세 사상[67]으로 일관했던 연암이 오늘 있었다면 공산당 안 될 도리 없을 거라구요.”

“완당은?”

“실사구시(實事求是)가 뭡니까 허황한 관념철학인 성리학(性理學)을 배척허구 실지 과학을 주장헌 것 아닙니까? 실학파의 거두 완당이 오늘 있었다면 사회과학에 거물이 되지 않을 수 없었을 겁니다. 한뫼 선생께선 어떻게 생각허십니까?”

“거 맹랑헌 문젠걸…….”

한뫼 선생은 성 씨의 의견을 더 따져가며 듣기만 하고 이날 자기의 의견은 말하지 않았다.

×

한뫼 선생은 그 후 이틀 동안이나 외로이 병원에 누워 맞은편 벽에 걸린 색맹검사표(色盲檢査表)만 바라보았다.

---

67 원문은 ‘경제사상’.

'내 눈은 북조선을 보는 데 색맹이었던가? 전체는 보나 어느 한두 가지를 제대로 못 본…….'

창밖 길거리에는 자동차 달리는 소리가 끊일 사이 없이 지나갔다. 날랜 새매 지나가듯 쌩— 소리가 나는 것은 보지 않아도 미국 군인의 짚차일 것이요 거대한 괴물이 용을 쓰듯 으르렁거리며 집을 흔들고 달리는 것은 보지 않아도 그것도 미군의 트럭일 것이었다.

'나는 보았다. 남조선을 이 눈이 터지도록 본 셈이다! 나는 더 보기 싫어졌다! 더 보기 싫어진 이게 내가 반동이 아닌 표다!'

한뫼 선생은 딸의 말이라도 반동이란 말은 노여웠다. 자기는 일제하 36년간 그다지 비굴하게는 살지 않아왔다. 자기는 지금 5·10단선 반대투쟁으로 투옥되어 그 가족들이 그의 장서를 팔아먹고 산다는 김 씨 같은 불평할 줄 아는 인물이 그전부터 좋았기 때문에 나이는 틀리나 친구로 지냈고 그도 역시 연암이나 완당을 누구보다도 좋아해서 서화에는 무관심하면서도 완당의 글씨만은 몇 폭 가지고 있었다.

한뫼 선생 자신도 자기가 수집한 책에서 연암의 것을 『열하일기』를 비롯하여 가장 많이 읽었고, 『완당집』은 활판본을 통하여서나마 그 호한한 전집을 거의 섭렵하였다. 이번에 고판 『완당집』을 놓치고 만 애석함은 전적 수집벽(蒐集癖)에서보다도 자기가 완당을 숭상해온 후학(後學)의 도리에서 더하였던 것이다.

'연암이나 완당께서 생존하섯다면 그 정의감들과 그 실학정신들이 좌익에 가담하고 말고! 가담이 아니라 일선에 나서 지도허실 어른들이지!'

한뫼 선생은 성 씨 의견에 합치되지 않을 수 없었다. 그리고 자기는 자기 딸이나 동대문 경찰서 유치장에서 본 사람들이나, 명동 골목에서 본 중학생과 노동자들에게서만 비웃음을 받을 것이 아니라, 자기가 오늘까지 숭상해오는 연암이나 완당 같은 선현들로부터도 비웃음과 꾸지람을 면치 못할 것이라 생각할 때 한뫼 선생은 이마가 화끈 달아올랐다.

'나를 반동이라는 건 과헌 말이다! 그러나 보수적이었던 건 사실이다! 보수파? 내가 보수파?'

한뫼 선생은 병상에서 후다닥 상반신을 일으켰다. 부채를 집어다 아직도 무거운 얼굴을 발작적이게 부치었다.

'보수파? 이건 내 본의가 아니었다! 보수의 무리는 어느 시대에 있어서나 자기 나라 자기 사회의 발전을 저해한 독충들이었었다! 내가 보수파라니?'

한뫼 선생은 아직도 한 이틀 병원에 더 누웠어야 할 것을 한쪽 눈을 붕대로 동인 채 뛰쳐나오고 말았다. 울적한 심사는 딸네 집으로도 들어가기 싫어, 전에 서울 살 때, 자주 다니던 취운정(翠雲亭)으로 올라왔다.

울창하던 솔밭은 정자가 벌거벗은 것처럼 드러나 한쪽 눈의 시력만으로도 시가를 전망하기에는 제격이었다. 멀-리 남산 밑으로 40년 전 일본 통감부(統監府) 자리가 마주 바라보였다. 일본기 대신 오늘은 미국기가 펄럭거리는 미군 헌병대였다.

한뫼 선생은 반청문(半淸門)께로 산등을 타고 거닐었다. '유엔조선위원단'이란 것이 들어와 있다는 덕수궁이며 이승만이가 미군정의 대를 물려 매국 내각을 차리며 있는 경복궁이 손바닥처럼 내려다보인다. 근정전 마당에는 미군 숙사들이 빼곡히 들어섰고 광화문통 넓은 길에는 미군들의 군용차가 개미떼 서물거리듯 한다. 그중에는 번질번질한 승용차도 섞이어 덕수궁으로 경복궁으로 뻰질나게 들락날락거린다.

한뫼 선생은 이 번잡함이 말할 수 없이 서글프고 울분하였다. 어렸을 때 그것도 자기 눈으로 똑똑히 본 한국 말년의 한양 풍경이 회상되었다. 이등박문(伊藤博文)이가 '실크햇'을 쓰고 쌍두마차를 타고 송병준이, 이완용이 일진회(日進會) 패들이 인력거를 타고 덕수궁으로 경복궁으로 뻔질나게 드나들던 꼴이 오늘 다시 너무나 방불하였다.

'이놈들아, 또다시 일진회 노름을 채린단 말이냐!'

한뫼 선생은 한 눈은 붕대로 싸매고 한 눈은 눈물에 글썽해 자못 비장한 한숨을 쉬었다.

## 7

한뫼 선생은 딸네 집에 나와 있다가 눈에서 붕대를 끄르기가 바쁘게 그 종이 노가방을 들고 서울을 떠났다. 성 씨도 어느 친구도 다시는 만나지 않고 재판도 출옥도 가망이 없는 사위도 기다리지 않고 서울을 떠나 버리었다.

역시 길은 경험 있는 동두천 쪽으로 잡았다. 동두천에 와 사흘이나 묵으며 안내꾼을 수탐[68] 했으나 경비가 심하다고 나서는 사람이 없었다. 좁은 거리에 여러 날 묵는 것도 본색이 드러날 위험성이 있으므로 한뫼 선생은 불과 달포 전에 지나온 길이라 혼자 자신 있게 나서고 말았다.

30리를 걸어 학여울[69] 강가에 다다랐을 때 어느 마을에서는 두 홰째

---

68 수탐(搜探). 찾아다님.

69 원문은 '한여울'이나 학여울의 오식임.

우는 닭소리가 들려왔고 북조선의 첫 마을 전곡거리는 인민의 집에도 관리의 집에도 함께 전등불이 휘황하여 알른알른 바라보였다.

한뫼 선생은 숨을 죽이고 좌우 동정을 살폈다. 괴괴하였다. 조용히 옷을 벗어 종이 노가방과 한데 묶어 등에 걸머졌다. 벌써 가을 물이라 올 때보다 수심은 낮으나 얼음처럼 차고 돌들이 미끄러웠다. 아무래도 물소리가 났다. 반도 못 건너서다. 그만 크게 털벙소리를 내며 넘어졌다. 한뫼 선생이 다시 일어서 몸도 가누기 전이었다.

딱 꿍,

딱 꿍 치르르…….

카빈총[70] 소리는 철교 서쪽 잿등에서이므로 상당히 먼 거리이나, 한두 총구에서 쏟아지는 것이 아니었다. 총알은 강바닥을 덮어 소낙비 퍼붓듯 물방울 쳐 쏟아지고 말았다.

총탄의 소나기는 잠시 뒤에 멎었다.

그러나 사위는 다시 괴괴할 뿐, 그만 북쪽 강기슭에도 남쪽 강기슭에도 사람이 나오는 그림자나 물소리는 나지 않고 말았다.

1950년 2월

『문학예술』 제3권 제3호, 문학예술총동맹, 1950.3

---

70 M1 카빈(M1 Carbine, 공식명칭 the United States Carbine, Caliber.30, M1)은 제2차 세계대전, 한국전쟁 동안 미군의 표준 화기였던 경량 반자동 카빈이다.

# 부록

# 온건한 인민민주주의의 기획과 그 실패

## 북한에서의 이태준의 문학

배개화

## 1. 토지개혁, 인간의 품위를 실현하는 제도–「농토」

「농토」는 토지개혁의 정당성과 북한에서의 토지개혁 과정을 다룬 소설이다. 「농토」는 1947년 6월 20일부터 8월 29일까지 『조선신문』— 평양에 진주한 소련군사령부 민사처가 조선어로 발간한 타블로이드판 신문 — 에 연재되었다(정종현 2009). 연재본 마지막 회에 1947년 6월 2일 평양에서라고 적혀 있어, 탈고시기를 짐작할 수 있다. 이후, 이 소설은 1947년 8월 15일 북한의 노동당출판사와 1948년 8월 10일 남한의 삼성문화사에서 각각 출판되었다. 「농토」의 단행본이 노동당출판사에서 출판된 사실은 이태준이 당의 사상 검열을 통과했다는 것을 보여준다.

「농토」는 발표 당시에 북한에서 매우 긍정적인 평가를 받았다. 예를 들어, 소련 군정은 이 작품을 이기영의 「땅」, 이북명의 「노동일가」와 더불어 "북조선의 새로운 삶을 반영하는 성숙한 작품"으로 평가하였다. 안함광(1947)은 "조선 사회의 발전상이며 토지개혁의 의의, 기타 객관적 사실을 극명히 묘사하였을 뿐만 아니라 민주주의 사회의 새로운 생활 원리 및 윤리에 관해서 옳게 파악하고 표현하여 인민대중을 이상적으로 지도하며 민주주의적으로 교육할 수 있는 작품"이라고 평가했으며, 신고송(1949)도 "토지개혁을 주도한 작품으로서 작가는 주인공 억쇠를 통하여 조선 사회가 걸어온 구체적 현실의 특질을 해부하였으며, 토지개혁의 역사적 전망과 필연성을 일관한 예술적 수법으로 형상화함으로써 인민들을 민주주의적 사상으로 교육 선전하는 데 커다란 효과를 나타낸 작품"이라고 평가하였다.

「농토」는, 인민민주주의가 '인간성의 완전한 실현'을 보장하는 제도라는 관점에서 북한의 토지개혁을 묘사하였다. 소설은, 일제의 식민지 정책이 지주-소작관계라는 봉건적 생산관계를 유지, 강화시켜 조선의 근대화를 왜곡하였으며, 이로 인해 대부분이 소작농인 농민들에게 지주에 대한 노예적 굴종과 비굴함이 그대로 남아 있음을 생생하게 묘사한다. 특히 제2차 세계대전 이후, 조선인의 삶은 숨 쉬는 것을 제외하고는 모든 것이 국가 — 일본 제국 — 와 개인의 직접적인 관계로 재편되었으며, 이 속에서 조선인들은 '인간성의 완전한 상실'과 '문화의 파괴'를 경험케 하였음을 소설은 억쇠 부자의 삶을 통해서 생생하게 묘사하였다.

1945년 8월, 마침내 조선이 식민지 상태로부터 해방됨으로써 조선 농민은 '인간의 해방'을 위한 조건을 마련하였다. 이어서 1946년 3월에 북한에서 단행된 토지개혁은 봉건적인 지주-소작 관계의 해결을 위한 혁명적 조치였다. 하지만, 북한의 토지개혁은 치열한 계급투쟁의 산물이 아니라, 소련 군정의 주도로 이뤄진 '행정혁명'이었다. 이 때문에 「농토」는 토지개혁을 '토론과 교양의 장'으로, 그리고 농민을 개혁의 주체라기보다는 그 수혜자이자 지지자로서 묘사하였다. 소설은 또한 김일성을 농민들에게 토지개혁의 의의를 설명하고 이해시키는 '교사'로 묘사한다. 이러한 묘사는, 북한의 토지개혁이 '소련 군대와 김일성 장군의 덕분'이라는 의식을 합리화한다.

무엇보다 「농토」의 결말, 즉 "북한의 토지개혁을 철벽처럼 지키고, 이것이 아직 안 되고 있는 남한을 여기처럼 되도록 밀고나가", "가재울[북한]과 서울[남한]이 문명에 들어 똑같이 차별이 없"는 그런 "진짜 문명국"을 만들어야 한다' 결말은 인민민주주의에 대한 이태준의 전망과 월북 동기를 잘 보여 준다. 한마디로, 이태준은 '인민민주주의의 평화적인 전국화'를 목적으로 월북하여 당의 정책에 협력하였던 것이다.

## 2. 유격전이라는 통일 수단에 대한 두 개의 결론—「첫 전투」

「첫 전투」는 북조선문학동맹의 기관지 『문학예술』 4호(1948.12)에 수록되었다가, 이듬해에 『8·15해방 4주년 기념 소설집』(문화전선사, 1949.8.10) 및 단행본 『첫 전투』(문화전선사, 1949.11.30)에 재수록 되었다. 「첫 전투」의 탈고 시기는 대한민국이 수립될 때인 1948년 8월이며, '5·10 남한 단독 선거'를 저지하기 위한 남로당의 유격투쟁을 소재로 하고 있다.

이 점에서 소설은 북한문학사에서 '미 제국주의와 이승만을 반대하는 남반부 인민들의 구국투쟁'을 묘사하는 계열로 분류될 수 있다.

「첫 전투」 속 권판돌 부대는 당으로부터 '5·10 남한 단독 선거를 무효화 하는 투쟁'을 벌이는데 남한 주민들이 적극적으로 참여할 수 있도록 용기를 북돋아주기 위해서 'K시의 S지서'를 파괴하라는 임무를 받고 그들의 공식적인 '첫 전투'를 벌이게 된다. 이 전투의 배경은 1947년 말부터 시작되어 1949년 9월 총공세로 이어지는 남로당의 유격대의 중요 전구였던 오대산 지역이며, 'K시' 즉 강릉은 좌익의 활동이 활발했을 뿐만 아니라, 38선과 인접해 있고 산악-오대산과 해안을 끼고 있어 남로당 유격대나 인민군의 출몰이 잦은 지역이었다. 이 소설의 배경이 된 S지서 습격도, 5월 10일 새벽 3시 강릉(경찰)서 관내 3개 지서가 폭도에게 습격당했던 것과 같은 실제 사건을 배경으로 하고 있다.

그런데, 문제적인 것은 이 소설의 잡지 수록본과 단행본 수록본의 내용이 많이 다르다는 점이다. 문장이나 미세한 표현에서의 수정도 있지만, 가장 중요한 차이는 당의 전투 지시에 대한 권판돌의 태도와 'S지서 파기공작'의 성공 여부이다. 초간본의 경우, 권판돌은 당의 갑작스러운 전투지시에 준비가 충분히 되지 못한 상황을 강조하며, 작전의 성공여부에 대해서 의구심을 갖는다. 그리고 'S지서 습격투쟁'도 준비해간 수류탄이 대부분 불발하는 등의 화력 차이로 인해서 성공하지 못한다. 반면에 소설집에 실린 소설에서 권판돌은 당에 대한 훨씬 강한 믿음과 당의 지시를 성공적으로 완수해야 한다는 의지가 강하며, 화염병을 던져 S지서를 불태움으로써 임무를 성공적으로 완수한다.

이러한 차이는, 이태준이 무력을 통일 국가 수립의 수단으로 쉽게 인정하지 못했음을 보여준다. 하지만 1949년 말까지 스탈린이 전쟁보다는 유격전을 통한 남한 정부의 붕괴를 주문하였던 것과 미제와 이승만에 대한 남한 인민들의 반대가 점점 고조되고 있다고 보는 조선로동당의 관점 등에 맞춰 소설의 내용이 수정된 것으로 판단된다.

1959년 출판된 조선문학통사는 「첫 전투」가 수록된 『8·15 해방 4주년 기념소설집』에 대해서 "새로운 사회제도 하에서 자기들의 왕성한 창작사업을 전개하고 그 성과를 실은" 작품집이라고 평가하였다. 이로 볼 때 「첫 전투」에 대한 당과 작가동맹의 당대 평가는 긍정적이었음을 짐작할 수 있다.

## 3. 인민민주주의의 평화적 전국화의 불가능함–「먼지」

1997년 김재용이 「먼지」를 발굴, 소개한 이후로 많은 연구논문들이 발표되었다. 강진호(2004)는 이 소설을 김일성의 '국토완정론'에 대한 긍정하는 서사로 읽었으나, 김재용(1997), 정종현(2009), 유임하(2013) 등은 분단 상황이나, 북한의 '민주기지론'에 대한 비판의 서사로 읽었다. 이병렬(2002)은 한뫼가 38선 위에서 죽는 것을 근거로 그의 중간파적 입장을 표현하였다고 주장했다. 최근에 나온 배개화(2015)의 글은 표면적으로는 북한에 대한 지지를 표명하고 있지만, 내적으로는 '인민민주주의'의 평화적 확산'이라는 작가의 기획이 실패했음을 암시하는 이중적 서사구조를 갖고 있다고 주장하였다. 이처럼 다양한 연구 결과가 나온 것에는 소설이 표면적 주제와 하위 주제라는 중층적인 서사 구조를 갖고 있기 때문이다.

주인공 한뫼는 북조선의 인민민주주의 노선을 옳다고 생각하면서도 서울을 그러한 국가의 중심이 되어야 한다고 생각하였다. 이 때문에, 그는 5월 10일에 실시된 남한의 단독정부 수립을 위한 선거도 인정하지 않지만, 8월 25일 북한에서 열릴 예정인 "전조선 최고인민회의 선거"에 대해서도 똑같이 부정적이다. 그는 '통일이 되도록, 남북이 화해되도록 그런 정세를 조성하여' 남과 북이 합의하여 전국적으로 선거를 실시하였으면 좋겠다는 생각을 고수한다.

이러한 입장은 1948년 4월 제1차 남북 제 정당 및 사회단체연석회의에 참여했던 세력들 중 민족주의 계열의 입장과 유사하다. 당시 김구, 김규식 등은 남북 동시 총선과 외국 군대의 철수, 그리고 내란 방지 등을 협상의 주제로 하여 5·10단선 저지 투쟁에 합의했었다. 이후 이들은, 6월 29일 제2차 남북 제 정당 및 사회단체지도자협의회가 8월 25일 북한정부 수립을 위한 총선거 실시하기로 결정하자, 북한 정부의 수립은 '민족분열행위'라고 비난하였다. 당시 누가 보아도 남북에 두 개의 정부가 수립되는 것은 동족상잔의 '내전'으로 발전할 위험을 안고 있었기 때문이다.

소설의 공식적인 결론은 한뫼가 북한 정부의 수립을 인정하고 북한으로 돌아가는 것이지만, 소설의 마지막 장면은 한뫼가 한여울(한탄강)을 건너 북으로 넘어가려다가 국군이 쏜 칼빈 총알에 죽는 것이다. 이런 종결로 인해 소설은 중층적인 해석을 가능케 하였다. 즉, 이러한 종결은 삼팔선이 남과 북의 정치, 군사적인 대결을 상징하는 공간이 되었으며, 남북의 통일을 이루기 위해서는 '무력적 수단'을 사용할 수밖에 없고, 이 전쟁에서 남과 북 둘 중의 하나를 선택해야 하며 그 중간은 없다는 공식적인 서사로 해석될 수 있다. 동시에 한뫼의 죽음은 좌·우익의 통일전선을 통한 인민민주주의의 전국화라는 이태준의 기획이 실패했음을 인정하는 개인적 서사로도 해석될 수 있다.

이후, 이 소설은 이태준이 부르주아 사상가로서 당의 사상적, 조직적 약화를 조장했다는 점을 뒷받침하는 증거로서 이용되었다. 예를 들어, 엄호석(1953)은 "이태준은 한뫼 선생으로 하여금 북반부로 돌아오는 길에 38선에서 총살당하게 하고 북반부로 다시 돌아오지 못하게 함으로써 그 자신이 북반부에 대한 반대를 표시하였다. 한뫼 선생을 쏜 총알이 또한 한뫼 선생과 같이 좌도 우도 아닌 중립이며 어느 편에서 쏜 총인지 모르게 되었다. 그리고 한뫼 선생의 중립이 북한에 대한 반대의 가면인 것과 마찬가지로 총알의 중립도 북반부편에서 쏘았다는 사실의 음폐에 지나니 않는다"고 비판했다. 이 비판이 북한문학사의 공식적인 입장임은 "작가의 반동적 입장은 주인공이 서울에 갔다 돌아오다가 38선 분계선 강 복판에서 총에 맞아 죽은 것으로 묘사하였고 그것이 어느 쪽에서 쏜 총알인지 모른다는 데서와 시체가 남쪽 기슭에 붙었는지 북쪽 기슭에 붙었는지 모르겠다고 묘사하는 데서 드러난다"라는 장형준(1993)의 비판에서도 확인된다.

하지만, 남한의 연구자들은, 한뫼가 명백히 '칼빈총', 즉 국군의 총알에 죽었다는 점을 근거로 이러한 비평이 소설의 내용을 왜곡한 것임을 지적하였다. 북한 비평가들이 한뫼를 쏜 총이 '어느 편에서 쏜 총인지 모른다'고 강조한 것은 이태준이 우리 편인지 남의 편인지 의심스럽다는 점을 주장하기 위해서였다. 이렇게 볼 때, 소설의 결말, 즉 남과 북의 대결 속에서 중립은 존재할 수 없다는 논리에 한뫼가 희생된다는 결말은 결국 중간파로서의 이태준 자신의 운명을 예견하는 것이었다.

## 4. 온건한 인민민주주의의 실험과 좌절

해방 이후, 이태준은 '인민민주주의'를 '최대다수의 행복'이라는 공리주의의 관점에서 수용하였다. 더구나, 제2차 세계대전을 파시즘에 대한 진보적 민주주의 세력의 승리로 보았던 조선공산당의 관점은 중간파들이 인민민주주의에 경도되는 촉매 작용을 하였다. 이태준은 소련기행을 통해 조선인이 '인간의 완전한 상실'을 극복하고, '인간으로서의 품위'를 회복하기 위해서는 이를 뒷받침할 수 있는 '제도'가 필요함을 인식하고, 인민민주주의야 말로 그러한 제도라고 확신하게 되었다.

이러한 신념을 이태준은 북한의 토지혁명의 과정과 그 정당성을 기술한 소설 「농토」를 통해 표현하였다. 동시에, 그는 서울을 중심으로 한 인민민주주의 국가의 수립 — 이태준의 월북 동기 — 이라는 자신의 전망을 제시하였다. 하지만, 1948년 8월과 9월에 한반도에 두 개의 정부가 수립된 상황은 '인민민주주의'의 평화적인 전국화라는 이태준의 구상이 실패할 수 있음을 경고하는 전조였다. 「첫 전투」에 서로 반대되는 내용의 판본들이 존재하는 것도, 무력을 통일국가 수립의 수단으로 사용하는 것에 대한 그의 우려와 주저를 보여준다. 결국, 이태준은 「먼지」(1950)를 통해서 온건하고 점진적인 개혁을 통한 통일독립국가의 건설이 불가능하며, 이를 지향했던 자신의 역사적 임무가 종결되었음을 인정하였다.

이처럼 「농토」, 「첫 전투」, 「먼지」는 해방 이후부터 한국전쟁 발발 직후까지의 정치 상황을 반영하고 있는 동시에, 인민민주주의의 평화적 전국화에 대한 이태준의 전망과 그 좌절의 과정을 읽어낼 수 있는 작품들이다. 특히 「농토」와 「먼지」는 높은 예술적 성취를 보여주고 있으며, '당 문학'이라는 범주로 한정할 수 없는, 당대 정치 문제에 대한 이태준 자신의 입장을 보여주는 우수한 작품이다.

## 참고문헌


강진호, 「한근대주의자의 신념과 좌절」, 『돈암어문학』 17, 2004.

김재용, 「월북 이후 이태준의 문학 활동과 「먼지」의 문제성」, 『민족문학사연구』 10, 1997.

배개화, 「이태준, 최대다수의 행복을 꿈꾼 민주주의자」, 『상허학보』 43, 상허학회, 2015.

신고송, 「해방 후 4년간의 문학예술계의 약진상」, 『조소문화』 8월호, 조소문화협회, 1949.

안함광, 「상허 이태준 씨를 말함—장편 『농토』를 읽고」, 『조선문학』 2, 북조조선문학동맹, 1947.

엄호석, 「노동계급의 형상과 미학 상의 몇 가지 문제」, 『조선문학』 11, 조선작가동맹 중앙위원회, 1953.

유임하, 「월북 이후 이태준 문학과 '48년 질서'」, 『상허학보』 32, 상허학회, 2013.

이병렬, 「이태준의 「먼지」 연구—어느 민족주의자의 분단 정국 바라보기」, 『상허학보』 8, 상허학회, 2002.

장형준, 「위대한 수령 김일성 동지 문학 령도사 2」, 문학예술종합출판사, 1993.

정종현, 「탈식민 시기 삼팔선 표상의 지정학적 연구」, 『현대문학의 연구』 39, 2009.

## 작품 목록*

| 작품명 | 발표지 | 발표연도 | 분류 |
|---|---|---|---|
| 五夢女 | 시대일보 | 1925.7.13 | 단편 |
| 구장의 처 | 반도산업 | 1926.1.1 | 단편 |
| 모던껄의 만찬(晩餐) | 조선일보 | 1929.3.19 | 콩트 |
| 행복 | 학생 | 1929.3 | 단편 |
| 그림자 | 근우 | 1929.5 | 단편 |
| 온실화초 | 조선일보 | 1929.5.10~12 | 단편 |
| 누이 | 문예공론 | 1929.6 | 단편 |
| 백과전서의 신의의 | 신소설 | 1930.1 | 단편 |
| 기생 山月이 | 별건곤 | 1930.1 | 단편 |
| 은희부처(恩姬夫妻) | 신소설 | 1930.5 | 단편 |
| 어떤날 새벽 | 신소설 | 1930.9 | 단편 |
| 구원의 여상(久遠의 女像) | 신여성 | 1931.1~8 | 장편 |
| 결혼의 악마성 | 혜성 | 1931.4·6(2회) | 단편 |
| 고향 | 동아일보 | 1931.4.21~29 | 단편 |
| 불도나지 안엇소 도적도 나지 안엇소 아무일도 업소 | 동광 | 1931.7 | 단편 |
| 봄 | 동방평론 | 1932.4 | 단편 |
| 불우선생(不遇先生) | 삼천리 | 1932.4 | 단편 |
| 천사의 분노 | 신동아 | 1932.5 | 콩트 |
| 실낙원 이야기 | 동방평론 | 1932.7 | 단편 |
| 서글픈 이야기 | 신동아 | 1932.9 | 단편 |
| 코스모스 이야기 | 이화 | 1932.10 | 단편 |
| 슬픈 승리자 | 신가정 | 1933.1 | 단편 |
| 꽃나무는 심어놓고 | 신동아 | 1933.3 | 단편 |
| 法은 그러치만 | 신여성 | 1933.3~1934.4 | 장편 |

* 이태준의 전체 작품 수는 콩트 6편, 단편 63편, 중편 4편, 장편 14편이다.

| 작품명 | 발표지 | 발표연도 | 분류 |
|---|---|---|---|
| 미어기 | 동아일보 | 1933.7.23 | 콩트 |
| 제2의 운명 | 조선중앙일보 | 1933.8.25~1934.3.23 | 장편 |
| 아담의 후예 | 신동아 | 1933.9 | 단편 |
| 어떤 젊은 어미 | 신가정 | 1933.10 | 단편 |
| 코가 복숭아처럼 붉은 여자 | 조선문학 | 1933.10 | 콩트 |
| 馬夫와 教授 | 학등(學燈) | 1933.10 | 콩트 |
| 달밤 | 중앙 | 1933.11 | 단편 |
| 박물장사 늙은이 | 신가정 | 1934.2~7 | 중편 |
| 氷點下의 우울 | 학등 | 1934.3 | 콩트 |
| 촌떡기 | 농민순보 | 1934.3 | 단편 |
| 불멸의 함성 | 조선중앙일보 | 1934.5.15~1935.3.30 | 장편 |
| 점경 | 중앙 | 1934.9 | 단편 |
| 어둠(우암노인) | 개벽 | 1934.9 | 단편 |
| 애욕의 금렵구 | 중앙 | 1935.3 | 중편 |
| 성모(聖母) | 조선중앙일보 | 1935.5.26~1936.1.20 | 장편 |
| 색시 | 조광 | 1935.11 | 단편 |
| 손거부(孫巨富) | 신동아 | 1935.11 | 단편 |
| 순정 | 사해공론 | 1935.11 | 단편 |
| 三月 | 사해공론 | 1936.1 | 단편 |
| 가마귀 | 조광 | 1936.1 | 단편 |
| 황진이 | 조선중앙일보 | 1936.6.2~9.4(연재중단) | 장편 |
| 바다 | 사해공론 | 1936.7 | 단편 |
| 장마 | 조광 | 1936.10 | 단편 |
| 철로(鐵路) | 여성 | 1936.10 | 단편 |
| 복덕방 | 조광 | 1937.3 | 단편 |
| 코스모스 피는 정원 | 여성 | 1937.3~7 | 중편 |
| 사막의 화원 | 조선일보 | 1937.7.2 | 단편 |
| 화관(花冠) | 조선일보 | 1937.7.29~12.22 | 장편 |
| 패강냉(浿江冷) | 삼천리 | 1938.1 | 단편 |
| 영월영감(寧越令監) | 문장 | 1939.2·3월호 | 단편 |
| 딸삼형제 | 동아일보 | 1939.2.5~7.17 | 장편 |
| 아련(阿蓮) | 문장 | 1939.6 | 단편 |
| 농군(農軍) | 문장 | 1939.7 | 단편 |

| 작품명 | 발표지 | 발표연도 | 분류 |
|---|---|---|---|
| 청춘무성(青春茂盛) | 조선일보 | 1940.3.12~8.10 | 장편 |
| 밤길 | 문장 | 1940.5~6·7 합병호(2회) | 단편 |
| 토끼이야기 | 문장 | 1941.2 | 단편 |
| 사상의 월야(思想의 月夜) | 매일신보 | 1941.3.4~7.5 | 장편 |
| 별은 창마다 | 신시대 | 1942.1~1943.6 | 장편 |
| 행복에의 흰손들 | 조광 | 1942.1~1943.1 | 장편 |
| 사냥 | 춘추 | 1942.2 | 단편 |
| 석양(夕陽) | 국민문학 | 1942.2 | 단편 |
| 무연(無緣) | 춘추 | 1942.6 | 단편 |
| 왕자호동(王子好童) | 매일신보 | 1942.12.22~1943.6.16 | 장편 |
| 석교(石橋) | 국민문학 | 1943.1 | 단편 |
| 뒷방마님 | 『돌다리』에 수록 | 1943.12 | 단편 |
| 제1호선박의 삽화(일문소설) | 국민총력 | 1944.9 | 단편 |
| 즐거운 기억 | 한성일보 | 1945.10 | 단편 |
| 너 | 시대일보 | 1946.2 | 단편 |
| 해방 전후(解放前後) | 문학 | 1946.8 | 단편 |
| 불사조(不死鳥) | 현대일보 | 1946.3.27~7.19(연재중단) | 장편 |
| 농토 | 삼성문화사 | 1948.8 | 장편 |
| 첫 전투 | 문화예술(4권) | 1948.12 | 단편 |
| 아버지의 모시옷 | 『첫전투』(문화전선사, 1949.11)에 수록 | 1949 | 단편 |
| 호랑이 할머니 | | 1949 | 단편 |
| 삼팔선 어느 지구에서 | | 1949 | 단편 |
| 먼지 | 문학예술 | 1950.3 | 단편 |
| 백배천배로 | 『고향길』(재일본조선인교육자동맹 문화부, 1952.12)에 수록 | 1952 | 단편 |
| 누가 굴복하는가 보자 | | 1952 | 단편 |
| 미국 대사관 | | 1952 | 단편 |
| 고귀한 사람들 | | 1952 | 단편 |
| 네거리에 선 전신주 | | 1952 | 단편 |
| 고향길 | | 1952 | 단편 |
| 두 죽음 | 미확인 | 1952 | 단편 |

## 작가 연보*

1904 11월 4일 강원도 철원군 묘장면 진명리 출생. 부친 이창하(李昌夏), 모친 순흥 안씨의 1남 2녀 중 장남. 집안은 장기 이씨(長鬐 李氏) 용담파(龍潭派). (「장기 이씨 가승(家乘)」에 의하면 상허의 본명은 규태(奎泰). 부친의 정실은 한양 조씨이고 적자로 규덕(奎悳)이 있음). 호는 상허(尙虛)·상허당주인(尙虛堂主人). 부(父) 이창하(1876~1909)의 자(字)는 문규(文奎), 호는 매헌(梅軒). 철원공립보통학교 교원, 덕원감리서 주사를 역임한 개화파적 지식인.

1909 망명하는 아버지를 따라 러시아 땅 해삼위(블라디보스톡)로 이주. 8월 부친의 사망으로 귀국하던 중 함경북도 배기미(梨津)에 정착. 서당에서 한문 수학.

1912 어머니 별세로 고아가 됨. 외조모 손에 이끌려 고향 철원 용담으로 귀향하여 친척집에 맡겨짐.

1915 안협의 오촌집에 입양. 다시 용담으로 돌아와 오촌 이용하(李龍夏)의 집에 기거함. 철원 사립봉명학교에 입학.

1918 3월에 봉명학교를 우등으로 졸업. 철원 읍내 간이농업학교에 입학하나 한 달 후 가출하여 여러 곳을 방랑하다 원산 등지에서 2년간 객주집 사환 등의 일을 하며 2년여를 보냄. 외조모가 찾아와 보살핌. 이때 문학서적 탐독. 이후 중국 안동현까지 인척 아저씨를 찾아갔다가 뜻을 이루지 못하고 경성으로 옴.

---

* 이 연보는 상허학회의 민충환·이병렬 교수 등을 비롯하여 그간 축적되어 있던 연보에, 박성란·박수현이 작성한 이태준 연보와 연구사를 참고하였고, 최종적으로 박진숙 교수가 오류를 바로잡고 일부를 추가하여 만들었다.

1920 4월 배재학당 보결생 모집에 응시하여 합격하나 입학금 마련이 어려워 등록하지 못함. 낮에는 상점 점원으로 일하며 밤에는 야학에 나가 공부함.

1921 4월 휘문고등보통학교에 입학. 고학생으로 비교적 우수한 성적을 받음. 이때 상급반에 정지용・박종화, 하급반에 박노갑, 스승으로 가람 이병기가 있었음. 습작을 시작함.

1924 『휘문』의 학예부장으로 활동. 동화「물고기 이약이」 등 6편의 글을『휘문』 제2호에 발표함.

6월 13일에 동맹휴교의 주모자로 지적되어 5년제 과정 중 4학년 1학기에 퇴학. 이해 가을 휘문고보 친구인 김연만의 도움으로 유학길에 오름.

1925 일본에서 단편소설「오몽녀(五夢女)」를『조선문단』에 투고하여 입선,『시대일보』(7월 13일)에 발표하며 등단함.

1926 4월 동경 상지대학(上智大學) 예과에 입학. 신문・우유 배달 등을 하며 '공기만을 먹고사는' 매우 궁핍한 생활을 함. 동경에서『반도산업』 발행. 이때 나도향, 화가 김용준・김지원 등과 교유.

1927 11월 학교를 중퇴하고 귀국함. 각 신문사와 모교를 방문하여 일자리를 구하나 취업난에 직면함.

1929 개벽사에 기자로 입사.『학생』(1929.3~10) 창간 때부터 책임자.『신생』 등의 잡지 편집에 관여함.『어린이』지에 소년물과 장편(掌篇)을 다수 발표함. 9월 백산 안희제의 사장 취임에 맞춰『중외일보』로 자리를 옮김. 사회부에서 3개월 근무 후 학예부로 옮김.

1930 이화여전 음악과를 갓 졸업한 이순옥(李順玉)과 결혼.

1931 『중외일보』(6월 19일 종간)기자로 있다가, 신문 폐간과 함께 개제된『중앙일보』(사장 여운형) 학예부 기자가 됨. 장녀 소명(小明) 태어남. 경성부 서대문정 2정목 7의 3 다호에 거주.

1932 이화여전(梨專, 1932~1937)・이화보육학교(梨保)・경성보육학교(京保) 등

학교에 출강하며 작문을 가르침. 장남 유백(有白) 태어남.

1933 박태원 · 이효석 등과 함께 '구인회(九人會)'를 조직. 1933년 3월 7일 『중앙일보』에서 개제된 『조선중앙일보』 학예부장에 임명됨.

경성부 성북정 248번지로 이사. 이후 월북 전까지 이곳에서 거주함.

1934 차녀 소남(小楠) 태어남.

1935 1월, 8월 2회에 걸쳐 표준어사정위원회 전형위원, 기록 담당. 조선중앙일보를 퇴사, 창작에 몰두함.

1936 차남 유진(有進) 태어남.

1937 「오몽녀(五夢女)」가 나운규에 의해 영화화됨(주연 윤봉춘, 노재신. 이 작품이 춘사(春史)의 마지막 작품임).

1938 만주 지방 여행.

1939 『문장(文章)』지 편집자 겸 신인 작품의 심사를 맡음(임옥인 · 최태응 · 곽하신 등이 추천됨). 이후 황군위문작가단, 조선문인협회 등의 단체에서 활동.

1940 삼녀 소현(小賢) 태어남.

1941 제2회 조선예술상 받음(1회는 춘원(春園)이 수상).

1943 강원도 철원 안협으로 낙향. 해방 전까지 이곳에서 칩거함.

1945 문화건설중앙협의회, 문학가동맹, 남조선민전 등의 조직에 참여. 문학가동맹 부위원장, 『현대일보』 주간 등을 역임.

1946 2월부터 민주주의 민족전선 문화부장으로 활동. 남조선 조소문화협회 이사. 7~8월 상순 사이에 월북. 「해방전후」로 제1회 해방문학상 수상. 장남 휘문중학 입학. 8월 10일부터 10월 17일까지 '방소문화사절단'의 일원으로 소련의 모스크바, 레닌그라드 등지를 여행.

1947 5월 소련 여행기인 『쏘련기행』이 남쪽에서 출간됨.

1948 8 · 15 북조선최고인민회의 표창장을 받음.

1949 북조선문학예술총동맹 부위원장, 국가학위수여위원회 문학분과 심사위

원이 됨. 단편「호랑이 할머니」 발표. 이 작품은 해방 후 북한에서 발표된 '최고의 걸작'으로 평가됨.

1950 6·25동란 중 낙동강 전선까지 종군갔다가 돌아오는 길에 서울에 들러 문학동맹 사람들을 모아놓고 전과 보고 연설을 함. 10월 중순 평양수복 때 '문예총'은 강계로 소개(疏開)하였는데 이태준은 따라가지 않고 평양 시외에 숨어 있으면서 은밀히 귀순을 모색하였다고 함. 12월 국방군의 북진을 따라 문화계 인사들이 이태준을 구출하려 했으나 실패함.

1952 남로당과 함께 숙청될 위기에서 소련파 기석복(奇石福)의 후원으로 제외됨.

1954 3개월간의 사상검토 작업 중 과거를 추궁당함.

1956 소련파의 몰락과 더불어 과거 '구인회' 활동과 사상성을 이유로 1월 조선노동당 중앙위원회 상무회의 결의로 임화, 김남천과 함께 가혹한 비판을 받음. 2월 '평양시당 관할 문학예술부 열성자대회'에서 한설야에 의해 비판, 숙청당함.

1957 함흥노동신문사 교정원으로 배치됨.

1958 함흥 콘크리트 블록 공장의 파고철 수집 노동자로 배치됨.

1964 중앙당 문화부 창작 제1실 전속작가로 복귀함.

1969 김진계의 구술기록(『조국』, 현장문학사, 1991(재판))에 의하면, 1월경 강원도 장동탄광 노동자 지구에서 사회보장으로 부부가 함께 살고 있었다고 함. 이후 연도 미상이나 사망한 것으로 알려짐(북한의 원로 문학평론가 장현준과의 인터뷰 기사, 『한겨레』, 1991.12.19). 일설에는 1953년 남로당파의 숙청이 끝난 가을 자강도 산간 협동농장에서 막노동을 하다가 1960년대 초 산간 협동농장에서 병사한 것으로 알려짐(강상호, 「내가 치른 북한 숙청」, 『중앙일보』, 1993.6.7).